Piccola Bi

di Valerio Evangelisti

nella collezione Oscar

VALERIO EVANGELISTI

VERACRUZ

OSCAR MONDADORI

© 2009 Arnoldo Mondadori Editore S.p.A., Milano

I edizione Strade blu ottobre 2009
I edizione Piccola Biblioteca Oscar ottobre 2010

ISBN 978-88-04-60221-7

Questo volume è stato stampato
presso Mondadori Printing S.p.A.
Stabilimento NSM - Cles (TN)
Stampato in Italia. Printed in Italy

www.librimondadori.it

Veracruz

N
O
E
S
TROPICO
DEL CANCRO
Long Island
Crooked Island
Mayaguana
Acklins
Island
Inagua Island
Caicos
Abrojos
CUBA
Mancanilla
Bycannar
Santiago
Baracoa
Maisi
20
Mole Saint Nicolas
Tortuga
P. Margot
Cap François
P. Bayaha
Port-de-Paix
Santiago de
los Caballeros
Cotuí
Banister's Careen
Samana Bay
Baiaguana
HISPANIOLA
Santo Domingo
Petit-Goâve
Isla de la Vaca
B. Neyba
Saona
P. del Espada
Mona
PORTO
RICO
San Juan
Saint Thomas
Crab Island
St. Cruz
GIAMAICA
Negril
P. Morant
Port Royal
C. Dona Marie
75
70
65

Mobile
Pensacola
New Orleans
San Augustine
Golfo del Messico
BAHAMAS
Grand Bahama
Great Abaco
Eleuthera
New Providence
Andros
Isola di Watling
Samana Cays
Isole Caicos
L'Avana
Tampico
Campeche
CUBA
HISPANIOLA
Isole Vergini
Veracruz
Port de Paix
San Juan
Port Royal
Petit-Goâve
Villahermosa
NUOVA SPAGNA
Santo Domingo
Barbuda
GIAMAICA
PORTO RICO
Antigua
Guadalupe
Maria-Galante
Dominica
HONDURAS
Martinica
St. Lucia
Isola di Providence
St. Vincent
Isole Barbados
Mosquito Coast
Curaçao
Bluefields
Santa Marta
Puerto Cabello
Grenada
Maracaibo
Trinidad
Puerto Bello
Cartagena
Caracas
Cumaná
Panamá
NUOVA GRENADA
DARIÉN
Oceano Pacifico

1

L'isola di Roatán

Il 17 marzo 1683 Hubert Macary scrutava il mare, in attesa dei vascelli in arrivo. Solo lui e l'amico Francis Levert sapevano che al largo di Roatán stava per apparire la flotta più imponente che i Fratelli della Costa avessero mai allestito. Ben diciassette velieri, inclusi vari brigantini da una trentina di cannoni ciascuno.

Appoggiato con il gomito a una torretta di guardia, la gamba sinistra su un cannone arrugginito, Hubert pregustava lo spettacolo. Per assaporarlo si metteva nei panni degli spagnoli di qualche città costiera, quando al largo apparivano i pirati.

Ecco decine di vele all'orizzonte. Le campane di tutte le chiese suonavano l'allarme. Le navi sembravano lontane ma, se avevano il vento a favore, erano velocissime. Tempo un quarto d'ora e iniziavano a cannoneggiare il forte della città. Tempo mezz'ora e uomini assatanati, portati a terra dalle scialuppe, sbarcavano urlando in cerca di una preda qualsiasi.

Le vittime tentavano di radunare i beni più preziosi e di correre a nascondersi nella foresta. Alcuni riuscivano a fare in tempo, molti altri no. I predoni, che inalberavano simboli di morte, travolgevano la guarnigione e si gettavano sui civili. Era l'inizio di un incubo. Torture, stupri, devastazioni. Dove era sorto un abitato progredito, costruito sul modello delle migliori città di Spagna, non restavano che macerie fumanti.

Era accaduto a Maracaibo, sotto il comando dell'Olonnais; a Panamá, sotto Henry Morgan; a Campeche, innumerevoli volte; in tanti centri in apparenza ben difesi della Nuova Spagna, di Cuba, del Venezuela e del Caribe. Però nessuno aveva mai osato attaccare Veracruz, ritenuta imprendibile. Proprio a Veracruz era diretta la flotta in avvicinamento.

«Secondo me è un'impresa folle» disse Levert, sbucato dalle fitte piantagioni di palmizi e apparso al fianco di Macary. Ingollava sorsate da una bottiglia di rhum. «Veracruz è notoriamente imprendibile. Mi stupisce che il cavaliere De Grammont abbia potuto concepire un'impresa del genere.»

Hubert Macary si tolse la pipa dalle labbra e, le dita strette sul fornello di terracotta, emise uno sbuffo di fumo. «Ho i tuoi stessi dubbi, Francis, ma De Grammont è una persona equilibrata. Se decide una spedizione è perché sa che la porterà al successo. In questo caso è riuscito a coinvolgere anche Lorencillo e Van Hoorn. Oltre ad Andrieszoon e a parecchi capitani meno importanti. I Fratelli della Costa saranno al massimo della loro potenza.»

Levert non era molto convinto. «Veracruz non è una città come le altre. È la capitale della Nuova Spagna, e ogni merce che si traffica passa di lì. Ha magazzini riforniti, forti e cannoni… La flotta che stiamo aspettando tarda a comparire. Forse non è un caso.»

Prese la pipa che Macary gli porgeva. Per qualche istante aspirò il fumo acre e aromatico del tabacco olandese e contemplò il mare. L'isola di Roatán era un gioiello naturale. Spiagge bianchissime, mare trasparente, vegetazione folta. Cale nascoste come quella in cui si trovavano, adatte a sbarchi clandestini. E un cielo tanto azzurro che accecava.

«Per me si sono persi» borbottò Levert.

«Niente affatto!» gridò Macary, con l'euforia di un ragazzino. «Eccola là, la Filibusta in avvicinamento! Aguzza gli occhi sulla linea dell'orizzonte. È uno spettacolo!»

In effetti, all'improvviso apparve al largo una squadra di navi di varia stazza, in formazione a cuneo. Il vento a favore gonfiava le loro vele quadrate o latine, il mare si frangeva sotto le polene. Non avevano bandiere. Gli scafi parevano volare sopra i banchi di corallo, manovrando con agilità fra gli scogli. Precedevano la flotta quattro brigantini a tre alberi, detti a palo, che il peso dei molti cannoni non rallentava. Al seguito, tutto un campionario della navigazione caraibica. Golette, sloop, *balandras*, maone. Navi leggere, che i pirati apprezzavano per la loro velocità. Oltre a due galeoni dalla stazza enorme, sfondati in vari punti delle fiancate, con la velatura lacera. Erano trascinati da lance, a furia di remi.

«Ma sono i galeoni a cui il capitano Lorencillo voleva tendere un agguato!» esclamò Levert. «Il *Nuestra Señora de Consolación* e il *Nuestra Señora de Regla*! È da due settimane che li aspetta!»

Macary borbottò: «Si vede che li ha presi De Grammont. Lorencillo non ne sarà affatto contento». Alzò le spalle. «Eppure bisogna che lo avvertiamo. Vieni.»

I due uomini lasciarono la collina su cui si ergeva la torretta di guardia e scesero rapidi il sentiero che conduceva al piano, inoltrandosi tra *nopales* irti di spine e palmizi. Questi ultimi erano stati minoritari, nella flora locale, finché gli spagnoli non avevano deciso di importarne semi e pianticelle dalla costa pacifica. Speravano che Roatán sarebbe stata loro per sempre. Si ingannavano. L'isola era troppo ricca e bella per non suscitare concupiscenze. Era stata in fasi alterne spagnola o inglese, contesa e conquistata a fil di spada. Attualmente, nel 1683, era dominio di re Carlo II d'Inghilterra, ma il suo controllo era precario. Situazione ideale perché la Filibusta ne facesse uno dei suoi anfratti prediletti, favorito dalle molte insenature.

Fu in una di queste che Macary e Levert sbucarono, col fiatone dovuto alla corsa. Tra acque verdi, che riflettevano la vegetazione, un brigantino dalle vele ammainate galleggiava pigro. Era il *La Francesa*, catturato da Lorencillo agli spagnoli. Un veliero superbo, malgrado la piccola stazza, di recente carenato a terra, come si scopriva dal lucido delle fiancate, messe a nuovo, e dalla solidità degli alberi. Quello di trinchetto issava, sopra la coffa più alta, la *Jolie Rouge* (per gli inglesi *Jolly Roger*), in passato effettivamente rossa, ma adesso principalmente nera. Vi erano ricamati in bianco un teschio e due tibie incrociate, sopra una clessidra vuota per metà. Quasi a indicare il tempo di vita rimasto agli equipaggi dei galeoni spagnoli, prede di selvaggi assetati di sangue.

Sulla battigia era arenata una scialuppa. «Metti la barca in mare» disse Hubert a un rematore. «Si va a bordo.»

«Sì, secondo ufficiale» rispose l'interpellato.

Tra i Fratelli della Costa, la confraternita di pirati che aveva base nell'isola di Tortuga e altri approdi in tutto il mar dei Caraibi, le gerarchie erano più o meno le stesse della marina militare o mercantile francese. C'erano dunque un primo ufficiale (nel caso del *La Francesa*, Philippe Callois), un secondo ufficiale (Macary) e, figura chiave, un nostromo o contramastro, che fungeva da tramite fra l'equipaggio e i suoi capi. Le somiglianze finivano lì, perché gli ufficiali delle navi da guerra o commerciali avevano sui sottoposti poteri di vita o di morte, mentre tra i filibustieri, per essere obbediti, dovevano avere il gradimento della ciurma. Lo si guadagnava per coraggio comprovato e per comportamento dignitoso. Una regola cui doveva sottostare lo stesso capitano, spesso eletto dai marinai quando non era proprietario del vascello, ma passibile di destituzione, e in qualche caso di pena capitale, se si dimostrava inadeguato alla propria funzione.

A furia di remi Macary e Levert furono condotti sotto la

fiancata del *La Francesa*. Per essere un semplice brigantino, con due alberi dalle vele quadrate e il terzo che reggeva la randa, si presentava possente. Dieci cannoni per lato, un castello di poppa molto alto, una prua affusolata. Dall'impavesata fu calata una biscaglina dalle stanghe di corda e dai pioli di legno. I due pirati si inerpicarono con agilità. Sul ponte furono investiti dal solito lezzo di catrame, di pece e di salmastro. Vi erano abituati, ma dopo giorni passati all'aria pura, il fetore tipico di ogni veliero risultava vomitevole.

Venne loro incontro, sbucando dalla chiesuola della bussola, Philippe Callois, il primo ufficiale. Vestiva con una certa eleganza. Tricorno, camicia a sbuffo, reticella che tratteneva i folti capelli neri, abito ricamato d'argento. E al fianco la classica *cazoleta* toledana. Un'arma troppo lunga per essere efficace in un corpo a corpo, ma segno distintivo di chi vantava un rango privilegiato.

«Novità, da terra?» domandò. «De Grammont è in vista?»

«Sì» rispose Macary con un certo imbarazzo. «Però c'è una notizia non buona. Ha preso lui i due galeoni che aspettavamo.»

Callois inarcò le sopracciglia fini. Era un uomo dal viso magro, con un tratto di distinzione accentuato dai sottili baffi castani e da un pizzo tagliato corto, esattamente triangolare. «Questa non ci voleva. Lorencillo non la prenderà bene. Aspettatemi qui.»

Macary appoggiò la schiena su una sartia, Levert sedette sul bastingaggio, curvo in avanti. Attorno fervevano le attività cui ogni marinaio, quale che fosse il veliero, si dedicava dall'alba al tramonto, un po' rallentate solo dal fatto che il *La Francesa* si trovava alla fonda. C'era chi ricuciva vele strappate, chi intrecciava cordami, chi ricamava bandiere fasulle delle principali potenze europee. Erano tutti uomini giovani, nerboruti, aiutati da qualche schiavo e da alcuni indigeni arawacos o miskitos. La maggior parte dei filibustieri era però impegnata a lavare il ponte: un'attività insensata, visto che un solo giorno di navigazione avrebbe reso necessaria un'altra ripulita. L'importante era tenere l'equipaggio impegnato e spremere le squadre nei turni di quattro ore cui erano costrette. Una filosofia che i capitani fuorilegge condividevano con i loro colleghi fedeli all'ordine costituito.

Prima che Callois riapparisse, si udì provenire dai recessi del quadrato di poppa una sfilza di imprecazioni. «Diavolo maiale, anche questo bisognava vedere! De Grammont che mi soffia la preda! Ma porco d'un satanasso!»

«Ecco Lorencillo» bisbigliò Macary a Levert. «Stai attento. Quando è in collera è capace di qualsiasi cosa.»

Il più temuto dei capitani della Filibusta sbucò dal quadrato a grandi passi, una mano sull'elsa della spada, l'altra che gesticolava. Gli occhi azzurri, contrastanti con la carnagione scura, a sua volta antitetica ai lunghi capelli biondi, erano imbizzarriti. Laurens Cornelius de Graaf somigliava in quel momento al demonio che stava insultando.

«Ah, eccoli qua i due imbecilli!» esclamò, portandosi di fronte al secondo ufficiale e a Levert, che aveva funzioni di timoniere. «Aspetto per due settimane l'arrivo di galeoni carichi di mercanzia, vi affido la vigilanza, e voi mi fate sapere che sono già stati catturati!»

Macary non si scompose. Tolse con rispetto il tricorno, mostrando la bandana rossa che gli teneva unita la folta capigliatura castana. Piegò il capo sul petto, comprimendovi il berretto. «Capitano, non è colpa nostra. Non potevamo sapere ciò che accadeva per mare. Evidentemente il cavaliere ha intercettato le vostre prede. Cosa potevamo farci?»

«Scuse! Sempre scuse!» urlò Lorencillo, esasperato; ma si vedeva che la sua ira si stava ridimensionando. «L'ordine era di mandare i pescatori per mare, da usare quali spie. Porco d'un diavolo, non hanno visto nulla?»

Ancora chino, Macary parlò con voce quieta e convincente. «No, mio capitano. I pescatori non possono spingersi troppo al largo. La cattura dei galeoni spagnoli deve essere avvenuta a molta distanza da qui. Nessuno la prevedeva.»

Lorencillo era chiaramente convinto, tuttavia la sua irritazione perdurava. Si rivolse brusco a Callois. «Philippe, si salpa. Andiamo incontro alla flotta in arrivo. De Grammont mi sentirà, quel miscredente! Chi si crede di essere, il dannato damerino, per rubarmi un carico?» Girò uno sguardo di fuoco su Macary e Levert. «Quanto a voi due, forse pensate di essere in viaggio di piacere. Muovete le chiappe, fate sciogliere le vele. La vostra quota di bottino l'avrete solo se il cavaliere ci restituirà il maltolto.»

Appena Lorencillo si fu allontanato, Macary bisbigliò a Levert: «Ci è andata bene. Quell'uomo è imprevedibile».

Molto inferiore al compare per statura, Levert si alzò sui tacchi degli stivali, per parlargli all'orecchio. «Anche noi siamo imprevedibili.»

Callois, nervoso, batté le mani. «Avete sentito l'ordine del capitano, no? Si salpa. Hubert alle vele, Francis alla barra del timone. Entro mezz'ora voglio il *La Francesa* in mare, via da questa baia di merda.»

2

Controversie

Il *La Francesa*, tutte le vele al vento, pareva più un gabbiano che un brigantino. Planava sulle onde, si immergeva, si risollevava. Fendeva fiotti di schiuma e ne generava di nuovi, facendo fuggire i banchi di pesci multicolori che si scorgevano sotto l'acqua trasparente. Era spinta da un vento favorevole di nordovest, che i controvelacci spiegati, le dicontre, i coltellacci raccoglievano e trasformavano in andatura, come avvertissero la furia di Lorencillo.

Questi se ne stava in cima al cassero, a braccia conserte, e solo di tanto in tanto abbaiava qualche ordine a Callois, che lo trasmetteva al timoniere. Aveva al suo fianco Charles Ruinet, vecchio compare di scorrerie e amico personale. Un uomo dal viso tondo eternamente fissato in un'espressione ilare, con un addome prominente che debordava dalla cintura azzurra stretta attorno alla vita. Un tipo che spandeva allegria. D'altra parte si sapeva che Lorencillo non tollerava i musi tristi.

«Ecco la flotta» disse Callois, prima ancora che l'avvertimento giungesse dalla coffa. «Stanno sbarcando.»

Le navi dei pirati erano ancorate in una piccola cala, protetta dal vento dalla vegetazione e da una cinta di colline. Molte scialuppe si staccavano dai velieri per raggiungere la spiaggia. Erano visibili i due galeoni catturati, superiori per stazza a ogni altra imbarcazione. Uno aveva avuto l'albero di mezzana troncato di netto. Il compagno, molto danneggiato, emanava fumo nero, come se un incendio fosse ancora acceso nelle sue viscere.

«Ladri maledetti!» gridò Lorencillo. «Giù la barcaccia, ci si ancora qua! Voglio proprio vedere come De Grammont e Van Hoorn potranno giustificarsi. Le navi che hanno preso erano mie!»

«Forse non lo sapevano, capitano» obiettò Callois con la calma consueta.

«State forse dalla loro parte?» replicò Lorencillo, iracondo. «Fate il vostro mestiere e ordinate il mio sbarco. Demonio malandrino, voglio vedere se non avremo la nostra quota di gruzzolo! Quei due galeoni sono gonfi come tacchini pronti per il pâté!»

Mentre sorvegliava gli uomini seminudi che spingevano, i muscoli tesi, gli aspi dell'argano per mollare l'ancora, Macary si divertiva. Conosceva De Grammont dai tempi della guerra nelle Fiandre. Lui era un soldato, il cavaliere un ufficiale. Gli bastava corrugare le sopracciglia per ridurre al silenzio lo stesso generale. Adesso De Grammont era il nome più illustre della Filibusta, *primus inter pares* tra Van Hoorn e De Graaf, gli altri avventurieri più famosi. Lorencillo poteva sbraitare quanto voleva sulla sua nave. Una volta a terra, in presenza del capo, avrebbe scodinzolato come un cagnolino.

Non fu proprio così. Sulla spiaggia, sotto una tettoia di paglia, era stata allestita una mensa riservata ai capitani dei vascelli, piccoli o grandi, e ai loro aiutanti. Schiavi negri servivano frutta, *huachinango* abbrustolito, prosciutto di cinghiale e vini spagnoli o portoghesi. A parte De Grammont e Van Hoorn, sedevano al tavolo comandanti di piccoli velieri, come Andrieszoon, Junquié, Le Sage. Tra gli ufficiali e i sottufficiali, Callois, Macary, Pierre Bot e François Le Bon, nostromo sul *La Francesa*, accolto a mensa per la sua anzianità di servizio. C'era anche un avventuriero inglese, George Spurre. Faceva base a Port Royal, in Giamaica, ma all'occasione si univa ai Fratelli della Costa.

Il cavaliere Michel de Grammont, al vedere Lorencillo, si alzò in piedi con fare compito. Era di statura modesta e, come di costume, portava colletto largo, panciotto, pantaloni grigi e un mantello nero. Al fianco gli pendeva una spada dall'elsa elaborata. Il viso aveva tratti piacevoli ma duri, e un reticolo di rughe ingannava sulla sua età. Gli occhi erano grandi e tristi. Colpa forse della gotta che lo tormentava, dovuta secondo il suo medico, il dottor Exquemeling, assente dal banchetto, ai troppi eccessi giovanili. La passione del cavaliere per l'alcol e soprattutto per le donne era notoria.

«Benvenuto, capitano De Graaf!» disse De Grammont, togliendo con un gesto elegante il tricorno ornato di piume variopinte. «Sedetevi con noi. Siete il benvenuto.»

Contrariamente alle previsioni di Macary, Lorencillo non fu affatto servile.

«Mangiare con voi? Porco diavolo, mi andrebbe tutto di traverso. Signore, avete intercettato due galeoni che mi spettavano di diritto. Alla Tortuga si *sapeva* del mio agguato. Avevo anche una *lettera di marca* del governatore, che mi incoraggiava all'azione. Cavaliere, lasciate che ve lo dica. Siete un ladro!»

De Grammont si limitò a corrugare la fronte e a inarcare un sopracciglio, mentre rimetteva in testa il cappello piumato e si risedeva. «E voi un impertinente» mormorò a voce bassa.

Intervenne Van Hoorn, molto ostile. «Lorencillo, lanci accuse infondate. Il cavaliere ha semplicemente incontrato due galeoni in mare e li ha presi, ecco tutto. Cosa doveva fare, lasciarli andare? Perché non rifletti mai, prima di aprire bocca?»

Nikolas van Hoorn, ribattezzato dagli spagnoli "Vanferton", era un uomo mingherlino, dal viso abbronzato e dai tratti insignificanti. Olandese, aveva svolto un onesto commercio di schiavi, finché le autorità spagnole di Santo Domingo, che governavano la parte orientale dell'isola un tempo detta Hispaniola, non gli avevano confiscato con un pretesto un carico di negri. Il tranquillo commerciante si era trasformato in una furia. Ottenuta dal governatore francese della zona occidentale, Jacques Nepveu de Poincy, una lettera di marca, si era messo a combattere la Spagna senza pietà, depredandone i galeoni e trucidandone gli equipaggi. Prassi insolita fra i pirati dei Caraibi, che normalmente risparmiavano la vita ai soldati e ai marinai che si arrendevano, salvo torturarne e ucciderne qualcuno più per gioco che per odio.

La sua ostilità nei confronti di Lorencillo era di vecchia data. Proprio le rapine del *La Francesa* di De Graaf, olandese a sua volta, avevano indotto gli spagnoli a impadronirsi degli schiavi e di altre merci di Vanferton, per pareggiare il conto. L'avversione era totalmente ricambiata.

«Di cosa ti immischi, tu?» abbaiò Lorencillo. «Sei un avventuriero di second'ordine, con la tua faccia da impiegato della Compagnia francese delle Indie. Quante navi hai catturato? Dieci? Quindici? Moltiplica per tre e saprai quante ne ho prese io!»

«Sei il solito sbruffone. Hai appena mancato di rispetto al cavaliere. A Veracruz non ti voglio.»

«Non ci andrai nemmeno tu, perché tra un attimo sarai morto!»

Lorencillo aveva stretto l'impugnatura della sciabola. Van Hoorn si alzò e fece lo stesso. Attorno, i marinai sbarcati non presero posizione per l'uno o l'altro dei due capitani, anche se appartenevano ai loro velieri. Incrociarono invece le braccia, come se stessero per assistere a un incontro sportivo. Qualcuno sedette fra l'erba e accese la pipa.

Così fece anche Macary, che appoggiò la schiena al tronco di una palma e frugò le tasche in cerca del tabacco.

De Grammont alzò le mani. «Calma, calma, signori. Non è questo il momento di combatterci.» Si rivolse a Lorencillo. «Se vi ho offeso vi chiedo scusa, capitano. Non intendevo derubarvi. Ho assalito i due galeoni senza sapere dei vostri progetti. Vi lascio volentieri la mia parte di bottino. Purtroppo è scarso. Tre schiavi in tutto, alquanto malandati, qualche migliaio di pezzi da otto, molti dipinti e una quantità di vasi. In prevalenza pitali.»

Lorencillo perse ogni aria aggressiva. «Pitali?» chiese con stupore.

«Sì, in ceramica e con ornamenti. Pare che nella Nuova Spagna non ne abbiano a sufficienza. Però sono di buona fattura. Sono vostri.»

«Mi prendete in giro?»

«Non oserei mai, capitano.»

Trattenuta a stento fino a quel momento, l'ilarità degli astanti esplose fragorosa. «Si stavano per sbudellare per dei vasi da notte!» commentò il vocione roco di François Le Bon, il nostromo del *La Francesa*. L'uscita corse di bocca in bocca, moltiplicando le risate.

Un po' umiliato, Lorencillo abbandonò del tutto la sciabola, imitato da Van Hoorn. Finì per ridere anche lui. Sedette al tavolo e afferrò una caraffa di vino. «Nessuno mi porta un bicchiere, diavolo d'un demonio?» esclamò.

Fu subito accontentato, e varie brocche di vino del Perú – l'unica colonia autorizzata a produrre la bevanda che era il vanto della Spagna – furono posate sulla tovaglia. Dopo un paio di sorsate, De Grammont tornò a levarsi in piedi. Si fece un immediato silenzio. Parlò in spagnolo, la lingua più condivisa nei Caraibi, fra le tante. La sua loquela era fluida, a parte le "r" pronunciate alla maniera francese.

«Amici, la grassa Veracruz è là che ci aspetta. È troppo ben difesa, dirà qualcuno. Ha fortificazioni imponenti, obietteranno altri. Ebbene, io vi dico: nessuna forza al mondo riuscirà a trattenere l'impeto dei Fratelli della Costa. Con L'Olonnais abbiamo ridotto in cenere Maracaibo, che si diceva imprendibile. Con quel lestofante di Henry Morgan ci siamo impadroniti di Portobello e di Panamá, prima che il traditore accettasse cariche pubbliche e iniziasse a darci la caccia. Veracruz è stata da sempre il sogno di ogni avventuriero. Sogno per noi, incubo per gli spagnoli. È ora che la vergine di Spagna sia violentata! È il suo turno!»

I presenti applaudirono con entusiasmo, incluso Lorencillo. Macary fu contento che De Grammont avesse ripreso la propria autorità. Il passato trascorso nell'esercito lo rendeva critico verso l'indisciplina che serpeggiava tra i pirati. Per carattere, avrebbe voluto che regnasse un ordine perfetto, sia a bordo sia a terra, e giudicava Lorencillo bizzoso e imprevedibile. Appena avesse potuto, avrebbe fatto in modo di transitare sul *Le Hardi*. I Fratelli della Costa avevano quel privilegio, anche se cambiare nave costava una parte del bottino cui si aveva diritto, per pagare le vettovaglie.

De Grammont aspettò che si spegnessero le manifestazioni di euforia. Serio di suo, parlò con gravità.

«Vi devo avvertire, amici miei, che questa volta non abbiamo né una lettera di marca né una patente di corsa. Il governatore della Tortuga, il signor Jacques Nepveu de Poincy, è nettamente contrario alla nostra spedizione. Gli ho parlato più volte, senza riuscire a convincerlo. Pare che Francia e Spagna abbiano sottoscritto una tregua, qualche anno fa. Secondo De Poincy, attaccando Veracruz la metteremmo in pericolo.»

Van Hoorn alzò le spalle. «Basta incrementare la percentuale di denaro, stoffe e oggetti preziosi destinati al governatore. Quell'uomo ha sempre qualcosa da obiettare, ma lo fa per aumentare il prezzo. Ormai lo conosciamo.»

«Questa volta non è così, Nikolas» rispose De Grammont,

scuotendo la testa. «È la capitale stessa della Nuova Spagna che vogliamo mettere a ferro e fuoco. La città fondata da Hernán Cortés. Se Veracruz capitola, l'intero dominio di Madrid su questi mari vacillerà.» Fece una pausa. «Pensateci bene, amici. Il rischio è molto alto, sia sul piano militare sia su quello politico. Dovremo agire senza copertura. Ne vale la pena?»

Lorencillo scattò in piedi. Sguainò la sciabola e l'alzò verso il cielo, facendone roteare la punta. «Certo che la vale! Viva l'oro di Veracruz! Viva il cavaliere De Grammont, nostro ammiraglio! Viva la Filibusta!»

Tutti i commensali lo imitarono. «Viva la Filibusta!» gridarono all'unisono. L'esclamazione, potente, raggiunse la flotta all'ormeggio e fu ripresa da migliaia di voci. Vi si sovrappose il grido, altrettanto fervido: «A Veracruz! A Veracruz!».

3

Missione segreta

Il 19 marzo 1683, due giorni dopo il discorso del cavaliere De Grammont ai capi della Filibusta, si tenne l'assemblea di tutti gli uomini coinvolti nella spedizione diretta a Veracruz. Era tradizione dei Fratelli della Costa esprimere in forma corale, oppure di rado negare, il consenso a un'operazione particolarmente impegnativa e pericolosa. L'adunata, aperta a ogni pirata quale che fosse il suo grado, terminava di solito con la firma dei contratti d'ingaggio e con la destinazione alle varie navi.

La folla che si radunò in una spianata prossima alla spiaggia, nei paraggi del Río Plátano, detto anche Río Mosquito (dal nome non delle zanzare, bensì degli indigeni miskitos che abitavano quel tratto del litorale honduregno), non avrebbe potuto essere più pittoresca. La larga maggioranza era composta da avventurieri, come i pirati chiamavano se stessi, di età compresa tra i venti e i trent'anni. Fisionomie decise, tendenza alla spacconaggine e all'ilarità, insolenza connaturata. Erano in prevalenza disertori da navi regolari, tante volte arruolati a forza, o fuggiti dalle terre d'origine e approdati nel Nuovo Mondo a causa delle persecuzioni religiose che si erano abbattute sulle loro famiglie. Ugonotti, luterani, calvinisti, almeno in teoria. In realtà, nessuno credeva in qualcosa che oltrepassasse il livello della soddisfazione dei piaceri immediati. Alla Tortuga la fede ufficiale era il cattolicesimo, però la norma era abbastanza duttile da ammettere varianti, a patto che le cappelle dell'isola, e la cattedrale di Cayona, fossero regolarmente rifornite di ori sottratti alle chiese spagnole.

Una minoranza, comunque consistente, era invece composta da uomini dai capelli grigi, oppure bianchi. Erano i veterani, rimasti in vita oltre il limite di tre, quattro anni concesso a un pirata quando si metteva per mare. Alcuni avevano combattuto con L'Olonnais, o con Morgan, o con Roc Brasileiro. L'avvento di una nuova generazione di capi leggendari – De Grammont, De Graaf, Van Hoorn, Andrieszoon – li aveva ritemprati e ridestato la loro cattiveria. Non si credevano immortali, tuttavia confidavano di vivere qualche anno in più, assaggiando delizie capaci di soddisfare la loro smodata ingordigia.

Infine erano presenti uomini di difficile classificazione, dalla lingua incerta e incomprensibile. Indiani arawacos, seminudi, abili come arcieri al punto che si perdonava loro la pulsione al cannibalismo. Bucanieri, e cioè cacciatori provetti, imbarcati per la loro mira leggendaria con il fucile. Parlavano un dialetto in cui si mescolavano francese corrotto e inglese elementare, in un miscuglio che nessuno capiva. Poi venivano gli ex schiavi negri liberati e abilitati a combattere. Un'avanguardia preziosa, in certi momenti. Credevano che De Grammont avrebbe garantito loro l'invulnerabilità, e si gettavano all'abbordaggio incuranti delle pallottole. Se qualcuno cadeva, i compagni lo imputavano a una fede insufficiente.

De Grammont, fiancheggiato da Lorencillo e da Van Hoorn, da altri capitani e da tutti gli ufficiali, girò lo sguardo perennemente fosco su quella marmaglia e disse: «Sapete già che il nostro non è un obiettivo qualsiasi. È anzi una preda impossibile: Veracruz. Gli spagnoli vi mantengono tremila uomini di guarnigione, a protezione dei loro ricchissimi commerci. In breve tempo possono fare affluire almeno quindicimila soldati. La fortezza di San Juan de Ulúa è difesa da sessanta cannoni. Per impadronirsi della città occorre essere rapidi, e sorprenderne i difensori prima che gli abitanti nascondano i loro beni altrove. Servono coraggio, disciplina e segretezza. Ve ne sentite capaci?».

«Sì!» gridarono all'unisono i presenti.

«Tutto dipenderà dal vostro ardimento» proseguì De Grammont. «Celeri e letali, non dovremo farci intimidire dalla solidità delle fortezze, né dalla consistenza dei battaglioni. Gli spagnoli ci temono, e hanno ragione. Hanno edificato sui Caraibi un monopolio. Noi siamo gli alfieri del libero mercato, senza dazi e senza vincoli al commercio. Dico bene?»

«Sì!» ripeté la folla.

«Allora andate alle vostre navi, Fratelli della Filibusta! Tempo due settimane si parte. Spargeremo il terrore, la nostra arma più sicura. Faremo tremare la Spagna una volta di più. Lucidate i cannoni, affilate le lame, riparate gli scafi. Prenderemo Veracruz, che nessuno ha mai conquistato prima. Ricambieremo la crudeltà degli spagnoli con altrettanta crudeltà! E, oltre che eroici, saremo ricchi! Smisuratamente ricchi!»

Questa volta, dalla moltitudine, si levò un vero boato. I pirati danzavano, si abbracciavano, scaricavano le pistole in aria. Al momento stabilito, indigeni honduregni cominciarono a distribuire fiasche di rhum, caraffe di vino, fette di carne condita con salse piccanti. Una coreografia studiata. Chi non era troppo ubriaco raggiunse i tavoli d'arruolamento e mise la croce sotto il contratto senza nemmeno conoscerne le clausole. Tutti sudavano, ma non per imbarazzo: era il sole che picchiava. De Grammont, Van Hoorn e Lorencillo, era notorio, tenevano fede ai patti. Le canaglie e i mezzi idioti non venivano respinti, bensì dirottati ai vascelli minori.

Macary aveva assistito al discorso di De Grammont senza fiatare. Applaudì quando occorreva, inneggiò alla spedizione. Ciò che ammirava di più, nel cavaliere, era lo spirito militaresco, che si manifestava in un costante piglio imperativo. In assenza di regole, il secondo ufficiale del *La Francesa* si sentiva a disagio. Era sì capace di assumere decisioni individuali, all'occorrenza, ma aveva l'impressione che fossero arbitrarie se un ordine non le aveva precedute o un assenso non le aveva confermate. Si mise in fila per firmare il proprio ingaggio o *chasse-partie*, su un quaderno in cui erano descritti i compensi e i risarcimenti nel caso di mutilazioni gravi. Naturalmente, gli avventurieri che sapevano leggere erano uno su dieci o su venti, e i più firmavano con una semplice croce. Tuttavia le norme del *chasse-partie* correvano di bocca in bocca ed erano note a ogni marinaio. Nessun comandante avrebbe cercato di ingannare i suoi uomini. I pochi che vi avevano provato, in passato, ornavano con le loro ossa scogli e isolette dei Caraibi.

Macary si sentì strattonare.

«Ma cosa fa qua il mio secondo ufficiale? Non perdete tempo, Hubert, siete già arruolato di diritto, boia Satana! Seguitemi, piuttosto. È in corso una piccola riunione a cui siete invitato.» La voce ilare apparteneva a Lorencillo, che appariva di ottimo umore. Gli scoppi collerici di due giorni prima non avevano lasciato traccia.

«E la firma?» obiettò Macary.

«Ma sentilo, il leguleio! Firmerete quando ne avrete voglia. Non preoccupatevi per il compenso: dopo Veracruz, o saremo tutti morti, o saremo tutti ricchi.»

Alla base di una collinetta che si immergeva a picco nel mare cristallino, tra alti cespugli di agave azzurra, alcuni marinai e un paio di schiavi stavano salando carne di porco, che poi pigiavano entro barilotti. Poco più oltre, in una radura coperta da una rigogliosa tettoia naturale di foglie di palma, sedevano quattro uomini. Erano Francis Levert,

Petru Vinciguerra, un pirata corso al servizio di De Grammont, Big Willy, colosso irlandese imbarcato con George Spurre, e L'Esquelette, un avventuriero scheletrico (da cui il nomignolo) che serviva su una o sull'altra delle navi della Filibusta. Un quinto personaggio stava in piedi fumando la pipa. Si trattava di Pierre Bot, detto anche Bréha. Ora primo ufficiale sui brigantini, ora comandante su piccoli vascelli. Svizzero e calvinista, non conosceva patria. Si distingueva dai compari per il tratto elegante e per le vesti sfarzose. Portava cappello piumato, codino e pizzo lunghissimo. La sua ferocia in battaglia stava entrando nel mito.

«Amici, ecco il sesto e ultimo componente la spedizione» annunciò Lorencillo, giulivo. «Chi sia Hubert Macary lo sapete un po' tutti. Non ho mai avuto ai miei ordini un uomo più fidato. Pignolo, questo sì. Rompe spesso le scatole. È un poco tonto, senza averne colpa. Ma, se gli si ordina di essere un demonio, lo diventa. Quando gli dissi, così, per scherzo, di sventrare una dama spagnola, lui lo fece. Mi portò su un vassoio ben caldo le trippe della...»

«Quale spedizione, capitano?» lo interruppe Macary, molto serio. Frenò così le risate del gruppo, sul punto di prorompere.

Lorencillo fu costretto ad atteggiare il viso in un'espressione ferma. «Si tratta di una missione che va tenuta segreta, Hubert. I vostri compagni la conoscono già. Partirete subito su un'imbarcazione leggera, una *pinaza*, alla volta di Veracruz. Vi arriverete prima di noi. E raccoglierete dati utili.»

«Sulle fortificazioni?»

«Non solo.» Lorencillo abbassò la voce e aggrottò le sopracciglia. «Il cavaliere De Grammont è fissato su una sorella, tenuta prigioniera dall'Inquisizione, in quanto ugonotta, nella fortezza di San Juan de Ulúa. Lui crede che sia viva, ma magari è morta da un pezzo. Si tratta di scoprire come sta e di capire come possa essere liberata.»

Pierre Bot scosse il capo. «È ben difficile che possiamo impadronirci del forte di San Juan. L'ho visto una volta. È smisurato e massiccio, in pratica inavvicinabile.»

«Ci guarderemo bene dall'attaccarlo direttamente, Pierre. La sorella di De Grammont, se è viva, dovremo liberarla con un colpo di mano.»

«Difficile anche questo, capitano Laurens.»

«Ma non impossibile. Non vi ho scelti a caso per la ricognizione. Guardatevi. Levert è un furetto che, però, uccide come un serpente velenoso. Big Willy è la forza bruta. L'Esquelette è capace di scassinare i lucchetti più complicati e, se necessario, di sgusciare tra le sbarre di un cancello. Macary è la logica allo stato puro e l'assoluta fedeltà agli ordini. Vinciguerra parla come un prete e incanta come un prete. Quanto a voi, Pierre, siete l'unico presentabile, con maniere da damerino.»

Lorencillo, divertito dalle sue stesse definizioni, batté le mani. «Suvvia, miei valorosi! La *pinaza* è già equipaggiata e vi attende nella baia. Non perdete tempo. Raccogliete le vostre cose e lavatevi: a parte Pierre, puzzate come capre, porco demonio. Poi imbarcatevi. Ci si rivede al largo di Veracruz!»

Mentre scendeva verso la capanna miskita che lo aveva ospitato in quei giorni, a recuperare il suo sacco, Macary nutriva alcune perplessità. Forse gli uomini del gruppo erano complementari, ma si conoscevano appena (l'unico suo amico era Levert) e la missione appariva difficilissima, dati i pochi giorni a disposizione. Tuttavia il suo capitano l'aveva ordinata, e lui non era tipo da obiettare a un comando.

Si chiese anche se l'ingiunzione di lavarsi fosse una prescrizione o una semplice battuta scherzosa. Di norma, gli avventurieri non si lavavano mai: anche quando erano ricchi, non adottavano i costumi molli della nobiltà. Decise comunque di farlo, per prevenire rimproveri. Non si poteva mai sapere.

4

Tra i nemici

Una *pinaza* era un'imbarcazione con un solo albero e un'unica, grande vela quadrata. Certe volte non aveva nemmeno quella, ed era spinta a remi. Insomma, una sorta di scialuppa molto larga e molto lunga, capace di imbarcare una quindicina di marinai ma non di reggere il peso dei cannoni, a parte, in qualche caso, una piccola colubrina fissata a prua. Era uno dei navigli prediletti dai Fratelli della Costa quando si trattava di abbordare un galeone di sorpresa, specie di notte. Da lontano somigliava a una barca da pesca, sebbene più veloce. Tanti capitani avevano iniziato la loro avventura su legni di quel tipo, leggeri, poco costosi e mobilissimi.

Macary, a prua, fu il primo ad avvistare terra. «Ci siamo! Non ho dubbi, è Veracruz. Non la vedo ancora, ma scorgo le anse del porto. È proprio lei!»

Chi aveva il comando era, per anzianità, lo svizzero Pierre Bot. Lasciò la barra del timone a Big Willy e si accostò all'impavesata. Tolse dalla tasca della lunga polacca che indossava un piccolo cannocchiale, che snodò. Osservò nell'oculare per qualche secondo. «Sì, San Juan de Ulúa è inconfondibile. Ammainiamo la vela e accostiamo a remi… No, un momento! Una goletta sta uscendo dalla baia! Punta diritta su di noi!»

In effetti, un due alberi di medie dimensioni, dalle vele

quadrate e dall'ampia randa trapezoidale, era uscito dal porto di Veracruz e navigava verso la *pinaza*. Era un'imbarcazione ampia, lunga e maneggevole, simile a quelle che gli spagnoli chiamavano *balandras*, ma con un albero in più. Aiutata dal vento a favore, sollevava con la prora due getti di schiuma. Presto fu facile notare gli otto cannoni, quattro per lato, che la armavano senza appesantirla. Un cannoncino mobile era collocato a fianco del bompresso, ma non pareva avere serventi.

«Che si fa, capitano?» chiese Levert. «Viriamo di bordo?»

«No, forse non è necessario.» Pierre Bot lanciò un'occhiata al cielo, in cui il sole pallido era ogni tanto seppellito da nubi grandi e nerastre, che si muovevano velocemente. Cadeva una pioggia sottile. «Male che vada, approfitteremo di un momento di buio per prendere il largo. Intanto armatevi tutti, ma senza che le armi si notino troppo. Sentiamo cosa vogliono da noi questi signori.»

L'Esquelette disfece un fagotto, poggiato su un rotolo di sartiame, e distribuì ai compagni pistole a pietra focaia, corni di polvere da sparo e sacchetti di palle di piombo. Ogni pirata aveva già al fianco lo sciabolotto o la daga e, nel caso di Big Willy, un'ascia d'abbordaggio. Le incerate che riparavano dalla pioggia nascondevano il piccolo arsenale.

Seguì un'attesa piena di apprensione, almeno per Macary. Finalmente la goletta si portò vicina. Il nome era dipinto sui masconi: *El Santo Espíritu*. Inalberava la bandiera tipica dei galeoni di Spagna: tre bande orizzontali, rossa, bianca e gialla, e un'aquila al centro, circondata da una ghirlanda e sormontata da una corona. La voce del capitano suonò cordiale. «Fatevi riconoscere! Chi siete?»

Pierre Bot rispose in uno spagnolo impeccabile: «Sudditi del vostro stesso sovrano, mio signore. Sono il proprietario di questo legno e ho bottega di mercante a Campeche. Mi chiamo Alberto Martínez. Vado a Veracruz a cercare negli empori merci da acquistare e rivendere».

«Al largo non avete visto due galeoni? Dovrebbero chiamarsi *Nuestra Señora de Consolación* e *Nuestra Señora de Regla*.»

Macary tirò un sospiro di sollievo. L'attitudine del capitano era amichevole e l'equipaggio della goletta si dedicava con tranquillità alle mansioni consuete.

«No, signore» rispose Pierre Bot. «Abbiamo navigato sotto costa, senza incrociare altro che barche.»

Il capitano del *Santo Espíritu* sollevò il cappello in gesto di saluto. «Proseguite pure, signor Martínez. Aspettiamo due navi provenienti da Caracas. Solo dopo il loro arrivo i magazzini di Veracruz saranno pieni. Sempre che vi interessino i pitali.»

«Pitali?»

Non vi fu risposta: la goletta si era ormai allontanata. Pierre Bot si rivolse ai suoi uomini, sorridente. «Nessun pericolo. Gli spagnoli non sono in allarme. Della nostra spedizione non è trapelato nulla. Trepidano, invece, per i loro vasi da notte.»

«Chissà cosa se ne faranno» borbottò L'Esquelette.

«Non lo immagini?» rise Pierre Bot. «Suvvia, deponete le armi e mettetevi al lavoro. Tra poco si sbarca.»

Il porto di Veracruz era stretto fra la grande fortezza che proteggeva la città, costruita su una penisola sottile, e la costa. Su quest'ultima, a forma di mezzaluna, sorgeva un bastione a ognuna delle due estremità. L'ampio specchio d'acqua ospitava imbarcazioni di piccole o grandi dimensioni, utili alla pesca, e una sola *urca*: una nave tozza e molto larga, con tre alberi bassi, idonea per il trasporto su piccoli tragitti di bestiame e di carichi voluminosi. Al di là, oltre il velo di pioggia e una coltre di nebbiolina, si scorgevano i campanili di Veracruz: una città estesa e quasi tutta in pietra, pianeggiante e, a un primo sguardo, monotona. L'abitato aveva mura, però basse e logorate dalla salsedine, ma di sicuro un sistema di fortini la proteggeva verso l'interno.

Si stava levando un vento forte. Quella parte della costa atlantica della Nuova Spagna era notoriamente sempre flagellata dalle intemperie, con brevi pause di sole nei mesi più caldi.

Gli occupanti della *pinaza* misero piede sul molo umido e scivoloso mezz'ora dopo. Discusso il pedaggio con le autorità portuali e ottenuto un attracco sicuro, si inoltrarono in città. Pierre Bot si fermò all'imbocco di un viottolo, che conduceva diritto ai palazzi del governo e alla cattedrale in costruzione, e guardò i compagni.

«È meglio che ora ci dividiamo. Tu, L'Esquelette, assieme a Willy e a Petru, girerete fra le case per segnarvi mentalmente i punti strategici e le eventuali fortificazioni. Io, Francis e Hubert cercheremo di raccogliere informazioni su San Juan e sulla sorella del capitano De Grammont, se davvero è là.»

«Dove ci ritroveremo?» chiese L'Esquelette.

Pierre Bot guardò il cielo in cui le nubi si accavallavano. «Dev'essere circa mezzogiorno, anche se il sole non si vede. Possiamo vederci stasera…» Scorse una frasca fradicia d'acqua, sopra un'insegna scolorita. «Laggiù, al Viejo Marinero. È anche locanda, ci dormiremo. A più tardi, compagni!»

I due gruppi si divisero. Quello di Bot rimase sul molo e lo percorse. Macary, più che il mare, guardava le case. Dopo avere partecipato a incursioni leggendarie, non ricordava di avere mai visto una città spagnola interamente in muratura. A Veracruz le capanne di legno, con il tetto di foglie di palma intrecciate, sembravano rare. Prevalevano invece costruzioni in mattoni che, anche quando erano misere, avevano il loro porticato e cancellate in ferro battuto, a protezione di ingressi e finestre. Nugoli di bambini sguazzavano nelle pozzanghere, indifferenti alla pioggia. Erano i figli dei servitori, tutti indigeni, o degli schiavi negri. I loro padroni *criollos* non sarebbero mai scesi in strada, a sfidare il maltempo.

Pierre Bot interpellò un barcaiolo anziano, un indio, rannicchiato nella sua incerata. «Amico, ci porteresti a San Juan? Pago bene.»

«Con questo tempo?» L'uomo sospirò. «D'accordo, salite.»

Quando i tre furono montati sulla piccola lancia, Macary domandò a Bot, in francese: «Che piano avete? Non basta raggiungere la fortezza per esservi ammessi, temo».

Pierre Bot aveva il viso largo e i favoriti lunghissimi di un buon borghese, padre di famiglia e onesto commerciante, se non fosse stato per il lampo d'astuzia che ogni tanto faceva capolino nei suoi occhi grigi, dalle sopracciglia spesse. Anche ora, quel guizzo apparve nelle sue pupille.

«Al momento non ho nessuna idea, Hubert, ma spero di farmene venire una prima che raggiungiamo il forte.»

Benché perplesso, Macary fece un cenno d'assenso. «Siete voi il capo, saprete ciò che fate» borbottò.

Via via che l'indio, a forza di remi, spingeva la barca attraverso il tratto di mare che li separava dall'estremità della penisola, San Juan de Ulúa, conosciuta anche come San Juan de Luz, mostrava tutta la sua imponenza. La cittadella, di forma quadrangolare, non aveva mura più alte della norma, tuttavia si era intimiditi dalla sua smisurata estensione, dallo spessore dei merli, dalle due torri di guardia. La superficie esterna pareva rosicchiata da una specie di lebbra, che si sarebbe attribuita alla salsedine. L'apparenza era invece dovuta ai blocchi di corallo pietrificato usati per costruire il fortilizio, quasi un secolo prima, sotto la direzione di Giovan Battista Antonelli e di altri architetti, e durante il governatorato di vari viceré della Nuova Spagna. L'esito era stato il sorgere di un baluardo che solo un pazzo avrebbe osato assalire.

La barca approdò in una piccola cala quadrangolare che fiancheggiava il lato sud della fortezza. Gli avventurieri pagarono il barcaiolo, che li ringraziò mille volte per la loro generosità, e misero piede su una spianata difesa da due cannoni. Un attimo dopo erano circondati da una trentina di soldati spagnoli, armati di picche, di spade e di archibugi. L'ufficiale che li comandava domandò, secco: «Chi siete? Come osate sbarcare qua? Chi vi ha autorizzati?».

A Macary dolorò il petto, tanto il suo cuore era in tumulto, ma Pierre Bot non si scompose. Fece un inchino elaborato e disse: «Signore, siamo mercanti. Ci siamo imbattuti in mare in due galeoni provenienti da Caracas, il *Nuestra Señora de Regla* e il *Nuestra Señora de Consolación*. I capitani ci hanno pregato di preannunciare il loro arrivo al signor governatore di Veracruz, don Luís Bartolomé de Córdoba y Zuñiga, nonché al castellano di questa roccaforte, don Fernando de Solís y Mendoza».

L'espressione ostile dell'ufficiale sparì all'istante. «Ah, finalmente buone notizie!» esclamò. «Temevamo molto per la sorte di quelle navi: questo mare è infestato dai pirati. Don Luís è in città, ma don Fernando è nei suoi appartamenti… Aspettatemi qui. Come vi chiamate?»

«Alberto Martínez, mercante in Campeche.»

«Torno subito.»

Macary, ammirato dalla prontezza di riflessi e dalla disinvoltura di Pierre Bot, trasse un sospiro di sollievo. Intanto aveva smesso di piovere, ma il vento rimaneva fortissimo e spostava banchi di nubi nere. Il sole restava invisibile, celato dalla nebbia. Già spettrale di suo, la fortezza manteneva la propria tetraggine, che occasionali schiarite non riuscivano a dissipare.

L'ufficiale fu di ritorno poco dopo. Era quasi sorridente.

«Don Fernando è a pranzo con doña Gabriela Junot-Vergara, signor Martínez, ma acconsente a ricevervi. Seguitemi.»

«Anche i miei amici?»

Il militare posò lo sguardo su Macary e su Levert. Alzò le spalle. «Non me lo ha detto. Suppongo di sì.»

5

La fortezza di corallo

Per accedere a San Juan de Ulúa si doveva percorrere un passaggio tortuoso di corallo pietrificato, tutto angoli retti, irto fra il mare e una laguna artificiale. L'ingresso alla fortezza era presidiato da un folto corpo di guardia, che, alla vista del graduato, non sollevò obiezioni. I tre filibustieri ebbero accesso a un cortile molto grande, che la pioggia aveva costellato di pozzanghere. Alla loro sinistra sorgeva una facciata di tipo civile, in mattoni rossi. Di fronte, una serie di arcate svelava magazzini zeppi di merci. A destra era stato ricavato un piccolo giardino ombreggiato da palme, forse frequentato dalle guardie quando, tra novembre e maggio, il vento calava e il calore si faceva rovente.

«Capitano» chiese Pierre Bot, senza conoscere il grado effettivo dell'ufficiale «mi avevano detto che questa roccaforte è usata anche come prigione dall'Inquisizione. A me sembra piuttosto una caserma.»

L'ufficiale, un uomo allampanato, dalla barba appuntita, indicò una torre bianca che si scorgeva oltre le mura. «La prigione è là, in un acquartieramento, il Rebellín de San José, protetto da un ponte levatoio. Vi hanno accesso unicamente i frati domenicani e i secondini. Io vi sono stato solo una volta e mi è bastato. Il puzzo di orina, di feci e di sporcizia toglie il fiato.»

«Vi sono detenuti illustri?»

«Nessuno, a quel che so.»

«Pirati?»

«Solo la sorella di un pirata, il famoso De Grammont. Se è ancora viva. Sta nella cella più angusta, proprio sotto la torre. Lì non si campa a lungo. Come sia sopravvissuta per oltre cinque anni è un mistero.»

Pierre Bot smise con le domande perché stavano entrando nell'ala dai mattoni rossi, l'unica a uso civile. Un grande portone, ornato da fregi di marmo, era sorvegliato da due soldati annoiati e distratti, che al passaggio del superiore si riscossero e sollevarono l'alabarda. Un attimo dopo erano tornati alla loro apatia.

Nell'atrio, una larga scalinata, illuminata da molti candelabri, conduceva al piano di sopra. Le pareti erano adorne di arazzi e di festoni d'armi. Salita la rampa e incrociati vari domestici in livrea, i visitatori si trovarono negli appartamenti occupati dal castellano e, occasionalmente, dal viceré della Nuova Spagna don Tomás Antonio de la Cerda y Aragón, conte di Paredes e marchese di Laguna. Si sapeva però che questi detestava il clima umido e piovoso di Veracruz, sua ipotetica residenza, e quando poteva si trasferiva in città coloniali più accoglienti.

Al piano superiore dominava lo sfarzo esagerato tanto caro alla nobiltà spagnola. I corridoi, che prendevano luce da finestre a tutto sesto, erano un'esposizione di ninnoli, tavolini in marmo rosa, poltrone foderate di velluto, dipinti e tappezzerie. Valicati numerosi tendaggi, schiusi da una servitù discreta e silenziosa, il gruppo raggiunse una sala da pranzo che un Grande di Spagna avrebbe invidiato.

«Sono questi i mercanti che hanno notizie dei galeoni?» L'uomo che si alzò da tavola per accogliere gli ospiti aveva voce piacevole e modi garbati. Dimostrava una cinquantina d'anni, ma forse era la parrucca incipriata, di proporzioni spropositate, che lo invecchiava un poco. «Venite, amici miei, e ditemi subito le novità!»

Pierre Bot si sprofondò in un inchino, che i suoi compagni imitarono. Non era rivolto solo al castellano Fernando de Solís, ma anche alla dama che, a tavola, gli sedeva a lato. Macary ne fu molto colpito. In vita sua, non aveva mai visto donna più bella e più elegante.

Don Fernando fece un cenno all'ufficiale. «Tu puoi ritirarti.» Disse alla dama: «Doña Gabriela, voi mi perdonerete» e, pulite le labbra in un tovagliolo, si fece incontro ai sedicenti mercanti.

«Mi hanno detto che vi chiamate Martínez» disse a Pierre Bot. «Siate il benvenuto. Posso offrire a voi e ai vostri amici una coppa di vino?»

«Vi ringrazio, signor castellano» rispose il filibustiere «ma io e i miei compagni abbiamo vari appuntamenti d'affari in città, e ci conviene restare perfettamente lucidi. Ho creduto però mio dovere riferirvi del nostro incontro con il *Nuestra Señora de Regla* e il *Nuestra Señora de Consolación*, avvenuto dopo la zona di mare detta El Alacrán.»

Don Fernando corrugò le sopracciglia. «Il ritardo di quella spedizione mi stava preoccupando. Qui giungono galeoni nove volte all'anno, dalla Spagna e dalle colonie, e tutta l'economia di Veracruz dipende dai loro carichi. Cominciavo a temere che i due da Caracas fossero perduti.»

«Rassicuratevi, signore» rispose Pierre Bot. «Li vedrete approdare entro pochi giorni. Sono stati rallentati da una tempesta che, per i danni subiti, li ha costretti a carenare presso Mérida. Ora le navi sono in ordine e il carico è intatto.»

Don Fernando mostrò allegria. «Ma che bella notizia!» esclamò con palese sollievo. «Trasportano… diciamo beni molto richiesti dai nostri cittadini più illustri, che non fanno che lamentarsi di un sistema fognario ancora imperfetto. Però, signor Martínez, non potete rifiutare una coppa di vino, per festeggiare l'evento! Una sola non potrà otte-nebrarvi e nuocere ai vostri commerci.»

Mentre si svolgeva quel dialogo, Macary (come anche Levert) non riusciva a distogliere lo sguardo dalla dama. Era troppo bella ed elegante per non attirare tutte le atten-zioni. Aveva occhi scuri, acuti e maliziosi, e sopracciglia finemente disegnate. La capigliatura, castana tendente al biondo, le sormontava il capo in spire, scoprendole il viso. L'abito accollato, d'uso nelle colonie delle Indie occiden-tali, non riusciva a nascondere le sue forme prepotenti. Il mezzo sorriso che manteneva sottolineava il potere di se-duzione che sapeva di avere.

Don Fernando, mentre versava personalmente il vino in bicchieri di cristallo portati dai camerieri, si rivolse a lei. «Avete udito, doña Gabriela? Stanno per arrivare merci dal-la vostra città, Caracas. Senz'altro porteranno anche sete capaci di rendervi più fulgida... se ce ne fosse bisogno.»

La galanteria era goffa, e la dama l'accolse con un sor-risetto di circostanza, non privo di ironia. Ciò non impe-dì che Macary provasse, per un attimo, un incongruo sen-timento di gelosia nei confronti del castellano. Le donne che lui frequentava alla Tortuga – o che aveva frequentato a Brest, la città in cui era nato – erano prostitute o schiave o indigene. Trovava ingiusto che un damerino imbelletta-to come don Fernando potesse dividere la tavola con una creatura così affascinante.

Pierre Bot sorseggiò il vino e disse, col fare leggero tipico delle persone di riguardo: «Mi avevano descritto San Juan de Ulúa come un carcere tenebroso, in cui si sperimentano supplizi raffinati. Da ciò che ho visto è il contrario».

Il castellano allargò le braccia, attento a non versare il contenuto del bicchiere. «Non potrei garantirlo. Non ho autorità sulla prigione che sta sotto la torre bianca. Forni-sco pochi soldati di guardia. La giurisdizione, oltre il pon-te levatoio, spetta agli ordini religiosi. I domenicani, i gesuiti, i francescani, gli agostiniani. Agiscono come meglio credono.»

«Il vostro ufficiale mi ha detto che sarebbe prigioniera anche la sorella di un filibustiere famoso.»

Per la prima volta, la serenità di don Fernando de Solís si alterò. Dal sorriso passò alla smorfia. «Può darsi. Io spero che sia morta. Venga il fratello, De Grammont, a liberarla, se ne è capace. Dopo averlo colato a picco a suon di cannone, gli consegnerei una salma.»

«Secondo me potete dormire tranquillo. La torre e la prigione sottostante sono inavvicinabili dal mare.»

«Tutta la fortezza lo è. E la città è irta di baluardi. Abbiamo creato il primo centro, nelle colonie di re Carlo II, immune dagli attacchi dei pirati.»

Doña Gabriela, che si disinteressava alla conversazione e spilluzzicava un'ala di pollo, alzò il viso adorabile dal piatto. «Anche Panamá credeva di esserlo. Anche Maracaibo, prima di essere presa dall'Olonnais e poi da Michel de Grammont.»

Il castellano le sorrise. «Mia signora, se c'è qualcosa di inaccessibile siete voi. Lasciate che congedi questi gentiluomini, poi riprenderò il mio assedio.»

La frase era ardita, ma Gabriela Junot-Vergara appariva molto sicura di sé. «Don Fernando» replicò vagamente beffarda «siete in numero insufficiente per farmi capitolare. Anche calcolando vostra moglie e le vostre figlie.»

La conversazione si faceva imbarazzante, di fronte a estranei, e solo il vino aveva potuto innescarla. Fernando de Solís arrossì e congedò in fretta i visitatori. «Signori miei, vi auguro un buon commercio. Grazie per le belle notizie. Un cameriere vi condurrà all'uscita, e una barca vi riporterà a Veracruz.»

Mezz'ora dopo Pierre Bot, Levert e Macary si trovavano nuovamente ai bordi della città, dalla parte del mare. Come tutti gli abitati coloniali appartenenti alla Spagna, gli isolati erano raggruppati in quadrati che si intersecavano con vie ad angolo retto, fino a sfociare in plaza Mayor, quadrata anch'essa, in cui poteri distanti avevano la propria rappresentanza: il palazzo del governo, la cattedrale, la *Contaduría* che fungeva da sede municipale del *cabildo* (ovverosia l'assemblea dei cittadini più facoltosi), il mercato. La folla era variegata e vociante, rappresentata soprattutto da indigeni e da schiavi negri e orientali. Passava raramente qualche calesse con a bordo spagnoli e creoli. Un secolo prima le carrozze erano state vietate da Filippo II, perché i coloni non eccedessero in lusso smodato. Il divieto era stato scordato in un istante, benché mai revocato. Adesso, a distanza di tanto tempo, nessuno lo ricordava più.

Pierre Bot sostò all'ingresso di plaza Mayor, i pugni sui fianchi. «Ma guarda che bordello. Mancano ore al ritrovo con i nostri. Potremmo anche salpare subito, le informazioni le abbiamo. Ci toccherà trovare il modo di passare il tempo fino a sera.»

Levert additò una schiava che camminava dimenando il sedere, una cesta di pane sul capo. «Potremmo prendere una di quelle negre e portarla in una stradina laterale. Due la tengono ferma, il terzo se la gode. Poi tocca agli altri.»

Pierre Bot scrollò il capo. «Questione di mezz'ora, al massimo. Dobbiamo fare passare la giornata fino a sera. Qualcuno ha un'idea migliore?»

Prima che i compagni potessero esprimersi, un borghese corpulento si fece avanti, esagitato. Indicò Pierre Bot e gli altri. «Li riconosco, queste canaglie! Sono pirati, pirati francesi! Mi trovavo su un galeone della nostra corona quando…»

«Tu ti sbagli, amico mio» replicò Bot con freddezza.

«Non mi sbaglio affatto!» Il tono era cattivo, l'enfasi estrema. «A Maracaibo mi avete mutilato, ho tre dita per mano.

Mi avete quasi bruciato vivo. Come potrei avervi dimenticato, capitano Pierre?»

Si era silenziosamente addensata, attorno ai filibustieri, una folla schiumante. Molti impugnavano alabarde e picche. Altri bastoni.

6

Un nuovo arruolato

La situazione sembrava non consentire vie d'uscita. La folla premeva e si ingrossava di minuto in minuto. Macary non fu preso dal panico. Semplicemente portò la mano alla sciabola, pronto a vendere cara la pelle. Vide con la coda dell'occhio Levert fare lo stesso.

Invece la reazione di Pierre Bot fu del tutto diversa. Scoppiò in una grassa risata, che sconcertò gli astanti. Corse poi verso il suo accusatore e lo abbracciò stretto.

«Sempre la solita sagoma, caro cugino!» esclamò. «Quasi mi fai ammazzare, tanto per ridere! Sei grande, lascia che ti baci! Poi mi dirai come stanno i miei zii!»

Il borghese fu colto di sorpresa. Si trovò le guance villose del pirata premute contro la bocca. Intanto Pierre Bot gli solleticava le ascelle, simulando un abbraccio. Mentre cercava di divincolarsi, il disgraziato fu obbligato a una specie di sorriso. Capito lo stratagemma, Macary e Levert lasciarono le sciabole e finsero di ridere fino alle lacrime. Circondarono a loro volta lo sconosciuto e gli batterono forti pacche sulle spalle.

A quel punto la calca si sciolse, tra risatine e commenti di sollievo. Il borghese, esterrefatto, non riusciva a parlare, tanto l'abbraccio di Pierre Bot era forte. Quando poté balbettare qualche protesta, si trovò trascinato in un vicolo deserto. Bot, stringendogli il collo, gli sussurrò: «Ma davvero non mi riconosci, cugino?». Estrasse un pugnale da una tasca della gabbana e glielo conficcò nel ventre, scostandosi abbastanza da schivare il fiotto di sangue.

Il borghese mugolò. Levert lo pugnalò a sua volta, ripetutamente. Lui e Bot spinsero il moribondo entro un androne e ve lo lasciarono cadere. Per maggiore precauzione, dato che si lamentava ancora, Macary gli tagliò la gola con la sciabola. Asciugò la lama sulle vesti della vittima.

«Bene, adesso vediamo di non perdere altro tempo» disse Pierre Bot. «Dobbiamo ritrovare i nostri compagni e andarcene appena possibile.»

Si incamminarono tra case a un solo piano, tinte di bianco, tutte uguali tra loro. Racchiudevano un patio di forma quadrata, ornato da siepi, alberelli e spesso da una fontana, su cui davano scuderie, alloggi della servitù, rimesse, cucine, stanze di soggiorno. Il cortile era costruito in adobe.

Si trattava di un quartiere abitato in prevalenza da spagnoli e da creoli, tuttavia non mancavano le dimore di indigeni che avevano conseguito un certo status. Artigiani, soprattutto, ma anche proprietari di piccoli laboratori tessili che la Spagna aveva sulle prime incoraggiato, salvo poi cedere alle pressioni dei coloni timorosi di quella concorrenza. I pochi sopravvissuti all'ostilità del mercato avevano dovuto piegarsi alle regole delle corporazioni, perdendo molta della loro autonomia. Tessevano *mantas*, stoffe di cotone grossolano o di canapa. Abitavano casette graziose, in parte in legno, fitte di piccole stanze. Spesso ospitavano sulla facciata la minuscola bottega o il commercio che dava da vivere all'intera famiglia.

Altre case erano vuote. Pierre Bot ne spiegò il motivo. «Veracruz si popola quando arrivano gli equipaggi dei galeoni. Passa da cinquemila abitanti a oltre diecimila. Lontano da quei periodi, è per metà deserta.» Si guardò attorno. «Se ricordo bene, la taverna dell'appuntamento si trova laggiù, alla fine della calle de la Pesquería. Siamo in anticipo. Speriamo che i nostri amici non tardino troppo.»

Nel Viejo Marinero il salone era solo in parte occupato da clienti. Colpa forse del vento impetuoso che induceva chi poteva a rimanere in casa. Per le strade di Veracruz si continuavano a vedere solo schiavi di razza africana oppure orientale: lacchè, cocchieri, camerieri. Pochissimi cittadini a pieno titolo. Questi erano invece numerosi entro la *cantina*, affumicata dal fumo delle pipe. Tutti maschi e adulti, in maggioranza anziani. Non era tempo di approdi e commerci, e dunque non era tempo di prostituzione. Sarebbe rifiorita appena un galeone avesse gettato l'ancora.

Pierre Bot ordinò due bottiglie di vino bianco e tre bicchieri. «La fortezza è inespugnabile» disse sottovoce ai compagni «e un attacco per mare è troppo pericoloso. È però possibile un colpo di mano contro il carcere sotto la torre bianca. Rischioso ma fattibile.»

«Vedremo cosa ne dirà il cavaliere» commentò Macary. Poi aggiunse, preoccupato: «Ma cosa vuole questo imbecille? Fare la fine del grassone di prima?».

Un uomo dalle fattezze dure, se l'alcol non le avesse alterate un poco, aveva lasciato il proprio tavolo e quattro mercanti intenti a giocare a domino per raggiungere il loro. Barcollava e stringeva una bottiglia polverosa, un esile sorriso sulle labbra. Appariva elegante, nella sua marsina dorata dalle lunghe falde, con cravatta a sbuffo sulla camicia candida. Al fianco portava una *cazoleta* dall'elsa ricca di incisioni floreali, in cui rischiava di inciampare. Un tricorno di velluto gli copriva la parrucca.

«Nuovi a Veracruz, non è vero?» disse con voce leggermente impastata, dall'accento francese. Posò la bottiglia sul tavolo dei pirati e indicò i giocatori di domino. «Quelli mi hanno annoiato. In questa città mi annoiano tutti. Preferisco bere con tre stranieri, che magari hanno qualcosa di meno monotono da raccontarmi.»

«Vattene, ubriacone» gli disse Pierre Bot, con timbro sommesso ma minaccioso.

Fu come se lo sconosciuto non lo udisse, perché sollevò una gamba fasciata di lana bianca e scavalcò la panca. Vi si lasciò cadere.

«È la prima volta in vita mia che mi chiamano ubriacone. Be', non mi dispiace.» L'intruso scoppiò a ridere, malgrado l'evidente assenza di motivi di divertimento. Indicò la bottiglia. «È vino pregiato, proveniente direttamente dalla Spagna, da Rueda. Non un surrogato del Perú, come quello che state bevendo. Sul serio non ne volete?»

«Vi ripeto di andarvene» ribatté Pierre Bot, accentuando la minaccia insita in quelle parole.

«Altrimenti? Mi riserverete la sorte del poveretto che avete ucciso poco fa? Il presunto cugino?» L'intruso parve compiacersi del gelido silenzio che cadde tra i suoi interlocutori. Fece una risatina. «Oh, non preoccupatevi! Non ho alcun interesse a denunciarvi. Solo, dovreste stare un po' più attenti. In una città non si è mai soli del tutto. Anche colonne, androni e finestre possono avere occhi.»

Macary non era preoccupato: semplicemente, lo annoiava l'idea di dovere ammazzare un altro ficcanaso. Si chiese come l'uomo li avesse scovati nella taverna. Puro caso? No: li aveva seguiti, aveva capito la direzione che prendevano e li aveva preceduti. In tempo per bere una prima bottiglia e per impegnarsi in una partita a domino.

Pierre Bot si rilassò. Chiuse gli occhi, come se fosse stanco, e li riaprì. «Che cosa volete da noi, amico?»

«È presto detto. Essere dei vostri.»

«Dei nostri *chi*?»

L'altro rise ancora. Malgrado ciò, abbassò la voce. «Solo questi stupidi spagnoli possono non capire chi siete. Io vi ho riconosciuti all'istante. Avete sciabole e daghe, e non, come me, *cazoletas* da damerino. I rigonfiamenti delle vostre giacche indicano, con tutta probabilità, che siete armati di pistole. I vostri vestiti sono troppo sfarzosi, e troppo mal combinati fra loro, per non essere il frutto di varie rapine. Inoltre, scusate se oso dirvelo, puzzate molto. Sarò più specifico: puzzate di mare, di catrame, di sentine luride. Scendete di sicuro da un qualche vascello, che immagino inalberi una bandiera nera.»

Pierre Bot sospirò. «Se anche fossimo ciò che pensate, cosa vi fa credere che abbiamo bisogno di voi?»

«Bisogno no, però potrei esservi utile in molti modi. Ho trascorso la mia vita combattendo, per terra e per mare. Ho conoscenze da chirurgo, acquisite sul campo. Sono pratico di ogni arma e so farmi rispettare. Insomma, sono l'uomo che fa per voi. Arruolatemi.»

Macary si accorse che lo sconosciuto non era affatto ubriaco. Aveva simulato l'ebbrezza per poterli avvicinare senza sospetti. Doveva essere una mente fina. Anche Pierre Bot fece forse lo stesso ragionamento, perché si limitò a chiedere: «Il vostro nome? Non l'ho afferrato».

«Ravenau de Lussan.»

«Con un passato di medico, mi dite.»

I chirurghi erano i professionisti più ambiti dai Fratelli della Costa, che faticavano a trovarne. Li pagavano a peso d'oro, con un'indennità apposita per la loro "valigetta" di strumenti.

«Non ho studiato medicina, però ho tagliato e ricucito pance più io di qualsiasi luminare della Sorbona.»

Pierre Bot, che non aveva troppa sete né appetito, cercò la pipa nella tasca del suo soprabito. Ne estrasse anche la borsa del tabacco, della varietà raffinata prodotta alla Tortuga. Premette le foglie sminuzzate nel fornello e le incendiò con un acciarino a pietra focaia. Diede due boccate lente, e solo dopo avere espirato tutto il fumo disse: «Signor De Lussan, mi avete convinto. Non so se siamo chi credete. Voglio farvi parlare con il nostro capitano. Sarà lui a decidere se accettarvi o decapitarvi».

«Correrò il rischio.» Ravenau alzò il calice. «Condivido in pieno le vostre regole e la vostra morale.»

«Quale morale?» chiese Bot, sconcertato.

«Nessuna, è ovvio.» De Lussan scoppiò ancora una volta a ridere. «È questo che condivido! Più la vostra visione dell'economia. Gli spagnoli impediscono a chiunque abbia diversa nazionalità di arricchirsi a piacere. Il mar dei Caraibi merita miglior destino. Ci dovrebbe essere libertà di commerciare in mercanzie e in schiavi, senza monopoli e strozzature doganali. Finché il commercio sarà strangolato, il furto sarà un atto di giustizia.»

Pierre Bot tirò una boccata dalla pipa e si avvolse di fumo. «Amico mio, le vostre idee sono interessanti. Adesso state zitto e tenetevi tranquillo. Stiamo aspettando… Ah, eccoli qua!»

Erano entrati nel Viejo Marinero Petru, L'Esquelette e Big Willy. Si guardarono attorno, poi si diressero al tavolo occupato dai compagni. Gettarono un'occhiata incuriosita a Ravenau de Lussan. Pierre Bot li accolse in piedi. «Tutto bene?» domandò. «Siete in anticipo.»

«Sì, signore» rispose L'Esquelette. «Abbiamo terminato in fretta la nostra ricognizione.»

«È meglio che non restiamo qui. Imbarchiamoci finché c'è luce.»

Gettò un pezzo da otto sul tavolo, poi tutti uscirono. Un vento penetrante e molesto batteva calle de la Pesquería. I passanti erano pochissimi, e camminavano veloci per combattere il freddo. Poco lontano, il mare era una coltre grigia.

Sulla soglia, Pierre Bot sussurrò a Macary: «Appena non avremo testimoni in giro, pugnala quel petulante rompiscatole di un francese. Un colpo secco, al fegato. Di solito è sufficiente perché non abbia il tempo di gridare».

«Con piacere» rispose Macary.

Fatti pochi passi in strada, Ravenau de Lussan indicò la fortezza di San Juan, visibile oltre la nebbia tra le ultime case. Iniziò a dire: «Quel luogo sarebbe segreto, ma io lo conosco come le mie tasche. Stanza per stanza, cella per cella. Merito di doña Gabriela Junot-Vergara. È stata la mia amante, ma non ne meno vanto: è l'amante di tanti. Inclusi don Fernando de Solís e lo stesso governatore, don Luís Bartolomé. Non è un caso se castellano e governatore non si sopportano».

Macary aveva già estratto dal fodero, appeso sotto la marsina, la lama sottile della sua "misericordia". Pierre Bot gli afferrò il braccio. «Fermo!» bisbigliò. «Se conosce la roccaforte come dice, potrebbe esserci utile.»

Macary obbedì e rinfoderò il pugnale, con un certo rammarico. Invidiava troppo chi fosse stato in intimità con doña Gabriela. Si propose di farla sua non appena avessero preso Veracruz. Anche per punirla della sua condotta immorale.

7

Verso la preda

La *pinaza* uscì dal porto di Veracruz quando ormai stava per calare il crepuscolo, e l'alta marea si gonfiava sotto la spinta di venti leggeri di nordest. La vela aurica, issata a braccia, fu tesa dalle folate. L'imbarcazione scivolò al largo, schivando i vascelli alla fonda. Incrociò poco più tardi *El Santo Espíritu*, ma l'oscurità era scesa e non fu avvistata.

Pierre Bot accese un cero racchiuso nel suo abitacolo di ferro, subito assediato da torme di insetti. Chiese a Petru Vinciguerra, che reggeva il timone: «Insomma, cosa avete scoperto?».

«Ci sono vari fortilizi in città» rispose il corso. «La Caleta a nord, il baluardo Santiago, il baluardo San José. Ben difesi e con una decina di cannoni ciascuno. Ma, nel caso di un attacco da terra, risulterà decisiva La Pólvora. È una costruzione quadrangolare, possente, ai margini meridionali della città. Di cannoni ne ha sei, e una trentina di soldati di guarnigione.»

«Noi saremo molti di più.»

«Sì, ma la postazione è solida... Malgrado ciò, il vero nemico è un altro.»

«Stai zitto, menagramo!» esclamò L'Esquelette da prora. «Risparmiaci le tue litanie!»

Pierre Bot fece un gesto seccato. «Stai zitto tu, carcassa!» Si accostò a Vinciguerra. «Parla liberamente. Chi sarebbe il nemico reale?»

Il corso parve rabbrividire. «Le malattie. Dietro Veracruz ci sono paludi sconfinate. I loro miasmi assediano la periferia. Sono trasportati dalla pioggerella costante e dal vento impetuoso. Quest'ultimo dovrebbe purificare, e invece lorda. La città gronda infermità. Vi si muore a grappoli.»

«Stai esagerando.» Bot fece spallucce. «Ho incontrato spagnoli in perfetta salute.»

«Erano ricchi! I ricchi se la cavano sempre. Non così i disgraziati. La bruma alternata al vento li uccide a poco a poco. Veracruz fu fondata dal demonio…»

Pierre Bot manteneva il suo atteggiamento scettico. «A quanto ne so, fu fondata da Hernán Cortés.»

«Sì, ed è questo che voglio dire. Fu cambiata tre volte di ubicazione, per sfuggire alla presa dei pantani circostanti. Cortés pensò di vincere morbi di cui ignorava la natura. Si illudeva: i suoi uomini continuarono a cadere come mosche. La maledizione non era naturale, era diabolica.»

Ravenau de Lussan cercava di srotolare, alla base dell'albero maestro, l'involucro di coperte in cui avrebbe passato la notte. Sogghignò. «Quell'uomo… cos'è, un italiano?… non è fatto per portare il buonumore. Adesso ci parlerà di malocchio e di reste d'aglio contro gli spiriti.»

«Sono corso!» protestò Vinciguerra con veemenza.

«Peggio ancora. Sulla vostra isola siete quattro gatti e, per passare il tempo, vi raccontate favole.»

Questa volta Pierre Bot intervenne con decisione. «Non siete ancora un Fratello della Costa, signor De Lussan. Guardatevi dal criticare un avventuriero, o vi getto ai pesci.» Squadrò Vinciguerra. «Quanto a te, risparmiaci leggende e superstizioni. Cortés non era il diavolo, né una vittima di Satana.»

«Però ha ucciso molti indigeni, per fondare Veracruz. Le

loro anime inquiete sono ancora là, pronte a invasare chi si appropri della loro terra.»

«Il corso è mezzo pazzo» osservò Big Willy, con il suo accento esotico e gutturale. Anche lui si preparava a dormire sul ponte. «Tuttavia ha ragione per ciò che riguarda il clima. La città è insalubre, le paludi emanano miasmi letali. Ci sono vari ospedali, uno dei quali destinato ai negri malati di petto. Gli schiavi non campano a lungo.»

Bot alzò le spalle. «Non andiamo a Veracruz per soggiornarvi, ma per saccheggiarla. Che ci importa del clima?»

L'osservazione, più che logica, pose fine a ogni controversia. Macary, che era stato scelto per il primo turno di guardia, sedeva a cavalcioni del bompresso, scrutando il mare. Aveva prestato un'attenzione superficiale alle conversazioni. D'un tratto sobbalzò. Aveva scorto tre luci distanti in movimento.

«Un vascello a babordo!» esclamò. «Non è una nave lunga. Forse una goletta, o un brigantino a due alberi.»

Pierre Bot fu lesto ad aprire la gabbietta di vetro del fanale e a soffiare sullo stoppino della candela, fino a spegnerlo. «Non possono averci visti» disse ai compagni. «Di sicuro non sono dei nostri: siamo troppo vicini a Veracruz. Devono essere spagnoli o loro alleati. Abbandoniamoci al vento, che abbiamo a favore. In pochi minuti saremo fuori portata.»

Dal buio si levò la voce, perennemente sardonica, di Ravenau de Lussan. «Mio capitano, pensate quale gloria sarebbe, per voi, raggiungere i vostri compagni su una nave di stazza superiore a questa miserabile scialuppa. Apparire a bordo di un veliero armato di tutto punto. Non so chi siano i vostri capi, ma ne sarebbero contenti.»

«Voi siete matto.» La replica di Pierre Bot fu fredda, per quanto incrinata da un'ombra di dubbio. «Siamo soltanto in sette. In un numero simile non si prende nessuna nave, né piccola né grande. Non temiamo la morte, ma nemmeno corriamo al suicidio.»

De Lussan rise apertamente, provocatorio. Avrebbe irritato la più mite delle persone. «Suvvia, capitan Bot, di quale suicidio mi parlate? Si sa che gli uomini della Tortuga non progettano di vivere a lungo. Sette contro cinquanta o sessanta, dov'è il problema? L'Olonnais, il mitico Olonnais, assalì su modeste piroghe i suoi primi galeoni. Lo stesso fece Levasseur, ai primordi della Filibusta. Avete dalla vostra il fattore sorpresa. Considerate il credito che una preda di grosso taglio vi procurerebbe.»

Dopo un lungo silenzio, si udì la voce di Levert, che parlava di rado. «Capitano, penso che quest'uomo abbia ragione. Sarebbe un peccato perdere la selvaggina. E l'occasione di rientrare con un'imbarcazione migliore di questa.»

«Ma siamo in sette!» protestò Pierre Bot.

«E, con tutto il rispetto, quanti pensate che siano gli uomini di guardia sul ponte, a quest'ora? Quattro o cinque al massimo. Facili da sorprendere e da sgozzare.» Levert girò il pollice all'ingiù. «Propongo di attuare la vecchia trappola. Azione rapida, tutti a bordo. Se ci sarà da combattere, si combatterà.»

Si levarono mormorii, però fu subito chiaro che l'istinto predatorio dei pirati prevaleva, come sempre, su ogni altro calcolo.

Pierre Bot lo intuì e non attese esplicite manifestazioni di volontà.

«E sia. Cercheremo di prendere quella nave, se è questo che volete» mormorò. Puntò un dito su Ravenau de Lussan. «Quanto a voi, che siete l'istigatore, state in guardia. Rischiamo di non portare al cavaliere De Grammont le informazioni necessarie per la conquista di Veracruz. Non vi perdonerò alcun atto di viltà, come fa Van Hoorn con i suoi equipaggi. Un solo passo indietro, durante l'assalto, e vi ucciderò sul posto. L'impegno vale anche per i miei compagni, nel caso fossi già morto.»

De Lussan non sembrò per nulla intimidito. «Non devo

esservi molto simpatico» replicò con un sogghigno «ma fidatevi di me. So battermi senza risparmio. Lo vedrete.»

Macary conosceva la leggendaria inflessibilità di Van Hoorn, evocata da Bot. Bastava che qualcuno della sua ciurma chinasse il capo, arretrasse o schivasse un duello perché l'olandese gli piantasse una palla nel corpo o gli tagliasse la gola. L'imperativo era scegliere tra una morte probabile e una morte certa. Eppure la fedeltà di chi navigava con Van Hoorn superava quella di cui godevano Lorencillo e lo stesso De Grammont. Era il capobranco ideale, feroce e rispettato in quanto tale.

Macary si propose di sorvegliare De Lussan. Adesso, però, aveva altro a cui pensare. La vela della *pinaza* fu orientata da Big Willy per prendere il vento di bolina. Nascosta dall'oscurità, corse verso il vascello da catturare, reso bersaglio visibile dai grandi fanali di poppa.

Pierre Bot sibilò gli ultimi ordini. «Preparate le armi, specie quelle da taglio. Daghe e accette soprattutto. Passate uno sciabolotto a De Lussan, in sostituzione di quella inutile *cazoleta* indegna di un maschio. Abbiamo grappini d'abbordaggio?»

«No, signore» rispose Levert. «Però mi sembra che dalla fiancata degli spagnoli penda una biscaglina.»

«Allora, appena vicini alla fiancata, ci si inerpica rapidi. Poi si uccide chiunque sia sulla tolda, nel massimo silenzio. Intesi?»

Non vi fu risposta, e ciò equivaleva a un'espressione di consenso.

Sul ponte dell'imbarcazione si vedeva solo ciò che consentiva la luna, in un cielo scuro ma limpidissimo, pieno di stelle.

Macary frugò nel suo sacco e ne trasse due pistole già cariche. Ne infilò una nella cinta. Dubitava che l'altra gli sarebbe servita. Poi prese una *navaja*: un coltello a serramanico di dimensioni enormi, molto caro alla canaglia spagnola dei bassifondi di Madrid. Poteva incrociare una spada, ma soprattutto era buona a sbudellare.

Governata da Big Willy, alla vela, e da Petru Vinciguerra, al timone, la *pinaza* si accostò al veliero. Era tutt'altro che imponente. Un semplice brigantino-goletta a due alberi, dalla prora affusolata e privo di castello a poppa. Mostrava tre cannoni impiantati a tribordo sulla tolda, dunque, considerando l'altro lato, sei in tutto. Un legno mediocre ma capace di difendersi. In effetti, una biscaglina pendeva dalla fiancata. L'imbarcazione navigava tutto a collo, con i coltellacci del trinchetto spiegati. Aveva fretta di arrivare in porto.

«Orza alla banda!» comandò Pierre Bot a Vinciguerra, quando fu il momento giusto. La *pinaza* arrestò il proprio moto, senza toccare di un soffio la nave da catturare. Bot fu il primo a balzare sulla biscaglina e a inerpicarsi, con una daga fra i denti. Gli altri lo seguirono veloci. Ultimo ad abbandonare la *pinaza* al suo destino fu Big Willy, che faticò non poco a salire, a causa della corporatura massiccia.

Quando Macary scavalcò l'impavesata e mise piede sulla nave nemica, il massacro era già cominciato. Con un colpo di sciabola, Pierre Bot aveva fracassato il cranio di un ufficiale di guardia. De Lussan, per mostrarsi all'altezza, pugnalava al ventre il timoniere, che non si decideva a crollare e restava abbarbicato alla sua barra. Levert aveva aperto la gola a due marinai colti di spalle con pochi colpi di misericordia. L'Esquelette strangolava con le gambe ossute un uomo robusto, dopo avergli conficcato indice e medio negli occhi. Il tutto avveniva in silenzio, per il momento.

Il sangue cominciò a scorrere sul ponte del veliero e a scivolare verso i boccaporti. Forse gocciolava tra le assi. Dal corridoio di sotto vennero rumori.

«Pronti!» avvertì Pierre Bot. «Stanno per uscire!»

Con due balzi si portò di fianco agli orli dell'apertura principale e si acquattò come una scimmia. Al suo lato si mise Big Willy, che impugnava una scure.

8

Nessuna pietà

Pochi istanti dopo un marinaio armato di schioppo, con la canna a imbuto, salì la scala che emergeva dai recessi del brigantino e affacciò il capo. Big Willy fece roteare la scure e la calò sul cranio del malcapitato, fendendolo come un melone. Il corpo quasi travolse un secondo uomo che cercava di uscire, una sciabola in pugno. Pierre Bot gli trafisse la gola con il pugnale e gridò ai compagni: «Agli altri boccaporti! Adesso cercheranno di sbucare da là!».

Macary obbedì e raggiunse il boccaporto di prua, con Levert, mentre L'Esquelette e Vinciguerra si tenevano in agguato accanto a quello di poppa. Un marinaio, un negro, emerse e Macary gli scaricò la pistola in piena faccia. Quello agitò le braccia e cadde all'indietro. Seguirono alcuni minuti di silenzio, poi dal basso si sollevò una vera tempesta di colpi di pistola, di schioppo, di moschetto. I prigionieri dei ponti inferiori miravano non solo al vuoto spalancato sopra le loro teste, ma anche alle posizioni in cui presumevano si trovassero i pirati. Palle forarono la tolda, sollevando miriadi di schegge. Poi il fuoco si calmò, per i tempi lunghissimi della ricarica. Colpi di tosse vennero da sottocoperta. I difensori della nave soffocavano nel fumo che avevano prodotto essi stessi.

Pierre Bot, sempre a guardia con Big Willy del boccaporto centrale, pensò di trarre profitto dalla circostanza. «Chiudete le aperture!» gridò. «Con assi, con lembi di vela, con ciò che trovate!»

Fu facile. Le vele di rispetto erano ammassate ai due lati dell'impavesata. Macary e Levert ne tesero una sul boccaporto di prora e la fissarono con tutti gli oggetti pesanti che avevano attorno. Attinta con un mestolo l'acqua dolce di un barile sotto il trinchetto, posto là perché i marinai afflitti dal calore potessero dissetarsi, bagnarono la stoffa. I colpi di tosse, in basso, si moltiplicarono. Subito dopo, la tela si tese sotto la spinta di un corpo che cercava freneticamente di lacerarla. Macary prese la sua unica pistola ancora carica. Calcolò la mira e sparò. Una macchia di sangue imbrattò il tessuto, che tornò teso come prima, salvo un foro dagli orli rossastri.

Pierre Bot si chinò verso il boccaporto centrale, che controllava, schermato più o meno allo stesso modo. «Arrendetevi!» urlò in spagnolo. «Venga fuori per primo il vostro capitano, le mani alzate! Abbiamo mille modi per farvi morire nella sentina come sorci!»

Immediatamente la stoffa della tela che bloccava il boccaporto si alzò, rovesciando le carabattole che la tenevano fissa. Ne sbucò un personaggio che tossiva con discrezione in un fazzolettino. All'aria aperta alzò le mani. Era elegantissimo, vestito di rosso con alamari dorati. Dalla cinta gli pendeva una sciabola. Interruppe il gesto di resa solo per sollevare il tricorno calcato sulla parrucca bianca.

«Ci arrendiamo!» disse in francese. «Ma chi siete?»

«Ditemi chi siete voi, piuttosto» replicò Pierre Bot con durezza.

L'altro abbozzò un freddo inchino. «Capitano Henri-Michel de Luynes de Poncher, conte di Lésigny, della marina di sua maestà Luigi XIV re di Francia.»

La rivelazione scosse Macary come tutti i suoi compagni: si erano impadroniti di una nave francese! Non osò pensare alla collera del governatore della Tortuga, e dello stesso De Grammont, una volta appresa la notizia.

Un tremolio nella voce di Pierre Bot rivelò che, pur tentando di fingersi impassibile, condivideva la stessa preoccupazione. «Come è possibile? Una nave francese in prossimità di Veracruz? Come dire in bocca al nemico.»

Il conte di Lésigny sollevò un sopracciglio. «Vedo, signore, che non siete al corrente del trattato di Nimega, che ha riportato la pace tra Francia, Olanda e Spagna. Eppure è di ben cinque anni fa. L'*Intrépide* è salpato da Rouen diretto proprio a Veracruz, per acquistarvi stoffe e portarvi corrispondenze e gioielli. Si sta pian piano ripristinando un commercio normale… Ma, torno a chiedervi, voi chi siete? Avete un accento francese.»

Il tono del gentiluomo si era fatto altezzoso. Stava intuendo la verità.

«Non vi riguarda!» gli gridò Pierre Bot con foga eccessiva. «Restate dove siete e non osate muovervi! Devo consultarmi con i miei uomini!»

«Mentre vi… "consultate", posso far salire gli ufficiali e i marinai che si trovano sottocoperta?»

«Quanti sono?»

«Una quindicina. Stanno soffocando per il fumo.» Adesso il conte parlava con un timbro fra l'altezzoso e l'irridente. Era sempre più sicuro di se stesso.

Esasperato, Pierre Bot estrasse una pistola dalla cintura e ne sollevò il cane. «Non ci pensate nemmeno. Guai a voi se fate un solo passo!»

I pirati e De Lussan fecero capannello sotto il trinchetto, pur mantenendosi guardinghi. «Non c'è alternativa» disse Bot in fretta, sottovoce. «Dobbiamo ammazzarli tutti.»

«Ma sono dei nostri» obiettò flebilmente Macary. «Gli ordini di Lorencillo, di Van Hoorn e di De Grammont non contemplano di sicuro…»

«Non capite, imbecille?» Pierre Bot era incattivito, e non

mancavano i buoni motivi. «Il guaio lo abbiamo già combinato. Il meglio che ci può succedere è che il cavaliere ci faccia impiccare. Il peggio… potete immaginarlo.»

Levert allargò le braccia. «De Grammont stesso parlava di una spedizione in barba ai vari trattati.»

«Sì, ma certo non prevedeva un attacco diretto alla marina francese.» Bot scosse il capo. «Ciò che ci tocca fare è chiaro. Il problema è il come.»

«Diamo fuoco al brigantino e torniamo sulla *pinaza*» propose L'Esquelette.

«Non l'abbiamo legata. Adesso chissà dov'è… Va bene, ci penso io. Big Willy, tieni pronta la tua scure. Sai uccidere un uomo senza che gridi?»

«Sicuro. Basta colpirlo proprio in mezzo al cranio» rispose il colosso.

«Allora andiamo. Che nessuno dica una parola, a parte me. Ne va della vita di tutti.»

Il conte di Lésigny era rimasto accanto al boccaporto centrale, a braccia incrociate. Batteva con impazienza il piede destro. Vedere tornare i pirati, in gruppo, smorzò il suo nervosismo.

«Signore» gli disse Pierre Bot «abbiamo deciso di risparmiare la vita vostra e dei vostri uomini. Serviamo anche noi la Francia, vi avevamo scambiati per spagnoli. Vi chiedo umilmente scusa.»

Il conte fece un sogghigno. «Un tribunale, in terra francese, deciderà della vostra sincerità.»

«Per servirvi. Al momento, però, siete voi a essere mio prigioniero. Devo prendere le mie precauzioni. Ordinate al vostro equipaggio di deporre le armi e di uscire a uno a uno, le mani dietro la nuca. Sulla scala dev'esserci un uomo alla volta, non di più. Mi avete inteso?»

Il viso del gentiluomo si indurì. «Badate, amico mio, che davanti ai giudici questa sarà un'aggravante. Rischiate la forca.»

«E voi rischiate la pancia.» Pierre Bot spinse la canna della pistola contro il ventre del conte. «Fate come vi ho detto. Non ho tempo da perdere.»

De Luynes deglutì, ma si affrettò a ordinare ai suoi di disarmarsi e di salire sulla tolda, nel modo che l'altro aveva suggerito. Subito dopo Bot gli mise un braccio dietro le spalle e lo trascinò verso l'impavesata, con una stretta che si sarebbe detta cordiale. Gli bisbigliò all'orecchio: «Che onore poter dialogare con un nobile del vostro rango. Non vi ho ancora detto il mio soprannome. È squalo. Come gli amici che vi aspettano in mare».

Fece lo sgambetto al conte e lo proiettò fuoribordo. Non fece caso al suo grido soffocato. In quel momento, dopo il rimestio delle armi posate a terra sottocoperta, il primo dei prigionieri stava salendo la scaletta. Tossiva ancora, e aveva le mani dietro la nuca. Barcollò sul ponte. L'abito faceva capire che si trattava di un ufficiale.

Pierre Bot fece un cenno silenzioso a Big Willy. L'ascia fendette il cranio del disgraziato, che si abbatté come un birillo, spandendo attorno sangue e materia cerebrale. Macary e L'Esquelette allontanarono il cadavere dal boccaporto, tirandolo per i piedi.

L'operazione si ripeté sette volte, poi Big Willy, esausto, passò la scure grondante a Levert. Questi, benché di taglia piccola, proseguì nella bisogna. Caddero marinai semplici, un mozzo dodicenne, uno schiavo africano, un cuoco cinese. Finché, dell'*Intrépide*, nessuno rimase vivo. Fiotti di sangue correvano sul ponte a ogni rullio. Il lezzo ferrigno, disgustoso, prendeva alle nari. Getti vermigli colavano dagli ombrinali.

Nessuno osava parlare. Solo De Lussan osservò, a mezza voce: «Che il diavolo mi porti. Con questa gente completerò i miei studi di anatomia».

Pierre Bot non lo richiamò nemmeno. Era troppo stanco. «Sto io alla barra, per qualche ora. La velatura mi sembra abbastanza ridotta da tenerci in panna. Vedete di dormire. Domani dovremo camuffare la nave e ribattezzarla. La storia dell'*Intrépide* si conclude stanotte.»

Macary cercò nel ponte inferiore un posto in cui riposare. Non ne trovò: il veliero era troppo piccolo, le amache si toccavano e chi avesse voluto dormire al suolo sarebbe stato assediato dagli scarafaggi. Risalì in coperta, carico dei suoi averi, e distese un panno sul ponte. C'era vento ma almeno non c'era puzza. Posò la testa sul sacco e si addormentò all'istante.

9

Ricongiungimento

Occorsero due giorni per cancellare ogni traccia del massacro e per modificare il più possibile l'aspetto dell'*Intrépide*. Una scritta dipinta a poppa e ripetuta sotto il mascone di babordo identificava il brigantino-goletta come *Le Diligent*. Furono dipinte di azzurro le impavesate, di rosso i fregi. La vela aurica dell'albero maestro fu sostituita con una triangolare (c'erano vele in abbondanza, sottocoperta). Per di più, dal trinchetto fu rimosso l'alberetto, perché apparisse più basso.

Soddisfatto del lavoro, Pierre Bot convocò gli uomini a prora. «Ora giurate, nel nome di Dio onnipotente, che non racconterete a nessuno quanto è accaduto a bordo di questo legno.»

«Come faccio a giurare?» obiettò Ravenau de Lussan, beffardo come sempre. «Io non credo in Dio.»

«Giurate egualmente» lo redarguì Pierre Bot. «Sarà Dio a colpirvi se gli mentirete, che voi crediate in lui oppure no.»

Tutti giurarono, e alcuni fecero il segno della croce; poi ognuno corse ai propri compiti. La nave non era grande, ma sei uomini per farla navigare erano pochi, specie in mancanza di nostromo e di ufficiali. Per fortuna il mare era calmo e la brezza costante e tranquilla. Dove si trovassero con esattezza non era chiaro a nessuno. Il solo Macary aveva qualche cognizione di astronomia e, se avesse avuto a disposizione un astrolabio, avrebbe potuto determinare in via approssimativa la loro latitudine. Non trovò però uno strumento del genere. Calcolò a occhio che si trovassero circa a metà della rotta che univa Veracruz al campo marino di Campeche, a nord dello Yucatán.

Pierre Bot stava per ordinare di prendere terra in qualche isoletta, al fine di rifornirsi di acqua e interrogare eventuali indigeni, quando dalla coffa Vinciguerra lanciò il grido tanto atteso.

«Navi in avvicinamento! Sembrano quattro… sei… undici… No, molte di più! Riconosco il *La Francesa* e il *Le Hardi*! Sono i nostri!»

Tutti, salvo Levert che era alla barra del timone, corsero a prua e scrutarono il mare, coperto in quel punto di fuchi porporini, che si aggrovigliavano alla chiglia. Occorse un paio di minuti perché la flotta fosse in vista, ma lo spettacolo compensò la pena dell'attesa. Disposti su un'unica linea, sedici velieri di varia foggia e dimensione fendevano le onde a velatura spiegata, alzandosi e abbassandosi tra la schiuma. Così schierati, davano un'impressione di invincibilità, si trattasse dei possenti brigantini di De Grammont, Van Hoorn, Lorencillo o dei legni di stazza inferiore, carichi di uomini e di cannoni, degli altri capitani. Prima ancora che la visione si allargasse giunsero i nitriti dei cavalli rinchiusi nelle stive e le note allegre delle orchestre di bordo che davano ritmo al lavoro.

«Urrà!» gridò Pierre Bot. Si tolse il tricorno e lo sventolò. «Urrà!»

Il grido fu ripreso da tutti. «Urrà! Urrà!»

Pur partecipando all'entusiasmo generale, Big Willy domandò: «Capitano, ma ci riconosceranno?».

«Cerca uno straccio nero qualsiasi e issalo sul padiglione dell'albero di maestra.»

L'irlandese scomparve nel boccaporto centrale e scese la

scaletta ancora impregnata di sangue secco. Ne uscì reggendo un mantello di velluto nero, forse appartenuto a uno degli ufficiali assassinati. Lo portò lui stesso a Vinciguerra, arrampicandosi veloce sulle griselle. Attimi dopo lo stendardo improvvisato sventolava sul padiglione. Fu salutato da un colpo di cannone a salve del *La Francesa*, che issò a sua volta la *Jolie Rouge*, il lugubre stendardo dei Fratelli della Costa, con teschio e clessidra. In tutta la flotta i gabbieri si inerpicarono sui pennoni per festeggiare gli amici ritrovati.

Mentre era nel corridoio degli alloggiamenti per riempire il proprio sacco, Macary si scoprì accanto il poco gradevole Ravenau de Lussan, che per tre giorni aveva occupato un'amaca vicina alla sua, nei rari momenti di riposo. Era intento alla stessa bisogna.

«Anche voi intendete abbandonare *Le Diligent*, un tempo chiamato *Intrépide*?» gli chiese il medicastro.

«Devo farlo. Sono secondo ufficiale sul *La Francesa*. Obbedisco a Lorencillo.»

«Ditemi la verità. Potreste rimanere su questo brigantino, solo che ha il fetore di un obitorio. Vi ho osservato, durante la mattanza. Eravate il meno convinto, e tuttavia uccidevate come gli altri. Perché?»

Macary si irrigidì. «Sono un soldato. Obbedisco agli ordini di chi mi comanda. Vi meraviglia?»

«Questa, normalmente, è la scusa dei vigliacchi.» De Lussan attenuò con una risata la gravità delle sue parole. «Oh, non che io vi consideri un vile. È evidente che siete devoto alla causa e a chi la incarna. Il problema è: quale causa?»

Macary lo fissò a muso duro. «Ditemelo voi.»

«È inutile chiedere a me risposte che non sapete darvi da solo.» De Lussan calò di tono, da ilare a sardonico. «Insaccate le vostre cose, come sto facendo io. Ci si ritrova su qualche altra imbarcazione. *Le Diligent* avrà un diverso equipaggio, meno sensibile al suo afrore di morte.»

Appena un'ora dopo Macary si ritrovò sulla barcaccia

che, a colpi di remi, puntava sul *Le Hardi*. A bordo, oltre a lui c'erano Pierre Bot, Levert e Vinciguerra, questi due ultimi addetti alla voga. In cima alla biscaglina, il cavaliere De Grammont li attendeva a braccia conserte, leggermente impaziente. Non sorrideva (era assurdo pretenderlo da lui), tuttavia l'espressione del suo viso austero era bonaria, quasi cordiale.

Attese che i marinai avessero aiutato i visitatori a mettere piede sul ponte e disse a Pierre Bot: «Vedo che l'esito della vostra missione è stato felice e che ci portate un nuovo legno. Dove l'avete catturato?».

«Al largo di Veracruz. La nostra *pinaza* si è imbattuta per caso in questa goletta spagnola. Si chiamava *El Diligente*. Mi sono limitato a tradurre il nome in francese.»

«L'equipaggio? Il capitano?»

«Li abbiamo fatti salire sulla nostra vecchia imbarcazione. Adesso, se sono stati fortunati, saranno già a terra.»

De Grammont corrugò la fronte. «Potrebbero avvisare Veracruz che siamo in queste acque.»

«Non preoccupatevi» rispose Pierre Bot con disinvoltura. «Dubito che abbiano realmente capito chi fossimo e, se approderanno, sarà ben lontano dalla città... Vi porto molte informazioni utili.»

«Ah, sì?» Gli occhi grigi del cavaliere si illuminarono. «Ci speravo. Seguitemi.»

De Grammont si avviò verso il quadrato di poppa, imitato dallo svizzero. Macary e Levert rimasero sul ponte, appoggiati all'impavesata, mentre sotto di loro Vinciguerra, restato alla guida della barcaccia, manovrava i remi per non farsi distanziare dal *Le Hardi*. Ciò richiedeva parecchia energia, perché il brigantino, come il resto della flotta, aveva il vento a favore e scavalcava rapido le onde.

Sulla nave di De Grammont tutti avevano ripreso le loro attività e facevano poco caso ai nuovi venuti. Levert accese con gesti metodici la pipa e, al primo sbuffo, disse a Macary: «Ho visto che hai preparato il sacco con i tuoi vestiti. Vuoi lasciare il *Le Diligent*?».

«Devo farlo, e dovresti anche tu. Lorencillo ci aspetta sul *La Francesa.*»

«Pierre Bot non può governare la nave catturata con due uomini soltanto.»

«Ne troverà altri. Ognuno dei nostri vascelli è sovraccarico, non mancheranno i volontari.» Macary fece una pausa. Riprese a parlare sommessamente. «La verità è che Bot non mi piace. Ha disobbedito agli ordini, ci ha trascinati in un inganno. *Le Diligent* è una nave maledetta, e forse lo siamo un po' anche noi. Ci è stata imposta la menzogna e la abbiamo accettata. Abbiamo imbarcato Ravenau de Lussan, che pare un'incarnazione del maligno. Spero che tornare con Lorencillo mi allontani da crimini e peccati, anche se non potrà cancellarli.»

Levert sorrise. «Parli come Vinciguerra. Da te non me lo aspettavo.»

«Parlo da uomo che sa che il mare non è solo acqua. Ha un suo spirito, e detta regole. Chi le viola deve tenersi pronto a una punizione crudele.»

«Il mare sarebbe Dio?»

«No, ma è lo specchio in cui Dio si riflette. Guai a chi infrange il suo ordine e altera il ritratto dell'Onnipotente, composto dalle onde quando sono calme e si succedono regolari. Non può risultarne che una tempesta, attraverso la quale Satana troverà il suo varco.»

Macary pronunciò queste parole animato da una convinzione profonda, derivata dall'esperienza. Tutto era in equilibrio, ai suoi occhi, se non si alterava il naturale bilanciamento degli elementi, nella sfera umana come in quella naturale. Modificare le tessere di un mosaico perfetto voleva dire esporsi a forze incontrollabili, di cui un mare e un cielo collerico erano una delle tante espressioni. Idee coltivate non solo da lui ma, in maniera meno categorica, da molti filibustieri. Fino alla forma superstiziosa e millenaristica di un Vinciguerra.

Levert avrebbe voluto obiettare. Ne fu impedito dal ritorno sulla tolda del cavaliere De Grammont e di Pierre Bot. Il primo camminava a fatica, zoppicando. Doveva essere stato assalito da un nuovo attacco di gotta, che le maledicenze volevano essere semplice sifilide. Si appoggiava alla spalla dell'altro per tenersi ritto. Gli stava dicendo: «Tempo un'ora, avrete sul *Le Diligent* almeno trenta uomini di equipaggio, ve lo assicuro. Li prendo dal *Le Chieur* del capitano Ian Willems, che è sovraccarico. A Veracruz sarete ricompensato a dovere per il vostro coraggio. Mi avete fornito informazioni preziose».

«Troppo buono, cavaliere» rispose Bot. «Vorrei avere modo di contraccambiare.»

«Un modo ci sarebbe. Tra i vostri ardimentosi ci sono degli ufficiali? Me ne servirebbe uno.»

«Lui.» Pierre Bot indicò Macary. «Lo conoscete già, suppongo. È imbarcato con Lorencillo, serve da secondo.»

De Grammont scrutò da capo a piedi il designato. I suoi occhi penetranti parvero soppesarne la muscolatura, tastarne la resistenza fisica, valutarne la tenuta attitudinale. Infine disse: «Sì, lo conosco. Hubert Macary. Signor Macary, vorreste servire sul *Le Hardi*? Stesse condizioni che sul *La Francesa*. Con Lorencillo mi arrangio io».

Macary deglutì vistosamente, poi tolse il cappello e piegò il busto. «È un grande onore, mio capitano.»

«Recuperate i vostri averi.»

«Questione di poco. Sono già sulla barcaccia.»

«Ebbene, eccovi arruolato.» De Grammont guardò Pierre Bot. «Tornate al vostro brigantino-goletta, tutto tinto di azzurro. Togliete la bandiera nera. Veracruz non deve sapere chi sta per colpirla a morte.»

10

Yo no soy marinero

Durante il breve tragitto verso Veracruz, l'equipaggio del *Le Hardi* fu occupato soprattutto a cambiare le vele vecchie con altre appena cucite: un'incombenza comune ai vascelli di grande stazza, del Vecchio e del Nuovo Mondo. Salirono in alto, per essere srotolati, gabbie, fiocchi, coltellacci e trinchettina. Macary trascorse ore intere sui pennoni, con i piedi poggiati sul supporto instabile di una fune, schiaffeggiato dal vento. Non c'era tuttavia di che lamentarsi. Non si poteva andar per mare senza un forte senso dell'equilibrio e una muscolatura vigorosa. Non a caso, i quattro quinti dei filibustieri erano tra i venti e i trent'anni, anche se ne dimostravano di più. I pochi vecchi, al contrario, mostravano meno della loro età effettiva.

Macary scendeva dagli alberi esausto, con mani e piedi che gli bruciavano. Invidiava Levert, che aveva finito per imbarcarsi anche lui sul *Le Hardi*. La sua esperienza al timone lo metteva al riparo dalle mansioni di gabbiere.

«Vita comoda la tua, Francis» gli disse, il secondo giorno di navigazione, mentre si avviava al boccaporto di poppa per le quattro ore regolamentari di riposo. «Devi solo tenere la barra, e farla muovere di tanto in tanto.»

«Comoda un corno!» rispose l'amico, che peraltro sorrise. «Il timone è durissimo e, col pretesto che sono nuovo nella ciurma, Retexar mi fa fare turni doppi, mentre lascia che il timoniere precedente dorma a piacimento.»

Rigobert Retexar era il primo ufficiale, di padre cubano e madre francese, o viceversa. Era tra i pochi dell'equipaggio a essere nato nel Nuovo Mondo, anche se non sapeva precisare dove né quando. Simpatico e gioviale, dalla pelle ambrata, calvo ma barbuto, sapeva essere all'occorrenza inflessibile.

Macary lo trovava simpatico, però ignorava se il sentimento fosse ricambiato. Il mezzo negro rideva troppo spesso, tanto che era difficile capire se lo facesse per vera allegria. Solo in presenza di De Grammont si manteneva serio, e addirittura compunto. Il cavaliere, notoriamente, detestava le persone ridanciane.

Nel corridoio degli alloggiamenti – una sequela di amache che pendevano sui cannoni – Macary si imbatté in Jean Pellissier, nostromo del *Le Hardi*, ma destinato a diventare secondo ufficiale sul *La Francesa* in virtù degli scambi in corso. Un bretone basso, grassottello, molto efficiente. Era raro trovarlo a riposo. Spesso rinunciava a scendere sottocoperta. Quando lo faceva era per dare la caccia ai mozzi e sfogare su di loro i suoi bisogni sessuali. Malgrado ciò non era di indole cattiva. Alla Tortuga aveva una sposa indigena e una quantità di figli, e ai ragazzini che stuprava finiva poi col fare qualche regalino. Strappati ai brefotrofi, educati alla fatica e abituati a fare le veci delle prostitute di terra, loro si accontentavano.

«Siamo a un giorno di navigazione da Veracruz e tra un'ora ci sarà su questa nave una riunione dei capi» disse Pellissier. «De Grammont, Van Hoorn, De Graaf, Andrieszoon, Le Sage, Willems e tutti gli altri. Se potete, cercate di non dormire troppo a lungo. Potrebbero avere bisogno anche di voi.»

«Spero non per servire a tavola.»

«No, siete un ufficiale, che diavolo!» Pellissier sghignazzò. «Siete stato a esplorare le fortificazioni con Pierre Bot. Potrebbero convocarvi.»

«Aspetto che mi chiamino.»

Barcollante per la stanchezza, Macary raggiunse la propria amaca e vi montò sopra. Subito si addormentò. Fu un sonno tormentato, in cui scene di sangue si accavallavano all'immagine sensuale di doña Junot-Vergara. Quando un mozzo soprannominato Trou-Flou venne a svegliarlo, si destò facilmente.

«I capitani vi vogliono nel quadrato in cui stanno cenando, signor secondo ufficiale» disse il ragazzino. Un frugoletto undicenne dai capelli rossi, coperto di lentiggini, ogni notte assediato da torme di filibustieri.

«Vengo subito» rispose Macary.

Raggiunse la sala ufficiali del quadrato mentre, attorno a un tavolo rettangolare, illuminato dai finestroni che davano sul giardinetto di poppa, i comandanti della pirateria stavano terminando la cena. Il cavaliere De Grammont era in piedi, e pareva alterato, non per il troppo vino bevuto.

«Io non sono marinaio per vocazione» stava dicendo a Van Hoorn. «Sono capitano, capitano dell'esercito di sua maestà. Posso benissimo condurre un'azione di terra. Lo ho già fatto a Maracaibo e nella sfortunata azione di Campeche. Veracruz, via mare, è imprendibile. Assalita dai boschi, è vulnerabile come una verginella.»

Van Hoorn, che aveva in bocca il cannello di una lunga pipa, sbuffò. «Cavaliere, ve lo ripeto. I miei uomini sono efficienti sull'acqua. Al suolo sarebbero pessimi soldati.»

Intervenne Lorencillo, con la foga di sempre. «In nome del diavolo, porco per ogni setola. Non si potrebbero combinare le due cose? Nel senso che la flotta cannoneggia dal largo, mentre manipoli scelti attaccano la città uscendo dalla selva.»

«No, non è fattibile» rispose De Grammont. Indicò Macary, appena entrato. «Ecco un testimone. Amico mio, la fortezza di San Juan de Ulúa può essere conquistata dal golfo, dopo un congruo bombardamento?»

«No, la sola ipotesi è ridicola. La roccaforte supera in potenza tutte quelle costruite finora dagli spagnoli. I cannoni, una ventina almeno, sono puntati sul mare. Una nave che si accostasse a portata di tiro non avrebbe speranze.»

«Che vi dicevo?» Il cavaliere tornò a sedersi. «Si fa come suggerisco io. Sbarchiamo a qualche lega dalla città e avanziamo tra i boschi, come un reggimento. Non dimenticate, Van Hoorn, che mi impadronii di Maracaibo con un attacco di cavalleria.»

L'olandese squadrò Macary. «Immagino che la periferia e la costa siano irte di fortini.»

«Sì, signore. Il porto di Veracruz è una mezzaluna, con due forti alle estremità e altri verso l'interno. Però sono piccoli e con pochi difensori. Più pericolosa è una *balandra*, *El Santo Espíritu*, che incrocia nel golfo e funge da vedetta. Può dare l'allarme con facilità.»

De Grammont annuì. Stava tagliando una fetta di arrosto da un vassoio posato in tavola da due schiavi negri. Non era per lui ma per il nostromo, come volevano le usanze marinaresche. Questi aveva sempre diritto al primo boccone dei manicaretti serviti alla mensa del capitano.

«Pierre Bot me ne ha parlato.» Il cavaliere porse il piatto a uno degli schiavi, che uscì. Passò il coltello a Lorencillo, che si incaricò di affettare il resto. «Mi ha anche detto che *El Santo Espíritu*, e tutta Veracruz, attendono l'arrivo del *Nuestra Señora de Consolación* e del *Nuestra Señora de Regla*.»

«È vero» confermò Macary. «Lo ha ammesso il castellano Fernando de Solís y Mendoza. Pare che ci sia grave penuria di vasi da notte.» Si udirono risatine.

«E allora è semplice. Manderemo avanti i due galeoni, con insegne spagnole. Appena avranno affondato la nave vedetta sbarcheremo noi, lontano dalla città. Se c'è qualche fortino, lo faremo nostro e ci metteremo in cammino appena possibile. L'importante è piombare sugli spagnoli di sorpresa, meglio quando dormono.»

Non vi furono obiezioni. I capitani si gettarono sull'arrosto e gli altri cibi con una voracità da lupi, salvo De Grammont, che si versò nella coppa d'argento che aveva di fronte un'ampia razione di vino di Rioja.

Macary pensò a un tacito congedo e fece per uscire dal quadrato. Sull'uscio il cavaliere lo chiamò. «Secondo ufficiale, una parola!»

«Sì, signore!»

«Mi ha detto Lorencillo che siete un uomo valido, coraggioso, obbediente e incapace di mentire. Non è vero Laurens?»

De Graaf, con la bocca piena, fece cenno di sì. Inghiottì i brandelli di carne sugosa che gli uscivano dalle labbra. «È vero, per satanasso! Portarmi via Macary non è stato molto gentile, cavaliere! Capisco che è stato lui stesso a volerlo, però…» Asciugò la bocca in un tovagliolo già unto.

«Posso attestarlo» disse Andrieszoon, che stava sbocconcellando un salsicciotto di cinghiale. «Il signor Macary è noto a tutti per l'onestà e l'obbedienza innate.»

De Grammont vuotò in un solo sorso una coppa di vino che avrebbe dovuto essere centellinata. «Ottimo» commentò, e non si capì se si riferiva al vino o alla situazione. «Vi lodano per la vostra lealtà, secondo ufficiale. In effetti, è la sola virtù che pretendo dai miei uomini. Proprio per questo, vi chiedo di venirmi a trovare domani nella mia cabina, a dirmi ciò che mi state nascondendo.»

«Nascondendo?» Macary simulò compostezza, ma barcollò leggermente. «Mio capitano, vi riferite forse al mio passato? Posso raccontarvi la mia vita per filo e per segno.»

Le palpebre pesanti di De Grammont calarono un poco. Gli occhi grigi e stanchi ebbero però uno scintillio. «Non parlavo di quello. Avete evitato di guardarmi direttamente e mantenuto lo sguardo basso. Le poche parole che avete pronunciato erano quasi balbettanti. Non credo che c'entri il rispetto verso la mia persona. C'è qualcosa che vi siete proposto di tacere. Me la direte domattina.»

Hubert Macary era sconvolto. Il cavaliere si elevò nella sua fantasia a entità sovrumana, capace di leggere nel pensiero. Prima non si era accorto di avere balbettato. Adesso sì, mentre diceva: «Certo, mio capitano. Verrò a trovarvi. Anche se non credo di… Penso di non avervi taciuto niente che…».

De Grammont agitò nell'aria la forchetta a due punte che aveva nella destra. «Bene, vi aspetto. Vi saranno servite fra un attimo una razione di arrosto di vitello e una misura di rhum. Dormite bene.»

Macary scoprì solo sulla tolda, battuta da un venticello gradevole di sudovest, di essere sudato dalla fronte al torace. Si appoggiò all'impavesata. Era combattuto. Per nulla al mondo avrebbe tradito Pierre Bot, a cui aveva giurato omertà sui fatti dell'*Intrépide*. Al tempo stesso, il cavaliere De Grammont era il suo capo. Come disobbedirgli? Scosse la testa, si inebriò del vento e camminò verso la barra del timone, ancora una volta stretta fra i pugni solidi di Levert. Premette il dorso affaticato contro la chiesuola che proteggeva la bussola.

«Sai, Francis, il nostro capitano è un demonio. Legge nei pensieri della gente. Somiglia a un morto vivente ma è sveglissimo.»

Levert sussultò, allarmato. «Di', non gli avrai mica rivelato quello che abbiamo fatto sull'*Intrépide*? *Mort Dieu*, ti strangolerei con le mie mani!»

«Ovvio che no! Mi danneggerei da solo.»

«È vero.» Levert, più calmo, controllò l'orientamento della barra e lo modificò di poco. «Ridiamo tutti di Vinciguerra, ma è certo che De Grammont è l'incarnazione di poteri sovrannaturali. Sparge attorno la paura e la dannazione. Non mi meraviglierei se da questo mare così calmo…»

Proprio in quel momento un vento improvviso sollevò un'onda grande come una muraglia. Si abbatté sul *Le Hardi* e sul resto della flotta in uno schiaffo smisurato. Tranciò le vele spiegate, trascinò via rotoli di sartiame.

Levert sussurrò all'orecchio di Macary, abbarbicato come lui alla base dell'albero di maestra: «Ti avevo avvertito. Agiscono potenze contrapposte, del bene, del male o di chi non ha cause da difendere. Che Dio ci protegga, siamo al centro di una guerra più grande di noi!».

11

Segnali notturni

Dopo il primo maroso, il *Le Hardi* conobbe un attimo di quiete. Seguì però, per un'improvvisa bizzarria del vento, una seconda ondata, molto più alta. Spazzò l'intera tolda, da prua a poppa, e travolse barili, manovre di rispetto, il pentolone del cuoco, le gabbie del pollame. Macary fu lesto a inerpicarsi sullo straglio di trinchetto. Più sfortunato di lui, un marinaio urlante finì in mare su un letto di schiuma. Non ci fu verso di recuperarlo. Gli si gettò una cima, ma era troppo lontano per afferrarla. Come quasi tutti i Fratelli della Costa non sapeva nuotare. Si inabissò agitando braccia e gambe a casaccio.

Il mare si calmò e, mentre scemava il vento, le onde ripresero a scorrere normali. Il cavaliere De Grammont uscì zoppicando dal quadrato, le mani dietro la schiena. Osservò la tolda denudata del superfluo, e le vele lacerate. Disse: «Onde anomale sono tipiche di questi luoghi, così come l'imprevedibilità delle correnti d'aria. Chiamiamo ciò un "groppo". La flotta ha subito danni seri?».

Rigobert Retexar, fradicio dalla testa ai piedi, si impettì. «No, mio capitano. Guardate voi stesso. Solo il *Le Chieur* di Ian Willems sembra lievemente danneggiato.»

In effetti, le imbarcazioni della Filibusta non presentavano danni evidenti, e filavano sotto la brezza che, di punto in bianco, aveva sostituito la mareggiata. Getti d'acqua si riversavano fuori dagli ombrinali. Erano l'unico segno di una burrasca già svanita.

De Grammont osservò la costa color smeraldo della Nuova Spagna, già visibile a babordo. «In serata arriveremo a Veracruz. Ci conviene mandare avanti i galeoni e rallentare l'andatura. Non tanto, però, da distanziarci troppo. Dovremo calare sul *Santo Espíritu* e colarlo a picco senza rumore, col favore dell'oscurità.»

«Niente cannoni, dunque?» chiese Retexar.

«Niente cannoni. Dalla città non ci devono sentire.»

«Bene, capitano, trasmetterò l'ordine alle altre navi.»

De Grammont stava per ritirarsi quando scorse Macary che scendeva dal trinchetto. Lo chiamò a sé. «Vi ho fissato un appuntamento per domattina, ma probabilmente, allora, saremo già in guerra con gli spagnoli. Mi concedereste, ora, una breve conversazione?»

«Ma certo, ammiraglio» rispose Macary con imbarazzo. Temeva gli esiti di quel colloquio. D'altro canto, era conquistato dal garbo di De Grammont. Non erano molti i comandanti che, invece di profferire secche direttive, chiedessero a un semplice ufficiale se era disposto a chiacchierare con loro.

«Seguitemi nella mia cabina.»

L'alloggiamento di De Grammont, piccolo e pulito, era sotto la saletta comune del quadrato di poppa. Un ambiente austero come chi vi abitava. Solo uno scaffale che ospitava bottiglie polverose di vino pregiato faceva comprendere, assieme all'aroma di tabacco stagnante nell'ambiente, come l'inquilino non coltivasse unicamente virtù, ma anche qualche vizio. Il suo più noto, la passione smodata per le donne, era testimoniato solo da un mazzetto di cammei, ognuno con la propria catenella, sparsi su uno scrittorio dai mille cassettini. Era probabile che si trattasse dei ritratti di alcune tra le sue innumerevoli amanti.

De Grammont sedette su una poltrona con una smorfia di dolore. Tutti sapevano che la gotta di cui soffriva gli causava a ogni istante spasimi lancinanti. Indicò a Macary un divanetto imbottito, accostato al lettino su cui trascorreva le ore di riposo. «Sedetevi. Ora vi offrirò, e offrirò a me stesso, qualcosa da bere.»

Il cavaliere tirò un nastro, che fece suonare una campanella. Subito apparve uno schiavetto negro, di una decina d'anni. «Comandate, signore» disse in spagnolo.

Non aveva l'aspetto patito dei mozzi delle navi pirata. I Fratelli della Costa, per mare, amavano le carni rosee. Non avevano alcun interesse per i negretti, che per loro equivalevano a buffi animali parlanti.

De Grammont indicò la rastrelliera delle bottiglie. «Prendine una qualsiasi, fattela aprire in cucina e riportala qui con due coppe di cristallo.»

Mentre il ragazzino obbediva, il cavaliere tornò a concentrare la sua attenzione su Macary. «Mi hanno detto che provenite dagli eserciti di re Luigi e che siete disertore.»

«Sì, ammiraglio.» Macary dovette deglutire ripetutamente. «Ho anche servito ai vostri ordini nelle Fiandre, ma certo non lo ricordate. Fuggii assieme a Francis Levert, a cui salvai la vita. Adesso, dopo un'esperienza di timoniere col capitano Lorencillo, è al vostro servizio. Prima di scappare e dopo le Fiandre ero stato combattente di terra, in suolo francese.»

«Con me non avevo che criminali. Quali erano le vostre colpe? Delinquente comune, ugonotto, libertino, soldato imputato di codardia, cospiratore, sodomita, ebreo rinnegato ricaduto nei suoi riti?»

«Sospetto ugonotto, direi, sebbene fossi un cattolico non praticante. Non mi sono mai interessato troppo di questioni religiose.»

Tornò il valletto, che porse coppe di cristallo piene di vino ai due interlocutori. Poi posò la bottiglia, che teneva sotto il braccio destro, sul piano dello scrittorio, e uscì.

De Grammont inghiottì il liquido senza nemmeno assaporarlo. Fissò Macary. «E adesso ditemi tutto. Pierre Bot ha affondato per errore una nave francese, o sbaglio? Avete sterminato l'equipaggio perché non rimanesse traccia del crimine; poi avete ridipinto il brigantino-goletta e lo avete spacciato per spagnolo. Dico bene?»

Macary restò sconcertato. Si chiese se il capitano possedesse poteri magici. A quel punto, non poteva più negare. «Sì, è vero… ma voi come lo sapete?»

«Non era difficile da indovinare. *Le Diligent* puzza ancora di vernice. Se fosse stata una nave spagnola, non sarebbe stato necessario camuffarla. Se invece si fosse trattato di un veliero inglese, olandese o portoghese avreste confessato l'equivoco senza timore di conseguenze. Non sappiamo mai esattamente chi siano i nostri alleati… No, doveva per forza trattarsi di un'imbarcazione appartenente alla stessa potenza che serviamo.»

Molto colpito dal ragionamento, Macary balbettò: «Vi chiedo scusa. Era notte, il nome della goletta non si leggeva… Pierre Bot ha creduto, in buona fede…».

«Lasciate perdere.» De Grammont alzò le spalle, e anche questo gli causò una fitta. «Bot pagherà il suo errore perdendo il grado di capitano. È un ottimo ufficiale, ma un pessimo comandante. Non ci saranno altre sanzioni per lui. Adesso devo pensare solo a Veracruz, non posso perdere tempo in vendette meschine. Quanto a voi…»

«Sì?» Macary aveva il cuore in gola.

«Dopo la presa della città, vi riscatterete liberando mia sorella, che è prigioniera dei preti in San Juan de Ulúa. Un colpo di mano audace, attuato con pochi fidi. Magari gli stessi che erano con voi nella ricognizione, a parte Bot. Ve la sentite?»

«Certamente, cavaliere!» In quel momento Macary avrebbe ceduto a De Grammont anche l'anima, tanto era il suo sollievo. «Ve la riporterò a costo della vita!»

«Bene, confido in voi. Vi domando però un altro favore.» Il capitano, questa volta, sorseggiò il vino con lentezza. Le sue labbra sottilissime parvero tumide, attorno all'orlo della coppa. «Bot mi ha detto che a pranzo col governatore c'era una dama di bellezza singolare, proveniente da Caracas. Non ne ricordo il nome.»

Macary rinunciò all'istante a ogni disegno sulla donna che lo aveva incantato. «Si chiama Gabriela Junot-Vergara. È davvero molto bella.»

«Voglio anche lei, se è ospite nel forte.» De Grammont parve rendersi conto di avere esposto una propria debolezza, perché la giustificò con impaccio palese. «Potrebbe valere un bel riscatto.»

«Sarete accontentato, signore» assicurò Macary.

In quel momento, un nuovo personaggio varcò la soglia ed entrò nella cabina, con la sicurezza di chi non è tenuto a bussare né a chiedere permesso. Macary lo aveva visto solo da lontano, tuttavia lo riconobbe senza difficoltà. Era il dottor Alexandre-Olivier Exquemeling. Il medico che, dopo avere servito per decenni ogni filibustiere della Tortuga emerso nelle cronache, da L'Olonnais a Roc, a Montauban, curava adesso la gotta dell'ultimo condottiero di una lunga stirpe di predoni.

«Buonasera, cavaliere. Vi disturbo?»

«Voi non mi disturbate mai, dottore» rispose De Grammont, con estrema cortesia. «Sedetevi con noi. Vi presento il mio nuovo secondo ufficiale, il signor Hubert Macary. Era sul *La Francesa*. Vi conoscete?»

«Solo di vista» rispose Exquemeling, scoprendosi il capo. Aveva capelli lunghi e grigi, una barba curata, grosse basette. Gli occhi grandi e azzurri, anche se infossati, ispiravano fiducia e simpatia. Vestiva di nero dalla testa ai piedi, a parte le calze bianche e un larghissimo colletto rotondo, di raso increspato, che gli avvolgeva il collo magro. «Lieto di fare la vostra conoscenza, signore.»

Macary rispose con un sorriso e un mezzo inchino.

«Volete del vino, dottore?» offrì De Grammont.

«No, e anche voi non dovreste berne, cavaliere.» Il consiglio fu formulato senza nessun cipiglio. La voce di Exquemeling era calda e affettuosa. «La vostra salute sembra eccellente, ma scommetto che…»

«… che soffro come un dannato? Avete vinto la scommessa. I dolori alle gambe non si quietano un attimo. Sono lancinanti, ormai non riesco quasi più a dormire.» De Grammont si strinse nelle spalle. «Ma non mi importa, io sono un morto vivente.»

«Di gotta non è mai morto nessuno.»

«Non parlo della gotta, dottore. Io sono morto dentro. Lo sono da anni. Ho sofferto mali che nulla hanno di fisico. Mi conservo al mondo solo per liberare e vendicare la mia povera sorellina. L'hanno arrestata che aveva solo quindici anni, chissà come la ritroverò… Se la ritroverò.»

Exquemeling lanciò al suo capitano un'occhiata carica di simpatia. «Dovreste confidare in Dio onnipotente, cavaliere. Lui può aiutarvi, e lo farà.»

«Dio?» De Grammont fu scosso da un tale nervosismo che gocce di vino traboccarono dal calice e gli macchiarono le brache. «È proprio lui che ha voluto la disgrazia della mia famiglia! Preti e frati superstiziosi hanno messo le mani sporche su una bambina innocente e l'hanno sepolta viva! È là da un lustro, capite? Esposta al freddo, alla fame, alla privazione d'aria e di luce. Quasi spero di trovarla morta, sarebbe meglio per lei. Tutto ciò è stato compiuto nel nome del Dio che evocate!»

Exquemeling guardò il suo comandante con sincero rammarico. «State parlando del Dio dei cattolici e della loro Chiesa. Voi però siete di famiglia ugonotta, e anche vostra sorella. È in prigione per questo.»

La voce di De Grammont era ormai alterata. Aveva bevuto troppo, e continuava a bere. «È sempre lo stesso Dio.

Giudei e cattolici, protestanti e musulmani servono lo stesso padrone! Io ho fatto la mia scelta: meglio il diavolo, Satana, Lucifero. Mi fanno soffrire in anticipo le pene dell'inferno, ma sono più onesti. Non mascherano da atti generosi le loro bassezze. Da quando mi affido alla saggezza del demonio, uccido, torturo e mi arricchisco senza troppe remore morali. Il papa fa lo stesso, ma dice di ispirarsi a una volontà superiore.»

Macary comprese che il cavaliere era ubriaco. Ciò lo imbarazzava moltissimo. Un colpo di cannone, proveniente dall'esterno, lo strappò al suo disorientamento. Colse il pretesto per rimettersi in piedi. «Perdonatemi, signori. Credo che il mio posto sia sulla tolda.»

Quando uscì all'aria aperta, si rese conto che era sera inoltrata, quasi notte. Il tempo era trascorso senza che lui se ne accorgesse. Sui litorali della Nuova Spagna brillavano fuochi. Cosa volevano dire?

12

Lo sbarco

La flotta procedeva di conserva, a luci spente. Invece, più avanti, il *Nuestra Señora de Consolación* e il *Nuestra Señora de Regla* avevano i fanali illuminati, a poppa e a prua. Non era del tutto notte, e il profilo del porto e della città di Veracruz, benché distante, si intuiva ancora. Sarebbe scomparso tra breve nell'oscurità di una notte senza luna.

Ciò che si vedeva bene era *El Santo Espíritu*, che galleggiava placido verso i galeoni in avvicinamento. Aveva a sua volta i fanali accesi e solo metà della velatura spiegata. Si sentiva tranquillo e sfruttava un venticello carico di profumi vegetali, provenienti dalla costa. Sotto l'ombra sempre più cupa delle foreste erano accesi dei falò.

«Sono segnali di amicizia e di benvenuto» disse Levert, che sedeva sull'impavesata di babordo, i piedi sul dormiente. Si manteneva in equilibrio aggrappandosi al sartiame. «Cercano con i fuochi di indicarci la via per entrare nello scalo in piena sicurezza, senza avvicinarci agli scogli.»

Macary osservò lo spettacolo che tenebre e luci componevano. «Chi c'è a bordo dei due galeoni che fanno da esca?»

«Su uno Andrieszoon, sull'altro Lorencillo in persona. De Grammont ha voluto uomini sicuri sulle navi civetta. Il compito è delicato: catturare la goletta sentinella del nemico senza usare armi da fuoco. Sono proibite persino le pistole. Si tratta di tagliare gole, il più in fretta possibile. Un po' il nostro mestiere di un tempo.»

Infastidito dal ricordo di un passato che aveva deciso di dimenticare, Macary obiettò: «Il cavaliere pensa solo alla sua gotta. Non mi sembra in grado di ordinare nulla».

«Lo sottovaluti. Gli bastano due parole.» Levert inarcò un sopracciglio. «Lo hai visto poco fa. Ti sembra che sospetti qualcosa?»

«A che ti riferisci?»

«Lo sai meglio di me.»

Macary inspirò, per prendere un attimo di tempo. Non era sua consuetudine mentire. «Non "sospetta", è al corrente.» Mise avanti le palme aperte. «Non sono stato io, ci è arrivato per deduzione! È una creatura di un'intelligenza diabolica, Pierre Bot è stato un ingenuo a volerlo ingannare. Ma rassicurati: di noi non gli importa nulla. Nemmeno di eventuali conflitti con la Francia. A lui interessa solo la sorte della sorella, tenuta prigioniera dall'Inquisizione. Ci ha anzi ingaggiati per liberarla: io, te, Big Willy, L'Esquelette.»

«Dici la verità?» chiese Levert.

«Mi conosci» rispose secco Macary.

In quel momento, si ingaggiò la più straordinaria delle battaglie navali. *El Santo Espíritu* aveva raggiunto il *Nuestra Señora de Consolación* e il *Nuestra Señora de Regla*. Fu schiacciato dalle loro murate, con un frastuono cupo. Un istante dopo, i fanali dei tre velieri si spensero simultaneamente. La brezza che spirava dal buio portò verso la flotta, ma non verso la costa, frammenti di tragedia. Urla disperate, grida minacciose, clangori soffocati, suoni sordi di battaglia che si ripercuotevano tra i ponti.

Retexar irruppe davanti a Macary e a Levert. «Cosa fate lì?» schiumò. «Prendete il fresco? Datevi da fare! Vanno ripescati gli spagnoli caduti in mare ancora vivi. Bisogna sgozzarli dal primo all'ultimo.»

Poco più tardi, i due amici si trovavano su una iole che

De Grammont usava per gli ospiti di riguardo, spinta a remi da tre schiavi robusti. Ingenui che avevano cercato libertà alla Tortuga, per finire sul mercato di carne umana di Cayona, la capitale dell'isola. Macary e Levert erano impegnati in una pesca singolare. Non appena scorgevano uno spagnolo ferito, che nuotava o si teneva a galla aggrappato a un pezzo di legno, gli piombavano sopra e lo colpivano con lunghe picche dalla punta d'acciaio, finché cessava di agitarsi e sprofondava. Ripeterono l'operazione una decina di volte, poi di spagnoli vivi non ne scovarono più. Il tutto avvenne con poco rumore. I gemiti, come gli altri suoni, erano portati via dal venticello.

«I corpi saranno trascinati dal mare sulla spiaggia» osservò Macary, esausto. «Prima ancora vi arriverà il sangue.»

Levert era a sua volta affaticato. «Sì, ma lontano dalla città, e ci vorrà parecchio. Le onde sono deboli. Avremo il tempo per sbarcare.»

Tornati a bordo del *Le Hardi* videro il *Nuestra Señora de Consolación* e il *Nuestra Señora de Regla* riaccendere i fanali, mentre la sagoma del *Santo Espíritu* rimaneva invisibile. I due galeoni ora inalberavano la bandiera spagnola. Si stavano avviando temerariamente verso il porto, sfiorando la mole sinistra di San Juan de Ulúa. O avevano compiti di osservazione, o volevano approdare a nord della città, ingannando i cannoni della fortezza. Da terra, ulteriori falò davano il benvenuto agli invasori scambiati per amici.

L'intero equipaggio del *Le Hardi* era in coperta, e lo stesso avveniva sul resto della flotta. Tutti trattenevano il fiato in attesa di ordini. Finalmente il cavaliere De Grammont uscì sulla tolda e disse qualcosa a Retexar. Questi gridò: «Uomini, si sbarca a punta Gorda, davanti a noi! Prepararsi, dobbiamo fare in fretta! Macary, date gli ordini! Levert, prendete la barra! I gabbieri sui pennoni!».

Il ponte del brigantino, immerso nelle tenebre, fu teatro di un correre frenetico in ogni direzione: chi scendeva nel corridoio degli alloggiamenti a prendere il sacco e le armi, chi saliva le sartie per trovare sugli alberi il proprio posto. Macary gridò a squarciagola i comandi del caso.

«Imbrogliare le gabbie! Volentieri! Pronti a mollare la catena! Nostromo: lesti, una squadra all'argano! In mare la barcaccia e le scialuppe!»

Ordini simili risuonavano sugli altri legni. Le vele alte furono serrate e si abbassarono i fiocchi. Macary montò arriva con un pugno d'uomini, per serrare la contromezzana passandovi i gerli. Intanto l'ancora sprofondava e barcaccia, iole e scialuppe erano alate fuoribordo. Occorse mezz'ora buona, poi decine di imbarcazioni mossero a furia di remi verso terra. Le più grandi avevano a bordo anche cavalli e qualche cane latrante che i bucanieri avevano condotto con loro. Era uno di quei casi in cui il sovrannumero degli equipaggi, tipico delle navi pirata, dimostrava la sua utilità.

Macary sbarcò sulla spiaggia sabbiosa, coronata da palme appena percettibili nel buio, assieme a Levert, a Retexar e ad altri cinque marinai, più due mozzi costretti ai remi. Si respirava un profumo tonificante, che faceva dimenticare il fastidio dei nugoli di zanzare. Mancava la luna, però le stelle erano numerosissime. Sull'arena era acceso un falò, ma chi gli aveva dato fuoco aveva compreso chi stava arrivando ed era sparito per tempo. A giudicare dalle barchette sulla riva e da qualche capanna abbandonata, punta Gorda era una piccola penisola di pescatori.

Subito dopo approdò la barcaccia che trasportava, fra gli altri, il cavaliere De Grammont. Questi, benché sorretto da due giovani robusti, ne scese a fatica. Vide Retexar e zoppicò nella sua direzione. Exquemeling gli andava dietro.

«Aspettiamo che quasi tutti siano scesi, e che sia sbarcato Van Hoorn. Ha gettato l'ancora solo adesso. Poi raduno. È indispensabile partire stanotte, e raggiungere Veracruz prima dell'alba. Cogliere gli spagnoli mentre dormono. Ce la possiamo fare.»

«Ammiraglio» obiettò Retexar «gli uomini, dopo lo sbarco, avranno bisogno di riposare. Non hanno dormito né mangiato da ieri notte.»

«Non ce lo possiamo permettere. La stanchezza vale anche per me, che non dormo da giorni. Fate solo sapere che, o ci si mette in marcia subito, o Veracruz non sarà mai nostra. Le sue ricchezze non le vedremo più. Non occorre trasportare a riva tutti gli schiavi e gli animali. Da queste parti simili risorse abbondano. Quanto più rapidi siamo, e quanto più coraggiosi ci dimostriamo, tanto più aumenteranno le probabilità di mettere le mani su un bottino mai visto prima.»

Dopo un breve tentennamento, Retexar finì col dire: «Certo, capitano. Renderò chiara l'alternativa. O gloria o miseria».

De Grammont parve assaporare la frase finale. Disse con gusto: «Ecco una bella sintesi. "O gloria o miseria." Signor Retexar, fatela circolare tra gli equipaggi».

«Senz'altro, mio capitano. Provvedo immediatamente.»

Per un'ora lo sbarco proseguì, mentre si spandeva il lezzo del sangue trascinato dalle onde, capace di sovrastare i profumi della foresta. Intanto i fuochi lontani si erano spenti. Probabilmente a Veracruz i galeoni erano stati visti passare e dirigersi altrove. Non erano i trasporti delle merci tanto attese. Difficile capire se fossero sorti sospetti. A San Juan de Ulúa forse sì, visto che nel fortilizio alcune finestre erano illuminate. Invece la città sembrava addormentata e inconsapevole del rischio che gravava su di lei.

Quando circa milleduecento uomini armati fino ai denti e una trentina di cavalli scalpitanti furono radunati sulla spiaggia, la breve assemblea ebbe inizio, alla luce delle torce. Non fu De Grammont a parlare: si era seduto su un tronco, circondato da altri capitani. Fu invece Van Hoorn – molto amato dagli avventurieri perché somigliava loro, parlava come loro e coltivava la stessa ferocia – a prendere la parola.

«Uomini, Fratelli della Costa, sappiamo tutti che siete spossati, ma l'ammiraglio Michel de Grammont mi ha incaricato di chiedervi uno sforzo ulteriore. Laggiù c'è Veracruz, la città più potente e meglio difesa della Nuova Spagna. Zeppa di denaro, di merci, di donne, di schiavi e di botti di vino pregiato. Se ci mettessimo a dormire, non potremmo mai agguantare quel ben di Dio. Peggio, daremmo modo agli spagnoli di approntare le loro difese e al comandante Diego Fernández de Zaldívar di arrivare qua con la sua flotta, la Armada de Barlovento, e tagliarci la ritirata. Ditemi francamente: preferite riposare o marciare subito sulla nostra preda?»

Senza esitazione, si alzò il grido unanime: «A Veracruz! A Veracruz!». Vi si unirono anche i manipoli dei filibustieri inglesi di Spurre e gli arcieri arawacos e miskitos, che certo non avevano capito una parola.

Van Hoorn sogghignò. «Bene, avrei ucciso con le mie mani chi avesse dato segno di vigliaccheria. Adesso in marcia. Lorencillo, che conosce questa zona come le sue tasche, e che in questo momento sta sbarcando a sud, a punta Los Hornos, ci ha fornito una mappa dettagliata dei sentieri nella foresta. I fanti svelti, i cavalli al passo. Pistole cariche, sciabole in pugno. E un'ultima raccomandazione…»

L'adunata, che già cominciava a sciogliersi per mettersi in moto, trattenne il fiato.

Van Hoorn estrasse dalla cintura un pugnale e lo sollevò, raccogliendo sulla lama affilatissima la luce delle stelle. Lo puntò verso Veracruz. «Quelli laggiù non sono uomini. Sono spagnoli: tronfi, crudeli, ipocriti. Nemici del libero commercio e ubriachi dell'oro che ci rubano. E allora saremo spietati e li tratteremo da bestie, quali sono. Nessuna misericordia. Me lo giurate?»

Le torce oscillarono. Un "lo giuro" collettivo rimbombò possente, poi l'armata della Filibusta si mise in movimento.

13

La conquista dei fortini

La masnada, quando voleva, sapeva essere ordinata. Si incamminò dunque docile dietro i condottieri, cioè i capitani e i pochi ufficiali montati a cavallo. Avanti correvano alcuni schiavi muniti di fiaccola, per rischiarare il cammino. I sentieri si restrinsero, dando una forma, disegnata dalle pareti di tronchi, a un'orda che avanzava a casaccio. Molto stanca ma anche molto motivata dai propri ideali: avidità, lussuria, appetiti disparati, egoismo, volontà di potenza. Nessuno si lamentava, nessuno mostrava sopore.

Era l'ora in cui, sulle navi, si trincava prima di dormire. Cominciarono a passare, lungo la colonna, borracce di rhum e di acquavite, utili a dimenticare lo sfinimento. La consegna era di un sorso a testa. Vi fu chi eccedette. Macary, per esempio, diede due sorsi, poi passò la fiasca a Levert.

«Mi ci voleva» commentò. «Le gambe mi reggono appena. Quanto più bevo, tanto meno avverto la fatica.»

L'amico rispose: «È così anche per me, e forse per tutti. L'importante è non esagerare… Cosa pensi di fare, con i soldi che troveremo a Veracruz?».

«Bisogna vedere se riusciamo davvero a prenderla, Veracruz. Comunque, se diventassi ricco, aprirei un bordello a Petit-Goâve o a Port Royal. Oppure comprerei una goletta e commercerei in schiavi. Donne e negri sono la merce più richiesta, e la si vende ovunque. A Cartagena, per esempio, o all'Avana, gli spagnoli chiudono volentieri un occhio sul venditore, se le carni della mercanzia sono sode. Lo stesso vale per gli olandesi di Curaçao.»

Levert sorrise. «È bello scoprire che, dopo non so quanti anni che ci conosciamo, condividiamo gli stessi scopi. C'è chi vorrebbe che il commercio avesse limitazioni. Alcuni intuiscono che questa è una follia, e stanno tornando sui loro passi: la Spagna stessa, il papa, persino gente vicina al nostro re Luigi. Non so tu, ma io mi sento come l'avanguardia di un mondo più giovane, fatto apposta per dominare questo continente.»

«Tutte stronzate. *Chingadas*. Senti che puzza, nel tuo nuovo mondo? La selva cela acquitrini.» Macary cercò di deviare, con l'avambraccio, una torma di zanzare che si era avventata su lui e i compagni. Lontano grugnivano porci selvatici. La brezza che aveva facilitato lo sbarco non soffiava più. Solo ogni tanto si levavano raffiche di un vento furioso, selvaggio, fastidiosissimo.

Fu l'ingresso in una enclave fatta di marciume, mucchi di foglie morte, pozze maleodoranti e carcasse decomposte di rettili e di uccelli. Quasi non si respirava, l'aria era ammorbata dai miasmi.

«E gli spagnoli avrebbero edificato la loro capitale in mezzo a questo letamaio?» domandò Macary, più che altro a se stesso.

Chi gli rispose fu Ravenau de Lussan, apparso alle sue spalle con una torcia in pugno. «Cortés ha spostato per ben tre volte la città da lui fondata, per sottrarla alle epidemie che sgorgavano dalle paludi. Adesso Veracruz, pur flagellata dalle intemperie, è relativamente sana. I buoni borghesi, però, lasciano la cura delle piantagioni attorno ai negri e agli *encomenderos*: affittuari indigeni resi schiavi da contratti capestro, vincolanti a vita. Muoiono come mosche, ma di ciò non importa a nessuno.»

La vegetazione si era rarefatta. La luna, fino a quel momento coperta da nuvoloni che lasciavano scoperti solo tratti di cielo stellato, fece finalmente la sua apparizione. Illuminò piante scheletriche, stecchi, palme ingobbite, un suolo sassoso che trasudava umidità. Le zanzare erano stormi, e così gli altri insetti. Scendevano voraci sugli avventurieri in cammino.

Macary si volse a guardare il poco gradito interlocutore. «Siete già stato qui, mi par di capire.»

«Sì» rispose Ravenau de Lussan, col solito ghigno insolente. «Sono stato ovunque Dio non avesse il suo regno. Io e lui ci sopportiamo poco.»

«Su quale nave siete imbarcato?»

«Sul *La Francesa* di Lorencillo, come medico. Forse avrei preferito Van Hoorn: è meno folle e divertente di De Graaf, però è più spietato. Ma va bene ugualmente. Tutti noi, in fondo, abbiamo le stesse motivazioni.»

«Quali?» chiese Macary, ingenuamente. Si aspettava temi come la libertà, la "democrazia" cara agli antichi ateniesi, o anche risposte più ciniche e materiali.

De Lussan intuì le sue aspettative e scoppiò a ridere, felice di deluderlo. «Nessuna motivazione precisa, è evidente. Uccidere, rubare e combattere sono piaceri in sé. Non richiedono giustificazioni, salvo quelle inventate dai preti, dai re e dai filosofi, di volta in volta. Più quelle escogitate a posteriori dagli storici.»

In quel momento la marcia della colonna si arrestò, mentre cominciava a cadere una pioggia sottile. Allo sbucare dei filibustieri in una radura era apparso, tra le ombre, il tipico *polverín* spagnolo: basso, quadrangolare, con merli possenti tra cui si affacciavano cinque o sei bocche di cannone. L'accesso era un piano stretto che saliva all'ingresso sopraelevato, facile da controllare.

«È il baluardo di La Caleta» annunciò Van Hoorn. «Il primo dei due che incontreremo.»

De Grammont, che si reggeva perfettamente a cavallo, malgrado lo stare in sella gli dovesse essere dolorosissimo, lanciò un ordine singolare. «Si facciano avanti i tamburini. Ce ne saranno, no?»

Molte navi pirata possedevano una propria orchestrina. In mare intratteneva l'equipaggio – Lorencillo era famoso per i suoi flauti e per i suoi violini – mentre durante gli abbordaggi contribuiva alla "cantilena": l'inno funereo e minaccioso ritmato dai filibustieri col battere le sciabole sull'impavesata, quando i tamburi, sempre più frenetici, scandivano l'imminenza dello scontro. Era quello il momento in cui, sull'albero di maestra, saliva la *Jolie Rouge*, presagio di morte certa. Accompagnavano l'apparizione del teschio e delle tibie urla belluine. Al lancio dei grappini le percussioni diventavano convulse e assordanti.

Gruppi di adolescenti uscirono dalle file, il tamburo al collo, le bacchette in mano. Presero a suonare prima ancora che De Grammont lo ordinasse. Battevano il loro strumento lentamente, per incutere paura. Dal forte un cannone sparò. La palla andò persa negli acquitrini.

«Bucanieri in prima linea!» urlò il cavaliere. «Fuoco! Fuoco a volontà!»

Ci volle un paio di minuti prima che i cacciatori della Tortuga, puzzolenti di sangue di cinghiale, potessero incastrare i fucili lunghissimi nelle forcelle, prendere la mira, accendere la miccia. L'esito dei loro spari fu spettacolare. Sei o sette dei difensori, ombre scure di cui la luna mostrava solo la sagoma, caddero all'indietro come marionette. Uno di essi, con la testa quasi sfracellata, si aggrappò a un merlo e precipitò dagli spalti.

A quel punto, gli spagnoli compirono la più stupida delle scelte. Spalancarono la porta d'accesso al *polverín* e si precipitarono fuori, guidati da un ufficiale che roteava la spada. I bucanieri avevano avuto il tempo di ricaricare. Una gragnola di palle abbatté i coraggiosi, l'ufficiale compreso. Il fumo acre della polvere da sparo provocò accessi di tosse tra gli assalitori. Fu l'unico danno che subirono.

«Bene, ma c'è un secondo fortino che ci aspetta!» gridò Van Hoorn. Il suo cavallo, semisoffocato, nitriva e scalpitava. «È detto semplicemente "La Pólvora". Non è lontano. Dopo, Veracruz sarà nostra!»

Eccitati, i pirati si rimisero in cammino, mentre i tamburini battevano una sorta di marcia funebre. Bisognava adesso fare attenzione non alla vegetazione, sempre più scarsa, bensì alle pozze che si aprivano sotto i piedi, nascoste da tappeti galleggianti d'erba fasulla. Il vento cresceva d'intensità, e la luna era tornata invisibile. Molte fiaccole si erano spente, sotto la pioggia. Questa sferzava solo a tratti. Venne il momento in cui smise. Lasciò un lezzo di putredine.

Ed ecco La Pólvora. Un fortino identico al precedente.

«Nessuna musica, nessun rumore!» ordinò De Grammont. Il comando corse tra i ranghi disordinati degli assalitori. Si trattava di non svegliare la città, visibile oltre la costruzione. Nessun soldato spagnolo era sugli spalti. Se c'era una sentinella, la pioggia doveva averla costretta a ripararsi nell'unica torretta di guardia. Il silenzio era violato da suoni leggeri, dall'abbaiare di cani selvatici e dal gracidare incessante delle rane.

Furono mandati avanti i gabbieri di tutte le navi, per la loro attitudine ad arrampicarsi, e gli arawacos, agili di costituzione. Alcuni grappini d'abbordaggio legati a cime furono fatti volteggiare nell'aria e poi lanciati. Fecero presa sul camminamento, tra un merlo e l'altro, con un rumore secco. Vi fu una corta pausa, durante la quale nessuno diede l'allerta. Allora indigeni e gabbieri cominciarono a inerpicarsi, le mani strette sulla corda, i piedi sulle mura.

Macary fu tra i primi a scavalcare il bastione. Non c'era anima viva, i cannoni erano abbandonati. Uno spagnolo uscì dalla guardiola soffregandosi gli occhi con i pugni chiusi.

«¿*Qué pasa?*» domandò.

Un pirata gli trafisse il ventre con la sciabola, mentre un indigeno lo colpiva al capo con una clava. Tornò il silenzio. Una botola conduceva al piano inferiore, male illuminato da candele che si stavano estinguendo. I filibustieri scesero con passo felpato i gradini. Trovarono in basso solo cinque soldati, che dormivano su altrettante brande. Uno russava.

Vedendo che Big Willy alzava la scure, Jean-Pierre Focar, ufficiale del *Saint-Joseph*, il più alto in grado del manipolo, lo fermò con un gesto. «No, non occorre. Questi poveracci non sono un problema. Qualcuno trovi il portone e lo apra.»

Fu Macary che se ne incaricò. L'atrio era semibuio, ma appena ebbe schiuso il chiavistello entrarono le prime luci dell'alba. Con esse De Grammont, che penetrò nell'ambiente a cavallo, chinando la testa. Assieme a lui Van Hoorn. Altri avventurieri entrarono a piedi.

Il cavaliere si guardò attorno compiaciuto. «Bene, l'ultimo ostacolo verso Veracruz è spianato. Anche troppo facilmente, per i miei gusti.»

Focar, trascinò per la collottola uno degli spagnoli. Finalmente si erano svegliati, e tremavano di terrore. «Che ne facciamo di queste canaglie?»

De Grammont alzò le spalle. Van Hoorn interpretò l'attitudine del comandante in capo e disse: «Lasciateli andare con un calcio nel culo. Non possono più dare l'allarme. Tra breve la città sarà nostra, e avremo in mano selvaggina migliore».

Lui e il cavaliere spronarono i loro animali e tornarono all'esterno, dove l'alba stava rivelando tutta l'estensione di Veracruz. Non pioveva, ma il vento soffiava forte. Le palme agitavano le chiome, quasi presagissero l'esplosione di una furia incombente.

14

Veracruz

La città addormentata, malgrado il sole che si stava levando, non si attendeva una simile tragedia. Lorencillo fece irruzione da sud, De Grammont e Van Hoorn da nord. I pirati correvano, urlando come ossessi promesse di morte. Le vie erano deserte, a parte qualche cane randagio che si trascinava a fianco delle canalette dell'immondizia e dei liquami, su suoli di terra battuta.

Le imposte di una finestra al primo piano si aprirono, un uomo attempato con una cuffia da notte sporse il viso. «Mio Dio!» gridò. Un pirata gli scaricò in piena faccia la pistola. L'altro cadde all'indietro come un birillo. Dalla casa vennero voci femminili terrorizzate e pianti di bambini.

Retexar, che aveva visto la scena, rimproverò rudemente lo sparatore. «Niente spreco di pallottole, Haans van der Laan! Ci dedicheremo ai civili non appena avremo preso il palazzo del governatore!»

La masnada continuò la sua corsa in direzione del centro della città, lungo la calle de las Damas e la calle de la Merced. A dispetto del frastuono e delle urla, la maggior parte dei veracruzani continuava a dormire. Si cominciavano però a udire qui e là delle grida, più di stupore che di allarme, mentre il vento accentuava il suo impeto, disperdendo a tratti i rumori. Alcuni spagnoli uscirono sulla soglia di casa in camicia da notte e, senza capire bene cosa succedeva, si affrettarono a rientrare e a sbarrare la porta.

Nella zona centrale le abitazioni erano più alte e più ampie, sovrastate dall'enorme cupola e dal campanile della cattedrale, ancora in costruzione. Fu di fronte alla fiancata massiccia in cui si apriva l'ingresso sbarrato della chiesa che le due squadre, quella di Lorencillo e quella di De Grammont e di Van Hoorn, si ricongiunsero.

«Incontrato problemi?» chiese il comandante in capo.

«No, cavaliere» rispose Lorencillo, in tono allegro «a parte questo ventaccio maledetto che il diavolo ci soffia contro. O forse lo soffia contro gli spagnoli.»

«È più probabile. Che mi dite della fortezza a sud?»

«È poderosa, con dodici cannoni ma pochi difensori. L'ho lasciata alle cure di Charles Ruinet e dei suoi *enfants perdus*, la fanteria leggera. Dovrebbe capitolare entro un'ora, male che vada. Lo sapremo perché ho ordinato a Ruinet di volgere l'artiglieria contro l'abitato e di bombardarne qualche casa, tanto per fare capire che facciamo sul serio.»

De Grammont approvò con un cenno della testa. «Ottimo. Capitano Pednau, ci siete?»

«Sono qua, cavaliere!» rispose l'interpellato, alzando la sciabola.

«Scegliete ottanta uomini validi. Li condurrò personalmente all'attacco del palazzo di governo, che di sicuro ha un suo presidio, o quanto meno un corpo di guardia.»

«Vengo con voi» disse Lorencillo. «Finora non ho sparso una goccia di sangue, per la barba del demonio!»

«No, non occorre. È più importante che con Junquié, Spurre, Le Sage e gli altri iniziate subito il saccheggio. Cominciate dalle case più lontane. Non vorrei che la gente di qui, una volta sveglia del tutto, prendesse la strada dei boschi. Nemmeno una di queste canaglie deve sfuggirci. E badate di tenere in vita i ricchi, i preti, i frati, le donne e gli schiavi in buona salute.»

«Saranno una folla.»

«Radunateli in questa piazza, in attesa del mio ritorno. Van Hoorn, venite con me.»

Macary fu tra gli ottanta che seguirono De Grammont, mentre il resto dell'orda si sparpagliava nelle strade. La residenza del governatore era poco distante, proprio sul retro della cattedrale, in un prolungamento di plaza Mayor. Era un edificio a due piani, detto *Casas reales*, con mura tinte di rosa e molte arcate rette da colonnine. Da un lato era delimitato dal campanile di una cappella, dall'altro lo sormontava una torretta con una campana, all'estremità di una lunga terrazza che fungeva da tetto. Ad angolo retto, a meridione, si ergeva la sede in mattoni rossi della *Contaduría*, o Tesoro, che ospitava il *cabildo*, il governo municipale, detto anche *ayuntamiento*. Sui terrazzini al secondo piano Pednau scorse, per primo, un'attività sospetta.

«Che cosa sta facendo quell'imbecille?» chiese puntando il dito.

Si vedeva un uomo con corazza ed elmo piumato che stava dando fuoco con una torcia a una bandiera spagnola: quella ufficiale della monarchia, bianca e con al centro lo stemma elaborato di Castiglia e d'Aragona.

«Sta bruciando la bandiera perché non cada in nostre mani» osservò De Grammont. Si rivolse a un bucaniere che portava in spalla il suo fucile smisurato. «Amico, riusciresti a colpire quel cretino senza ucciderlo? Mi basta che cada giù con una gamba spezzata.»

«Sì, padrone. Ci provo, padrone.»

Il semiselvaggio, con una velocità imprevista, montò la forcella e vi posò il fucile. Sputò sul proprio pollice per calcolare la velocità del vento. Trasse quindi da sotto il berretto una corta miccia, la fissò al fornello dell'arma e l'accese. Un istante dopo il colpo partì con fragore, tra una pioggia di scintille. Si spanse un fumo grigio e acre, che subito si disperse.

Con un grido, lo spagnolo cadde dal terrazzo e si spezzò le ossa al suolo, in quel punto selciato. De Grammont scese da cavallo e lo raggiunse. L'uomo era malconcio, l'anca gli sanguinava, ma era ancora vivo. Il cranio, riparato dall'elmo, pareva intatto. Stringeva contro il petto il vessillo quasi incenerito.

«Chi siete e come vi chiamate?» gli chiese il cavaliere roteando la punta della sciabola vicino alla sua gola.

Lo spagnolo era ancora lucido, ma faticava a parlare per il dolore che le fratture e la ferita gli provocavano. Perdeva molto sangue. «Sono l'alfiere Diego Martínez» riuscì a mormorare. In un improvviso soprassalto di energia aggiunse: «Da me non saprai altro, dannato pirata, che Satana ti trascini con me all'inferno!».

Pednau stava per dare un calcio all'osso del bacino che sporgeva dall'anca lacerata e bruciacchiata dello spagnolo, ma De Grammont lo bloccò con un'occhiata severa. Levò la lama della sciabola in gesto di saluto. «Siete un coraggioso e un patriota, alfiere, e avete il mio rispetto. Sarete curato, se è ancora possibile salvarvi o rendere meno dolorosa l'agonia.»

Il ferito lo guardò con stupore e non disse nulla.

«Ciò che volevo chiedervi non era affatto compromettente. Desidero solo sapere se il governatore Luís Bartolomé de Córdoba y Zuñiga è nel suo palazzo.»

«Sì, c'è. È tornato ieri.»

«È curioso che si sia lasciato cogliere del tutto impreparato.»

«Il castellano di San Juan de Ulúa lo aveva avvertito» spiegò l'alfiere tra ripetuti colpi di tosse «ma il governatore si è limitato ad aumentare il corpo di guardia ed è andato a dormire.»

«Questo volevo sapere.»

De Grammont tornò al suo cavallo. Macary lo aiutò a infilare il piede sinistro nella staffa e poi a sollevarsi faticosamente in sella. «Devo chiamare Exquemeling o uno degli altri chirurghi, capitano?»

«Perché?»

«Per soccorrere il ferito.»

De Grammont fece una smorfia. «Niente affatto. Avevo sopravvalutato quell'alfiere. Mi ha spifferato tutto ciò che mi interessava. Un soldato d'onore può dire nome e grado, ma nient'altro. Né sotto tortura, né meno che mai davanti a blandizie… Anzi, fatemi un piacere. Uccidete quel vigliacco schifoso. Segategli la gola da un orecchio all'altro.»

Macary estrasse una daga che portava alla cintola, ma non vi fu bisogno di eseguire l'ordine: il prigioniero era già morto, per le fratture e per la perdita di sangue. Ligio al dovere, sgozzò comunque il cadavere.

In quel momento si udirono dei colpi di cannone, e tetti di case lontane volarono in pezzi.

«Evviva!» esclamò Van Hoorn. «Charles Ruinet ha preso la fortezza a sud!»

Seguirono altre cannonate e altre demolizioni. I pirati accompagnarono con lo sguardo, incantati, la traiettoria dei proiettili. «Purché Ruinet non esageri» mormorò Pednau «e ci lasci qualche casa intatta.»

Il bombardamento, in effetti, cessò quasi immediatamente. A quel punto, non c'era un solo spagnolo addormentato. Si udirono grida d'aiuto e di disperazione, che presto divennero un cupo rumore di sottofondo, assieme ai colpi delle armi leggere. I pirati, sparpagliati a branchi per le vie, urlavano incitamenti e minacce a pieni polmoni.

«Be', che fate? Guardate i fuochi d'artificio?» De Grammont lanciò una bestemmia grossolana verso un gruppetto di avventurieri intenti a fissare il cielo. «La nostra meta è il palazzo del governatore. Là, davanti a noi.»

Sul terrazzo superiore dell'edificio detto *Casas reales*, sferzato dal vento, si notarono dei movimenti e uno scintillio di corazze. Poi echeggiarono alcuni spari di moschetto. Qualcuno prese a suonare con frenesia la campanella.

De Grammont bestemmiò di nuovo. «Odio il suono delle campane.» Indicò un gruppo di balestrieri. «È il vostro momento. Fate un lavoro di precisione. I bucanieri si preparino a tirare.»

«Chi ha delle granate raggiunga il colonnato e le getti sui portoni» incalzò Van Hoorn «poi si passi alle asce!»

I dardi dei balestrieri si rivelarono poco efficaci, perché furono deviati dalle folate. Invece i fucili dei bucanieri dimostrarono, ancora una volta, la loro potenza letale. Alla prima scarica il fuoco nemico si diradò e la campana smise di suonare. Si sparava anche dalle finestre del piano inferiore, ma lì le granate, gettate attraverso le inferriate e contro le porte, furono risolutive. In un fumo nauseabondo, chi era armato di scure fece a pezzi ciò che restava delle ante. Gli avventurieri scavalcarono assi e detriti e fecero irruzione nelle *Casas reales* con la furia di belve. Li precedevano Van Hoorn, De Grammont e Pednau, scesi da cavallo. Un maggiordomo, che sostava inebetito in mezzo ai corpi di tre soldati, fu trafitto da una picca e calpestato. Un soldato superstite che aveva gettato il moschetto fu abbattuto a colpi di mazza.

De Grammont afferrò per il collo uno schiavo africano che invocava pietà con voce piagnucolosa. «Dov'è il governatore?» gli chiese.

Il negro, tremante, indicò una scalinata di marmo. «Di sopra» disse piangendo.

De Grammont lo scartò bruscamente e zoppicò verso i gradini, con gli altri capitani dietro. Macary ebbe appena il tempo di gettare un'occhiata alla vasta sala in cui erano penetrati, irta di candele come una basilica. Era tutta a specchi, velluti, arazzi, marmi, ninnoli e cineserie. Il solo lampadario centrale quasi valeva il costo della spedizione. I filibustieri erano abbagliati. Mai visto tanto lusso, e ormai era loro.

15

Prigionieri illustri

Il piano superiore era sfarzoso quanto l'atrio sottostante. Gli avventurieri, abbacinati, calpestarono quasi con reverenza i tappeti morbidi, attenti a non fare cadere i vasi di porcellana e i piatti di maiolica posati sui caminetti e sui tavolini di marmo. Van Hoorn notò quell'atteggiamento e si incollerì.

«Cosa credete, di essere in chiesa? Siamo qui per rubare, *Mort Dieu!*, e per distruggere quello che non possiamo portare con noi!» Diede una sciabolata a un dipinto con soggetto bucolico, fendendolo in diagonale. «Cominciate a insaccare questa roba e a portarla via! Devo essere io a dirvelo?»

L'esortazione strappò gli uomini dal loro stupore. Molti di essi si gettarono su tutto ciò che luccicava: candelabri d'argento, ninnoli d'oro, bicchieri di cristallo, specchiere, pendole dai quadranti complicati. Il grosso, però, seguì De Grammont nella sua marcia claudicante lungo i corridoi del palazzo. Non incontravano che camerieri in parrucca e livrea, tremanti di paura, e serve indigene ancor più spaventate. I pirati non degnarono di uno sguardo quella fauna domestica.

Infine De Grammont, spazientito e dolorante per la lunghezza del tragitto, chiese a uno schiavo africano che aveva in testa un buffo turbante: «Insomma, dove diavolo sta il governatore?».

L'uomo, che sudava copiosamente, indicò una porticina nascosta da un tendaggio. «È là dietro, signore. Con la sua famiglia.»

De Grammont strappò la tenda e spalancò l'uscio con un colpo dell'elsa della sciabola. Lo spettacolo che si parò davanti agli occhi suoi e della ciurmaglia che lo seguiva aveva dell'onirico. Come in certi ritratti familiari della pittura spagnola, don Luís Bartolomé, governatore di Veracruz, sedeva su una poltroncina centrale, circondato dai suoi cari. Erano immobili e silenziosi, quasi fossero rimasti fissi in quella posizione per un secolo almeno. A fianco del dignitario c'era la moglie, bruttissima. Alle sue spalle figli e figlie, tutti col naso adunco della madre. Davanti un paio di bambini, strangolati dagli enormi colletti di raso increspato.

Unico elemento vivo, in tanta fissità, una dama che sostava davanti a uno specchio e che si muoveva irrequieta. Macary la riconobbe all'istante. Era Gabriela Junot-Vergara, fulgida come la prima volta che l'aveva incrociata. E altrettanto altera, nella sua veste di trine, nastri e pietre preziose. Orpelli che non potevano nascondere, dietro l'appariscenza, una personalità forte e nervosa, senza un grammo di dolcezza.

De Grammont si inchinò alla mummia obesa affondata fra i braccioli e i conforti familiari. «Signor Luís Bartolomé, siete vinto. In nome del mio re, Luigi XIV di Francia. Vedo che non avete una spada. Ordinate che ve ne portino una e consegnatemela. In atto di sottomissione. Dopo, voi e i vostri cari sarete trattati secondo le regole di guerra.»

Il governatore sporse le labbra come se dovesse succhiare qualcosa. La voce gli uscì stridula, insicura. «I nostri paesi sono in pace. Non vedo il motivo di questa aggressione inaudita.»

«Lo vedo io.» De Grammont sogghignò. «Voglio il vostro oro, le vostre merci preziose, i vostri schiavi. Il monopolio della Spagna sui traffici, in questo mare, finisce oggi.»

Malgrado la paura evidente, che gli faceva tremolare le guance cadenti, don Luís si permise una domanda ironica. «C'è altro che volete?»

«Oh, sì.» Per la prima volta, De Grammont fissò doña Junot-Vergara. «Voglio le vostre amanti.»

Gabriela reagì in maniera strana. Invece di abbassare gli occhi batté le palpebre, in modo da rendere le pupille scure più scintillanti. Quanto al governatore, sbirciò fugace la moglie seduta al suo fianco e disse, con un filo di voce: «Signore, questa è una prepotenza. Vi metto in guardia. Ci sono guarnigioni tutto attorno alla città. La flotta dell'ammiraglio Diego Fernández de Zaldívar incrocia a poche miglia. È nel vostro interesse lasciarci in pace e ritirarvi in fretta».

«Correrò il rischio. Insomma, vi arrendete o volete che vi uccida?»

«Mi arrendo! Mi arrendo! Ma non ho una spada, né ormai camerieri che possano portarmela.»

De Grammont si strinse nelle spalle. «Per una volta passerò sopra alle formalità.» Si rivolse a Van Hoorn. «Nikolas, vi affido questa gente. Rinchiudetela in un luogo sicuro, e fate in modo che non sia torto loro un capello. Sono gli ostaggi di maggior valore.»

«Vi assicuro che sarete obbedito, ammiraglio.»

Il gruppo dei prigionieri sfilò davanti a De Grammont, prima i bambini e poi gli adulti. Quando fu il turno di doña Gabriela Junot-Vergara, il pirata le sfiorò l'avara porzione della schiena e del collo nuda fra le trine. Lei si volse di scatto e gli sorrise. «Sì?»

De Grammont si tolse il cappello e si inchinò. «Spero di farvi visita presto, mia signora.»

La dama lo contemplò con sfrontatezza, come se lo stesse esaminando. Finì col dire: «Lo spero anch'io».

Macary, che era a pochi passi, fu invaso dal solito immotivato senso di gelosia. Lo distrasse lo spettacolo che adesso si godeva attraverso le larghe finestre a tutto sesto. Le aree di Veracruz più lontane dal mare, gremite di capanne di legno e paglia, stavano bruciando. Colonne di fumo nero si levavano, sfidando le correnti impetuose che agitavano l'aria. Il cielo nuvoloso contribuiva a far gravare sulla città una cortina di tristezza, quasi che il clima cogliesse e interpretasse il lutto cui era condannata. Dal basso seguitavano a provenire grida e lamenti.

Appena Macary ebbe rimesso piede in strada, ai colori cupi si aggiunse un afrore soffocante e disgustoso. Il vento spingeva fino al porto i miasmi raccolti nelle paludi, morbosi, insalubri. Ogni tanto cadevano brevi piogge, non abbastanza intense da depurare l'aria. Faceva un caldo estivo, ma la luce era invernale. La sensazione complessiva era di tristezza e di malattia.

Levert lo raggiunse. Sembrava allegro, malgrado il contesto. «Guardali là, tutti in camicia da notte. Aspettavano i loro pitali di ceramica, adesso pisciano in terra!»

Indicava ridendo una vera folla che gli avventurieri stavano ammassando a lato della cattedrale incompleta. Rappresentavano i due estremi della società coloniale spagnola. C'erano famiglie intere, riconoscibili dalla ricchezza degli abiti o, nella maggioranza dei casi, dalla seta delle camicie lunghe fino alle caviglie. Gente che senza dubbio aveva suoi rappresentanti nel *cabildo abierto*, l'assemblea dei maggiorenti. Ma c'erano anche tantissimi schiavi negri, a volte vestiti con stoffe pregiate, multicolori e ornate di perline o persino di gemme. Non mancavano gli uomini e le donne, di qualsiasi condizione sociale, completamente nudi. Il caldo li aveva indotti a dormire senza curarsi del pudore. Ora rimpiangevano la scelta.

L'osservazione di Levert non era gratuita. Non pochi prigionieri, per la paura e per il freddo, avevano svuotato la vescica, al suolo o tra le gambe. I pirati trovavano la scena divertente e si facevano beffe dei malcapitati, specie se femmine. Altri di loro badavano a compiti meno innocui.

Si udì un urlo più acuto dei lamenti correnti. «Oh, i fratelli hanno già cominciato con gli interrogatori» osservò Levert. «Quel tizio si è illuso di poter essere reticente sui suoi tesori. Gli altri capiranno cosa li aspetta.»

Si riferiva a un nobiluccio tenuto fermo da quattro pirati, fra cui l'erculeo Big Willy. Lo stavano sottoponendo alla tortura più tipica dei Fratelli della Costa. Il "fastidio", la chiamavano. Gli avevano riempito la bocca di paglia secca e le avevano dato fuoco. Le fiamme ustionavano il palato, la gola e la lingua del poveretto. Lambivano la barba e le sopracciglia, lo soffocavano col fumo. Il prigioniero, gemente, cercò di scuotere la testa, che Big Willy teneva ferma. Infine Pierre Bot, che dirigeva il supplizio, disse: «Svuotategli le labbra. Penso che il signor *alguacil mayor*, capo della polizia, si deciderà a confessare dove ha nascosto i suoi beni. Se riesce ancora a muovere la lingua, che penso sia un tizzone».

Macary non prestò attenzione al resto dell'interrogatorio. Affluivano filibustieri carichi dei beni scovati nelle case. Argenterie, arazzi, dipinti di incerto valore, schiavette giovani ma formose, tappeti, sete, gioielli, negri in buona forma.

Tornato a cavallo, De Grammont tentava di regolare il traffico. Impresa impossibile, tanto che sbottò: «Non si può continuare in questo modo. Serve una prigione sicura, che li contenga tutti. Sono cinque volte più numerosi di noi».

Van Hoorn si guardò attorno. «L'ideale sarebbe la cattedrale. È incompleta ma la pianta è larga.»

«No, ha troppe uscite» ribatté De Grammont. «Però la scelta di una chiesa è giusta. Qualcuno ne conosce di abbastanza capienti?»

Lorencillo, che cavalcava poco distante, aveva udito. Rispose: «Ce n'è solo una che fa per noi. Nuestra Señora de la Merced. Non è distante da qua».

«Allora fatevi condurre i prigionieri, capitano. Dopo minate le mura, in modo che, se necessario, possiamo ucciderli tutti in un colpo solo. Questo spegnerà ogni fantasia di ribellione e li indurrà a riscattare la propria libertà.»

«Devo separare i bianchi dai negri, gli uomini dalle donne?»

De Grammont sbuffò di impazienza. «No, non occorre. A me interessa solo che siano racchiusi in un'unica gabbia, pronti a essere arrostiti in un unico falò se si mostrano avari.»

Nella mezz'ora successiva, Macary e Levert furono impegnati, con gli altri avventurieri, a sospingere gli spagnoli e i loro schiavi verso la prigione cui erano destinati. I pirati, per farli marciare, non lesinavano le percosse con il piatto delle sciabole, né le frustate o i colpi di cinghia. La massa, intirizzita dal vento, finì col formare una lunga colonna di corpi incespicanti, comprendente anche un buon numero di bambini. La destinazione era una larga chiesa a pianta circolare, sormontata da una cupola più piccola, rivestita di tegole rosse, e da una croce. La costruzione fronteggiava il porto ed era riparata da un tratto di mura ancora non terminato.

All'arrivo dei prigionieri, preceduti da quello che le ustioni del "fastidio" avevano reso irriconoscibile, cieco e mugolante, il parroco si affacciò sulla porta, le braccia alzate.

«Sono don Benito Alvarez de Toledo» disse in francese, con forte accento spagnolo. «Non vorrete profanare questo tempio cristiano ammassandovi quegli infelici, spero!»

Lorencillo guardò il prete dall'alto del suo cavallo. Sollevò il cappello piumato in segno di rispetto burlesco. «Per la coda di satanasso, è proprio quello che intendiamo fare. Ma perché parlate di profanazione, don Benito? Stiamo dandovi il modo di dimostrare la vostra carità cristiana. Avrete alcune migliaia di cittadini di Veracruz da soccorrere. Se vi riuscirete il paradiso è vostro, di diritto. E ora toglietevi dai piedi e fate entrare questa gente, prima che i miei uomini uccidano una decina di buoni cittadini di Veracruz a casaccio. Non per cattiveria: tanto per convincervi.»

Il parroco ebbe un'ultima esitazione. «Vedo persone anziane e donne incinte. Davvero non avete un briciolo di pietà?»

«Quanto alle donne, non sono stato io, e voglio sperare che non siate stato nemmeno voi» sghignazzò Lorencillo. «Suvvia, don Benito, fatevi da parte. Molti di costoro sono nudi o in camicia. Non vorrete che si ammalino, no, porco d'un diavolo? Li avreste sulla coscienza.»

Il prete sparì. Sotto i colpi, i prigionieri furono spinti nella chiesa. Ci volle quasi un'ora per farceli entrare tutti. Alla fine, all'interno non si respirava.

Il cielo intanto si scuriva, percorso da nuvole veloci cariche di pioggia.

16

Cala il buio

Macary provò ad affacciarsi alla chiesa di Nuestra Señora de la Merced, ma dovette immediatamente ritrarsi. L'unica navata era gremita di corpi fetidi e sudati, schiacciati uno contro l'altro. A dispetto di un foro sotto la cupola, alla base della croce, si respirava a fatica. I bambini, in braccio alle madri, strillavano. Le madri stesse, che si sforzavano di tenerli alti perché potessero respirare, piangevano. Gli schiavi, forse memori del viaggio che li aveva condotti nel Nuovo Mondo, apparivano un poco più calmi. Corpi seminudi erano premuti contro le tonache dei religiosi fatti prigionieri. In una parola, l'inferno.

Macary dovette ritrarsi e riempirsi i polmoni d'aria, peraltro inquinata dai miasmi che la brezza, violentissima, trascinava dagli acquitrini attorno alla città.

«Mai visto un orrore simile» disse a Levert. «Nelle Fiandre, dove la corona raccomandava la spietatezza, si uccideva. Non si allestivano carnai in cui soffocare in massa i prigionieri.»

L'amico fece un mezzo sorriso. «I tempi si evolvono. La stessa Inquisizione, a Siviglia, ha concepito piccoli forni in cui calcinare gli ebrei che si fingono cristiani, a decine alla volta. Noi ci adeguiamo al livello medio di cattiveria che ci viene dall'Europa.»

La frase era elaborata e pretenziosa. Macary non se la sarebbe mai attesa da qualcuno che, prima di prendere il mare, era stato un semplice sicario. Guardò Levert interdetto, ma cambiò argomento.

«Credi che doña Gabriela Junot-Vergara sia lì dentro?» Parlò con indifferenza affettata, ma dava per scontato uno sguardo malizioso dell'amico, che in effetti non mancò.

«Non penso. Io non l'ho vista. Del resto gode i favori del *Sieur* De Grammont. Non la metterebbe a soffocare con gli altri, suppongo.»

«Hai ragione.» Macary, suo malgrado, si sentiva sollevato. «Torniamo in plaza Mayor. È tempo di mangiare qualcosa.»

Gli premeva soprattutto scoprire dov'era stata rinchiusa la dama, ma questo non lo avrebbe mai confessato, né a Levert né ad altri. Era però vero che avvertiva appetito, e anche una grande stanchezza. La notte passata insonne cominciava a farsi sentire, e la fatica pesava.

Dopo avere strappato alle case merci di ogni tipo, dalle suppellettili in metalli preziosi ai tappeti, e averle accumulate nella piazza principale, gli avventurieri obbedivano sempre più pigramente alle sollecitazioni dei loro capi. Molti di loro, ritenendo esauriti i propri doveri, si erano sdraiati sotto i portici del governatorato e della *Contaduría*, per proteggersi dalla pioggia ricorrente, e dormivano. Altri spilluzzicavano fette di carne scovate nelle cucine delle case saccheggiate.

«Quattro ore di riposo» si decise a ordinare Retexar. Anche lui teneva a malapena gli occhi aperti. «Salvo alcuni volontari di guardia alla chiesa della Merced.»

Macary guidò Levert verso una villetta imbiancata a calce, di fronte alla fiancata della cattedrale, che dava l'impressione di non essere stata saccheggiata a fondo. Mentre spingevano il cancello in ferro battuto che dava accesso al patio, si imbatterono in altri due filibustieri che ne uscivano, carichi di sacchi pieni di argenterie.

«C'è qualcosa da mangiare, qui?» chiese Macary.

Il pirata che gli rispose lo conosceva di vista. Era imbarcato con Lorencillo, si chiamava Henri Du Val. «Sì, camerata. Vai nella cucina, in fondo al cortile. Troverai pollame e carne di porco. Ogni ben di Dio.»

Data la loquacità del confratello, Macary osò domandargli: «Sai dove De Grammont abbia imprigionato il governatore e i suoi ospiti?».

Du Val lo squadrò. «Strana domanda. Che cosa te ne importa?»

«Ho contribuito alla loro cattura. Non li ho visti nella chiesa in cui sono rinchiusi gli spagnoli.»

«Be', credo che siano nella *Contaduría*, a giudicare dal corpo di guardia. De Grammont li considera preda personale. Ti saluto, questa roba pesa.»

La cucina, molto spaziosa, con sfilze di arnesi appesi al muro, un lungo tavolaccio, un forno che fungeva anche da stufa, una larga finestra che dava sul patio, odorava di spezie e di intingoli. Dal soffitto pendevano carni di ogni tipo. Levert afferrò con un salto un prosciutto spagnolo, fragrante nella sua cotenna coperta di ceneri e spezie. Ne tagliò fette irregolari con un coltellaccio. Intanto Macary posava sul tavolo alcune pagnotte scovate in un paniere e stappava due bottiglie di *vinho verde* portoghese.

«Ti stai esponendo troppo» disse Levert. «È chiaro che doña Gabriela ti interessa. Non scordare a chi è destinata.»

Macary rispose, la bocca piena: «Sono congetture tue, non di tutti».

«Quanto più farai domande in giro, tanto più la voce si divulgherà. Fino ad arrivare alle orecchie… di chi sai tu.»

Macary, mezzo ubriaco per il vino, bevuto senza cibi ancora sufficienti per assorbirlo, quasi si inalberò. «E mi fai di questi discorsi, Francis? Mi conosci ormai da anni! Se il mio capitano sceglie una donna, non sarò io a ribellarmi! Che lei mi piaccia o no!»

«Parlavo d'altro. Del fatto che al capitano... diciamo il cavaliere... giunga notizia della tua passione.»

«Non ci saranno comunque sviluppi. Mangiamo, è meglio.»

Si ingozzarono di prosciutto e bevvero altre due bottiglie di vino. Dopo si aggirarono per la casa alla ricerca di una camera da letto. Ne trovarono una al secondo piano, con baldacchino, tendaggi e lenzuola di seta. Non fecero caso alle piccole macchie di sangue che imbrattavano le coperte. Deposero le armi su un divanetto. Si distesero sui pagliericci imbottiti di piume d'oca, fianco a fianco, e si addormentarono all'istante.

Meno di due ore dopo furono svegliati da una sequela di colpi di cannone, lontani ma sonori. Levert fu il primo a raggiungere la finestra. «Sparano dalla fortezza» annunciò. «Finalmente si sono accorti che abbiamo conquistato la città, e hanno girato l'artiglieria.»

Macary, ancora assonnato, sedette sull'orlo del letto e si stirò. «Fanno danni?»

«Non tanti, direi. Riescono a malapena a colpire le banchine del porto. Più che altro stanno demolendo imbarcazioni spagnole alla fonda.»

Quando Macary raggiunse l'amico, poté vedere San Juan de Ulúa avvolto nel fumo e incendiato dalle fiammate. La potenza del fuoco era impressionante, ma la gittata limitata dei pezzi, troppo pesanti, la rendeva innocua. Solo i moli volavano letteralmente in frantumi, che schizzavano alti nel cielo e costituivano l'unico pericolo per gli avventurieri. Nessun proiettile aveva ancora raggiunto il centro di Veracruz. Invece, varie barche da pesca, un grosso mercantile e una goletta stavano affondando.

«Ah, eccovi qua, dannato sia il demonio!» gridò una voce dalla strada. «È mezz'ora che vi cerco! Van Hoorn vuole vedervi, per incarico di De Grammont!»

Macary si chinò oltre la balaustra. Sotto di loro c'era Lorencillo, a piedi, seguito da qualche marinaio. Sembrava molto irritato.

«Veniamo subito, capitano!» gli rispose.

Lui e Levert si caricarono in fretta delle sciabole, delle daghe e delle pistole che avevano abbandonato sul divano. Solo allora si accorsero di due piedini scuri, dalla pianta rosea, che uscivano da sotto il giaciglio.

«Ecco perché sentivo un odore strano» disse Macary «e perché le coperte erano macchiate di sangue. Du Val deve essersi fatto una schiavetta, e poi averla ammazzata.»

«O uno schiavetto» corresse Levert. «Du Val è il flagello dei mozzi imbarcati con lui.»

Non stettero a indagare sul sesso della vittima e scesero le scale. In strada Lorencillo sbuffava. «Neanche una donna che si trucca ci avrebbe messo tanto. Venite, si va alla *Contaduría*. Van Hoorn è là. Se non fosse stato per ordine di De Grammont, non avrei certo perso tempo a cercarvi, giuda d'un diavolo! Van Hoorn mi piace quanto piaceva l'aceto a Cristo e ai suoi ladroni.»

Si faceva sera e, sotto i porticati di Veracruz, molti pirati continuavano a dormire, indifferenti alle cannonate. Altri frugavano le case attorno. Data l'ora, ne uscivano con bottiglie di vino, da bere in compagnia. Si respirava aria fetida, fatta gravare dal calore eccessivo. Dal fortilizio di corallo si continuava a cannoneggiare, invano.

Il palazzo della *Contaduría* aveva porte e finestre illuminate. Le candele stavano per esaurire la cera. Lorencillo indicò una scalinata. «Montate quei gradini. Van Hoorn dev'essere là sopra, da qualche parte. Io devo andare, ci vedremo più tardi.»

Macary e Levert salirono al piano superiore. Scoprirono L'Esquelette, Petru e Big Willy a lato del velluto di un tendaggio, che tenevano scostato.

«Qui anche voi?» chiese Petru. «Ci siamo da mezz'ora e passa. Aspettiamo che il capitano Van Hoorn abbia finito.»

La sala dietro le tende aveva luce abbastanza. Due pirati trattenevano Gabriela Junot-Vergara per i polsi, col ventre su un tavolino e il seno schiacciato contro il marmo. La gonna era stata sollevata sul suo dorso, a scoprirle le terga. Van Hoorn l'aveva presa da dietro e la penetrava, con spinte sempre più vigorose.

Lo spettacolo, consueto ogni volta che i Fratelli della Costa occupavano una città spagnola, turbò profondamente Macary. Un conto era che una donna che l'attraeva finisse preda di De Grammont, capo indiscutibile; un altro conto era che fosse stuprata da un capitano di minore importanza come Van Hoorn, mediocre soldataccio, inferiore persino a Lorencillo nella gerarchia della Tortuga.

Ciò che lo sconvolse sul serio fu però il fatto che doña Gabriela non sembrava soffrire per l'oltraggio. Gemeva, sì, ma i suoi parevano mugolii di piacere, inaccettabili in una dama onesta anche nell'ambito matrimoniale. Peggio ancora, muoveva le natiche come per assecondare la penetrazione, adattandosi al ritmo.

Quando fu soddisfatto, Van Hoorn si ritrasse e rialzò i pantaloni. Sembrava disgustato.

«Mai visto una simile baldracca» brontolò. «Pareva persino godere. Mi ha tolto ogni appetito.»

Si volse verso la porta e notò gli uomini dietro la tenda. «Giusto voi. Sta calando la sera. L'ammiraglio vuole che, appena scese le tenebre, prendiate una barca e andiate a San Juan de Ulúa, per la missione che sapete. È tempo di muoversi.»

Gli avventurieri che avevano trattenuto Gabriela per i polsi l'avevano lasciata. Lei rimase distesa sul tavolo, il sedere scoperto, la vagina in vista. Respirava affannosamente. D'improvviso si rialzò e si mise seduta. Lasciò le gambe aperte, a mostrare il pube. «Qualcun altro ne vuole approfittare?» Macary ebbe l'impressione che guardasse proprio lui.

«Puttana» le disse Van Hoorn. Sistemò la camicia nelle

brache, raccolse la sciabola posata sul tappeto e abbandonò la sala. Smilzo com'era, non aveva proprio l'aria di un conquistatore.

La gentildonna volse attorno gli occhi neri, profondi, severi e provocanti. «Allora? Chi è il prossimo? Chi intende imitare il suo capo e godere di me?»

Tutti quanti uscirono, alla spicciolata. Macary per primo.

17

Entro le mura

Avvolta nell'oscurità, la scialuppa galleggiava lenta verso i bastioni di San Juan de Ulúa. Dalla fortezza ogni tanto si sparava verso la città, ma nessuno dagli spalti guardava il mare. Chi mai avrebbe tentato di approdare alla roccaforte, quando poteva saccheggiare impunemente l'intera Veracruz?

Macary e i suoi compagni – Levert, Big Willy, L'Esquelette e Petru Vinciguerra – cercavano di tenersi bassi. Remavano piano. Si confondevano tra le ombre. Non pioveva più, ma la luna era velata.

Macary era il più alto in grado, e a lui spettava il comando. Ma era distratto, inquieto. Non riusciva a togliersi dalla mente Gabriela che, fissandolo, aveva aperto le gambe. Un invito diretto proprio a lui? Forse no, o almeno di questo voleva convincersi.

«Hubert, siamo quasi sotto la torre» gli sussurrò Levert. «Che facciamo?»

Macary si riscosse dalle sue fantasie. «Abbiamo i grappini d'abbordaggio. Riusciamo a raggiungere la merlatura?»

Big Willy fece roteare il gancio a forma di ancora legato all'estremità di una fune. «Posso farcela. Ciò attirerà le guardie.»

«Dobbiamo correre il rischio.»

«E della barca che si fa?» chiese Vinciguerra.

Macary si strinse nelle spalle. «La dobbiamo per forza abbandonare, una volta iniziata la salita. Da quel momento cammineremo nell'ignoto. Vuoi rimanere ai remi, Petru? Bada, corri un bel rischio.»

Il corso annuì. «D'accordo. Cercherò di non farmi vedere.»

«Sei pronto, Big Willy?»

«Sono pronto.»

«Allora lancia.»

La corda e il grappino volteggiarono sempre più rapidi nelle mani del colosso. Li scagliò. Servirono quattro tentativi, ma alla fine le punte metalliche sprofondarono tra un merlo e la sua base di corallo. I pirati attesero reazioni, che non vennero. Dal forte si continuava a bombardare a casaccio Veracruz, senza risultati. Il frastuono delle esplosioni copriva ogni altro rumore, mentre il fumo si faceva denso.

«Adesso, è il momento!» disse Macary. Si inerpicò a forza di braccia, i piedi puntati sui blocchi della fortezza. In alto non c'era nessuno. La torre bianca si ergeva da una ridotta anonima, quadrangolare. Nessuna delle guardie parve notare la piccola banda che scalava le mura. I pirati si radunarono alla base della merlatura, rannicchiati. Potevano scorgere un poco più in basso, non molto distanti, gli artiglieri all'opera. Forse gli spagnoli erano consapevoli dell'inanità della loro fatica, però continuavano a scaricare palle in mare o, nei casi più fortunati, sul molo.

«Non ci vedono né ci sentono» disse Macary. «Raggiungiamo la torre bianca.»

Il pinnacolo, esile ed elegante, aveva una porticina spalancata. I quattro pirati, curvi e silenziosi, la raggiunsero e vi si infilarono. L'interno era illuminato da fiaccole appese al muro, una scala a chiocciola si alzava verso la vetta e scendeva nella ridotta. Dal basso si levava un afrore spaventoso, di marciume e di sporcizia, che dava il capogiro.

Macary vinse la nausea e si rivolse ai compagni. «Dobbiamo scendere. Impugnate le armi da taglio, conviene non sparare. Qualcuno di guardia lo troveremo.»

Impugnò lui stesso la corta sciabola d'arrembaggio, strinse fra i denti la misericordia e affrontò la discesa. Gli parve di essere tornato ai tempi della guerra delle Fiandre, quando un soldato era una pura macchina di morte, devoto ai capi, e si penetrava di soppiatto in un castello per sgozzarne tutti gli abitanti, servi inclusi. Non si attendeva però di trovare in basso, dove il puzzo toglieva il fiato, guardiani disarmati con la croce al collo e tonache nere lunghe fino ai calzari.

"Gesuiti" pensò Macary, e ciò turbò un poco la sua pur vaga coscienza di cattolico. Erano tre, e conversavano tra loro, indifferenti al fetore. Spalancarono sui nuovi venuti occhi impauriti. Accennarono a gridare.

Macary tolse la misericordia di bocca, mentre con la sinistra levava la sciabola. «Avanti!» disse ai compagni. Pugnalò un religioso in pieno petto. Gli altri due furono abbattuti da un solo volteggio dell'ascia di Big Willy. Il sangue schizzò le pareti di un corridoio tortuoso, in cui si aprivano varie porte. Si mescolò all'acqua che gocciolava dall'alto, a tratti fitta come pioggia. Le pareti erano verdi di salnitro, il pavimento era bagnato da uno strato sottile di melma. Tutto, in quell'antro, sapeva di marcescenza, di corruzione, di malattia.

Levert frugò i cadaveri dei gesuiti in cerca delle chiavi. Ne sollevò un mazzo. Macary indicò la porta più ampia. «Provale lì.»

Dopo vari tentativi, la chiave girò nella serratura e le ante si aprirono, rivelando un vasto ambiente immerso nel buio. Per un attimo non accadde nulla, a parte la fuoriuscita di un lezzo intollerabile. Poi una masnada spaventosa uscì dalla catacomba. Erano uomini e donne nudi, scheletrici, barcollanti, che il lume delle candele bastava ad accecare. Sui corpi, macchie rosse, piaghe, purulenze rivelavano infezioni di varia natura. La massa non parlava. Muoveva

115

verso le torce, che sembravano incantarla. Chissà da quanto non vedevano un lume.

Macary fu sconvolto da alcuni bambini stretti ai fianchi delle madri. Non piangevano nemmeno: erano inebetiti. Gridò: «C'è fra voi una madamigella De Grammont?».

La risposta tardò. Infine un vegliardo dalla barba bianca, e dal costato roso dalle ulcerazioni, indicò il fondo del corridoio. «Lei non è stata fortunata come noi, chiusi nel Paradiso, la cella più grande. Non è nemmeno nel Purgatorio, la cella mediana. Sta da anni nell'Inferno, in fondo all'andito. Se è ancora viva, la troverete là.»

Macary faticò a credere che potesse esistere una cella più orrenda di quella appena spalancata. E invece sì. Lungo lo stesso condotto si aprivano una porta più piccola, probabilmente il Purgatorio, e una minuscola, adatta a uomini di statura molto bassa. Preso da nervosismo, armeggiò a lungo con le chiavi, prima di far girare nella serratura quella giusta. Aperto il battente, ne uscì l'odore pestilenziale ormai consueto, solo che qui dominava la nota putrescente, come da una tomba spalancata. Si fece animo. Ripose le armi, afferrò una torcia ed entrò nel loculo.

Quasi subito la fiamma accennò a spegnersi per la scarsezza dell'ossigeno. In poco spazio erano ammassati esseri scheletrici, addossati l'uno all'altro, chini per l'incombere del soffitto. L'ambiente prendeva aria solo da una strettissima feritoia verticale, infossata nella muraglia per varie braccia. Gli escrementi arrivavano alle caviglie dei prigionieri, galleggiando sull'urina. A terra, due cadaveri finivano di decomporsi.

Macary ne aveva viste di tutti i colori, in vita sua, ma mai nulla di così atroce. Dovette deglutire, prima di riuscire a chiedere: «*Mademoiselle* Claire de Grammont è qui con voi?».

Inizialmente non vi fu risposta. Stava per ripetere la domanda quando una voce, flebile come un vagito, mormorò: «Sono qua. Avete acqua?».

116

Un corpo si staccò dagli altri. Macary arretrò quasi spaventato, tanto che batté la nuca contro lo stipite. Si abbassò e uscì nel corridoio. Dalla cavità lo raggiunse una creatura difficile da descrivere.

Si intuiva che era stata una donna, ma adesso era solo un pugno d'ossa con poca carne sopra. Priva di capelli, mostrava ulcerazioni d'ogni tipo, piaghe sanguinolente, ferite mal rimarginate. Non riusciva a reggersi e dovette appoggiarsi alla parete. Respirava rumorosamente, tremava tutta.

Anche gli altri pirati erano impressionati. Si radunarono increduli attorno a Macary, che chiese: «Siete proprio Claire de Grammont, la sorella di Michel?».

La donna, fino a quel momento a occhi chiusi, spalancò due iridi azzurre, enormi tra le ossa del viso. «Sì. Avete acqua?»

Macary si rivolse a Big Willy, l'unico del gruppo a indossare un mantello. «Copri subito questa signorina.» Il bruto obbedì senza discutere. «Quanto agli altri disgraziati, lasciate loro le chiavi. Noi dobbiamo filare, finché possiamo.»

Levert lanciò il mazzo agli spettri che si stavano adunando nel corridoio, ancora inconsapevoli di ciò che stava avvenendo. Macary raccolse Claire tra le braccia: un fardello leggerissimo. Poi tutti gli avventurieri risalirono la scala a chiocciola che conduceva all'esterno.

Dagli spalti si continuava a tirar di cannone, ma in maniera sempre più svogliata. Molti artiglieri dormivano, indifferenti al frastuono degli spari, al vento e alle pioggerelle ricorrenti. Chi ancora vegliava era consapevole di non poter colpire il cuore della città. La luna era sepolta da ammassi di nubi in movimento.

Un soldato spagnolo notò gli incursori e mosse verso di loro, più incuriosito che ostile. Non aveva compreso chi fossero. Si portò il quesito nell'oltretomba. Big Willy gli sfondò il cranio con la scure.

La corda pendeva ancora lungo la muraglia, e la scialuppa, manovrata da Vinciguerra, si vedeva appena. Macary non sapeva come scendere con il suo carico, lieve ma di ostacolo alle mani. Disse agli altri: «Calatevi prima voi. Io verrò per ultimo. Prima lancerò questa poveretta in mare. Dovrete recuperarla a nuoto».

«E se annega?» chiese L'Esquelette.

«Ciò non deve accadere» ribatté Macary, le sopracciglia aggrottate. Non stava obbedendo solo agli ordini ricevuti: la donna esangue gli premeva davvero. «Preparati a nuotare. Sei tra i pochi avventurieri capaci di farlo. Aspetterò che tu sia in mare e spingerò la donna. Devi issarla sulla scialuppa. Vale anche per te, Francis. Anche tu sei abituato al nuoto.»

Levert mugugnò: «Non è mica facile».

«Lo so, però non vedo altra soluzione.»

Il primo a scendere fu Big Willy, che atterrò sulla scialuppa e si mise ai remi anteriori. L'Esquelette lo imitò, ma, scalata la corda, si tuffò direttamente in mare, dove galleggiò a furia di colpi di gomito e di bracciate. Fu poi il turno di Levert, che fece lo stesso.

Era il momento di lanciare in basso lo scheletro vivente, fetido e segnato da chissà quali malattie. Macary ebbe un impulso strano. Premette brevemente le sue labbra sulle labbra di quel mostro. Lo inteneriva, chissà perché. «*Suerte*» le disse, e gettò Claire de Grammont oltre i merli.

Udì il tonfo in acqua, ma non poté calarsi con la corda, come sperava. Una decina di soldati spagnoli lo circondava, le spade puntate alla sua gola.

18

Fratelli

Macary non aveva scampo. Gli rimaneva una sola possibilità. Impugnò la sciabola, come se volesse sfidare tutti quegli uomini, e indietreggiò fino alla merlatura. Quando la sua schiena toccò la pietra, gettò l'arma e, con un balzo repentino, si lanciò nel vuoto.

Il tuffo lo portò in profondità e gli fece ingurgitare acqua salata, ma, con moti scomposti delle braccia e delle gambe, riuscì a risalire in superficie. Attorno alla sua testa si levarono zampilli, dovuti alle palle di moschetto che grondavano dall'alto. Una mano callosa afferrò la sua, più delicata. Era di Levert, che cercava di sollevarlo a bordo della scialuppa. Non fu facile, Macary dovette dispiegare un'energia disperata. Riuscì infine a scalare il bordo dell'imbarcazione, che oscillava pericolosamente sotto il suo peso. Mezzo annegato, si lasciò cadere sul fondo della barca e prese a vomitare l'acqua che aveva ingerito. I polmoni, a ogni respiro, gli infliggevano dolori lancinanti.

Dall'alto degli spalti si continuava a fare fuoco, e Vinciguerra, che era ai remi con Big Willy, lanciò un breve grido di dolore. Gli avevano graffiato un fianco. Fu sostituito da Levert, che vogò con foga.

Macary, devastato dai conati, non capì molto di ciò che accadde in seguito. Vide solo la scialuppa addentrarsi nel buio, verso gli incendi di Veracruz. Poté lentamente mettersi seduto, inzuppato e dolorante. Proprio in quel momento la barca toccava il molo, deturpato dai bombardamenti. Chissà come riuscì ad alzarsi in piedi e a salire dei gradini scivolosi. Si sentiva uno straccio bagnato, ai limiti delle forze.

Riacquistò lucidità solo quando si trovò nell'atrio del palazzo della *Contaduría*, illuminato da migliaia di candele. Michel de Grammont stava ricevendo dalle braccia robuste di Big Willy la carcassa esangue della sorella. Il cavaliere, temuto in tutti i Caraibi per la sua crudeltà, piangeva senza ritegno. Strinse quel corpo piagato, baciò a più riprese le guance di carne sottile che modellavano il teschio della donna. Tentò di mantenerla ritta, ma non ci riuscì. Infine l'adagiò su un divano, con la cautela riservata a un gioiello pregiato. Cadde in ginocchio e le accarezzò le guance.

«Claire, sorellina, l'incubo è finito. È finito per sempre. Sei bella come un tempo, sai? Non sei cambiata affatto. Quei preti maledetti hanno cercato di farti morire, ma non ci sono riusciti. Vivremo insieme e tu ti riprenderai.»

Lei spalancò gli occhi azzurri, prima l'uno e poi l'altro. Fissò il viso chino su di lei. «Michel?» chiese esitante.

«Sì, Michel, il tuo fratellino. Che adesso sarà accanto a te e non ti lascerà mai più.»

Claire sbatté le palpebre. Tossì, prima di parlare. «Michel, io sto per morire» sussurrò. «Però è stato splendido rivederti. Sii felice, anche senza di me.»

«No, non morirai!» De Grammont si guardò attorno. «Dov'è quel fannullone del dottor Exquemeling? Ogni volta che ho bisogno di lui, l'ubriacone scompare!»

«Eccomi! Eccomi!»

Exquemeling emerse dal gruppo di avventurieri che gremiva i lati della sala. Si chinò sulla donna. Le prese il polso e, con due dita, le spalancò gli occhi. Diede uno sguardo alle lesioni rossastre che le maculavano il corpo e si perdevano sotto il mantello.

Quando si raddrizzò aveva un'espressione molto pensosa. «Ho bisogno della mia valigetta, ammiraglio. L'ho lasciata nelle *Casas reales*. Ma soprattutto è necessario che questa gente esca di qui. C'è troppa confusione.»

«Acqua» gemette la malata.

«Non ancora, mia cara. Prima devo capire che cos'avete.» Exquemeling fissò De Grammont. «Ammiraglio?...»

L'altro si riscosse. «Fuori di qui! Fuori tutti!» Batté le mani, iroso. «E qualcuno porti la valigetta del dottore!»

Macary, che stentava a reggersi in piedi, uscì con gli altri. Levert gli cinse le spalle, malgrado la statura inferiore. «Ti stai riprendendo, Hubert, ma hai bisogno di riposo. Tieni, bevi questo.» Gli porse una fiasca. «È *aguardiente*. Dà forza, anche se poi sega le gambe.»

Macary ingollò un sorso che gli bruciò la gola. In effetti recuperò energie e poté scorgere meglio ciò che avveniva attorno. Era una sarabanda infernale, che la luna e le ombre amplificavano. Tra i palazzi del potere e la cattedrale, in un'atmosfera in cui il puzzo di bruciato aveva sovrastato i miasmi degli acquitrini, gli avventurieri sciamavano a branchi tra le suppellettili e le merci accumulate in plaza Mayor, cantando e agitando bottiglie. La periferia di Veracruz era costellata dagli incendi, e ciò causava zaffate di fumo nero e bagliori improvvisi, irregolari e fugaci.

«Quasi tutti i camerati sono ubriachi» spiegò Levert, prima di attingere a sua volta alla fiasca. «Del resto, presto lo saremo anche noi.»

«E De Grammont permette tutto questo?» chiese Macary, turbato da quel disordine.

Levert gli porse di nuovo l'*aguardiente* e gli fece l'occhiolino. «Lui ha altro di cui occuparsi, come hai potuto vedere. E Lorencillo e Van Hoorn non sono gente da impedire che i fratelli festeggino la presa della capitale degli spagnoli... Vieni, cerchiamo una casa dove tu possa riposare.»

Transitarono, strascicando i piedi quanto più bevevano, accanto alla chiesa di Nuestra Señora de la Merced. Era assediata dagli avvinazzati. Un uomo molto robusto uscì dall'edificio reggendo come un trofeo, alta sopra la testa, una ragazza mulatta completamente nuda che si divincolava e piangeva disperata. La gettò in mezzo all'orda, a mo' di regalo. Fu sommersa dai corpi.

François Le Bon riconobbe gli amici e si avvicinò, l'eterna pipa in bocca. Porse una bottiglia. «Non so che schifezza stiate bevendo, ma questo è molto meglio. Madera del migliore, trovato nelle cantine di un riccone.» Non era per nulla ubriaco, a giudicare dal tono di voce.

«Grazie, preferisco la mia acquavite» rispose Levert. «Che cosa sta succedendo?»

«Niente. Gli spagnoli stanno quasi crepando soffocati nella loro chiesa. Parecchi sono già morti, soffocati o calpestati dagli altri. Ogni tanto un camerata entra, sceglie una donna particolarmente bella e la trascina fuori. Dopo che chi vuole se l'è goduta, se è ancora viva, viene ricacciata all'interno.»

Per un attimo Macary pensò a Gabriela, ma non si soffermò su quel ricordo. L'ottundimento provocato dalla stanchezza e dall'alcol glielo impediva. Si rammentò solo che aveva buoni motivi per detestare Van Hoorn, anche se in quel momento non avrebbe saputo precisarli.

«François, sai dove potremmo dormire?» chiese Levert.

Le Bon indicò col cannello della pipa le case attorno, lungo calle María Andrea. «Quelle abitazioni sono tutte vuote. Potete scegliere quella che volete.» Portò alla bocca la bottiglia e, mentre si asciugava le labbra, disse: «Si parla molto della vostra impresa. La sorella di De Grammont come sta?».

«È più morta che viva. Non so se sopravvivrà alla notte.»

«Allora, domani, l'ammiraglio sarà un diavolo scatenato.» Le Bon fece una risatina. «Non oso pensarci. È già cattivo di suo...»

Levert si incamminò con Macary, che teneva la fiasca e la stava svuotando, verso una villa dal portone spalancato, dotata di portico e di patio. Quest'ultimo era ingombro di oggetti, che la luce lunare rivelava: ritratti di membri della famiglia, abiti maschili e femminili, sedie, orologi, utensili da cucina, le sponde di un letto, una culla rovesciata, un cappello piumato, mastelli e stoviglie.

«Speriamo di non trovare cadaveri anche qua» mormorò Macary.

«Oh, ce ne saranno. Purché non siano dove dormiremo.»

Si diressero verso un accesso al cortile che emanava una debole luminescenza. Introduceva a un salotto molto ampio, che gli avventurieri avevano devastato da cima a fondo, fino a lacerare le tappezzerie e gli arazzi. Sull'unico divano intatto un uomo, rannicchiato, russava sonoramente.

Si destò all'arrivo degli intrusi e balzò a sedere, due pistole in mano. Si rasserenò ancor prima di sollevare il cane delle armi. Le depose sui cuscini e sorrise. «Ah, siete voi. Non si può mai sapere. Questa città formicola di canaglie.»

Era Ravenau de Lussan, una sorpresa poco gradita a Macary. Il gentiluomo, malgrado la posa disordinata che aveva assunto sul divano, appariva impeccabile, con abiti senza una piega. Un gesto nell'aria ravvivò le piume multicolori che gli ornavano il cappello. Calcò il copricapo sulla parrucca. Invece che nella cruda Veracruz, odorante di sangue, pareva sedere su uno dei divanetti dei corridoi di Versailles. La differenza era che due sole candele, ormai prossime all'esaurimento, mostravano il suo gesticolare elegante.

«Siamo venuti anche noi per dormire» disse Levert. «Abbiamo dell'*aguardiente*. Ne volete un sorso?»

De Lussan indicò un tavolino in marmo rosa, e la bottiglia e il bicchiere vuoti che vi erano posati sopra. «No, grazie. Ho trovato in questa casa dell'eccellente cognac. Ecco perché mi avete scoperto a ronfare della grossa.»

«Ci sono stanze da letto, di sopra?»

«Certo che ce ne sono. Direi che non c'è altro. Ho saputo della vostra impresa, ne parlano tutti. Complimenti. L'abbiamo preparata bene, voi avete eseguito… Ma non partecipate al festino che si svolge in città?»

«Sta volgendo al termine, per l'ubriachezza generale» spiegò Levert. «Abbiamo poche ore per riposare. Siamo stanchi.»

De Lussan sogghignò. «Peccato. Avete un paio di centinaia di esseri umani alla vostra mercé. Potete farne ciò che volete. Sbizzarrirvi in ogni specie di supplizio. Badate, è un'occasione rara.»

Levert tacque. Macary, reso più disinvolto del consueto dall'ebbrezza, sbottò: «Io non faccio cose indegne di un buon soldato».

«Però lasciate che altri le facciano al posto vostro.»

«Si tratta di spagnoli, spietati da sempre nei confronti degli indios e delle altre etnie sottomesse. Se io vi raccontassi le atrocità…»

De Lussan raggrinzò il viso in un'espressione divertita. «Risparmiatemi il racconto, lo conosco. Ho letto il vescovo Bartolomé de las Casas e la sua *Breve storia*. Così i Fratelli della Costa sarebbero qui a Veracruz per vendicare gli indigeni? Per fare il loro bene?»

Interdetto, Macary rispose: «In un certo senso sì». Colse per primo l'insincerità della sua replica.

De Lussan tastò i cuscini del divano alla ricerca della posizione giusta. Tornò a raggomitolarsi. «C'è una scala, là in fondo» disse, volgendo la schiena. «Porta a varie camere da letto, per adulti, bambini e schiavi. Scegliete quella che preferite.» Un istante dopo, russava nuovamente.

Mentre saliva i gradini di marmo, Macary si sentiva umiliato, senza saperne il motivo. Odiò De Lussan come non mai.

19

Pirati a cavallo

Macary e Levert furono destati dai nitriti di una mandria intera di cavalli. Temettero un attacco degli spagnoli. Presero le pistole e corsero alla finestra. La realtà era diversa. Gli avventurieri avevano svuotato le scuderie e spingevano gli animali verso plaza Mayor. Una campana prese a suonare dalla cattedrale: chiamava a raccolta.

Era martedì 18 maggio 1683, secondo giorno di occupazione di Veracruz. Sulla città, contrariamente alla norma, brillava un sole debole, e il vento che aveva imperversato la notte si era calmato. Dal forte non si sparava più, e la chiesa di Nuestra Señora de la Merced continuava a rinserrare i corpi di prigionieri stretti uno all'altro, minata da ogni lato. Accanto al portale erano accumulate le salme, una decina, dei morti soffocati, nonché di due delle donne che avevano subìto violenza nella notte. Nere, naturalmente: un avventuriero poteva stuprare senza rimorsi una donna bianca ("È una maniera tutta femminile di pagarsi il riscatto" aveva detto Morgan dopo la presa di Panamá), ma non l'avrebbe mai uccisa. Con le schiave era differente.

Macary non fece caso allo spettacolo del cumulo dei cadaveri. In guerra aveva visto ben di peggio. Chiese invece a Levert, mentre uscivano dalla casa: «Dove sarà finito De Lussan? Sul divano non c'era più».

L'amico lo guardò con espressione beffarda. «Non dirmi che ti manca, quel vanesio.»

«No, anzi. Speravo che si sbronzasse fino a morirne.»

«Gente come lui non muore mai. Sarà da qualche parte a ossessionare un malcapitato con i suoi comizi. La razza dei filosofi è peggio di quella dei preti. Hanno sempre qualcosa da insegnarti.»

«Toh, a proposito di preti... Non sapevo che padre Labat fosse con noi. Dove si sarà imbarcato?»

Guardava un sacerdote cattolico dalla lunga sottana, che in quel momento, a piedi, stava conversando in calle María Andrea con Lorencillo, ritto sul suo cavallo. Jean-Baptiste Labat, dell'ordine dei giacobini, era, con il gesuita padre Gérard, uno dei due parroci di Cayona, la capitale dell'isola di Tortuga. Scorrazzava però a Santo Domingo, a Petit-Goâve e in tutti i Caraibi in cui si parlava francese, sulle navi dei Fratelli della Costa. Grande degustatore di vini (il suo naso rosso e prominente lo rivelava anche agli ingenui), cliente occasionale di prostitute da ricondurre sulla via del bene, recitava messe e teneva omelie dovunque lo pagassero per farlo. Diceva di essere giunto nelle Indie occidentali per contrastare la diffusione dell'eresia protestante, inviato dal papa in persona. Sosteneva di avere aderito ai modi di vita della Filibusta per compiere meglio il proprio dovere. Era raro vederlo sobrio. Quello sembrava uno di quei momenti.

Lorencillo lo allontanò con la punta dello stivale. «Vattene, prete. Adesso abbiamo altro a cui pensare.»

Il sacerdote barcollò. Si guardò intorno. Quando vide Macary e Levert, fu loro addosso. Aveva gli occhi spalancati, sembrava febbricitante. «Amici miei, forse voi, da buoni cattolici, potete aiutarmi.» Indicò il campanile poco lontano della Merced. «Entro quella chiesa si sta consumando un delitto mostruoso. Per tutta la notte la masnada ubriaca ha infierito su donne e ragazze, spesso vergini. Ogni tanto un uomo a caso è condotto fuori, e sottoposto a torture e mutilazioni che non posso nemmeno descrivere. Questo orrore porterà su noi la dannazione!»

Macary era distratto dai rintocchi della campana. «Padre Labat, sapete perché ci chiamano a raccolta?»

«Un contingente spagnolo, un migliaio di uomini, è a circa duemila *varas* da qui. Lo si aspettava. Lo comanda don José de Esquivel, l'*alcalde mayor* di Antigua Veracruz, la capitale di un tempo.»

«E De Grammont intende affrontarlo a cavallo?»

«Sapete cosa ripete sempre. *"Yo no soy marinero, soy capitán…"* Ma ora vi scongiuro, aiutatemi a salvare quei poveretti. Impedite, in nome di Dio, che si commetta un delitto atroce! Là dentro ci sono anche due partorienti che avranno un bambino da un momento all'altro!»

Macary si toccò il cappello. «Mi dispiace, padre. Non ho ordini in merito, e non ho autorità sufficiente per darne.»

«Siete un ufficiale! In qualche caso, un buon cattolico è capace di disobbedire, se assiste a spettacoli che offendono la sua fede!»

«Non io. Non contate su di me.»

Il prete, scoraggiato, si avviò altrove, in cerca di qualcuno che gli desse retta. Levert commentò: «Strano tipo. Normalmente benedice tutto ciò che facciamo. Ha bevuto davvero molto, perché gli siano sorti degli scrupoli di coscienza».

«La notizia della presunta tregua tra Francia e Spagna deve avere qualche ruolo in questa conversione improvvisa» commentò Macary. «Il clero, da queste parti, fa più politica dei governatori e dei diplomatici.»

In plaza Mayor regnava un ordine un po' caotico, ma efficace. I cavalli radunati erano almeno un centinaio, per lo più già con selle e finimenti. Aiutati dai mozzi, i filibustieri sceglievano il loro animale e lo montavano. Venivano distribuite picche e armi da taglio lunghe, più qualche mazza ferrata vecchia di un secolo almeno. Alcuni avventurieri si erano coperti il capo con elmi spagnoli, e si erano rivestiti di maglie e corpetti d'acciaio. La stanchezza era sparita: dominavano l'allegria e l'eccitazione. Si partiva per una guerra seria!

Il cavaliere De Grammont non era in vista. Chi dava gli ordini erano Van Hoorn, Lorencillo, Andrieszoon e George Spurre. Macary e Levert furono abbastanza fortunati da trovare cavalli docili. Molti altri nitrivano disperati, sotto il peso di cavalieri inesperti e per il dolore di briglie tirate con troppa violenza. Alcuni animali si impennavano, oppure correvano recalcitranti attorno alla piazza.

Ci volle almeno un'ora perché gli avventurieri designati fossero tutti a cavallo e disposti in un allineamento precario. Solo allora Michel de Grammont uscì claudicante dal palazzo che era stato del governatore. Vestiva come sempre di grigio e nero, e ciò faceva contrasto con il viso di un pallore impressionante e con gli occhi infossati.

«Stanotte non deve avere dormito nemmeno un'ora» osservò Macary.

Levert annuì. «Avrà vegliato la sorella.»

De Grammont fu aiutato da Exquemeling a salire sul magnifico baio scelto per lui, che non si ribellò. Cadde un silenzio quasi tombale, come se in presenza di quell'uomo piccolo ma gigantesco, segnato dal dolore, anche i quadrupedi avessero rinunciato a nitrire.

Il cavaliere si aggiustò sulla sella, superando con una smorfia le fitte che gli causavano le gambe malate, poi passò in rassegna, con un rapido sguardo, la schiera dei suoi uomini. Parlò con voce più arrochita del consueto.

«Fratelli della Costa, catturando Veracruz avete compiuto un'impresa che passerà alla storia. Ora si tratta di difenderla, questa città ammorbata, simbolo e vanto di un sistema coloniale altrettanto corrotto. Un esercito spagnolo sta venendo qui. Non vi nasconderò quanti sono i nostri nemici. Gli informatori ce lo hanno rivelato: almeno mille, con mortai e colubrine. In apparenza, andare loro incontro è una follia. Però una follia è anche il coraggio con cui vi battete per mare, e che dimostrerete anche a terra, non è vero?»

Un "urrà" corale era scontato, ma De Grammont lo frenò subito, con un gesto. «No, niente grida. Non mi servono. Da voi pretendo solo ardimento e ferocia. Ve ne so capaci.» Si volse verso Lorencillo, poco distante. «Capitano Laurens, siamo pronti?»

«Sì, mio ammiraglio. Questi ragazzi sembrano una torma di scalzacani ma, dopo essere stati buoni soldati, si riveleranno anche buoni cavalieri, diavolo bastardo!»

«Allora date l'ordine. Lo stesso degli arrembaggi.»

Lorencillo alzò la sciabola. «Avanti, avanti, la Filibusta!»

I cavalieri si mossero, salutati dalle acclamazioni dei loro compagni che sarebbero rimasti in città. Non avevano nulla di una cavalleria ordinaria. Faticavano a tenere al passo le cavalcature, sbandavano in continuazione. Non avevano divise ma stracci, anche quando si trattava di residui di abiti eleganti. C'era chi infilava nelle staffe i piedi nudi e callosi, chi non aveva cappello e copriva il capo con un semplice fazzoletto. Si distinguevano una decina di negri liberati, e altrettanti indigeni arawacos e miskitos che avevano rifiutato la sella. Chiudeva il corteo una colubrina arrugginita, trascinata da due ronzini.

De Grammont, Lorencillo e Van Hoorn, alla testa della piccola armata, non parevano trovare ridicolo il loro seguito di pezzenti. Il cavaliere ordinò: «Si alzi dunque una qualche bandiera!».

Vanferton trasmise il comando. Apparvero, su un vessillo smisurato, i gigli di Francia, tesi dal vento. L'uomo che lo portava, tale Michel Trouin, rischiò persino di essere disarcionato, tanto si stava facendo forte la brezza. Salì anche la *Jolie Rouge* – questa volta davvero rossa, sebbene il simbolo della Confraternita della Costa, un teschio e due tibie incrociate sopra una clessidra, fosse lo stesso che di solito campeggiava su sfondo nero.

Il corteo transitò sotto la fortezza meridionale, La Pólvora, presa e tenuta da Charles Ruinet. Questi, affacciato fra i merli, salutò facendo sventolare il tricorno. Molti agitarono il cappello in segno di risposta. Subito dopo iniziava la selva disabitata di Los Hornos, con gli acquitrini che nascondeva. Palme altissime, intrichi di cespugli. Finalmente, varcata una radura, apparve l'armata spagnola, intenta a valicare una collina. Erano tantissimi, a cavallo e a piedi: una foresta di lance. Procedevano compatti, secondo la concezione scientifica della guerra già sperimentata dai romani contro i popoli barbarici. Una foresta in movimento di lance, di archibugi tenuti sulle spalle, di scudi che riflettevano la pallida luce solare. Una visione quasi del Trecento, non fosse stato per le armi da fuoco.

Ai margini del territorio alberato, Michel de Grammont si rivolse a Lorencillo. «Laurens, spero che abbiate portato con voi la vostra orchestrina.»

«È negli ultimi ranghi ma c'è, ammiraglio.»

«È tempo che avanzi e che suoni, per far capire a quei codardi ciò che li attende.»

Poco dopo, appena usciti gli avventurieri dai boschi, tamburini a cavallo battevano una marcia solenne. Alcuni flautisti ne sottolineavano le note marziali. Era la "cantilena", la colonna sonora degli abbordaggi.

Galvanizzati, gli avventurieri svuotarono i moschetti sul nemico, poi si gettarono all'assalto in totale disordine. Roteavano sciabole e daghe, imprecavano, cacciavano grida belluine. I loro cavalli, frastornati, correvano nella stessa direzione per istinto di branco. Non sentivano né il morso né le redini. Erano furiosi quanto chi li montava.

"Non potremo mai farcela" pensò Macary. Però anche lui fendeva l'aria con la sciabola, imprecava, berciava. Se avesse potuto osservarsi dall'esterno, si sarebbe trovato simile a un demonio.

20

Tentativo di fuga

La reazione degli spagnoli alla carica furiosa e caotica dei filibustieri fu sconcertante. Semplicemente volsero la schiena, o le terga dei cavalli, e scapparono quanto più in fretta poterono. Alcuni ufficiali, tra cui don José de Esquivel, tentarono di fermarli, senza successo. I fanti in particolare, che incespicavano tra i cespugli, cercavano di liberarsi degli armamenti che avevano addosso e che frenavano la loro corsa. Gettavano lontano elmi, lance, scudi, pezzi d'armatura.

Incredulo, Lorencillo gridò: «Ah, vigliacchi! Addosso, addosso a quei *cabrones*!».

Per dare l'esempio sciabolò alla nuca uno spagnolo troppo grasso per sparire nella selva. Altri nemici caddero così, ma poi De Grammont alzò una mano. «Basta, abbiamo già vinto. Inutile infierire. Costoro non si faranno rivedere tanto presto.»

L'ordine fu ripetuto dagli altri capitani e dagli ufficiali, Macary compreso. Non fu facile fermare i pirati, anche perché faticavano a farsi obbedire dai loro destrieri. Infine la spinta venne meno, gradualmente. Gli uomini, sudati, scoppiarono a ridere.

«Recupero le armi abbandonate, ammiraglio?» chiese Van Hoorn a De Grammont.

«No, troppo ingombranti. Sono state di ostacolo a quelle ridicole marionette. Lo sarebbero anche a noi.»

Ricomposta con calma, la colonna degli avventurieri riprese al passo la via per Veracruz. Il tempo era molto migliorato. Il sole adesso brillava, le nubi erano rade. La brezza portava l'odore non degli acquitrini, ma del mare. La città stessa, a distanza, apparve quieta, quasi serena. Gli incendi si erano spenti, le colonne di fumo erano sporadiche e sottili.

«L'attacco degli spagnoli dimostra che ormai l'allarme è stato dato» disse Macary. «Le colonie vicine saranno già in ebollizione. *Nom de Dieu!* Abbiamo preso la loro capitale! Presto sarà qui la flotta.»

Levert gettò un'occhiata alle strade percorse da schiere di avventurieri. Dopo avere saccheggiato tutto, si erano impadroniti di un modesto mulino in calle San Agustín e ne uscivano curvi sotto sacchi di farina. In gran parte inutili: caricati sulle navi, le avrebbero appesantite all'eccesso. Lo stesso valeva per i cannoni mobili sottratti al bastione La Pólvora espugnato da Charles Ruinet.

«Abbiamo una quantità di navi, non scordarlo.»

«Ma nessuna di esse può competere con le loro. Galeoni da venti, cinquanta, sessanta cannoni. E comandati da un ammiraglio dei migliori, Fernández de Zaldívar. Se ci intercettano, ci colano a picco all'istante.»

All'ingresso in plaza Mayor, sempre più ingombra di merci predate, i combattenti furono accolti da applausi e acclamazioni. Non si fece caso al fatto che molti membri della spedizione scendevano da cavallo più in fretta che potevano, poi lasciavano liberi gli animali senza cercare di legarli. Erano parecchi gli avventurieri che si massaggiavano le cosce, irritate e piagate da selle per loro inconsuete.

Retexar marciò verso De Grammont. Teneva un gigantesco schiavo negro, con le mani legate dietro la schiena, per la collottola. Questi aveva occhi tondi ma vivaci, labbra grosse che si succhiava, un'espressione niente affatto stolida.

«Ammiraglio, c'è stato un tentativo di evasione dalla chiesa della Merced» spiegò Retexar. «Costui ne è il responsabile.»

Benché pensasse visibilmente ad altro, il cavaliere obiettò: «Da quella chiesa non c'è via di fuga».

«Ne eravamo tutti convinti. In realtà esiste un foro al centro della cupola. Per raggiungerlo bisogna salire, con una scala molto alta, al terrazzino che la circonda. Una scala più corta conduce alla cuspide, e da lì alla libertà.»

«Non posso credere che gente minacciata di soffocamento possa mettersi a fabbricare due scale.»

«Lo hanno fatto, invece, proprio perché rischiavano la vita» protestò Retexar. «Hanno legato fra loro scale scovate nella sacrestia. A forza, vi hanno costretto a salire questo negro, il più robusto. Ce l'ha fatta, ma è scivolato sulle tegole. È finito su una tenda e ci è quasi caduto in mano.»

«E ha parlato?»

«Sì, senza reticenze. Così l'evasione è stata sventata.»

De Grammont fissò il prigioniero, seminudo, color mogano, dalla massa muscolare stupefacente.

«Come ti chiami?» domandò in francese. Dovette riproporre l'interrogativo in spagnolo, perché l'altro comprendesse.

«Bamba» rispose lo schiavo.

«Fedele ai tuoi padroni? Hai cercato di farli scappare.»

«Come si può essere fedeli a chi ti ha comperato in un mercato, e frustato ogni due giorni?» Gli occhi mobili di Bamba si appannarono, mentre riportava a galla memorie dolorose. «Posso essere devoto a chiunque, signore, ma non a chi mi ha trattato come una bestia. E spinto su una scala precaria solo per vedere se reggeva un peso consistente.»

De Grammont rifletté. «Cosa sai fare? Intendo dire, a quali lavori ti hanno addestrato? Sai cucinare, far di conto, pulire? Cosa ti facevano fare i tuoi padroni?»

«Ho sempre lavorato la terra, mio signore. So anche ballare. Mi facevano ballare spesso, per divertirsi.»

«Allora non sei adatto per il *Le Hardi*.» De Grammont guardò Lorencillo, a pochi passi da lui. «Capitano Laurens, prendete quest'uomo sulla vostra nave. So che amate la musica e altre sciocchezze. Un ballerino allieterà la compagnia.»

«È libero o resta schiavo?»

«Libero, libero. Ci è stato d'aiuto. Invece gli altri schiavi rimasti nella chiesa fateli incatenare e portare fuori. La loro uscita darà un po' di respiro ai prigionieri spagnoli, che smetteranno di morire come sorci... Retexar!»

«Comandate, ammiraglio» rispose l'ufficiale.

«È tempo di cominciare a caricare sulle navi gli schiavi e le merci preziose. Lasciate invece le cianfrusaglie e i negri troppo vecchi o troppo malati.» De Grammont posò gli occhi su Macary e Levert. «Voi! Cercate quel parroco, don Benito, e ditegli di parlare ai suoi fedeli, dal pulpito. Gli spagnoli, per essere liberi, devono pagarci centocinquantamila pezzi da otto. In contanti. Avete capito?»

«Sì, signore. Sarà fatto.»

In quel momento, dalle *Casas reales*, giunse di corsa Exquemeling. Era sudato, ma non per il caldo. Si era rimboccato le maniche, i calzoni gli si sfilavano. Li reggeva con una mano, sotto i lembi della camicia. Aveva il colletto madido e non portava mantello né copricapo.

«Ammiraglio!» gridò. «Vostra sorella mi sta morendo tra le mani! Sto facendo il possibile, ve lo giuro, ma è troppo debole. La vostra vicinanza potrebbe darle forza.»

«Claire!» bisbigliò De Grammont. Scese troppo in fretta da cavallo, e il dolore lo obbligò a piegare il ginocchio. Exquemeling si precipitò a reggerlo prima che cadesse.

«No, lei non può morire» disse il capitano. «È l'unica cosa bella che ho avuto dalla vita. Dio è mio nemico, ma non può strapparmela così vigliaccamente.»

Macary non poté udire altro. Toccò la spalla di Levert e si avviò con lui verso Nuestra Señora de la Merced. Il tempo restava bello, l'aria si era depurata degli odori sgradevoli, però in un angolo di cielo si stavano accumulando nubi nere, gravide di altra pioggia. Veracruz, nelle vie centrali, pareva intatta. Proprio in quel momento, le navi dei Fratelli della Costa facevano il loro ingresso nel porto, tenendosi a distanza di sicurezza dai cannoni di San Juan de Ulúa. Dalla fortezza di corallo, del resto, non si sparava da ore. O gli spagnoli avevano esaurito polvere e palle, o avevano finalmente intuito l'inutilità del loro fuoco.

«Potremmo berci un bicchiere» disse Levert indicando un'osteria saccheggiata. «Forse qualche barile è rimasto intatto.»

Macary scosse il capo. «No. Abbiamo un compito e dobbiamo svolgerlo. In fretta e bene.»

«Hubert, ti parlo di dieci minuti soltanto. Dopo parleremo al prete. Torniamo da una battaglia, siamo al limite delle energie, è giusto che possiamo…»

«No, non è giusto.» Macary si irrigidì. «Prima si eseguono le consegne e poi, se i capi vogliono, possiamo permetterci di riposare.»

Levert lanciò un'occhiata di rammarico alla taverna. Seguì l'amico, ma non rinunciò a dirgli: «Lo sai, Hubert? Sei rimasto troppo ligio ai costumi militari. Prendi tutto alla lettera, come se non fossimo nella Filibusta. Qui si vive in libertà».

«Libertà un corno!» Adesso Macary era irritato sul serio, e non si sforzava di nasconderlo. «Ho lasciato un'Europa in preda all'anarchia e ai capricci dei troppi sovrani. Ho combattuto guerre strane, in luoghi di cui i comandi avevano persino dimenticato l'esistenza. L'unico potere effettivo del vecchio continente non erano i re o i papi: erano gli eserciti. La sola civiltà non precaria, capace di riportare la disciplina col taglio della spada.»

«E con ciò?»

«Perché un esercito esista deve vigere la regola dell'obbedienza. Ciò che ordinano i condottieri sarà trasmesso lungo i gradi della gerarchia, fino al soldato semplice. Così si crea una forza capace di forgiare nazioni, se necessario.»

Molto scettico, Levert osservò: «Amico mio, sei capitato fra la gente sbagliata. Dovevi rimanere nell'esercito regolare di sua maestà Luigi XIV. Qui la logica è tutto l'opposto di ciò che descrivi. Noi si sovverte, non si edifica un accidente».

«Oggi, ma domani? Siamo un popolo armato che impone la sua volontà, sostituendo il proprio potere a un altro. Il nostro ideale è la guerra, il nostro fine è la rapina delle ricchezze altrui. Perché ciò sedimenti un futuro, in queste terre appena colonizzate, è necessaria un'obbedienza assoluta a capi che...»

La voce di Macary fu resa inudibile da grida lancinanti. Lui e Levert erano entrati nella piazzetta di fronte alla chiesa della Merced. Chi gridava come un ossesso era un uomo grasso e nudo, con mani e piedi legati. Una corda lo teneva appeso ai rami di un albero per i soli genitali. Il nodo scorsoio gli stringeva lo scroto e il pene, violacei e sanguinanti. Cinque o sei avventurieri, tra cui Henri Du Val, si divertivano a spingere il corpo, facendolo ruotare.

Era una tortura frequentissima tra i filibustieri, e Macary non vi fece caso. Vide sulla soglia della basilica don Benito Alvarez de Toledo. Contemplava lo spettacolo e si teneva il viso tra le mani, a bocca spalancata, paralizzato dall'angoscia. Camminò verso di lui.

«Prete, devo darti delle istruzioni» gli disse senza garbo.

Dovette ripetere la frase, tanto alti erano gli strilli del torturato.

Il parroco della Merced uscì dal suo intontimento. Indicò la canonica. «Venite, possiamo parlare là... Don Juan Morfa non merita di soffrire tanto! Fate terminare questo orrore!»

«Quale orrore?» chiese Macary, poi comprese. «Don Juan Morfa? Che strano cognome.»

Levert gli bisbigliò: «Si chiamava John Murphy, irlandese. Vent'anni fa era dei nostri, alla Tortuga. Tradì e passò agli spagnoli, che hanno fatto di lui un ricco possidente, con tanto di milizia privata al suo comando».

Don Benito insistette, quasi in lacrime: «Signore, pronunciate la parola che salverà il disgraziato, e la vostra anima!».

«Non ne ho la minima intenzione» rispose Macary, risoluto. «La guerra è guerra. Avanti, prete, fammi strada.»

21

L'incubo continua

Quando Macary e Levert uscirono dalla canonica, dopo avere istruito don Benito su ciò che avrebbe dovuto dire dal pulpito, Retexar era già arrivato a selezionare e a mettere in fila gli schiavi racchiusi con i padroni nella chiesa della Merced. Erano uomini e donne dalla pelle scura, di ogni età. Assieme a loro una torma di bambini. Molti negri erano vestiti poveramente, e alcuni erano addirittura nudi. Non mancavano però le schiave che, grazie a padroni ricchi e generosi, avevano addosso velluti, sete e colletti ricamati.

«Muovetevi, animali!» gridava Retexar. «Jean-Baptiste, Marcel, dateci dentro, con quella frusta!»

Si rivolgeva a due marinai di Lorencillo, Jean-Baptiste Renard e Marcel Rouff che, a colpi di staffile, cercavano di incolonnare la massa degli africani, propensa a sbandarsi e impazzita di terrore.

«E non rovinateli, *Mort Dieu*!» sbraitò Retexar quando, senza volere, Rouff colpì una negretta graziosa in pieno viso. «Questi valgono quanto l'oro, purché siano intatti! Almeno cento scudi l'uno! Picchiateli sui fianchi, sulla schiena e sul sedere, come fareste con un cavallo!»

Macary e Levert, che sospingevano padre Benito, attesero che gli schiavi fossero tutti fuori per entrare in chiesa. Macary, prima di addentrarsi, gettò un'occhiata al grassone che aveva penzolato dall'albero. La tortura era terminata, Du Val e gli altri erano spariti. Probabilmente don Juan Morfa aveva confessato dove teneva nascosti i propri beni. Ora l'irlandese giaceva sulla terra battuta, che irrorava di sangue. Nessuno gli badava. Il suo inguine era una piaga orribile. Tremava ed emetteva un gemito basso e costante, come certi folli. La morte per dissanguamento non poteva tardare.

L'interno della chiesa era reso irrespirabile dal tanfo degli escrementi, che l'apertura in cima alla cupola non riusciva a dissipare. L'unica luce proveniva, oltre che dal foro, dalle vetrate multicolori raffiguranti san Michele, san Giorgio, la Vergine, san Sebastiano e altre figure sacre, in pose tratte dalla *Leggenda aurea*. Riflessi gialli, azzurri, verdi, violacei erano proiettati sull'altera classe dominante di Veracruz, spagnola o creola. Ora si trovava ridotta a un ammasso di corpi sudati, puzzolenti, dagli abiti lussuosi imbrattati dalle feci e dall'orina. Decine di bambini piangevano. Una partoriente, assistita da due suore, stava mettendo al mondo un figlio prematuro. Strillava senza posa.

Sospinto da Macary e da Levert, padre Benito salì sul pulpito. Traspirava copiosamente, pareva sul punto di vomitare. Trovò la forza per dire: «Figli miei, dobbiamo rassegnarci alla sconfitta...».

«Parla più forte, prete!» gli intimò Macary. «Così non ti sentono.»

Padre Benito alzò la voce. «Fratelli miei, dobbiamo rassegnarci alla sconfitta» ripeté. «I francesi hanno catturato la nostra città, e non mostrano clemenza. La grazia di Dio non li tocca. Per placarli servono centocinquantamila pezzi da otto. Se li avranno vi lasceranno liberi. Se non riuscirete a raggranellarli vi uccideranno. Il Signore è molto lontano dalla loro anima.»

La maggior parte di quelle parole andò perduta sotto la navata, e nel dolore collettivo. Qualcuno però ne afferrò il senso e rumoreggiò. Un membro del *cabildo abierto*, meno timoroso dei compagni, si fece avanti. Aveva l'aspetto di un artigiano, appartenente a una delle gilde. A differenza degli altri, non appariva smunto, malgrado ore interminabili di sofferenze e di umiliazioni.

«Padre» disse al sacerdote «centocinquantamila pezzi da otto è una somma degna dello scrigno del governatore. Nessuno di noi la possiede.»

Padre Benito allargò le braccia. «Gaspar Herrera, non la chiedono a uno solo. La chiedono a tutti.»

«Io penso...»

«Hai finito di pensare» disse Levert. Si avvicinò all'artigiano e, con un colpo di sciabola, gli fendette il cranio. L'uomo sprizzò sangue in ogni direzione e strabuzzò le pupille, che si spensero. Lentamente si afflosciò.

Macary salì sul pulpito e spinse via padre Benito, a rischio di farlo cadere sulle panche sottostanti. «Centocinquantamila pezzi da otto!» gridò in spagnolo. «Un prezzo a buon mercato, in cambio delle vostre vite! Vi concedo mezz'ora! Non voglio gioielli né altra merda. Solo contante, in monete d'oro peruviane, una sull'altra!»

«Gli schiavi che ci avete portato via valevano di più» obiettò un ignoto dalla platea.

«I negri sono, per loro natura, una componente del bottino. Non fanno parte del riscatto. Ora una buona notizia. Chi ha i soldi a casa, e non con sé, sarà accompagnato dai nostri soldati a recuperarli. Chi può lo eviti. Dovrebbe scavalcare cumuli di morti. Meglio frugarsi addosso, non credete?»

Macary non stette a controllare l'esito della colletta. Quel luogo mefitico gli dava la nausea. Spinse Levert per il braccio e lo condusse fuori. Ambedue inspirarono a pieni polmoni un'aria che sembrava, per il momento, libera da miasmi. Volavano molte mosche fastidiose, dirette al corpaccione dell'uomo castrato, morto da poco per dissanguamento.

Ancora pendente dall'albero sovrastante, il nodo scorsoio reggeva brandelli dei suoi genitali.

Trascorse solo una decina di minuti, poi padre Benito uscì quasi di corsa dalla chiesa. Reggeva un grosso involto, ricavato da una sottana. «Qui ci sono monete d'oro, diamanti, monili. Il tutto vale ben più di centocinquantamila pezzi da otto.»

Macary era stupefatto. «Avevano questo tesoro addosso? Non si sono nemmeno fatti riaccompagnare alle loro case! Dove nascondevano tanti soldi?»

Il prete si mostrò impaziente. Aprì il fagotto sulle scale. Non aveva mentito. C'erano soprattutto scudi d'oro provenienti dalle miniere peruviane, ma anche gemme, diademi, collane, monete in altra valuta. Formavano una somma enorme. «Prendete, e ordinate il rilascio di quegli infelici.»

«Devo prima sentire l'ammiraglio» rispose Macary, senza riuscire a superare la propria meraviglia. Riannodò i capi dell'involto. Era così pesante che stentava a reggerlo. «Prete, torna dentro. Se hai detto la verità, le promesse saranno mantenute.»

Alcuni avventurieri si erano fatti intorno, attratti dal luccicore. I loro occhi sfavillavano più delle ricchezze predate. Macary li guardò con severità. «Questo bottino lo distribuirà il cavaliere De Grammont e solo lui. Voi fate la guardia, sia all'interno sia all'esterno. Né il prete né i prigionieri devono lasciare la Merced. E, soprattutto, badate che non costruiscano scale di nessun tipo. A causa della vostra incuria, un intero tesoro stava per sfuggirci dalle mani.»

Macary non aveva un grado tale da impartire ordini del genere, ciò nonostante il suo tono fu così imperioso che tutti gli diedero retta. Visto il successo aggiunse un'altra disposizione. «Fate spogliare chi è ancora vestito. Che non possano nascondere nulla su di sé.»

«Se rifiutano?» obiettò un filibustiere.

«Uccideteli e poi denudate i corpi.»

Mentre tornava verso plaza Mayor, incurvato dal peso del fagotto, Macary disse a Levert: «Degli spagnoli non ci si può fidare. Mai. Ne abbiamo appena avuto la dimostrazione».

«Mi sorprende che abbiano anteposto il denaro alla loro vita. Imbottiti di oro e gemme, rischiavano di essere scoperti e uccisi.»

«In questo li capisco, Francis. Seguono una filosofia simile alla nostra. Senza ricchezze, sangue o razza non danno la supremazia. Sono aria fritta.»

Levert sembrò colpito. «Stai dicendo che somigliamo a loro.»

«No, per niente. Noi siamo soldati, e predare o possedere le donne altrui è nostro diritto, da che guerra è guerra. Loro passeggiano con la spada per puro ornamento, senza sguainarla mai. Per questo ti dico che sono semplici sfruttatori, borghesi anche in battaglia. Ucciderli è un piacere e forse Dio, se ci vede, approva che li castighiamo.»

Erano nei pressi del governatorato quando il tempo mutò repentinamente. Vento furioso, nuvole nere, raffiche di pioggia. Per fortuna il porticato delle *Casas reales* era a due passi. Ciò non impedì agli avventurieri di essere introdotti nel salone principale completamente fradici, e umiliati dal cattivo aspetto delle loro vesti.

De Grammont era lì, e seguiva apprensivo le mosse di Exquemeling, che faceva ingurgitare a Claire qualche intruglio. Macary non ci avrebbe scommesso: la donna era ancora viva. Esangue, l'avevano sdraiata su un divano, e non avevano osato portarla in una delle camere da letto. Pareva uno scheletro fragile coperto da un panno leggero. Muoveva qui e là occhi enormi, o resi tali dalla pelle aderente al teschio. Era lucida, però. Ogni tanto sospirava, in modo lieve, come per non farsi rimarcare. Si intuiva che era stata molto bella, e si era assuefatta a essere trasformata in mostro.

«È straordinario che sia ancora in vita» disse Exquemeling. «Ieri non l'avrei detto, ma c'è speranza. Bisogna seguitare a rinvigorirla, una pozione dopo l'altra.»

De Grammont aveva dimenticato i dolori propri, ma sembrava essersi fatto carico di quelli della sorella. Le stringeva le mani ossute. «Sperimentate tutti i rimedi che vi vengono in mente, dottore.»

«È quanto sto facendo, ammiraglio.»

«Ma è possibile che Claire torni a essere come prima?» La domanda fu posta con voce quasi singhiozzante. De Grammont ignorava le lacrime, nondimeno aveva gli occhi umidi.

«No, ammiraglio. L'hanno fatta patire troppo. Non so per quanto rimarrà in vita, ma escludo che possa riprendere l'aspetto di un tempo. Vi sto parlando sinceramente. Spero che lo apprezziate.»

«Sì, lo apprezzo» sussurrò il condottiero.

Solo allora si accorse della presenza di Macary e di Levert. Notò il fagotto. Il velo di lacrime scomparve, gli occhi tornarono freddi.

«Gli spagnoli hanno pagato il riscatto, suppongo.»

Macary fece una leggera riverenza. «Sì, mio capitano. Non tutto è contante, però, a occhio e croce, siamo oltre i centocinquantamila pezzi da otto. Ognuno di quei damerini bugiardi aveva addosso una fortuna. Suppongo che abbiano diritto alla libertà promessa.» Porse il sacchetto.

De Grammont guardò l'involto e indicò una poltrona. «Posatelo lì.» Meditò un poco. «Ufficiale, lascerete liberi i nobili di bassa condizione e i cittadini privi di rango. Tratterrete invece coloro che rivestivano cariche pubbliche e facevano parte del *cabildo*. Incluse le spose, se ne hanno. Il loro riscatto può essere molto superiore a quei quattro soldi.»

«Come volete, signore. Avevamo però promesso…»

Il cavaliere indicò la sorella. «Davanti a ciò che mi hanno fatto spagnoli e preti, non c'è promessa che tenga.» Eruttò una bestemmia di un'oscenità spaventosa.

Macary si inclinò a mezzo busto. «Farò come comandate, *Sieur* De Grammont!»

In quel momento, da una porticina, entrò doña Gabriela Junot-Vergara. Bella come non mai, vestita di seta gialla, reggeva tra le mani una piccola ampolla. La porse a Exquemeling. «Ho fatto l'infuso che mi avevate chiesto, dottore. Tutte erbe con il fuoco per elemento principale. Spero che possano servire.»

Mentre il chirurgo prendeva l'ampollina, De Grammont le afferrò la mano. «Grazie, amica mia.»

Come per sottrarsi a un bacio improbabile, Gabriela girò attorno al cavaliere, e così facendo gli premette il seno contro le spalle. Un gesto collaudato, di cui Macary aveva già avuto esperienza. «Non dovete ringraziarmi, ammiraglio. Darei la vita per la vostra povera sorellina.»

Turbato dalla scena, recitata con gaia naturalezza malgrado la retorica delle parole, Macary provò un tuffo al cuore. Fu confortato dalle pupille scure e profonde di Gabriela. Fissavano proprio lui. Parevano concordare un imminente appuntamento.

22

L'empietà

L'attrazione di Macary per Gabriela Junot-Vergara non poteva sfuggire a Levert, che il giorno successivo, giovedì 20 maggio 1683, lo tormentò a più riprese. «Come pensi di rivedere da sola la dama che ti piace tanto?» gli domandò. «È praticamente impossibile. Il cavaliere De Grammont non si limita a tenerla con sé, come ha sempre fatto con tutte le belle donne che ha catturato. Le è anche grato per le attenzioni che lei riserva a sua sorella. Doveva essere prigioniera, invece sembra la padrona di casa.»

Macary reagì con fastidio. «Ne parleremo più tardi. Non è il momento.»

Stavano governando con altri commilitoni la lunga fila degli spagnoli che, liberati dalla chiesa della Merced, si passavano le merci predate dai filibustieri. La coda arrivava fino all'angolo del molo che i colpi di cannone, ormai rari, sparati dal forte di San Juan de Ulúa non potevano raggiungere. Lì erano ormeggiati i vascelli, grandi e piccoli, dei Fratelli della Costa. Un servizio di scialuppe raccoglieva il ben di Dio rubato (dagli ori alla farina, dallo zucchero alle sete) e lo traghettava verso i velieri.

Il tempo era, ancora una volta, cattivo. Il vento si levava a tratti, impetuoso. Nubi nere, di tanto in tanto, oscuravano il sole. Le chiome dei palmizi si agitavano freneticamente. Ciò faceva oscillare le imbarcazioni, e rendeva difficile il lavoro non solo a chi occupava le lance, ma anche ai prigionieri. Spesso, se avevano un ingombro pesante fra le mani e una ventata li raggiungeva, ruzzolavano a terra. Macary, Levert e i loro compagni dovevano obbligarli a risollevarsi, a furia di calci e di bastonate, e a riformare la catena. Compito che sarebbe stato meno difficile se gli spagnoli non fossero stati completamente nudi e debilitati da tre giorni di digiuno quasi totale. Gli anziani, le donne incinte e i ragazzini erano quelli che soffrivano di più.

All'ennesima provocazione dell'amico, Macary, invece di rispondergli, gli pose la domanda che gli stava a cuore. «Credi che il cavaliere abbia messo le mani addosso a doña Gabriela?»

Levert frenò il commento salace che aveva sulle labbra. Molto serio, disse: «De Grammont non toccherebbe mai una donna contro la sua volontà. Lo conosci, è un gentiluomo fino in fondo. Un po' come Morgan. Questi, più porco del cavaliere, corteggiava le prigioniere per settimane, prima di mandarle al diavolo. Il vero appassionato di sesso femminile è fatto così. Più che l'atto carnale, gli interessa sedurre ed essere sedotto».

La frase intendeva essere rassicurante, tuttavia l'espressione "contro la sua volontà" inquietò Macary più di una risposta negativa. Lui non sapeva nulla delle intenzioni di Gabriela, se "volesse" o "non volesse". Non era certo innamorato di lei, proprio per nulla. Però aveva ricevuto gli sguardi vellutati della dama, e sognato che facesse parte del suo bottino. Peccato che la collocazione gerarchica glielo negasse.

«De Grammont ha tollerato che doña Gabriela fosse stuprata da Van Hoorn, sotto il suo stesso tetto» obiettò.

Levert scrollò le spalle. «Non significa nulla. Ci sono cose che l'ammiraglio non farebbe lui stesso. Le lascia fare ai suoi capitani. Sta di fatto che, adesso, Van Hoorn non potrebbe farla sua una seconda volta. Si è presa cura di Claire, lo hai visto. E chi la tocca più? Te l'ho detto, è lei la padrona.» Si calcò meglio in testa il cappello, che il vento rischiava di portargli via. «Del resto, ripensa allo stupro. Era Van Hoorn che la sottometteva, o non era piuttosto vero il contrario?»

Macary non voleva rievocare quel ricordo sgradevole. Concentrò lo sguardo sulle navi ormeggiate nel porto, e soprattutto sul *Le Hardi*. Aveva un bisogno irresistibile di tornare a bordo, di rituffarsi nella vita semplice e frenetica di un brigantino in navigazione. Salire le griselle; sciogliere le vele aggrappato a un pennone, con i piedi su una fune; cavalcare una coffa; spingere la barra del timone. Esposto a un vento sano, profumato. Non ai miasmi morbosi provenienti da paludi invisibili, da zefiri contaminati, dalla stessa carne umana che aveva di fronte.

D'un tratto la fila ordinata dei prigionieri si scompaginò. Il capitano Andrieszoon la risaliva a cavallo, urlando: «Fatevi di lato! Fatevi di lato!».

Sulle prime nessuno capì cosa accadesse. Il significato della scena fu chiaro solo alcuni istanti dopo. Arrivò a precipizio un cocchio a quattro posti, trainato da due cavalli. A parte il conducente, issato in serpa, sedevano nel veicolo sobbalzante il dottor Exquemeling, e di fronte a lui Claire de Grammont, adagiata sulle ginocchia di Gabriela Junot-Vergara, che le carezzava il cranio quasi calvo.

«La trasportano sul *Le Hardi*» commentò Levert. «O perché sta meglio, o per seppellirla degnamente in mare.»

Prima che Macary potesse riflettere sulle due alternative, tornò Andrieszoon, con il cavallo che schiumava. Frenò l'animale a un passo da loro.

«Eccoli, gli amanti della vita comoda!» esclamò. «Qui a fustigare relitti umani. Venite, il cavaliere De Grammont ha convocato comandanti, ufficiali e sottufficiali nel palazzo della *Contaduría*. Seguitemi.»

Andargli dietro a piedi non fu facile. Quando arrivarono, l'assemblea era già cominciata. I convenuti sedevano su divani e sgabelli. L'ammiraglio stava su una poltrona e si appoggiava a una canna dall'impugnatura d'argento. Van Hoorn era accanto a un caminetto spento, le braccia incrociate. Chi parlava era Lorencillo, animato e gesticolante come sempre.

«Calcolerei due giorni, al massimo tre. Diciassette navi, vi dico. Galeoni da guerra, da una quarantina di cannoni l'uno. Non fuscelli come i nostri.»

Pierre Bot, che Macary non vedeva da tempo, obiettò: «Se sono stati gli indigeni a passare l'informazione, non mi fiderei troppo sul calcolo dei tempi. La flotta di Zaldívar potrebbe essere qui prima o dopo».

«Non mi fido di loro, infatti, più di quanto mi fidi del culo di Belzebù scorreggione. In ogni caso il pericolo incombe, Pierre. Dobbiamo salpare al più presto. Entro domani, se possibile.»

Dai mormorii che si levavano dalla sala, parve che tutti fossero d'accordo. De Grammont batté il suo bastone, con l'effetto di riportare il silenzio. «Se ce ne andiamo subito, non potremo chiedere un riscatto per gli ostaggi di rango. Van Hoorn, quanti ne avete selezionati?»

«Diciotto, ammiraglio. Il governatore, naturalmente. Cinque o sei aristocratici, appartenenti a casati famosi anche in Spagna. Il *corregidor*, l'*alguacil*, l'*alcalde ordinario* e altri burocrati. I superiori dei domenicani, dei francescani e dei gesuiti. Mogli e concubine, ma solo se ricche per proprio conto.»

De Grammont fece un cenno di approvazione. «Molto bene. È chiaro che dobbiamo abbandonare la città, tuttavia non intendo rinunciare al riscatto.»

Lorencillo si portò la mano al petto. «Con tutto il riguardo che ho per voi, ammiraglio, vi faccio notare che abbiamo prede, bestiame e schiavi per centinaia di migliaia di scudi. Il più ricco bottino che si sia mai visto alla Tortuga, a Petit-Goâve o a Hispaniola. Molte ricchezze dovremo abbandonarle.»

«Sì, ma gli ostaggi valgono altrettanto... Come si chiama quella piccola isola davanti a Veracruz?»

«Isla de Sacrificios, ammiraglio. Gli indigeni, prima che arrivassero gli spagnoli, vi immolavano le vittime.»

«È difendibile?»

«Meglio della città, sicuramente.»

«Ebbene, è lì che andremo. Domani, o al massimo sabato. Gli spagnoli hanno pagato, finora, uno scotto risibile. È ora che comincino a pagare sul serio. O lo faranno, oppure i primi *sacrificios* saranno i loro.»

La riunione era di fatto terminata. I filibustieri si alzarono e si avviarono all'uscita, ma un incidente imprevisto li trattenne. Macary non si era accorto che anche padre Labat era presente: forse era entrato prima di lui.

Il giacobino si fece avanti, il dito puntato verso De Grammont. Il viso contratto, pallidissimo, strillò, con l'enfasi consueta: «Ammiraglio! Voi dichiarate di combattere per un re cattolico! Finora vi ho visto infierire con ferocia satanica, indegna di un cristiano! E adesso dichiarate di volere continuare sulla stessa strada!».

Macary temette per la vita del religioso. Invece De Grammont, benché un poco stupito, non si alterò e rimase seduto, appoggiato alla canna. La sua espressione era sorniona. «Che cosa mi rimproverate, padre? Non ho fatto niente che non abbiano già fatto il mio re e la vostra Chiesa.»

«È il culto del denaro, il vostro peccato!» Il sacerdote pareva invasato come un profeta biblico. «Pensate ai soldi, ai piaceri, alle ricchezze! Fate soffrire cristiani innocenti per procurarvi beni materiali! Disprezzate tutto ciò che è buono!»

Questa volta De Grammont si adombrò. Gettò lontano il bastone e si levò in piedi con le sue sole forze, ignorando il dolore alle gambe. Era di bassa statura, ma pareva altissimo. «Che cosa è buono?» sibilò. «Ve lo dico io. Tutto ciò che nell'uomo accresce il senso di potenza, la volontà di potenza, la potenza stessa. Il denaro serve allo scopo. Io voglio denaro.»

Padre Labat vacillò. «Parlate come un ateo senza scrupoli.»

«Ateo? No, credo in un Dio malvagio, che somiglia agli uomini da lui creati nella cattiveria e nell'imperfezione. Regge l'universo e io mi adeguo alla ferocia delle sue leggi. Quanto agli scrupoli, guardate cosa i vostri compari hanno fatto a mia sorella. Voi non l'avete conosciuta bimbetta, io sì. Perché me l'avete condannata a morte?»

Labat non osò replicare. De Grammont lo ignorò e guardò i presenti, molto colpiti dai toni drammatici del dialogo.

«Questo pretuncolo mi ha fatto venire in mente che non abbiamo saccheggiato le chiese. È ora di rimediare, visto che l'imbarco è imminente. Chi se ne occupa?»

Fu palpabile un forte imbarazzo. Infine Lorencillo disse, interpretando il pensiero di tutti: «Ammiraglio, non è nella tradizione degli avventurieri francesi colpire simboli cattolici». Il suo impaccio era evidente. «Salvo che non vogliate trasferire arredi spagnoli alle nostre parrocchie. È così? In caso contrario sarebbe peccato mortale.»

«Superstizioni.» De Grammont si rivolse direttamente a Macary, che scoprì poggiato a una finestra. «Le condividete, secondo ufficiale?»

Macary avanzò di un passo. Non aveva mai messo mano su beni ecclesiastici, tuttavia conosceva il valore della disciplina. «Obbedirò ai vostri ordini, signore.»

«Allora voglio in fretta un bel carico di ostensori, di croci dorate e di ricami d'altare. Sceglietevi una squadra di gente fidata, magari inglesi. Avranno meno scrupoli. Le cianfrusaglie siano sul molo entro poche ore.»

Padre Labat, annichilito, mormorò: «Se fate qualcosa di simile siete l'anticristo. Un furto di questo tipo può procurarci una scomunica».

«Furto? Perché parlate di furto?» ribatté De Grammont,

sardonico. «Si tratta di uno scambio. Abbiamo navi piene di pitali. Per i cittadini di Veracruz valgono, a quanto pare, più dell'oro. Saranno i pitali a prendere il posto di tabernacoli e croci, a titolo di risarcimento. Uno scambio equo.»

Lorencillo e Van Hoorn scoppiarono a ridere. La risata, liberatoria, contagiò i loro uomini e gli altri filibustieri.

23

Evacuazione

Quando Macary, Levert e alcuni marinai di George Spur-re – tra cui Big Willy – giunsero al molo, la mattina del venerdì, la maggior parte degli equipaggi era già a bordo delle navi. Il manipolo trasportava gli ultimi oggetti religiosi sottratti alla cattedrale e alle altre chiese: le statue dei serafini che avevano ornato un altare, una croce dorata, un reliquiario. Lasciarono cadere i manufatti accanto ad altri arredi religiosi accumulati in precedenza, esposti alla pioggia che aveva ripreso a cadere.

Si fece loro incontro Petru Vinciguerra. Il corso, che sereno non era mai, sembrava più inquieto del consueto. Afferrò Macary per la manica. «Hubert, ti devo parlare da solo.»

«Adesso? È così urgente?»

«Sì, lo è.»

Macary indicò all'altro l'arcata d'ingresso di un magazzino. «Cosa c'è?» chiese, quando furono al riparo.

Vinciguerra aveva gli occhi sbarrati. Il sudore gli imperlava la fronte, per quanto non facesse per nulla caldo. «Io faccio dei sogni…» esordì.

«Tutti ne facciamo.»

«Ma i miei sono dei sogni particolari… Per farla breve, il cavaliere De Grammont è impazzito. Da quando ha ritrovato la sorella, messa in quelle condizioni, ha perso la sua lucidità. Non ha rispetto per la religione, bestemmia con violenza inaudita…»

«Lo ha sempre fatto.»

«… commette crudeltà gratuite. Sfida Dio, si crede pari a lui, si erge ad antagonista. Seguendo i suoi ordini, navigheremo verso la maledizione e la disgrazia. È questo che sogno da molte notti. Prima ci uccideremo tra noi, poi voleremo incoscienti alla morte.»

«La morte di De Grammont?» chiese Macary.

«No, la morte di tutti noi.» Vinciguerra, angosciato, si torse le dita. «So che non puoi capirmi. Io sono un *mazzeru*, o, per meglio dire, un *murtulaghjiu*. Mio padre e mio nonno lo erano, e lo sono anch'io. Di notte esco dal corpo e vedo la morte degli altri. A volte riesco a patteggiare che sia rinviata, e questa volta ci ero quasi riuscito. Ma gli oltraggi alla fede, i sacrilegi, gli atti disumani, la follia dell'ammiraglio stanno per fare saltare il patto.»

Macary era sbalordito. «Il patto con chi?»

«Te l'ho pur detto! Con la Signora, no? Con la Morte! Lei mi ascolta, di solito, ma se le provocazioni sono troppe smette di darmi retta. Il cavaliere va fermato. Accelera la fine di noi tutti. Intanto va allontanata la diavolessa…»

«Quale diavolessa?»

«Doña Junot-Vergara. È lei che suscita gli odi reciproci… E poi un'altra donna pericolosa, Claire de Grammont. È debolissima, ma domina suo fratello e, di conseguenza, ci tiene in pugno. Lo si vedrà nei prossimi giorni. Tu farai qualcosa, spero.»

Macary sollevò gli angoli delle labbra. «Sto appunto per farlo.» Colpì Vinciguerra al mento con un pugno violentissimo, che lo fece ruzzolare fuori dell'androne. Il corso giacque svenuto sotto l'acqua che cadeva. Perdeva sangue dalla bocca.

Si udì una risata. «Diavolo d'un diavolo! Ecco una bella botta!» Lorencillo, inzuppato ma allegro, si avvicinò a ca-

153

vallo. «Immagino che aveste le vostre buone ragioni, signor Macary. È però tempo di pensare a cose più importanti.» Additò il cumulo delle ricchezze sottratte alle chiese, sorvegliato da Levert e dagli uomini di Spurre. «Quella robaccia va buttata in mare. È ingombrante e di valore dubbio, rispetto a ciò che abbiamo predato. Eseguite e poi imbarcatevi. Si aspetta voi per salpare verso la Isla de Sacrificios.»

Macary, negli ultimi giorni, passava di stupore in stupore, ma ancora non vi si era abituato. «Il cavaliere De Grammont ci ha ordinato…»

«So quali erano gli ordini, ma siete voi, amico mio, che ignorate quali fossero le finalità. Il nostro ammiraglio considera quegli oggetti pura spazzatura. Ha certi suoi motivi di rancore verso la Chiesa romana. Nel darmi l'ordine, si è augurato che le reliquie dei santi diventassero poltiglia nell'acqua salata. Personalmente non so cosa pensare. Mi adeguo alle disposizioni del mio capo. Voi no?»

Macary si irrigidì e sporse il petto. «Eseguo subito.»

«Bene. De Grammont vi aspetta a bordo del *Le Hardi*. Non perdete tempo.»

Un'ora dopo, Macary calcava le griselle della sartia, gettatagli dall'impavesata, per arrampicarsi sul ponte del brigantino. Gli parve di tornare a casa. L'affondamento di crocifissi e di tabernacoli si era svolto veloce, senza l'intervento di fanatici religiosi o di sognatori profetici. Aveva visto Vinciguerra recuperare i sensi e stargli alla larga, ancora sanguinante. Malconcio, il corso era montato sulla nave ammiraglia con un'altra scialuppa.

Retexar intercettò Macary. «Due ore di riposo, secondo ufficiale. Non posso concedere di più. Stiamo salpando l'ancora. Tra poco saremo in navigazione, e avrò bisogno di voi.»

L'ordine valeva anche per i compagni. Macary si calò con loro nel boccaporto di prua che conduceva al corridoio della ciurma, di poco sopraelevato rispetto a quello dei cannoni, da cui lo separava una porticina. C'erano due brande – una per lui, l'altra per il nostromo – e molte amache. Penzolavano anche, dal soffitto bassissimo, le tavole sorrette da corde su cui talora si faceva colazione, la mattina. Gli sgabelli erano quasi tutti rovesciati.

Macary si era disabituato al puzzo infernale che regnava in quel dormitorio. Afrore di corpi sudati rimasto impregnato nelle coperte, sentore di catrame, lezzo di umidità. Le pareti del loculo erano imbiancate dalle efflorescenze del salnitro. Scarafaggi zampettavano rapidi sulle assi del pavimento, senza lasciarsi intimidire dalla luce che entrava dalle finestrelle o era emanata dalle candele, oscillanti entro le loro gabbiette metalliche. Eppure persino il tanfo della camerata era preferibile ai miasmi che ammorbavano le strade di Veracruz, pioggia o non pioggia.

Macary non parlò con Levert e con nessuno degli altri. Verificò che dal suo sacco degli indumenti e dei beni personali non mancasse nulla. Si adagiò sulla branda e quasi subito si addormentò.

Fu svegliato dal suono di una campanella. Probabilmente erano già le dieci del mattino, l'ora di pranzo. Sulla tolda, in effetti, fu investito dal profumo della carne e delle verdure lesse proveniente dalla cucina allestita a poppa, davanti al castello e sotto il trinchetto. Il cuoco, un basco colossale perennemente allegro, raccoglieva da un pentolone pezzetti di carne di porco cotti in un brodo aromatico, che sapeva di cavolo e di aglio. Molti avventurieri erano già in fila, la propria gamella tesa.

Ancora un poco assonnato, Macary guardò il mare. A prua, ormai vicinissima, era visibile un'isoletta gibbosa, coperta di vegetazione. La Flotta del Fratelli della Costa vi si dirigeva con formazione a ventaglio, il *Le Hardi* al centro. Si navigava di bolina, data la direzione del vento, e le vele, diagonali rispetto alla destinazione, erano dispiegate per metà, in modo da ridurre l'andatura. A poppa si vedevano i profili di Veracruz e di San Juan de Ulúa. Pareva che le nuvole si concentrassero sulla città e sulla fortezza. Il resto del cielo era sereno. Stormi di gabbiani planavano bassi dietro le imbarcazioni.

Mentre addentava la sua carne, appoggiato al bompresso, Macary fu raggiunto da Big Willy. Cosa strana, perché il colosso irlandese, notoriamente, era di poche parole ed evitava le relazioni sociali. Inoltre lo credeva imbarcato con George Spurre.

Per un poco, i due continuarono a masticare in silenzio, senza nemmeno guardarsi. Infine fu Big Willy a rompere l'indifferenza reciproca.

«Sapete, ufficiale, perché ho lasciato il mio capitano George?» domandò. Parlò in spagnolo, con un pesante accento inglese.

«Non ne ho idea. Perché?» chiese Macary nella stessa lingua.

«La sua nave è stata scelta per trasportare le donne catturate. Ora, da che il mare è il mare, avere donne a bordo porta male. Si sa che una nave che ne trasporta una può incorrere in guai d'ogni tipo. Ci sono velieri, con donne ospiti, che scoppiano e si incendiano prima ancora di uscire dal porto.»

«Ma che sciocchezze!» Macary, innervosito, alzò le spalle. Poi una curiosità lo punse. «Sai se con Spurre viaggia anche Gabriela Junot-Vergara?»

«Non credo. Penso che sia qui, sul *Le Hardi*. Come anche la sorella di De Grammont. È nel quadrato che geme, senza decidersi a morire. Qui sta l'inganno. Lascio Spurre perché trasporta donne e vengo su questa nave. Poi scopro che a bordo ci sono altre femmine, e non parlo delle schiave. L'ammiraglio è un irresponsabile. Non sa che così ci condanna al naufragio.»

Macary ne aveva abbastanza dei profeti di sventura. Labat, Vinciguerra, adesso Big Willy. Reagì con collera. «Finiscila, bestione. Sono giorni che ascolto stupidaggini. Infila il naso nel truogolo, dedicati al tuo pasto e lasciami in pace.»

In verità, l'attenzione di Macary si era spostata sul castello di poppa, ora che sapeva alloggiarvi la dama più seducente che avesse mai conosciuto. Fu strappato a quelle elucubrazioni dalla voce aspra di Retexar. «Tutti sopracoperta! Serrare i coltellacci, alare la catena a proravia, apprestare le ancore di posta!»

Erano i comandi che preludevano a uno sbarco. In effetti la Isla de Sacrificios era di fronte, rocciosa sulle coste, verdeggiante sui picchi. Uno scoglio di dimensioni ridicole, però con calette che consentivano l'approdo, anche di molte navi.

Macary si inerpicò sul sartiame per serrare la vela di contromezzana; altri avventurieri, agili come furetti, salirono per arrotolare le vele alte, o per issare i trevi. Poco dopo l'ancora calò in mare, sollevando schiuma. Gli uomini all'argano, grondanti sudore, trassero un sospiro di sollievo.

Uno di questi era Levert, che intercettò Macary mentre, saltando dalle ultime griselle, metteva piede sulla tolda. «Hubert» gli disse «guarda l'isola. Sembra anche a te che abbia qualcosa di sinistro?»

Macary ne aveva abbastanza dei profeti di sventura. «Vai a farti fottere» disse all'amico. Solo più tardi, mentre si versava addosso mestoli d'acqua dal barile lasciato sotto l'albero maestro, per i filibustieri che volessero lavarsi o resistere meglio al calore, dovette convenire. Il piccolo lembo di terra su cui stavano per sbarcare di motivi di inquietudine ne presentava parecchi.

24

La Isla de Sacrificios

I filibustieri, come del resto anche gli spagnoli, nutrivano un terrore superstizioso per le rovine delle civiltà indigene precedenti l'avvento dei *conquistadores*. Sapevano che piramidi e scalinate erano state teatro di sanguinosissimi sacrifici umani, e che teste mozzate e organi interni estirpati erano rotolati lungo quei gradini. Un brivido percorse dunque gli equipaggi quando videro che, dalla fitta vegetazione dell'isoletta cui si stavano accostando, spuntavano la sommità sbrecciata di un pinnacolo e il mozzicone di una piramide.

I comandanti erano insensibili alle superstizioni, e ordinarono agli ufficiali di disporre lo sbarco. Gettate le ancore in prossimità della costa, dai vascelli furono calate lance e scialuppe. Gli schiavi furono lasciati a bordo, mentre gli ostaggi vennero portati a terra a piccoli gruppi. Anche la maggior parte degli avventurieri rimase sulle navi. La Isla de Sacrificios era troppo piccola per accoglierli tutti. Il brigantino del capitano François Grognier detto "Chasse-Marée", il *Saint-Joseph*, fu incaricato di incrociare nel mare circostante, per dare l'allarme in caso di arrivo della flotta spagnola.

Macary si trovò al timone della barcaccia che trasportava a riva sia la povera Claire, adagiata su una barella, sia Gabriela Junot-Vergara. Quest'ultima sedeva a prua, altezzosa, elegante malgrado l'abito non stirato da giorni. Il vento le scompigliava il ciuffo che le cadeva sulla fronte, ma non le disordinava l'acconciatura, mantenuta compatta da file di perline. Chissà come aveva potuto curare la propria toeletta, nelle ultime ore. Anche il trucco degli occhi neri e intensi era perfetto.

Claire, all'opposto, rimaneva uno spettro febbricitante, tutto ossa e carni chiazzate di giallo. Era sbalorditivo che fosse ancora viva. Aveva le palpebre socchiuse, gemeva a tratti. Il fratello, premuroso, le teneva la mano scheletrica tra le sue, come per trasmetterle calore.

«Tra breve saremo a terra, sorellina» disse Michel de Grammont. «Là avrai le cure che non potresti avere in mare. Dico bene, dottore?»

L'espressione di Exquemeling era perplessa, tuttavia riuscì a esprimersi in tono rassicurante. «Certo, sull'isola posso trovare erbe benefiche, capaci di darle forza. E poi il riposo è importante, così come la dieta. L'ideale sarebbe farle mangiare carne cruda di cavallo, tagliata in bocconcini, senza spezie.»

«Sono pronto a sacrificare i cavalli che abbiamo con noi, dal primo all'ultimo, a cominciare dal mio» disse De Grammont. Il suo sguardo scintillò. «Se fosse necessaria carne umana, le darei anche quella.»

Exquemeling prese sul serio l'uscita. Doveva ritenere il cavaliere capace di tutto. «Non occorrerà arrivare a tanto, mio capitano» si affrettò a mormorare. «Confido in una ripresa. Se ha potuto resistere fino a ora vuole dire che ha una fibra forte. Più che di medicamenti, ha bisogno di un'assistenza amorevole.»

«Io sono un soldato» mormorò burbero De Grammont. «Sono il meno adatto allo scopo.»

«Se posso…» La voce di doña Gabriela suonò più dolce del consueto, e priva di accenti ironici o maliziosi. «Ho assistito fino all'ultimo mia madre, morta di consunzione. Starei volentieri accanto a vostra sorella, capitano. Già a Veracruz l'ho accudita un poco.»

Macary si chiese se la proposta della dama fosse sincera, oppure frutto di puro opportunismo. La logica indicava la seconda soluzione, la vista no. Il volto regolare di Gabriela esprimeva sincerità, gli occhi erano spalancati e ingenui. E poi, come poteva una donna tanto bella nutrire seconde intenzioni?

La reazione di De Grammont fu molto meno fiduciosa. «Signora, per quanto vi abbia riservato un trattamento privilegiato, non siete altro che un ostaggio. Inoltre siete spagnola: appartenete alla razza malefica che ha ridotto Claire in queste condizioni.»

«Sono nata a Caracas, e il mio sangue è per metà francese.»

«L'altra metà non lo è. State dunque al vostro posto, o vi farò frustare come una bagascia.»

Gabriela non apparve né spaventata né intimidita. «È nel vostro interesse, cavaliere, che sia una donna a prendersi cura di vostra sorella. Dopo farete di me ciò che vorrete.»

«Dice la verità, capitano» osservò Exquemeling. «La compagnia di doña Junot-Vergara potrebbe essere di beneficio a Claire. In ogni caso non vedo come potrebbe nuocerle.»

De Grammont non ebbe il tempo di rispondere, perché nel frattempo la barcaccia aveva toccato terra, assieme ad altre scialuppe. Macary e alcuni rematori aiutarono i passeggeri a scendere. A Macary toccò in sorte di aiutare proprio Gabriela, e le porse il braccio. Lei vi si appoggiò e, seduta sulla prua, la scavalcò con le gambe unite e calcò la sabbia con le sue scarpette dorate.

Dovette fare un passo falso, perché finì addosso all'ufficiale, gli si aggrappò alle spalle per non cadere e premette il seno contro il suo torace. Macary vacillò, ma fu rapido a sollevarla per le ascelle e a rimetterla in equilibrio. Ne ebbe in cambio un sorriso radioso.

«Grazie, signore. Come vi chiamate? Non ricordo il vostro nome.»

«Hubert Macary, doña Gabriela.»

«Grazie mille, Hubert.»

Detto questo, la dama si allontanò. Macary rimase in preda a un turbamento che nemmeno lui avrebbe saputo descrivere. C'era però altro di cui occuparsi. La vegetazione lussureggiante racchiudeva i temuti resti della piramide vista dal mare (*totonaca*, spiegò uno degli arawacos), un obelisco smozzicato e alcune casupole abbandonate da tempo, e ciononostante in discrete condizioni. C'era anche un grande forno per la calce dalla volta altissima, dotato di uno sportello metallico delle dimensioni di una porticina.

Van Hoorn e Lorencillo impartivano gli ordini e sorvegliavano la costruzione di un accampamento.

«Gli ostaggi dentro il forno» ordinò il primo. «Ci staranno fin troppo comodi. E se ci daranno fastidi, sotto la base c'è spazio sufficiente per accendere un fuoco e arrostirli come meritano.»

Lorencillo scoppiò a ridere. «Francamente, la carne di spagnolo abbrustolita non mi attira molto. Preferisco cuocere pagnotte, per la coda del diavolo, o magari un quarto di bue!»

«Non saremo noi a mangiare gli spagnoli. Ne cuoceremo un paio e li daremo in pasto ai loro compagni, come si usava ai bei tempi de L'Olonnais e di Roc Brasileiro!»

I filibustieri attorno trovarono l'uscita particolarmente divertente, e si piegarono in due dal ridere. Con una eccezione.

«Che c'è, padre Labat?» chiese Van Hoorn. «Sembrate di ritorno da un funerale. Temete di perdere la vostra fetta di spagnolo in umido?»

Macary non aveva notato la presenza del sacerdote, che non vedeva da giorni. In effetti, il viso spiritato del prete era più terreo del consueto, e il suo sguardo appariva funereo.

«Non si è recitato il *Te Deum* per ringraziare il Signore della presa di Veracruz» borbottò. «È la prima volta. Da sempre i francesi celebrano con il *Te Deum* la conquista di una città nemica.»

«È che non c'era tempo, con la flotta di Spagna in arrivo» spiegò Lorencillo.

«Inoltre gli arredi sacri sono stati gettati in mare. È tradizione che gli arredi delle chiese spagnole vadano a ornare le chiese francesi, alla Tortuga, a Petit-Goâve o a Santo Domingo.»

«Be', sapete anche voi che De Grammont è mezzo ugonotto.» Un po' imbarazzato, Lorencillo si spazientì. Sbraitò, rivolto ai marinai: «Che aspettate, per il sangue del diavolo? Non avete udito il capitano Van Hoorn? Chiudete i prigionieri nel forno! E chi è di troppo vada a ripulire le bicocche e a costruire capanne!».

Macary fu del gruppo incaricato di imprigionare i sedici ostaggi. Li poté vedere da vicino. Più che spaventati parevano inebetiti: dovevano ormai avere fatto il callo a una condizione di paura costante. Erano stati rivestiti con tuniche che occultavano il grado che avevano rivestito da liberi. Il più riconoscibile era il governatore Luís Bartolomé de Córdoba y Zuñiga, a causa del ventre prominente. Si aggrappava alla moglie e a una figlia, entrambe segaligne, con le acconciature quasi sciolte. Avevano i piedi nudi, insanguinati dai rovi e dalle pietre. Dovevano avere pianto molto, anche se ora non avevano più lacrime. Le loro facce erano sporche di belletti mescolatisi alla cipria.

Tra i prigionieri noti c'erano anche l'*alcalde ordinario* don Francisco Arías de Vivero, don Juan Miguel de Asque y Aróstegui, capitano e *comendero*, don José de Murueta Otalora, tesoriere, don Blas de Sertucha, supervisore. Mancava don Juan Sánchez Rejón, un ufficiale e magistrato, gettato in acqua durante il trasbordo in quanto storpio e di indole piagnona.

«Dobbiamo mettere nel forno anche questo ciccione?»

chiese Levert, indicando il governatore. «Lo occuperà quasi per intero e toglierà aria ai compagni.»

«Perché no?» rispose Macary. «Nessuno ci ha ordinato di fare eccezioni. Quanto all'aria, i detenuti di San Juan ne avevano di meno.»

Il governatore si accorse del pertugio cui era destinato solo quando i suoi compagni cominciarono a essere spinti a forza nella fornace. Si inalberò. «Non è possibile farmi questo! Non potete insultare così la mia dignità! Dove sono i vostri capi? Voglio parlare con uno di loro, è un mio diritto!»

Van Hoorn, che era poco lontano, udì la protesta. Si avvicinò e si piegò in un inchino esagerato, facendo svolazzare le piume del cappello. «Avete perfettamente ragione a protestare, eccellenza, solo che non disponiamo di alloggi migliori. All'interno del forno lo spazio è ristretto e la luce è scarsa, lo capisco. Vi prometto però di lasciare lo sportello aperto, a patto che voi e i vostri amici cantiate.»

Il governatore spalancò la bocca. «Come dite?»

«Mi avete inteso» rispose Van Hoorn con un sogghigno. «Dovete cantare. Finché lo farete, la porta resterà aperta ed entreranno aria e luce.»

«Ma cantare... cosa?»

«Di preferenza inni religiosi» disse Van Hoorn, soave. «Vedete, non lo faccio per me, ma per il nostro buon padre Labat, che si lamenta, a ragione, della nostra dimenticanza dei doveri della fede. Conoscevo una canzone in cui si lodavano allo stesso tempo Dio e Veracruz. Sarebbe il canto ideale. Finché l'udrò, lo sportello del forno rimarrà aperto. Ve lo assicuro sul mio onore, eccellenza.»

Prima che il governatore potesse fare commenti si trovò sospinto verso la fornace. Moglie, figlia e qualche dignitario lo aiutarono a salire.

Poco dopo, dall'antro si levò un canto stonatissimo:

Bendita sea la Luz
y la santa Veracruz.
Y el Señor de la Verdad
y la Santa Trinidad.
Bendita sea el alma
y el Señor que nos la manda.
Bendito sea el día
y el Señor que nos lo envía.

Van Hoorn rimase ad ascoltare, poi alzò le spalle. «Non è un *Te Deum*, ma padre Labat dovrà accontentarsi.»

Anche Macary, che non aveva un gran senso dell'umorismo, fu costretto a sorridere.

25

Una vendetta

Il giorno successivo allo sbarco sulla Isla de Sacrificios, il nuovo rifugio dei Fratelli della Costa aveva preso forma. La casupola più grande, riparata da un gigantesco albero di mango, ospitava Claire de Grammont e doña Gabriela Junot-Vergara. In una seconda bicocca, ripulita e liberata delle erbacce, aveva preso alloggio l'ammiraglio. I capitani Lorencillo e Van Hoorn, gli unici rimasti sull'isola, avevano occupato altre due casette abbandonate. Gli ufficiali condividevano con i marinai semplici alcune capanne costruite con tele incerate e pali trovati sul posto. Nel forno per la calce seguitavano a stare gli ostaggi, sorvegliati da un uomo armato. Non erano più obbligati a cantare.

Verso le dieci di mattina, Macary e Levert passeggiavano lungo la costa orientale dell'isola, di fronte agli sterminati banchi corallini visibili sotto la superficie del mare. Veracruz era dal lato opposto, così come l'intera flotta dei filibustieri. Il loro incarico era spiare l'orizzonte e segnalare per tempo l'eventuale arrivo di navi spagnole, la temuta Armada de Barlovento.

«Preferirei essere a bordo» disse Macary. «Mi sto annoiando.»

«Anche a bordo ci si annoia, che cosa credi.» Levert indicò col pollice il bosco di palme alle proprie spalle. «Chissà se hanno già mandato in città la scialuppa con la richiesta di riscatto. Non vorrei essere nei panni dei compagni che devono tornare a Veracruz. Secondo me li fanno a pezzi.»

Macary scosse il capo. «In questi casi si manda sempre un prigioniero o uno schiavo... Ma cosa sta succedendo?»

Si udiva, proveniente dalla selva, un vociare che cresceva di intensità. Impossibile capire se fosse euforico o allarmato. I due avventurieri si guardarono.

«Dobbiamo andare a vedere cosa succede» disse Macary. «Non vorrei che gli spagnoli fossero arrivati dalla parte sbagliata.»

«Vado io» si offrse Levert.

«No, vado io. Di noi sono quello che si annoia di più.»

Senza impegnarsi in ulteriori discussioni, Macary si avviò verso le casupole e l'accampamento. Il vocio non proveniva da lì, ma dalla spiaggia che fronteggiava le navi ormeggiate. Una piccola barca si faceva strada attraverso i coralli. Trasportava quattro uomini in tutto, di cui due ai remi e uno al timone. Il quarto uomo, che sollevava dalla folla grida, commenti e sghignazzi, era molto diverso dai compagni, per abito ed espressione. Si trattava di un frate domenicano, con tonaca bianca e mantello e cappuccio neri. Fissava la spiaggia a cui stava per approdare con un misto di timore e di sdegno.

Quando la scialuppa toccò terra, le urla degli spettatori crebbero di volume.

«Ecco la canaglia!»

«Guardate che faccia patibolare! Poi dicono di noi!»

«Bruciamogli la barba!»

«No, bruciamolo per intero, come faceva lui con i suoi prigionieri!»

Macary si avvicinò a François Le Bon, che assaporava la pipa a poca distanza. «Ma chi è?» domandò.

L'anziano nostromo del *La Francesa* emise uno sbuffo di fumo, senza togliere il cannello dai denti. «È frate Pedro

Estrada, della Santa Inquisizione. È stato catturato a Vera-cruz tre giorni fa. Lo ha riconosciuto Luke Houghton, uno degli inglesi di Spurre. È quello che tiene il timone. Anni fa era stato imprigionato da lui e torturato come luterano.»

«Perché il frate non era con gli altri prigionieri?»

«È stato tenuto sul *Conqueror* perché De Grammont gli riserva una sorte speciale. Credo che sia arrivato il momento.»

I filibustieri continuavano a urlare improperi. «A quanto pare, erano in molti a conoscere questo Estrada» osservò Macary.

«Parecchi hanno udito Houghton raccontare la sua storia, e alcuni hanno preso parte alla cattura. Ma se ci fai caso, a strillare di ammazzare il frate sono soprattutto gli ugonotti.» Le Bon sorrise. «Tra loro e gli inquisitori non è mai corso buon sangue.»

Intanto Pedro Estrada, messo piede sulla spiaggia, era incespicato in un ramo e caduto in ginocchio. Houghton, un uomo massiccio dalle basette bionde straordinariamente lunghe, gli fu alle spalle e gli sferrò un calcio nel sedere. Il domenicano stramazzò disteso in avanti, le braccia larghe, la faccia tuffata nell'arena.

Le grida ostili furono soppiantate da uno scoppio di ilarità, che contagiò anche gli avventurieri che non erano ugonotti e che fino a quel momento si erano tenuti impassibili. Vi fu chi, per aumentare il divertimento, lanciò a Pedro Estrada qualche sasso, che rimbalzò sulle sue spalle. D'un tratto, però, tutti tacquero e le risa si spensero.

Sull'uscio della costruzione occupata da Claire era apparso Michel de Grammont, più accigliato del consueto. Si appoggiava a un legno, stringeva i denti. Era certo in preda a un attacco di gotta molto acuto. Avanzò lentamente, con fatica. Alle sue spalle, Exquemeling lo seguiva da vicino, come per accertarsi che l'ammiraglio non perdesse l'equilibrio.

De Grammont fissò il domenicano con occhi neutri, quasi spenti. «Sollevatelo» disse.

Houghton si affrettò a obbedire, aiutato da Big Willy, uno dei due rematori.

Per un intero minuto il cavaliere non disse parola. Si limitava a guardare il religioso come se avesse di fronte un oggetto inconsueto. Dal canto suo, Pedro Estrada manteneva un atteggiamento dignitoso, malgrado la sabbia che gli imbrattava il viso e un filo di sangue che gli scendeva da un sopracciglio. Il suo sguardo era di forza pari a quello del filibustiere; solo più acceso.

Infine De Grammont indicò Houghton. «Quest'uomo vi accusa di averlo torturato» disse in spagnolo. «E di avere sottoposto a supplizio chissà quanti innocenti. Secondo voi mente?»

La voce di Estrada suonò ferma e composta. «La stessa accusa potrebbe essere rivolta a voi, signore. Con una differenza. Voi agite per crudeltà e sete di ricchezze, io per servire la volontà di Dio.»

Vi fu tra gli uomini un mormorio, che De Grammont sedò con un gesto. «Immaginavo che avreste messo Dio di mezzo. È il vizio nazionale degli spagnoli… Torno a chiedervelo. Quest'uomo mente?»

«Sì e no. Non dice tutta la verità.»

Un po' sorpreso, De Grammont intimò: «Ditemela voi, allora».

La risposta del domenicano fu pronta. «Chi mi accusa si scorda di dire che appartiene a una setta maligna e perniciosa, nata per distruggere la Chiesa e rovesciare l'autorità del vicario di Cristo. Davanti a una simile minaccia, che ricondurrebbe il mondo alla barbarie, ogni difesa è lecita. Anche uccidere, se è il caso. Anche fare soffrire. Voi fareste lo stesso per difendere la vostra nave. Non è tanto più legittimo, quando la nave è quella di Gesù e del suo magistero?»

«È un'ammissione interessante» commentò De Grammont con un risolino. «Vedete, Estrada. La vostra ritorsione iniziale era infelice. "La stessa accusa potrebbe essere rivolta a voi" avete detto. Io sono notoriamente un reietto, un assassino, un bandito, un amorale. Il quesito vero è perché *voi* facciate le stesse cose che faccio io. Perché quella che chiamate "la nave di Cristo" galleggi in un mare di sangue, da che la Chiesa esiste.»

«Non è vero! Se la Chiesa non esistesse, il povero, il debole, l'afflitto sarebbero preda facile di chi li tiranneggia. Degli spietati come voi.»

«E invece sono preda dei re e dei feudatari che la Chiesa benedice… Basta così, frate! Nascondersi dietro i presunti diritti dei miserabili è ipocrita quanto appellarsi a Dio per giustificare atti di brutalità, o richiamarsi all'autorità del papa per legittimare il monopolio sui commerci.»

Pedro Estrada incrociò le braccia sul petto. «Se non volete ascoltarmi, allora uccidetemi.»

«Non voglio essere io a pronunciare la vostra condanna» rispose De Grammont. «Lo faranno le vostre vittime. Houghton, quale sorte merita costui?»

Il marinaio si fece avanti. «*Death, my captain!*» Parlò nella sua lingua, ma tutti capirono.

Gli avventurieri, che iniziavano ad annoiarsi per il dialogo troppo lungo, furono entusiasti della risposta. «A morte! A morte!» presero a gridare.

«No. Voglio sentire un'altra vittima.» De Grammont si girò verso Exquemeling. «Mia sorella può essere condotta fuori?»

«Su una barella sì.»

«Provvedete.»

Il medico chiamò Macary e Big Willy ed entrò con loro nella casetta. Ne uscirono poco dopo reggendo, sul suo giaciglio, Claire de Grammont. La donna aveva riacquistato un po' di colorito, ma restava penosa a vedersi. Sotto la lunga camicia che indossava le ossa erano stecchi puntuti, e sul cranio la pelle era quasi trasparente. Tuttavia i suoi occhi erano leggermente più vivi di qualche giorno prima, e le labbra esangui ora tendevano al rosa pallido. Dietro di lei veniva Gabriela Junot-Vergara, che ogni tanto sistemava i pochi capelli che la malata aveva ancora sul cranio, quasi fosse possibile farla bella.

«La riconoscete?» chiese De Grammont a Estrada.

Per la prima volta, l'inquisitore abbassò gli occhi. Non rispose. Allora l'ammiraglio scandì a voce alta, con un filo di furore nell'intonazione: «Claire, questo frate indegno è uno dei tuoi aguzzini. Che cosa merita, per averti fatto tanto male?».

Forse era una domanda retorica, e il cavaliere non si aspettava risposta. Invece Claire qualcosa disse. A Macary parve di udire la parola francese "*pitié*". Fu però doña Gabriela che si fece interprete del sussurro della disgraziata.

«Ha detto "il rogo"!» annunciò. «Proprio così. Il rogo!»

Macary non osò obiettare. De Grammont fissò Estrada. «Un po' mi dispiace» disse. «Ci somigliamo. Belve tutti e due.» Cercò con lo sguardo Lorencillo e Van Hoorn, che si erano tenuti ai margini della scena. «Fate bruciare viva questa canaglia.»

I filibustieri applaudirono, già eccitati per lo spettacolo imminente. Il frate non reagì quando venne afferrato per le braccia e trascinato via, verso la piramide. Si limitò a gridare, in direzione di Gabriela: «*¡Pinche puta!*».

Lei gli rispose: «*¡Recuérdate de Juana de la Mothe Guyon, maldito asesino!*».

Nessuno comprese il senso di quelle parole. Meno che mai Macary, che ancora si chiedeva se la parola "*pitié*", sulle labbra di Claire, l'avesse intesa davvero, o se si fosse trattato di un fraintendimento.

Il dubbio si consolidò dopo che Big Willy gli ebbe chiesto: «Cosa significa *pitié*, in francese?».

26

Vita sull'isola

Poche ore dopo che le ceneri di Pedro Estrada ebbero smesso di fumare, in cima alla piramide, Macary ebbe modo di constatare tutto il credito di cui doña Junot-Vergara ormai godeva sulla Isla de Sacrificios, grazie alle cure prestate all'infelice Claire. Era l'ora della cena e un cuoco, un bretone di nome Auguste Le Braz, stava arrostendo carni di porco selvatico per i marinai a terra. Aveva già battuto una bistecca di cavallo con agrumi destinata alla malata, e faceva bollire in una larga pentola una tartaruga, per ricavarne brodo e carne riservati a comandanti e ufficiali.

Mentre Macary osservava la preparazione, Retexar avvicinò il cuoco. «Cosa servi agli ostaggi?» chiese a Le Braz.

«Lo stesso che servo agli uomini. *Cerdo asado*.»

«L'ammiraglio vuole però che doña Gabriela mangi tartaruga, e che non abbia rhum, bensì vino bianco. Ne hai?»

«Una sola bottiglia» rispose il bretone. «Il resto è a bordo.»

«Vada a lei, ai capi basterà il rosso.»

Il cuoco strizzò l'occhio. «Il cavaliere De Grammont è proprio innamorato…»

«No! Non capisci nulla!» esclamò Retexar incollerito. «E tu, grassone, fai il tuo lavoro e tappati la bocca, altrimenti sarai tu stesso a essere bollito!»

Macary aveva intuito che, da parte di De Grammont,

non c'era traccia d'amore nei confronti di Gabriela. Solo una vaga fascinazione iniziale, che le aveva procurato alcuni vantaggi. Se le cose stavano cambiando, era unicamente per le premure che la dama riservava a Claire. Macary aveva ancora qualche speranza di cercare le sue grazie senza entrare in competizione con l'ammiraglio.

Attese che il cuoco togliesse dalla pentola carne e brodo di tartaruga, e ne riempisse alcune ciotole di metallo. Quando Le Braz consegnò il cibo a Trou-Flou, assieme a una bottiglia di Chablis, si fece avanti.

«Porto io a doña Junot-Vergara la sua razione» disse. Strappò le vettovaglie dalle mani del mozzo. «L'ammiraglio pretende riguardo. Conviene che sia un ufficiale a servirle la cena.»

Il cuoco lo guardò in tralice, ma non osò obiezioni, e nemmeno frasi ironiche. L'ira di Retexar gli aveva insegnato la lezione. «Come volete. Faccio portare un bicchiere di cristallo da Trou-Flou? Ne ho uno solo, e un paio di cucchiai di legno. Più i coltelli, è ovvio.»

«Va bene. E aggiungi una scodella per me.»

Macary camminò fino alla casetta che ospitava l'inferma e la sua assistente. Il cammino era accidentato da ciottoli e cespugli, però la luna al primo quarto, molto brillante, era spuntata da poco, e illuminava le asperità. Tra le palme gli uccelli tacevano, e frinivano grilli e cicale. Il profumo acuto del mare si sposava a quello delle piante. Veracruz, debolmente illuminata, somigliava a un cadavere lontano. Le sue luci fioche erano sovrastate dai fanali dei vascelli alla fonda tra i banchi corallini.

Non c'era battente all'ingresso della casupola dal tetto di paglia. Macary entrò, e ciò che vide non lo sorprese. Claire dormiva su una branda, respirando a fatica. Seduta su un'amaca accanto, Gabriela sbadigliava. La si vedeva appena: tutta la luce veniva da due bugie consunte posate su un tavolino e dai riflessi lunari che penetravano dalla porta. C'erano sedie sparse, sacchi di tela marcia, foglie calpestate al suolo. Nessun ornamento.

«Ho qua la cena per voi, signora» disse Macary sottovoce. «Ve la lascio sul tavolo.»

Gabriela Junot-Vergara smise di sbadigliare. Si raddrizzò sull'amaca, come se fosse stata scoperta in una posa sconveniente. «Mi ricordo di voi» disse, mentre si ravviava l'acconciatura. «Vi chiamate Hubert, non è vero?»

«Per servirvi. Hubert Macary, secondo ufficiale del *Le Hardi*. Agli ordini del cavaliere De Grammont.»

Gabriela si alzò in piedi. Indicò una seggiola. «Sedetevi, signore. Fatemi compagnia mentre mangio. Odio cenare da sola.»

Tutto era grazia, nella dama, a parte una mimica eccessiva, normalmente inusuale nei salotti. Sorrisi, smorfie graziose e battiti di ciglia si alternavano. Macary non vi badò: era troppo emozionato. In quel momento entrò Trou-Flou, con il resto delle vettovaglie e delle posate. Intimidito, appoggiò il tutto sul tavolino e uscì quasi di corsa.

La pausa consentì a Macary di superare il proprio turbamento e di parlare con lucidità. «Signora, avevo intuito la solitudine di cui soffrite e mi sono permesso di far portare, assieme alla vostra cena, anche la mia.»

Gabriela batté le mani. «Bravo! Che fortuna insperata imbattermi in un gentiluomo! Sedetevi con me, faremo due chiacchiere… Per chi è quel vino?»

«Per voi, doña Gabriela. L'ammiraglio ha voluto che vi fosse riservata l'unica bottiglia di vino bianco che abbiamo sull'isola.»

«Quanto è gentile, il vostro capo! Ma io bevo pochissimo. Servitevi voi, vi lascio quel bel calice.»

Si erano intanto seduti. Le sedie zoppicavano, la mensa era scomodissima, e tuttavia c'era qualcosa di intimo in quella sistemazione. Il turbamento tornò a impadronirsi di Macary. Per cercare di vincerlo, riempì la coppa di Chablis e la vuotò. Subito dopo si rimproverò il gesto: avrebbe dovuto insistere con la dama perché assaggiasse almeno un poco del vino a lei destinato.

Gabriela non badò a quella piccola scortesia. Indicò invece Claire, che dormiva emettendo una specie di rantolo. «La poverina sembrava condannata, e invece resiste. Ogni tanto parla anche con intelligenza. Le cure del dottor Exquemeling si stanno rivelando più efficaci delle previsioni. L'unico pessimista rimane proprio il medico.» Inghiottì il primo boccone.

A Macary parve che un riferimento alla malata fosse d'obbligo, sebbene lui e – sperava – la commensale pensassero ad altro. «È un miracolo che non mi sorprende troppo. Claire de Grammont ha resistito per cinque anni in condizioni di prigionia che avrebbero ucciso chiunque.»

«È vero» rispose Gabriela, con la bocca piena. D'improvviso posò il coltello con cui stava tagliando e infilzando la carne di tartaruga. Fissò su Macary uno sguardo intenso. «Amico mio, voi eravate presente quando il capitano Van Hoorn mi ha presa con la forza… Non negate, ricordo di avervi visto… Giudicate giusto un atto del genere?»

«No… certamente no» rispose Macary, con grande imbarazzo. «È stato un atto odioso. Ma si sa che in guerra…»

«Perché il cavaliere De Grammont, così cortese nei miei riguardi, non ha punito il suo sottoposto?»

In questo caso la risposta era facile. «Perché non era un suo "sottoposto". Tra i Fratelli della Costa tutti i capitani sono uguali, e un ammiraglio è tale solo finché dura una spedizione. Prima e dopo non è diverso dagli altri.»

«E voi, perché non siete intervenuto?»

Prima di riuscire a replicare, Macary dovette versarsi altro vino e ingollarlo in poche sorsate. «Sono arrivato tardi… Comunque non avrei potuto fare nulla. Non ho un grado sufficiente per contrastare un comandante.»

«Siete molto disciplinato. Strano, per un pirata.»

«Sono stato un soldato, e mi considero tale ancora oggi. Combatto la Spagna in nome del re di Francia. Sono i nostri nemici a chiamarci "pirati". Siamo in realtà una compagnia di ventura, fedele alla corona e alla religione. Anche alla disciplina, per quanto mi riguarda.»

Gabriela aveva ripreso a mangiare, e Macary la imitò. Ci fu un breve silenzio, che la donna ruppe per prima. Lo fece, ancora una volta, con il più inaspettato dei quesiti.

«Siete religioso?» chiese a bruciapelo, mentre ancora masticava.

«Be', sì. Sono cattolico, anche se non molto praticante. Ogni tanto prego.»

Gabriela gettò indietro la chioma, in un gesto quasi estatico. Così facendo lasciò sbottonarsi la camicia che indossava, evidenziando il solco tra i seni rigogliosi. «Io credo fortemente in Dio. Credo anzi che Dio non viva in cielo, ma sia presente nella nostra anima. Esiste in noi tutti, indifferente ai nostri corpi. Non lo pensate anche voi, Hubert?»

Macary si grattò il capo. «Per essere sincero non ne so nulla. Probabilmente avete ragione.» Si versò altro vino.

Gabriela tornò a curvarsi sul suo pasto, senza riallacciare i bottoni della camicetta. Cambiò argomento di punto in bianco. «C'è nessuno che, da pari a pari, possa sfidare quel bruto di Van Hoorn?»

«Da pari a pari?» Macary stentava sempre di più a capire le svolte repentine nel discorso della dama. Leggermente ebbro, non riusciva a distogliere lo sguardo dalla sua scollatura. «Ve l'ho detto, signora. Tutti i capitani si equivalgono. L'unico ostile a Van Hoorn è Lorencillo, però i due sono costretti a convivere.»

«Capisco.» Gabriela, che aveva quasi finito la carne, raccolse dal condimento, fatto di spezie e di frutti di bosco, una grossa fragola. La mise in bocca, ma la tolse subito dopo. L'allungò verso le labbra del commensale. «Provate questa, Hubert. È squisita. Sempre che non vi ripugni la mia saliva.»

«No, no.» Macary, un poco confuso, era eccitato. Masticò la fragola. «La vostra saliva, Gabriela, è un nettare.»

Lei porse le labbra socchiuse. «Allora è bene che andiate alla fonte.» Prese la mano dell'ufficiale e la posò sul suo seno sinistro.

Macary stava per baciare la dama quando Claire, dal suo giaciglio, emise un gemito più forte dei precedenti, quasi assordante. Lui si ritrasse, ma Gabriela gli riprese la mano e la riportò al seno. «Non fatele caso, dorme ancora. Chissà cosa sogna.»

Finalmente Macary baciò Gabriela. Le loro lingue si torsero assieme, finché a lui mancò il respiro. La donna, sorridente, si liberò della camicia e del corsetto e, con gesti esperti, fece cadere la sottana. Sotto portava mutande lunghe, facili da sfilare.

«Non abbiamo un letto ma non importa.» Pose le mani sul tavolino e si curvò, offrendo le natiche. Abbassò le mutande. «Prendimi da qui.»

Macary cominciò a calarsi i calzoni, vagamente indignato. Quella era una posizione da donna di malaffare. Superò gli scrupoli e, accalorato come rare volte in vita sua, si preparò a godere della creatura dei suoi sogni.

Non ne ebbe il tempo. Sulla porta spalancata della casetta era apparsa una figura scura, che si appoggiava a un bastone.

«Ho sentito mia sorella gridare. Che cosa sta accadendo?» chiese Michel de Grammont.

27

Pericolo in vista

Macary fu risvegliato dai rumori dell'intero accampamento che, in massa, si precipitava verso la riva. Si sentiva ancora esausto ma felice, dopo un amplesso che avrebbe ricordato per tutta la vita. Pur senza amare per davvero Gabriela, avvertiva l'urgenza di riaverla tra le braccia al più presto. Adesso, però, non poteva. Strinse la cintura, allacciò la camicia e raccolse la sciabola. Corse anche lui alla spiaggia.

Si imbatté in Levert, che lo guardò con occhio critico. «Non sei rientrato, stanotte. Per caso...»

«Sì!» Macary era fiero di se stesso. La parte di memoria relativa al suo colloquio con De Grammont l'aveva svuotata. «Cosa sta accadendo?»

«Beato te.» Levert indicò il tratto di mare tra la Isla de Sacrificios e Veracruz, rosseggiante di coralli. «Vedi la scialuppa con un uomo ai remi? È Bamba. È stato a raccogliere in città il resto del riscatto per gli ostaggi. Il fatto stesso che sia vivo fa pensare che abbia avuto successo.»

Macary indicò un veliero assai prossimo. «Quello è il *Saint-Joseph*, il brigantino di Grognier. Sta calando l'ancora. Che ci siano novità?»

«Lo sapremo tra poco.»

Bamba toccò terra e gli avventurieri si impadronirono della prua della barca, tirandola a secco. Lo schiavo mise piede sulla spiaggia con un sacchetto in mano. La visione dell'involto suscitò, come prevedibile, un'onda di entusiasmo. Fu calmata dall'apparizione di Van Hoorn e di Lorencillo.

«Hanno pagato tutto il dovuto?» chiese il primo.

«No, solo la metà.» Le grida di gioia si spensero subito.

«Come sarebbe a dire la metà?» urlò Lorencillo. «Per la coda di Lucifero, ci prendono in giro?»

«Padrone» spiegò Bamba, umiliato come se la colpa fosse sua «sulle prime non volevano pagare proprio nulla. Pensavano anzi di impiccarmi, e qualcuno era già corso a cercare una corda. Per fortuna è intervenuto il castellano di San Juan de Ulúa, don Fernando de Solís y Mendoza. È sbarcato, e attualmente è l'unica autorità rimasta a Veracruz. Ha ricordato ai cittadini che il governatore è nelle vostre mani, e li ha persuasi a raggranellare pezzi da otto. Solo che non ne restavano molti, ai ricchi della città. Intendo quelli vivi, perché quelli morti, a quanto ho sentito, sono oltre quattrocento.»

«Troppo pochi!» gridò qualcuno. «Dovevamo accopparli tutti, e bruciare non solo le stamberghe, ma anche i palazzi!»

«Siamo ancora in tempo!» si replicò dalla calca. «Torniamo a Veracruz e facciamola finita con quelle canaglie!»

Bamba indicò alle sue spalle il *Saint-Joseph*, da cui si erano staccate un paio di lance, prossime a raggiungere terra. «No, di tempo non ce n'è. Tra poco ve ne diranno il motivo. Intanto questo sacchetto…»

«Dallo a me» disse Van Hoorn, e glielo strappò dalle mani.

Pochi minuti dopo il capitano François Grognier scendeva dalla sua imbarcazione. Un uomo alto, massiccio, dalla capigliatura selvaggia. Era molto emozionato. «Dov'è l'ammiraglio?» chiese con concitazione.

«Riposa, credo» rispose Lorencillo.

«Allora qualcuno vada a svegliarlo! L'intera Armada de Barlovento è in vista! Una ventina di galeoni, direi. Non sono stato a contarli. Cannoni innumerevoli, soldati a centinaia. Dobbiamo andarcene di qua. In fretta!»

Lorencillo gridò: «Dov'è Retexar? Ah, eccovi. Andate ad avvertire il cavaliere. Bisogna salpare». L'ufficiale obbedì.

«Un momento» disse Van Hoorn. «Laurens, non vorrai lasciare qui gli ostaggi chiusi nel forno. Da riva ci hanno mandato solo metà del denaro. Quanti sono i prigionieri? Sedici? Propongo di decapitarne la metà, e di lasciare qui le teste. Gli altri li portiamo con noi. Da un diverso approdo torneremo a chiedere a Veracruz la parte di riscatto che manca.»

Lorencillo portò l'indice alla tempia. «Tu sei pazzo, Nikolas. Abbiamo le ore contate.»

«Sono galeoni. Navigano lenti.»

«Le ricchezze che abbiamo imbarcato superano ogni altra preda dei Fratelli della Costa, da cinquant'anni a questa parte. Saremo lenti anche noi. Che ce ne facciamo di quattro soldi in più? E di otto teste in meno?»

«Se posso guadagnare altro denaro, non ci rinuncio» rispose Van Hoorn. «Gli spagnoli si convincono solo di fronte a una sfilza di decapitati. Chi ha una scure? È tempo di affilarla… Bravo Big Willy, pensaci tu.»

Lorencillo perse la pazienza. «Nikolas, sei un vero imbecille, dannato sia il demonio! Uomini, lasciate perdere questo cretino. Non conta nulla, di mare non sa un accidente. Armate le scialuppe, portate a bordo le cose utili. All'ordine dell'ammiraglio prenderemo il largo.»

«Imbecille sarai tu, sporco mulatto!» sbraitò Van Hoorn. «Ti ho odiato fin da quando ti ho conosciuto. Laurens, tira fuori la spada, se riesci a reggerla! Voglio vedere spillare il sangue dal tuo cadavere!»

«Agli ordini, Nikolas» rispose Lorencillo. Sguainò la sciabola. «Tra un attimo piscerò sulle tue budella!»

Van Hoorn trasse dal fodero una spada più lunga di quella del rivale, diritta e affilata, dall'elsa d'oro. La puntò. «Bada, io miro al cuore.»

Prima che le due lame potessero toccarsi, la voce dura

di De Grammont spense ogni litigio. «Mi sembra di avere a che fare con dei bambini. Mettete via le armi. Vi batterete al prossimo scalo. Adesso tornate alle vostre navi, caricate i cannoni, preparatevi ad abbordare. Il nemico è di gran lunga più forte. È in queste occasioni che la Filibusta dimostra la propria tempra, non in inutili duelli individuali.»

«Ben detto, ammiraglio!» esclamò Lorencillo. Ripose la sciabola nel fodero. «I miei uomini a raccolta! Ci si imbarca!»

Van Hoorn fu molto più lento ad abbassare l'arma. Scontroso, domandò: «Che fare degli ostaggi, cavaliere? La mia proposta è…».

«L'ho udita, la vostra proposta. È respinta. I prigionieri li lasceremo nel loro forno, governatore incluso. Siamo ricchi abbastanza per non doverci abbandonare a crudeltà inutili. Il tempo è scarso, tra breve saremo sulla difensiva. Tornate alla vostra nave e salpate in fretta.»

Macary simpatizzò per De Grammont, vero uomo di guerra. Non stette a contemplare la smorfia con cui Van Hoorn accolse l'ordine. Fu tra quelli che corsero alla bicocca che ospitava Claire, per trasportarla fino al mare. Aveva sperato, in cuor suo, di scambiare qualche parola, o almeno un sorriso, con Gabriela. Lei però lo ignorò, e forse faceva bene. Pareva occuparsi solo della malata.

Un'ora dopo, Macary era a bordo del *Le Hardi*, rollante più del solito mentre si levava l'ancora. Aiutò a trasportare Claire de Grammont nel quadrato ufficiali. Retexar le aveva ceduto la stanza e si era rassegnato a dormire altrove: forse nel corridoio della ciurma. Il suo lettino, di fianco alla barella, fu destinato a Gabriela. La dama, sempre evitando di guardare l'amante di una notte, rincalzò le coperte dell'inferma.

C'era da dispiegare le vele, e Macary corse sul ponte. Una folata di vento quasi lo soffocò, ma lo rese felice. Era a casa, per quanto fosse strano ammetterlo. Il guscio del *Le*

Hardi, puzzolente di catrame e di altri afrori nauseabondi, brulicante di scarafaggi, gli era ormai più familiare che un riparo a terra. Quasi ebbro di salsedine, ammirò l'eleganza con cui il *La Francesa*, il *Conqueror*, il *Saint-Joseph* e una quindicina di vascelli aggiravano i banchi corallini e puntavano al mare aperto.

Si concentrò sul proprio dovere. Visto che Retexar non appariva e De Grammont era entrato nei suoi appartamenti, prese a strillare: «Sciogliere le vele, bracciare i pennoni! Issare le gabbie! Alle mure dei trevi! Ora alle scolte! Lascare i terzaroli!».

Il *Le Hardi* lasciò la Isla de Sacrificios di bolina stretta, per stringere il vento il più possibile. Benché fosse un semplice brigantino aveva un che di maestoso, per come si inclinava e superava a uno a uno gli altri velieri, pronti a cedergli il passo. Tutto strideva, gemeva, scricchiolava. Le manovre crepitavano. La ciurma, che pure nutriva per l'oceano l'odio di tutti i filibustieri, pareva felice di rimettersi in movimento, alla ricerca di nuove avventure.

Finalmente Retexar uscì dal boccaporto di poppa e raggiunse la chiesuola della bussola, di fianco alla barra del timone. Un'occhiata allo strumento gli confermò che la rotta era quella giusta. Fece a Macary un cenno di assenso. «Molto bene, partenza perfetta. L'andatura è ottima. Chissà, potremmo anche riuscire a sfuggire agli inseguitori.»

La smentita di un auspicio così ottimistico giunse un attimo dopo, dalla coffa di maestra. «Navi in vista a prora!» urlò il gabbiere. «Sono molte, tutti galeoni! È l'Armada de Barlovento! Non c'è dubbio!»

Come se avesse previsto l'annuncio, il cavaliere De Grammont apparve sulla soglia del quadrato, in assetto da battaglia. Oltre alla sciabola aveva una daga infilata nel cinturone, e portava una tracolla con tre pistole. La misericordia, nel suo fodero lungo e smilzo, gli batteva sull'anca sinistra. Vestiva non di grigio, ma solo di nero, dal mantello alle brache, alla casacca. Il largo cappello, calcato di sghimbescio, era sormontato da tre lunghe piume tinte di rosso.

Non zoppicava affatto, e si portò vicino a Retexar con passo sicuro, malgrado il rollio. Macary, che si trovava vicino, poté udire ciò che i due si dissero.

«Ci siamo?» si limitò a chiedere De Grammont.

«Sì, ammiraglio. Possiamo ancora evitare il confronto con gli spagnoli. Noi abbiamo il vento a favore, loro contro. Un pizzico di fortuna e sfiliamo tutti sotto il naso del nemico.»

«Niente affatto. Questo rollio eccessivo sta infastidendo mia sorella. Ha la nausea. Sono salito proprio per chiedere di ridurre la velatura.»

«Ma ammiraglio!» obiettò Retexar, sbalordito. «Così facendo finiremmo in bocca all'Armada!»

«E con questo? Vi spaventa combattere?… Date ordine di terzarolare. Subito! Naturalmente, vale per tutta la flotta.»

«Come volete, ammiraglio» borbottò Retexar, riluttante.

Prima ancora che l'ufficiale lanciasse il comando, Macary si aggrappò a una sartia e, calcando rapido le griselle, prese a salire arriva. A mezza altezza si arrestò a guardare Veracruz, ormai distante, che forse non avrebbe mai più rivisto. La sfarzosa capitale della Nuova Spagna giaceva come un cadavere smembrato sulla costa, priva dei quartieri popolari, distrutti e inceneriti, e con i forti che avrebbero dovuto difenderla ridotti a tizzoni. Sulle cupole e sui campanili si stavano radunando, al solito, nubi scure pronte a celare il sole, mentre il cielo attorno rimaneva limpido. Simbolo eloquente della lebbra che, proveniente dagli acquitrini, continuava a divorare quella che, da due secoli, tentava inutilmente di diventare una metropoli.

Quattrocento morti, pensò Macary. Non avrebbe mai creduto che potessero essere tanti. Un intero ceto dirigente. E chissà quante donne sopravvissute portavano nel ventre il figlio di un filibustiere. Tra nove mesi erano prevedibili drammi familiari d'ogni sorta.

Invece la fortezza di corallo di San Juan de Ulúa manteneva un'apparenza solida e feroce. Macary però sapeva che
era rosa all'interno dalla carie, e inutile alle funzioni per le
quali era stata edificata.

L'ultimo sguardo lo lanciò alla Isla de Sacrificios, dove
probabilmente gli ostaggi stavano uscendo con esitazione
dal forno per la calce, increduli di essere stati abbandonati così repentinamente. Ignoravano che almeno la metà di
loro aveva ancora la testa sul collo perché Lorencillo si era
opposto ai piani omicidi di Van Hoorn.

Macary riprese a salire, ora accompagnato da torme di
avventurieri, lesti e agilissimi. Si andava a terzarolare, il
compito più pericoloso ed eccitante riservato agli uomini
migliori di un equipaggio. Ci si sentiva veramente superiori, tra il vento e la morte.

28

Fare paura

Mentre in alto Macary e i gabbieri ripiegavano le vele su se stesse e ne assicuravano le pieghe con i gerli, in basso ci si preparava alla battaglia. Dal corridoio sottocoperta proveniva il rimbombo cupo dei cannoni fatti rotolare sui loro affusti e fissati alle feritoie, nonché l'eco del rollio dei barili di polvere e delle palle d'acciaio. Sulla tolda spade, sciabole, daghe, picche, lance, scuri, pistole e moschetti erano affastellati, e ogni filibustiere andava a raccogliere lo strumento di morte che più gli conveniva. C'era chi confezionava granate, chi riempiva di esplosivo le cartucce e chi accumulava in mucchietti i "piedi di cervo" a quattro punte da usare in caso di abbordaggio.

La stessa frenesia regnava sulle altre navi. Sul *La Francesa*, il veliero più prossimo al *Le Hardi*, si caricavano i cannoncini girevoli, i *patareros*, e i bucanieri avevano già preso posto, con i loro fucili smisurati retti da una forcella, a poppa e a prua. Sul *Conqueror* un buon numero di balestrieri inglesi, i migliori sulla piazza, si stava disponendo lungo l'impavesata. Sul *Le Tigre* di Le Sage spiccavano, accanto ai trenta uomini d'equipaggio, una decina di indigeni seminudi che provavano l'elasticità dei loro archi.

Dalla posizione elevata in cui si trovava, Macary cominciava però a scorgere con nitidezza il nemico: l'Armada de

Barlovento. L'impressione era di potenza e di invincibilità. Più di venti galeoni smisurati, a vele spiegate, navigavano verso la flotta dei Fratelli della Costa. Lenti ma inesorabili. Avevano castelli altissimi, ornamenti rosso e oro, due o tre file di cannoni ciascuno. Le tolde erano tutto uno scintillio di corazze e, presumibilmente, di spade. Persino il poderoso *Le Hardi*, al loro confronto, appariva un fuscello galleggiante.

Macary scese sul ponte, in tempo per udire De Grammont ordinare a Retexar: «Primo ufficiale! Barra al vento! Si punta diritti sugli spagnoli, ma senza forzare l'andatura».

«Agli ordini, ammiraglio!»

De Grammont camminò fino all'impavesata di babordo e si aggrappò al sartiame. Il *La Francesa* era vicinissimo e navigava di conserva. «Capitano De Graaf» gridò «mi udite?»

Lorencillo teneva di persona la barra del timone. La passò al timoniere e corse al bastingaggio. «Sì, ammiraglio! Vi sento benissimo!»

«State navigando in silenzio! Dove sono tamburi e flauti? Avete licenziato gli orchestrali?»

«No, ammiraglio! Temevo di disturbarvi, voi e vostra sorella.»

«Chiamateli in coperta. A Claire ho fatto mettere della cera nelle orecchie. Voglio una sarabanda infernale. Con la sola forza delle armi la sconfitta è certa. Non riusciremmo nemmeno ad abbordare. Abbiamo una sola carta da giocare, capitano. La paura.»

Lorencillo sorrise. «Ho capito, ammiraglio. Sarete obbedito.»

Reggendosi alle manovre, De Grammont tornò al centro del ponte, fino alla chiesuola della bussola. Claudicava nuovamente. Si aggrappò alla garitta e disse a Retexar: «In alto la bandiera. Su tutti i nostri legni».

«I gigli di Francia?»

«No. La *Jolie Rouge*. Che sappiano il loro destino: la morte.»

Retexar lanciò il comando, che passò di nave in nave. Poco dopo, sugli alberi di maestra o di trinchetto della flotta sventolò la bandiera nera – a volte rossa, come alle origini – dei Fratelli della Costa, con il teschio e la clessidra. Simultaneamente, sul *La Francesa*, tamburini e flautisti presero a suonare una marcia lenta. Quasi funebre, ma che aumentava di ritmo.

Altri velieri della Filibusta avevano a bordo dei musicisti. Furono chiamati in coperta con i loro strumenti, principalmente a percussione. Si unirono ai suoni emessi dal brigantino di Lorencillo, come avevano fatto nella selva attorno a Veracruz. I tamburini emettevano anche urla stentoree, ricorrenti, simili allo *"yo-ho-ho"* dei marinai inglesi, ma più secche. Violini e flauti si adeguarono alla cadenza, tanto più veloce quanto più la linea dei galeoni era vicina.

Macary, come tutti i membri degli equipaggi, avvertì l'eccitazione del combattimento imminente. Gridò a piena voce, a mo' di comando: «La *rengaine*! La *rengaine*!».

«Sì, la *rengaine*!» risposero in molti.

Chi era libero da mansioni prese a battere la lama della sciabola sull'impavesata, o la lancia sul ponte. La *rengaine*, la "cantilena" o "filastrocca", era da sempre uno dei segnali con cui gli avventurieri annunciavano la loro determinazione omicida. Quel fragore si unì a quello dei tamburi e degli altri strumenti in un crescendo travolgente, spaventoso per chi lo udiva da lontano.

Soddisfatto del risultato, De Grammont disse a Retexar: «Adesso qualche cannonata, per completare lo spettacolo».

«Siamo troppo distanti per colpire.»

«Infatti ho parlato di spettacolo. Vediamo di chiudere la messinscena.»

Pochi istanti dopo, lo scafo del *Le Hardi* vibrava per le esplosioni delle sue bocche da fuoco, dirette tutte sul tratto di mare che lo separava dai galeoni. Gli altri capitani intuirono la mossa e scatenarono gli artiglieri. Una pioggia di palle cadde tra le onde, sollevando colonne d'acqua. Si levò una massa di fumo bianco, subito dispersa dal vento.

Dalla parte avversa non vi furono reazioni. Cominciò però una manovra poco comprensibile. I venti galeoni orientarono le vele e si divisero: dieci da una parte, dieci dall'altra. Nella schiera compatta e minacciosa prese ad aprirsi un varco.

De Grammont e Retexar adesso bisbigliavano tra loro. Macary non poteva udirli. Vide che Levert stava battendo la sciabola contro l'albero maestro, al ritmo della *rengaine*, e lo raggiunse.

«Sembra che ci stiano aprendo un passaggio» disse all'amico. «Senz'altro è una trappola. Appena saremo in mezzo, ci schiacceranno dai due lati. A quel punto saremo perduti.»

Levert smise di percuotere l'arma. Era sudato: la sua sciabola era pesante, e il caldo si faceva ormai avvertire, via via che il sole saliva nel cielo. Rivoli di sudore gli scendevano da sotto il tricorno e gli rigavano la fronte. Parlò ad alta voce per vincere il frastuono.

«Lo pensavo anch'io, Hubert. Però vedo che l'ammiraglio, che ne sa più di me, non dà ordine di cambiare rotta. Che ci voglia trascinare tutti al sacrificio?» Sputò verso il barile dell'acqua. «Quel diavolo zoppo ne sarebbe capace. Sogna magari una fine gloriosa e la impone a tutti noi, diavoletti di rango minore.»

Macary corrugò la fronte. «Può essere, ma non è nello stile del cavaliere agire così... Del resto, guarda. Gli spagnoli non si dividono in due squadre ordinate. Stanno proprio sbandando!»

Era vero, e chiunque lo avrebbe notato. I galeoni, vicinissimi, si disperdevano a casaccio, la velatura orientata alla fuga. Nemmeno una volta avevano replicato alle cannonate sia pur simboliche degli avventurieri, cessate da qualche minuto. Spiegavano invece ogni vela disponibile, come per ritirarsi in fretta.

«Non posso credere che stiano scappando!» fu il commento di Levert. «Chi mai lo farebbe? Potrebbero annientarci in meno di un'ora… Ripeto, è una trappola.»

«Pare di no» rispose Macary, distratto. «O è un calcolo complicato, o si sono cagati nelle brache. Gli abbiamo messo fifa.»

A confortare quell'ipotesi, giunsero da poppa gli ordini stentorei di Retexar. «Perché la *rengaine* è tanto fiacca? Dateci sotto, *Mort Dieu*! Urlate fino a farvi scoppiare i polmoni! Ne va della nostra vita!»

Gli avventurieri non se lo fecero ripetere. I galeoni erano adesso così vicini che si potevano scorgere sul ponte, uno per uno, i guerrieri di Spagna. Erano tutt'altro che bellicosi, sebbene avessero armamenti di ogni tipo e corazze in teoria impenetrabili. Molti stavano curvi dietro il bastingaggio, rafforzato da sacchi di sabbia e da scudi metallici. Sembravano aspettarsi il peggio.

Non c'era dubbio: gli spagnoli stavano fuggendo, senza minimamente accennare a combattere. Dai galeoni non partì una sola cannonata. Pareva la ripetizione della tragicomica ritirata nella selva acquitrinosa di Veracruz.

Gli scafi trionfanti dei Fratelli della Costa scivolarono orgogliosi in mezzo alle poppe elaborate dei galeoni. Gli avventurieri facevano boccacce ai nemici, si scoprivano il sedere, mostravano pezzi di carne sanguinolenta infissa sulle picche. Tutte e diciassette le navi della Filibusta filarono tranquille e rapide tra chi aveva cercato di assediarle. I velieri nemici si rimpicciolirono in fretta, dispersi chissà dove. Sul *Le Hardi* si udì distintamente il commento sprezzante di De Grammont, che per una volta parlò ad alta voce.

«*Des lâches*, dei vigliacchi. La Spagna, in questi mari, è ormai troppo ricca e troppo grassa per combattere sul serio. I Caraibi sono nostri. Il monopolio è spezzato.»

Dalle ciurme si levarono grida di "urrà". Le orchestre abbandonarono i ritmi funebri e, con gli strumenti a fiato che sovrastavano quelli a percussione, ne suonarono di gioiosi. La festa si propagò da un'imbarcazione all'altra. Tutti si abbracciavano, e Macary strinse Levert. Si sentiva sollevato: un sentimento che era generale.

Un giovane marinaio, Gueule-de-Femme, noto per la sua voce cristallina e per le sue fattezze effeminate (che ne facevano una preda ricercata nelle notti di bisboccia), fu spinto a forza in alto, su una sartia, e costretto a intonare un canto di caccia, popolare tra gli avventurieri di lingua francese:

> Buvons un coup, buvons-en deux
> a la santé des amoureux,
> buvons un coup, buvons, buvons,
> a la santé du vigneron,
> a la santé du Roy de France !
> Et merde pour les Roys de la terre
> a qui nous faisons la guerre !

I versi furono ripresi dalla ciurma del *Le Hardi* e da molti altri equipaggi. L'esplosione di esultanza fu interrotta dai comandi secchi di Retexar.

«Basta con questo chiasso! Gli ufficiali a poppa! Nostromo! Gli uomini a spiegare le vele! Orza alla banda! Si festeggerà più tardi. A Coatzacoalcos, dove si dividerà il bottino!»

L'annuncio fu accolto da nuove esclamazioni entusiastiche. Ognuno corse ai propri compiti. Il brigantino virò col vento in prua, direzione est-sudest. Il sole brillava alto, il cielo era sereno, l'ottimismo era alle stelle.

29

Il dramma ha inizio

Macary rivide Gabriela Junot-Vergara solo un giorno più tardi, quando Coatzacoalcos apparve di fronte alla flotta. Non era una città, e nemmeno un villaggio, bensì una serie di agglomerati di capanne, con qualche edificio in pietra, sparsi su una superficie vasta, inframmezzata a tratti boscosi. Il golfo su cui sorgeva aveva acque sporche e oleose, dovute a un fiume che si gettava in mare dopo avere attinto a stagni e paludi. I colori erano lividi, come se la stessa vegetazione soffrisse dell'ambiente nocivo. Unica difesa dell'abitato e del suo mare spento, il solito *polverín*: piccolo fortilizio in pietra con una guardiola e un paio di cannoni.

Macary passava davanti al quadrato ufficiali quando si sentì afferrare un braccio. Gabriela pose l'indice sulle labbra. «Seguimi, Hubert» mormorò «devo dirti cose importanti.»

Macary si lasciò trascinare passivo entro il piccolo corridoio del castello di poppa, illuminato da una sola torcia. Appena furono nella penombra, Gabriela lo baciò. Lui era riluttante, ma l'invito delle labbra della dama era irresistibile.

Quando i due si staccarono, Gabriela gli tenne le mani sulle spalle. «Hubert, sai che Claire sta per morire? Exquemeling sta facendo tutto il possibile, ma riesce solo a prolungare la sua agonia. La disgraziata ha le ore contate.»

«Lo immaginavo» rispose Macary, che pensava ad altro.

Gli occhi della donna lo ipnotizzavano, il suo corpo rievocava l'amplesso più eccitante della sua vita. «Già quando l'abbiamo liberata sembrava moribonda. Penso che anche suo fratello sappia che ne ha per poco.»

«E questo non ti preoccupa?»

«Perché dovrebbe?» rispose Macary, sconcertato. «Mi dispiace, certo, ma io non ci posso fare nulla.»

Gabriela si imbronciò e lo respinse. «Sei tanto egoista da non capire. Devo dire che me lo aspettavo.»

«Capire cosa?»

«Ciò che sarebbe ovvio per chiunque. Morta Claire, io non sarò di alcuna utilità per De Grammont. Tornerò a essere la cosa senza valore di cui si è impadronito. Lo hai udito tu stesso definirmi così. Questo vuol dire che è pronto a vendermi come schiava, a tenermi come sua concubina, a trattarmi come un ostaggio qualsiasi.»

Un po' smarrito, Macary scosse il capo. «Non credo. De Grammont è stato rude con le donne, in passato. Adesso cerca solo la loro compagnia. Nel vostro caso… nel tuo caso… si sta mostrando molto generoso. Ammira la tua bellezza. Escludo che voglia farti del male.»

«Lui forse no. Però quel mezzo animale di Van Hoorn continua a desiderarmi. Ogni sua occhiata è insolente, lubrica. Pensi forse che l'ammiraglio, morta Claire, mi sottrarrebbe alle voglie del suo luogotenente? Mi ha già lasciata una volta alla violenza di quel bruto.»

Macary non sapeva bene cosa rispondere. Cercò di capire meglio. «Come hai avuto modo di vedere Van Hoorn, in questi ultimi giorni? Siamo stati per mare, lui sulla sua nave, tu su questa.»

Gabriela batté le ciglia e tornò ad afferrare le spalle di Macary, accostando viso e corpo. «Dovevi vedere come mi guardava quando abbiamo lasciato la Isla de Sacrificios. Mi ha messo i brividi.»

«Ero presente e non ho notato nulla.»

«Come sei ingenuo, Hubert.» Gabriela sospirò. «Certe cose che sfuggono agli uomini non sfuggono alle donne. Van Hoorn mi vuole come schiava, ne sono certa. Per insozzarmi un'altra volta e un'altra ancora, e infine per uccidermi o rivendermi a uno dei suoi marinai. Ne sono sicura come del fatto che Dio esiste. Lui però è troppo lontano per proteggermi.»

Macary aveva quasi dimenticato dove si trovava e le proprie mansioni sul ponte. Era incantato dalle labbra così vicine della dama, dal suo nasino all'insù, dalla pelle liscia, dal taglio regolare delle sopracciglia. Questa volta fu lui a prendere l'iniziativa di baciarla e di carezzarle il seno sinistro, tondo e morbido. Lei non solo lo lasciò fare, ma partecipò con ardore.

Quando le loro lingue si staccarono, gli sussurrò all'orecchio: «E allora cosa intendi fare, Hubert?».

«In che senso?» rispose Macary, inebriato e riluttante a tornare alla realtà. Le sue dita indugiavano sul capezzolo eretto che avvertiva sotto la seta della camicia. Gabriela indossava un corpetto troppo basso, che le avvolgeva solo lo sterno e, invece di schiacciarle il petto, glielo metteva in evidenza. Tipico delle taverne e dei postriboli della Tortuga, di Port Royal e di Petit-Goâve, non della nobiltà coloniale. Lui non vi fece caso.

«Suvvia, non fare lo stupido. Ti sto chiedendo cosa pensi di fare per proteggermi.»

Questa volta fu Macary, di malavoglia, a scostarsi un poco, pur seguitando a tenere la mano sul seno di lei. «Hai appena detto che Dio non può esserti d'aiuto. Io posso fare ancor meno. Cercare di parlare a De Grammont, magari. Questo sì. Ma in nessun caso sfidare Van Hoorn. Non è il luogotenente del cavaliere, in questo ti sbagli. Malgrado dissapori recenti, il vero braccio destro dell'ammiraglio è da sempre Lorencillo. Io non ho la veste adatta per oppormi al volere di nessuno dei due, o dei tre.»

Gabriela parve riflettere. «Lorencillo, hai detto?» Sembrava adesso del tutto indifferente al fatto che lui la palpasse.

Macary ritirò la mano. «Sì. Laurens de Graaf. È il vero numero due della flotta.»

«Lui e Van Hoorn non vanno molto d'accordo, mi pare.»

«È una ruggine di vecchia data, che ogni tanto si attenua, ogni tanto si ravviva. Se non fosse per il rispetto che nutrono verso De Grammont, si sarebbero sbudellati da un pezzo.»

In quel momento Retexar si affacciò sulla porta del quadrato. Si chinò per entrare. Appariva molto irritato. «Ah, ecco dove eravate finito. Stiamo per sbarcare e voi vi acquattate in un buco, con una prigioniera. Devo ricordarvi che siete secondo ufficiale?»

Macary ringraziò il cielo di non essere più stretto a Gabriela. Disse: «Scusatemi, sono qua da pochi minuti. Vengo subito».

«Allora andiamo.»

Il primo ufficiale fece per uscire, ma la dama lo bloccò sulla soglia con la sua voce dolce e gentile. «Permettete, signor Retexar, che io dica ancora due parole al signor Macary? È questione di un minuto. Stavamo parlando delle condizioni di Claire de Grammont. Un messaggio riservato sul suo stato, da portare al fratello.»

Retexar tentennò, poi disse: «E va bene. Che sia un minuto soltanto. Secondo ufficiale, vi aspetto sulla tolda».

Appena fu scomparso, Gabriela tornò a stringersi a Macary, per parlargli all'orecchio. Lo fece con concitazione. «Hubert, sai che Van Hoorn dice di Lorencillo cose terribili? Che è un vigliacco, un ladro. Vuole ucciderlo alla prima occasione.»

«Chi te lo ha detto?»

«Qualcuno che ha ascoltato i suoi discorsi. Io penso che Lorencillo dovrebbe essere avvertito. Rischia l'onore e la vita allo stesso tempo. Troppi indizi fanno presumere che Vanferton colpirà per primo, a tradimento. Magari mentre

De Graaf dorme. Io sogno la scena, tragica, tutte le notti, da quasi due settimane in qua.»

Macary era colpito, ma la domanda che gli salì alle labbra fu la stessa di prima. «E io cosa c'entro? Cosa dovrei fare?»

Gabriela gli si strinse un poco. «Avvertire Lorencillo del pericolo che corre. È tuo dovere, mi sembra. Hai detto tu stesso che è secondo in grado dopo l'ammiraglio.» Afferrò il mento di Macary, sembrò sul punto di baciarlo un'altra volta, poi si tirò indietro. «Vai, vai sul ponte. Ti stanno aspettando. Rischi punizioni.»

Macary si avviò all'uscita dal quadrato. Domandò: «Mi ami?».

Lei rispose: «Non lo so. E tu?».

«Non lo so nemmeno io.»

Gabriela accolse la frase con un sorriso seducente. «Vai, adesso. Avremo modo di riparlarne.»

Macary lasciò la penombra e uscì nel pieno sole che arroventava il brigantino, diretto a vele spiegate verso la baia di Coatzacoalcos.

30

Terra desolata

Macary trovò sulla tolda frotte di marinai che correvano su e giù, come accadeva sempre nell'imminenza di uno sbarco. Retexar stava dicendo qualcosa a Trou-Flou ed era distratto, ma lui i comandi da impartire li conosceva. Ordinò di serrare le vele alte e di caricare da basso i fiocchi. Subito dopo, mentre l'ancora calava, fece imbrogliare le gabbie con i caricamezzi. Salì poi sul parrocchetto con il maestro d'ascia, a terzarolare. Dal ponte, il primo ufficiale gli lanciò uno sguardo d'approvazione.

Il *Le Hardi* e gli altri vascelli si misero alla fonda in un tratto di mare poco distinguibile da una palude, grigio quanto il cielo serale solcato da nubi. Nessuna nave esponeva la *Jolie Rouge*. Forse era il motivo per cui dal *polverín* non provenivano reazioni, al momento. L'intero piccolo abitato sembrava deserto. Non un passante, non una traccia di fumo, nessun segno di vita. Se non fosse stato per poche barche ormeggiate sulla rada battuta da schiume sporche, Coatzacoalcos sarebbe sembrata una città fantasma.

Mentre Macary scendeva dal parrocchetto, provò uno strano disagio. Si accorse di non essere il solo. I movimenti dell'equipaggio erano svogliati, lontani dal dinamismo abituale. Ci volle un tempo doppio del solito per mettere a mare le scialuppe, e ancora più tempo per riempirle. Macary, sulla iole assieme a Retexar, notò che anche il suo superiore era turbato.

«Qualcosa non va» mormorò il primo ufficiale. «Troppo silenzio a terra. Persino gli uccelli tacciono. Almeno ci sparassero una cannonata. Tanta monotonia non la reggo.»

Macary non commentò. Cercò con lo sguardo la barcaccia che portava a riva De Grammont, sua sorella, Exquemeling e Gabriela. La vide persa tra le molte scialuppe che si erano staccate dai vascelli all'ancora. Aveva innalzato una vela latina, forse per vincere meglio la resistenza del mare oleoso e quasi opaco. Stava approdando accanto a un agglomerato di mangrovie, da cui fuggivano scimmie multicolori.

Macary aiutò a trarre la propria scialuppa in secco e seguì gli altri verso l'abitato. Si trovò casualmente affiancato a Petru Vinciguerra. Sulle prime non si parlarono, ma poi il corso gli disse, con accento lamentoso: «A Veracruz mi hai picchiato senza ragione. Adesso ammetterai che prevedevo ciò che è accaduto per davvero».

«E sarebbe?» chiese Macary, brusco. La stessa vicinanza del corso gli faceva prudere le mani.

«Claire de Grammont, più morta che viva, detta le scelte del fratello e di conseguenza di tutti noi. La sgualdrina, Gabriela Junot-Vergara, ha un'influenza che a una prigioniera non dovrebbe essere consentita. Chissà a quale catastrofe ci porta.»

Sentir definire Gabriela "sgualdrina" fece perdere a Macary il lume della ragione. Sfilò dal fodero la misericordia, pronto a piantarla nel petto del corso.

Vinciguerra dovette la vita a un evento inatteso. Dal *polverín* i cannoni spararono. Prima un colpo isolato, reboante, poi molti altri. Le palle piovvero a casaccio. Molte finirono in mare, un paio danneggiarono le case, un'altra tranciò di netto il tronco di una palma, che cadde scricchiolando sugli invasori. Un bucaniere rimase ferito.

Si udì la loquela inconfondibile di Lorencillo. «Porco

diavolo, sono tanto scemi da bombardarci! Con me, Fratelli della Costa! Si va a bruciare da cima a fondo il fortino degli spagnoli!»

In perfetto disordine, gruppi di avventurieri seguirono De Graaf, mentre altri, smarriti, attendevano gli ordini dei rispettivi capitani. Macary pensò suo dovere andare. Spinse da parte Vinciguerra e, la misericordia in pugno, corse dietro a chi si dirigeva al *polverín* con armi di fortuna. Tra loro tutto il *La Francesa*, da Marcel Rouff a François Le Bon a Henri Du Val; e inoltre Big Willy, L'Esquelette e lo stesso Pierre Bot, armato di moschetto.

Sembrava un'impresa facile e i filibustieri erano al colmo dell'euforia, come se avessero bevuto molte razioni di rhum. Non si attendevano ciò che accadde. Dalle capanne silenziose di Coatzacoalcos sbucarono uomini dalla pelle nera e indigeni seminudi. Spararono con pistole antiquate, lanciarono frecce. Numerosi avventurieri caddero al suolo, morti o feriti. Intanto la modesta artiglieria del *polverín* aveva corretto il tiro, e batteva sulla strada da cui avanzavano i pirati.

Il cavallo di Lorencillo si inalberò. Il capitano, a furia di strattoni di redini, lo ricondusse alla disciplina. Gridò ai suoi uomini, che si sbandavano da ogni lato: «Tenetevi uniti, per il culo di Satana! Sono quattro negri nelle case e quattro idioti nel fortino! Abbiamo preso Veracruz, non ricordate? Sarebbe assurdo che, adesso, una banda di schiavi e di bifolchi ci sbarrasse la strada!».

Macary concordava, ma non sapeva bene che fare. Intercettò Levert che arretrava, l'inutile sciabola in pugno. «Francis, non c'è che un sistema. I quattro quinti delle baracche sono di legno e paglia. Appicchiamo il fuoco.»

«Hubert, aspettiamo che ce lo comandino.»

«Non serve. Facciamo scappare i topi dalle tane. De Grammont sarebbe d'accordo, Van Hoorn anche. Lorencillo ha agito d'impulso. Vieni, appicchiamo il falò.»

Corsero alla capanna più vicina e, scaricate due pistole, fecero cadere il cane sulla pietra focaia. Ne scaturì una pioggia di scintille. Il tetto sporgente dell'abitazione, di paglia, si incendiò. Il vento, fastidioso e incessante, trasportò fili incandescenti da un tugurio all'altro, sprigionando nubi di fumo nero. Nel giro di qualche minuto un terzo di Coatzacoalcos bruciava. Resistevano la chiesa, le rare villette in pietra e i bassi edifici governativi.

Lorencillo prese a tossire, cercando di restare in sella al suo cavallo, che si impennava. «Chi è il figlio di un demonio che ha avuto questa idea stupidissima?» gridò.

In effetti gli avventurieri, quasi soffocati, erano costretti ad arretrare. Peggio ancora, la fumana impediva di scorgere il *polverín*. Se ne intuiva la posizione solo dalle frequenti cannonate che squarciavano la caligine.

Malgrado ciò, il fuoco si rivelò efficace. I tiratori furono costretti a lasciare le capanne entro cui si nascondevano e a riversarsi in strada. Tossivano a loro volta. Erano solo schiavi africani o indigeni, più qualche cinese che aveva attraversato l'istmo di Tehuantepec, al termine di chissà quale odissea. Allo scoperto, quegli uomini non apparivano per nulla temibili. Scheletrici, seminudi, rosi dalle malattie stentavano a reggere le loro armi. Era palese che, se avevano resistito, lo avevano fatto per conto dei padroni. Non c'era nessun bianco, tra loro.

Macary, che si sentiva in colpa, disse a Levert: «Andiamo!». Corsero davanti a tutti, indifferenti al fumo, ai polmoni che dolevano e agli occhi infiammati. Avevano impugnato le sciabole. Abbatterono con pochi fendenti tre larve umane che tentavano di ricaricare i moschetti. Una quarta la ricacciarono entro l'incendio della sua casupola.

Gli avventurieri si rinfrancarono. Entrarono nel fumo abbattendo ogni sagoma che si parava loro dinanzi. Big Willy faceva meraviglie con la sua ascia: sfondava crani, recideva arti. Quasi decapitò uno schiavo che gli si era aggrappato alle ginocchia. Gli altri filibustieri non erano da meno. Insensibili alle cannonate, usavano sciabole, spade e daghe contro nemici fragili quanto statuette di gesso. Rari erano i colpi di pistola. Presto il lezzo del sangue sovrastò ogni altro.

Anche Lorencillo riacquistò coraggio. «Uccidi, uccidi, la Filibusta!» urlò con la *cazoleta* sguainata. Subito dopo aggiunse: «Tu dove corri, vigliacco?».

Macary colse la scena con la coda dell'occhio. De Graaf si rivolgeva al suo secondo ufficiale, Charles Ruinet. Quest'ultimo si allontanava dal combattimento, sfregandosi le palpebre. «Il fumo mi acceca, capitano. Non vedo quasi nulla.»

«Vale anche per me, ma non me ne curo. Gente del tuo grado deve dare l'esempio. Impugna la sciabola e accoppami qualche negro.»

«Non ce la faccio, capitano!»

«E allora sparisci! Faremo i conti più tardi!»

Macary pensò in cuor suo che Van Hoorn avrebbe già ucciso il suo secondo. Aveva però altro a cui badare. Gli schiavi erano un cumulo di cadaveri sanguinanti, e pochissimi resistevano ancora. Oltre l'incendio, dilagato di casa in casa, si profilava la sagoma massiccia del *polverín*. Merito di una pioggia leggera, che non spegneva il fuoco ma disperdeva la bruma.

Stavano intanto sopraggiungendo gli uomini di Andrieszoon, di Chasse-Marée, di Le Sage. Circondarono la piccola fortezza quadrangolare. Le mura erano lisce e inaccessibili, l'ingresso era un corridoio stretto e tortuoso, terminante in un ponte levatoio sollevato. Impossibile capire quanti spagnoli, dietro gli spalti, scaricassero a ritmi irregolari i quattro cannoni.

I capitani si riunirono a consulto attorno a Lorencillo.

«Che si fa?» chiese Le Sage. «Un assalto con i grappini ci costerebbe troppe perdite.»

Andrieszoon alzò le spalle. «Basta attendere che finiscano i colpi. Sono già allo stremo.»

«Oppure si potrebbe passare il fossato, che è secco» disse Grognier «e cercare di sfondare il portone. Non mi sembra tanto robusto da…»

La discussione fu risolta da una salva di cannonate proveniente dal mare. Tutta un'ala del *polverín* si sgretolò. Cadde una torretta e il pezzo d'artiglieria che le era più vicino. Il frastuono fu assordante. Il fossato si colmò di detriti.

«È il *Le Hardi*!» esclamò giulivo Lorencillo, indicando la baia. «L'ammiraglio si dice *capitán*, ma sa anche essere *marinero*, quando occorre!»

Macary guardò nella direzione che De Graaf indicava. Il brigantino di De Grammont aveva levato l'ancora e bordeggiava di fronte alla costa. Le sue fiancate si incendiarono di nuovo, facendo oscillare tutto lo scafo. Il rombo percosse l'aria. Un intero angolo di bastione fu polverizzato.

Lorencillo levò la spada, esultante. «Il varco è sufficiente! Avanti! Avanti, fratelli!»

I filibustieri dilagarono nel fossato e calpestarono le macerie che lo colmavano. Urlavano a perdifiato, lanciavano minacce e bestemmie. Varcate le muraglie infrante, si trovarono in un cortiletto quadrilatero. Un manipolo di miskitos fu il primo a imboccare il piano inclinato che conduceva agli spalti. Alla loro apparizione si udirono in alto brevi urla, tacitate dalle lance.

Lorencillo salì assieme agli indigeni, con un manipolo al seguito. Ne faceva parte Macary. Questi, raggiunto il piano superiore, condivise lo stupore del capitano. I difensori, dietro i merli, erano nove in tutto. Due morti, sei agonizzanti e uno ferito a una gamba. Erano riusciti ad azionare quattro cannoni come un'intera squadra di artiglieri. Morti e moribondi pendevano sull'orlo del camminamento prossimo a crollare, e la pioggerella si mescolava al sangue che versavano a fiotti. Lo zoppo si era rannicchiato nell'unica guardiola rimasta intatta. Era febbricitante. Il pantalone tagliato rivelava una tibia scoperta, fra carni devastate già marcescenti.

Lorencillo lo indicò. «Portatelo fuori. Con cautela. Lo dobbiamo interrogare.»

Al passaggio del ferito, sorretto da quattro avventurieri, levò la spada e si tolse il cappello. «Onore ai valorosi.»

Gli altri capitani lo imitarono. Il ferito li guardò con occhi sbarrati, colmi di meraviglia. Perso nel dolore, forse non capì l'omaggio.

31

I due capitani

Macary seguì Lorencillo all'esterno del *polverín*, sotto la pioggia incessante anche se leggera. Bagnato da capo a piedi, il capitano si rivolse a lui quasi con affetto. «Devo dirvi, secondo ufficiale, che avverto la vostra mancanza a bordo. In ogni occasione vi rivelate un valoroso: obbediente, disciplinato e meno tonto della maggior parte di questi mascalzoni. Specie rara, la vostra. Un soldato dalla testa ai piedi. È insolito trovare gente così, alla Tortuga.»

Macary fu lì lì per confessare che, senza avere ricevuto ordini in merito, era stato lui a dare fuoco al villaggio. Quella trasgressione gli pesava sulla coscienza, come le tante degli ultimi tempi. Temette però di compromettere Levert che, a qualche passo di distanza, lo guardava con apprensione. Si limitò a dire: «Vi ringrazio, capitano».

«Oh, non c'è di che» rispose Lorencillo. Si tolse il cappello e cercò, incongruamente, di asciugarne le piume strizzandole tra le dita. «Dannata acqua. La mia sola speranza è che infradici Van Hoorn. Ha il petto debole, da contabile. Se fosse Dio a governare il mondo, e non il diavolo, potrebbe schiattare di polmonite. Anche sua madre sarebbe contenta.»

Le vie di Coatzalcoalcos – due strade in croce – erano adesso libere da fumo. La pioggia aveva spento gli incendi. I cadaveri degli schiavi si accumulavano in pose spesso grottesche. Rivoli di sangue ancora fresco si mescolavano alla terra battuta e scorrevano tra i sassi. Gruppi di avventurieri frugavano tra le ceneri delle capanne alla ricerca di qualcosa di utile, ma senza risultato.

Arrivò De Grammont, a cavallo. Lo seguiva un manipolo di comandanti e di graduati, fra cui Van Hoorn. Il cavaliere salutò Lorencillo. «Vedo che avete preso il fortino. Molto bene. Dovremo alloggiare tutti lì. Il territorio è fradicio, la puzza toglie il fiato. Veracruz era una fogna, questo abitato è peggio.»

«Sono d'accordo, ammiraglio. Vi ringrazio: l'intervento dell'artiglieria del *Le Hardi* è stato indispensabile per la conquista. Peccato che qui non ci sia nulla da rubare.»

De Grammont indicò lo spagnolo ferito, portato via su un telo che serviva da barella. «Di bianchi, nel villaggio, dovevano essercene, altrimenti quel tizio non avrebbe sparato un colpo.»

«Sto appunto cercando un luogo riparato dove torchiarlo ben bene. Dovrebbe conoscere i nascondigli dei ricchi, se ce ne sono.»

Van Hoorn, appiedato, si fece avanti. La pioggia gli aveva reso flosce le ali del cappello. «Date a me il prigioniero. So cosa fare con gente come lui.»

«No, lo uccidereste prima che abbia detto una parola» rispose De Grammont. «Conosco il vostro stile. Capitano De Graaf, occupatevi voi della faccenda. E non esagerate. È un uomo di coraggio, che ha tenuto testa per ore a forze cento volte superiori. Gli si deve rispetto.»

«Ai vostri ordini, signore! Posso tenere per un poco con me il vostro secondo ufficiale, Hubert Macary? È un soldato di valore, porco diavolo. Ve lo restituirò.»

Gli occhi tristi e penetranti di De Grammont si posarono su Macary. Sembrò valutarlo, e porre a nudo la sua anima. Infine disse: «Certamente, capitano De Graaf. È un bravo ragazzo. A volte sbaglia, ma merita fiducia».

Le due colonne si scissero: il cavaliere e il suo seguito diretti verso il *polverín*, Lorencillo e i suoi verso la spiaggia. Incrociarono una portantina, che conduceva in salvo dentro il forte Claire e Gabriela Junot-Vergara. Macary guardò la dama, visibile fra i tendaggi, ma lei aveva gli occhi volti altrove. Ciò non impedì che l'ufficiale provasse una profonda emozione. Così forte da indurlo a ricordare le istruzioni ricevute da lei, e da spingerlo ad accantonare ogni prudenza.

«L'ammiraglio De Grammont sembra più dalla vostra parte che da quella di Van Hoorn» disse a Lorencillo.

«Vorrei vedere il contrario. Vanferton è della razza dei topi e degli scorpioni. Morde solo quando è certo dell'impunità e il nemico è a piedi nudi. Non bisognava accogliere un comune negriero tra i Fratelli della Costa. Alla prima occasione, da bravo mercante, darà prova di vigliaccheria.»

«È quello che lui dice di voi.»

«Che cosa?» Lorencillo si arrestò in mezzo alla fanghiglia della strada, tra il lezzo delle case bruciate e dei morti disseminati fra le rovine. Anche il corteo si fermò, inclusi i portantini che reggevano, nella barella, lo spagnolo prigioniero. «Ditemi cosa avete sentito.»

Macary deglutì. Ripeté le affermazioni di Gabriela. «Secondo Van Hoorn voi sareste un ladro e un codardo. Tanto che medita di uccidervi nel sonno.»

«Lo avete udito dire questo? Ne siete sicuro?» Lorencillo aggrottò le sopracciglia bionde, contrastanti con la pelle ambrata.

Macary si era già pentito della sua uscita, e tuttavia confermò, meccanicamente: «Più che sicuro».

Lorencillo si rivolse ad Andrieszoon, fermo a pochi passi. «Il verme vuole tagliarmi la gola di soppiatto, come è nel suo stile. Che ne pensate, Michel?»

L'altro allargò le braccia. «È una questione d'onore. Andrebbe portata davanti all'ammiraglio. O risolta fra gentiluomini.»

Lorencillo fece una smorfia. «De Grammont è troppo compiacente con quell'animale. Cercherebbe una mediazione. Meglio un duello regolare. Mi fareste da testimone, Michel?»

«Certo che sì. Van Hoorn non l'ho mai digerito.»

«E tu, Grognier?»

L'interpellato assentì. «Ci sto. Ammesso che costui» indicò Macary «dica la verità.»

«È l'unico uomo della flotta incapace di mentire» rispose Lorencillo. «Andate dunque da Van Hoorn e ditegli che lo sfido. Alla spada, alla pistola, come accidenti gli pare. Con un'arma o con l'altra gli bucherò la pancia. Allo scoperto, non mentre dormo.»

Intanto la pioggia era cessata, ma nessuno vi faceva caso. Il sole era nascosto da nuvole sottili, che si muovevano velocemente. L'aria si era riscaldata ma restava malsana, asfissiante. Le zanzare volavano a nugoli, seguite da frotte di gigantesche farfalle nere, dalle orbite sghembe e grottesche. Le paludi intorno stavano vomitando tutta la loro fauna, e i loro miasmi.

Lorencillo guardò Andrieszoon che si allontanava, per trasmettere a Van Hoorn il messaggio di sfida. Notò un edificio in pietra che, malgrado le bruciature ai lati, si reggeva intatto. Era l'ennesima stazione della defunta Compagnia francese delle Indie occidentali. Facciata e porticato anteriore parevano in buone condizioni. Sul giardino poco curato svettavano palme altissime. Una fontana dalla vasca circolare, di fronte all'ingresso, sputava grumi di acqua sporca.

«Io dormo là, stanotte» annunciò Lorencillo. «Mettete lo spagnolo nell'atrio. Ma non venite tutti con me: mi bastano Big Willy, Macary, Henri Du Val e Levert. Gli altri possono sistemarsi a terra, o tornare sulle loro navi.»

«Forse, capitano, vi occorrerà un chirurgo.» A offrire se stesso era Ravenau de Lussan. Macary non lo aveva nemmeno notato. «Sono alle prime armi, però ho con me la mia valigetta. Debitamente registrata nel contratto d'ingaggio.»

Lorencillo rimirò il francese come una bestia rara. «Per quale demonio mi servirebbe un chirurgo? Io sto benone, i miei uomini anche.»

«Per lui.» De Lussan indicò il ferito. «Adesso sta male. Tra breve starà peggio.»

«Non ho la minima intenzione di torturarlo.»

De Lussan sogghignò. «Parlavo della sua gamba quasi incancrenita. Potrebbe rendersi necessaria un'amputazione.»

Il prigioniero, attento alla conversazione, ebbe un moto di terrore. Lorencillo era perplesso, ma finì col dire: «D'accordo, dottore. Venite con noi».

Entrarono nel porticato, di cui erano crollati larghi tratti, circondanti il patio. Nel cortile non c'erano che erbacce e una vasca di acqua sporca. Il vento aveva strappato dalle stanze superiori, attraverso le finestre rotte, molte carte della Compagnia, ora sparse un po' ovunque.

La barella con il ferito fu posata sotto una volta. Lorencillo si curvò sull'uomo, che strizzava gli occhi per il dolore. Sudava abbondantemente, non per il caldo umido subentrato alla pioggia.

«Ripeto che sei un valoroso e che ti ammiro molto» gli disse Lorencillo. «Come ti chiami?»

«Pepe Canseco. Soldato agli ordini di re Carlo II di Castiglia e d'Aragona.»

«Un buon re, a modo suo. Ora dimmi, amico Pepe. Come mai, a parte voi militari, non si vedono spagnoli, qui a Coatzalcoalcos? Avevano saputo che stavamo arrivando? Dove sono fuggiti?»

Canseco fece una smorfia. «Capitano, vi ho già detto il mio nome. Non chiedetemi altro. Sono tenuto al silenzio. L'ho giurato e manterrò il mio impegno.»

Lorencillo annuì. «Proprio un valoroso.» Esaminò, tra i lembi strappati dei pantaloni, la ferita e l'osso scoperto del prigioniero. Palpò con disinvoltura le carni piagate. Non badò allo strillo che lanciò Canseco. «Un bruttissimo taglio. Non getta più sangue, e ciò non è mai un buon segno. Signor Ravenau, parlavate di amputazione. La credete indispensabile?»

«Al momento non lo so, mio capitano. La cancrena è appena iniziata. Potrebbe risolversi in meglio o in peggio. Tagliato il marciume, la ferita potrebbe rimarginarsi in parte.»

«No, no» ribatté Lorencillo, con fare preoccupato. «Non vorrei che questo brav'uomo mi morisse tra le mani. Tagliategli tutta la gamba.» Tornò a infilare le dita nella piaga, strappando allo spagnolo un nuovo urlo lacerante. «Avete con voi la sega adatta?»

«No.» De Lussan sorrise. «L'ho lasciata a bordo, ma posso andare a prenderla.»

«Perderemmo troppo tempo. Ci penserà il buon Big Willy con la sua scure. Vieni, amico mio, testone di un irlandese. Un colpo solo, se possibile. E attento a non asportargli anche le pudenda.»

Il colosso si avvicinò, l'arma impugnata a due mani. Canseco cominciò a torcersi sulla barella e a gridare: «No! No! No!».

«Ma è per il tuo bene» disse Lorencillo, mellifluo. E aggiunse: «Forse adesso vorrai dirmi cos'è accaduto agli altri spagnoli di questo villaggio. Dove si nascondono?».

Canseco parlò in fretta. «Se ne sono andati ai primi casi di peste. Dopo lo sbarco della nave proveniente da Londra. Noi soldati ci siamo asserragliati nel forte. Gli schiavi si sono armati perché nessuno si avvicinasse alle loro case.»

Lorencillo impallidì. «La peste! Oh, cane d'un demonio!» Si rivolse a Macary. «Correte da De Grammont e ditegli che ce ne dobbiamo andare di qui! Subito!»

32

La dea Luna

E così i Fratelli della Costa furono ancora una volta per mare, mentre i viveri cominciavano a scarseggiare e gli equipaggi a innervosirsi. L'acqua invece non mancava, per fortuna: a Coatzacoalcos ne avevano fatto abbondante provvista. Mancava solo lo spirito, fiaccato dalla città infetta e dal rinvio interminabile della spartizione dei tesori di Veracruz, ogni giorno procrastinata.

In compenso – se agli avventurieri ne fosse importato qualcosa – la flotta stava veleggiando in un tratto di oceano calmo e bellissimo. De Grammont aveva ordinato di costeggiare lo Yucatán in direzione est. Contava di raggiungere la Isla Mujeres, al largo di Cancún: un altro dei tanti rifugi dei filibustieri dei Caraibi. Un lembo di terra piatto stupefacente per splendore, coperto di palme e di buganvillee, circondato da acque abbastanza trasparenti da permettere di scorgere banchi di pesci dalle forme insolite e dai colori smaglianti. Il grigiore di Veracruz e di Coatzacoalcos sembrava lasciato alle spalle, assieme ai cieli nuvolosi e alle paludi infette.

Malgrado lo scenario, non c'era allegria a bordo del *Le Hardi*. Nel quadrato di poppa languiva Claire de Grammont, ormai prossima a spirare. La sua respirazione faticosa sembrava dilatarsi all'intero brigantino, rallentarne i ritmi di lavoro, spegnerne gli umori. Il cavaliere passava ore presso il capezzale della sorella, tenendole la mano. Exquemeling era disperato: i rimedi che aveva escogitato prolungavano l'agonia, senza riuscire a scongiurarne l'esito fatale. Dal quadrato emanava tristezza, e si propagava a tutti. Nemmeno le altre navi della flotta ne erano immuni. Si navigava lenti, privi di entusiasmo.

Philippe Callois, il primo ufficiale del *La Francesa*, venne a bordo del *Le Hardi* per scambiare qualche opinione sulla rotta. Fu accolto da Macary e gli disse: «Che cos'è questo clima da funerale? Il *Le Hardi* sta impestando di mestizia l'armata intera. Non importa che abbiamo le stive gonfie di ricchezze. Hanno la meglio i mugugni».

«Signore» rispose Macary «un nostro marinaio, Petru Vinciguerra, lo aveva pronosticato. Siamo condizionati dalla morente. Viviamo attimo per attimo i suoi spasimi. È la sorella dell'ammiraglio. Mi pare logico che sia così.»

«Logico? Al punto di calare un velo funebre su una flotta di quasi venti vascelli?»

Macary si strinse nelle spalle. «Non dovete parlarne a me, signor Callois. Posso solo dirvi a che si deve il clima tetro che lamentate. Mi rendo conto anch'io che il nostro procedere sembra una marcia mortuaria.»

Un gabbiere gridò dalla coffa di maestra: «Terra in vista! Pare la Isla Mujeres!».

Callois salutò e si avviò verso Retexar, che gli stava venendo incontro. Macary raggiunse Levert, appena uscito dal boccaporto di prua e pronto, dopo le quattro ore di riposo, a dare il cambio alla barra del timone.

«Finalmente siamo arrivati. Gli uomini si rinfrancheranno.»

«Hubert, credi che il duello tra Lorencillo e Van Hoorn avrà luogo? De Grammont lo permetterà?»

«Non ha autorità per impedirlo» rispose Macary. Osservò le vele spiegate del *Saint-Nicolas*, il poderoso vascello di Vanferton, con tre alberi e quaranta cannoni (era stato un mercantile inglese denominato *Mary and Martha*). Uno strano impulso lo spinse a rivelare all'amico una propria inquietudine interiore. «Sai, Francis. Credo di essere io la causa della sfida. Ho raccontato a Lorencillo cose che Van Hoorn aveva detto su di lui.»

Gli occhi acuti di Levert ebbero un lampo d'ironia. «Tu? Non ci credo. Se hai fatto qualcosa del genere, all'origine deve esserci una donna. *Quella* donna.»

Macary non seppe mentire. «È vero. Spero solo che mi abbia detto la verità.»

«È poco probabile.» Levert sorrise. «Ha buoni motivi per vendicarsi di Van Hoorn. Ma tu non ti preoccupare. I due contendenti sono in mare per morire, come noi tutti. Ognuno di loro ha ucciso centinaia di uomini. Che importa se l'uno o l'altro sparisce? Vederli combattere risolleverà il morale agli equipaggi. È questo che conta.»

«Non mi capisci!» protestò Macary. «Detesto la slealtà, eppure non faccio che mostrarmi sleale.»

Il sorriso di Levert si allargò. «Ancora non hai compreso bene in che ambiente ti trovi. Qui gli unici valori che esistono sono quelli monetari. La morte di un capitano non fermerà il flusso di merci… Prendila calma, può darsi che la tua bella ti abbia detto il vero. Ora vado al mio lavoro.»

«Anch'io» replicò Macary, niente affatto rassicurato.

L'approdo sulla costa settentrionale della Isla Mujeres fu ordinato ed efficiente, e prese solo un paio d'ore. Gli equipaggi sbarcarono al completo – a parte tre o quattro uomini per nave lasciati a presidiarle – in vista della spartizione dei tesori di Veracruz. Trovarono ad attenderli nove donne dalla pelle chiara, tre anziane e sei giovani, che tutti conoscevano. Quelle attempate avevano fatto parte della *Cinquantaine*, il gruppo di cinquanta prostitute e ladre importate alla Tortuga, circa venticinque anni prima, dal governatore Ogeron, per dare dei figli ai bucanieri. Rimaste vedove, si erano trasferite alla Isla Mujeres con le figlie femmine, mentre i maschi si erano imbarcati. Gestivano, per i Fratelli della Costa che facevano scalo (ma pure per i pirati inglesi reduci da incursioni nella Nuova Spagna), una serie di baracche e di tettoie fra gli alberi, e anche una mensa che serviva pesce, un po' di carne e frutti della selva.

Le giovani all'occorrenza si prostituivano, ma non erano minimamente attraenti. Come le madri, vestivano di pelli alla maniera dei bucanieri e puzzavano di sangue secco. Avevano capelli stopposi, peluria esorbitante, nasi rotti in più punti. Tuttavia godevano di grande rispetto. Erano ottime sparatrici, e qualche capitano che aveva osato sfidarle in una gara di tiro era uscito umiliato dal confronto. Altrettanta abilità possedevano col coltello. Ne avevano fatto le spese non pochi filibustieri che avevano cercato di prendere le ragazze con la forza, o provato a non pagare i loro servizi.

«Buongiorno, Marie-Florette» disse allegro Lorencillo alla donna più anziana. «Eccoci qua un'altra volta. Ti trovo in forma come sempre!»

«Anche tu te la cavi, capitano. C'è un solo problema. Siete in troppi. Non sapremmo come sistemarvi.»

«Oh, non abbiamo pretese particolari, né per l'alloggio né per il vitto. Avete qualcosa da mettere sotto i denti?... Dico per gli ufficiali. Le ciurme si arrangeranno a cacciare e a pescare. Sì, dovranno rassegnarsi a mangiare pesce, che tutti gli avventurieri odiano come odiano il mare.»

Marie-Florette strinse gli occhi verdi, affossati sopra le guance paffute solcate dalle rughe. «Alleviamo una decina di cinghiali, e ogni tanto ci portano del buon vino. Ciò è vostro, purché possiate pagare.»

Lorencillo scoppiò a ridere. «Generosa come sempre, la vecchia bagascia... Non prendertela, Marie-Florette, vuole essere un complimento... Se i pezzi da otto si potessero mangiare, saremmo già morti di indigestione. Abbiamo preso

Veracruz. Hai capito bene, porco d'un diavolo, Veracruz. I tuoi dieci cinghiali mezzo morti li pagheremo a peso d'oro, puoi giurarci.»

«Veracruz? Davvero?» Marie-Florette sembrò impressionata. «Ora che ci penso, di cinghiali ne abbiamo almeno una trentina, belli grassi. E le bottiglie di vino di Rioja sono almeno quattrocento.» Si interruppe. «Ma guarda chi si vede! Chasse-Marée!»

François Grognier, corpulento ma agile, stava correndo verso Marie-Florette. L'abbracciò e la baciò sulla bocca lievemente baffuta. L'antica familiarità fra i due era evidente e risaputa: era stata sua moglie. Quando si staccarono, il capitano del *Saint-Joseph* guardò l'antica sposa con serietà. «Marie-Florette, sta per arrivare il cavaliere De Grammont. Porta con sé la sorella moribonda e una dama spagnola che l'accudisce. Serve la migliore delle tue capanne.»

«De Grammont in persona? Dici sul serio? Ho fatto l'amore con lui anni fa, alla Tortuga. È un vero gentiluomo, dissoluto ma con gentilezza. Ho un'abitazione che fa al caso suo. Guarda là.»

Marie-Florette indicò un edificio nascosto fra le palme. Un quadrilatero ornato di dipinti e sormontato da un bassorilievo: una figura femminile molto giovane, dagli occhi socchiusi, con un coniglio tra le braccia e una mezzaluna che le incrociava il corpo sottile. Il vento e il sale di cui era carico ne avevano eroso il profilo.

«Non è una casa» obiettò Grognier. «Sembra piuttosto un tempio.»

«Lo era, ma è abitabile. La costruzione era dedicata a Ix Chel, dea maya della femminilità e della fecondità. La dea Luna. La Isla Mujeres prende nome da quel culto.»

«Ci sono maya, qui?»

Marie-Florette socchiuse le labbra, mostrando una dentatura ancora candida. Il suo sorriso fu sinistro. «Otto soltanto, che teniamo come schiavi. Gli altri li abbiamo uccisi. Gli ultimi due li ho ammazzati io, con il machete. Per il resto, ci hanno pensato le mie sorelle e le nostre ragazze.»

Durante il dialogo, le donne vecchie o giovani mostravano segni di noia e spiavano le scialuppe all'attracco. Più spazientito di tutti era Lorencillo. Nervoso d'indole, intimò a Grognier: «Il tuo dovere lo hai fatto, Chasse-Marée. Torna alla tua nave e ai tuoi uomini». Probabilmente temeva che gli avventurieri indigeni che si aggiravano lì attorno capissero ciò che la donna aveva appena detto. Non erano maya, ma c'era il rischio che la sorte dei loro "cugini" li irritasse.

Lorencillo guardò Marie-Florette. «Va bene. Affitto la casa, le capanne, le tettoie. Ti compero i cinghiali, il vino e il resto. L'importante è che, quando l'ammiraglio sbarca… Ah, eccolo. Ti dirà lui che cosa vuole.»

Michel de Grammont saliva dalla spiaggia un passetto dopo l'altro, appoggiato alla spalla di Exquemeling. A quanto pareva stava soffrendo una delle sue crisi di gotta, e solo il bastone riusciva a reggerlo. Dietro di lui, due marinai portavano Claire, esanime, su una barella. La seguiva Gabriela Junot-Vergara, anche lei zoppicante. Colpa delle scarpe troppo piccole e troppo alte, inadatte alla sabbia. Ogni tanto vacillava.

Lorencillo disse a Macary: «Non vedete che quella bella dama rischia di cadere? Cosa aspettate? Andate a sorreggerla!».

Forse in quelle parole c'era una vaga intenzione canzonatoria, ma Macary non ne fu certo. Un ordine era un ordine. Si affrettò a raggiungere Gabriela e a porgerle il braccio. Lei gli rivolse un sorriso insolitamente timido, colmo di gratitudine.

Intanto De Grammont rivolgeva a Marie-Florette uno dei suoi rarissimi risolini: praticamente una smorfia. «Hai contribuito anche tu a ridurmi così, che cosa credi? Tuttavia ti perdono, in nome dei bei momenti passati insieme… Ma non mi guardi nemmeno! Cosa ti prende?» Il sorriso scomparve.

Marie-Florette stava fissando Gabriela, con tutto il rancore di una donna attempata e ormai brutta verso una rivale giovane e bella. Però non era la gelosia a prevalere in lei.

«Quella signora… quella elegante… somiglia un poco…»

«Vuoi dire *demoiselle* Junot-Vergara? A chi somiglierebbe?»

«A Ix Chel. Alla dea Luna.» Marie-Florette afferrò il braccio di De Grammont. «Cavaliere, questo porta male. Allontanatela dall'isola. Meglio ancora, uccidetela. Qui non la voglio.»

33

Cardellino pericoloso

«Non somiglia affatto a doña Gabriela.» Macary, mentre il sole calava rapido e la marea saliva, stava osservando su una roccia uno dei tanti bassorilievi che, sulla Isla Mujeres, raffiguravano Ix Chel, la dea lunare. «La vecchia puttana ha parlato a vanvera.»

«Infatti sta pagando la sua colpa» rispose Gueule-de-Femme, che lo accompagnava nella ricognizione. «Sentite come strilla?»

Le grida di Marie-Florette laceravano l'aria. La fustigazione era una pena da cui i filibustieri, provenienti in gran parte da navi da guerra in cui era largamente praticata, aborrivano a bordo. La proibizione non valeva per altri soggetti. Di fronte all'insolenza della donna, De Grammont aveva comandato di spogliarla fino alla cintola e di legarla al tronco di una palma. Aveva poi ordinato a Big Willy di procurarsi un nerbo di bue.

Le grida tacquero. O Marie-Florette era svenuta, o la punizione era terminata. Vi fu uno scroscio di applausi. I filibustieri avevano apprezzato lo spettacolo. Di certo, le baldracche che dominavano la Isla Mujeres sarebbero state, da quel momento, più remissive.

«Qui non c'è più nulla da vedere» disse Macary. «Di maya non ce ne sono. Hanno lasciato le loro sculture per darsi alla fuga all'arrivo degli spagnoli. I sopravvissuti si trovano, presumo, nei villaggi dello Yucatán.»

Gueule-de-Femme era un giovane biondo e mingherlino, dalla pelle liscia e dai tratti delicati. Sebbene non fosse un mozzo subiva, a bordo, quasi le stesse attenzioni sessuali riservate ai ragazzini. Ciò era ritenuto normale: i filibustieri non erano sodomiti per indole o vocazione, ma per necessità fisiologica. La stretta proibizione di imbarcare donne che non fossero schiave o prigioniere, in parte dovuta a radicate superstizioni, li induceva a sfogarsi sui compagni di viaggio più giovani e belli. Nella marina regolare il fenomeno era represso da regole e sistemi di punizione. Nella Filibusta le prime erano ridotte all'osso, i secondi erano arbitrari. Nessun capitano si occupava di ciò che avveniva, di notte, sottocoperta.

Gueule-de-Femme si era in parte adattato a quel ruolo e, quando poteva contrattare, si faceva pagare. Questo atteggiamento, fra gente che non viveva che per il denaro, gli assicurava un vago rispetto. Aveva solo un terrore smisurato per le feste a bordo, in cui veniva vestito da donna, fatto ballare, costretto a ingurgitare litri di rhum e infine sbattuto su un barile, con il sedere scoperto. Una fila lunghissima di ubriachi dai calzoni già calati si formava dietro di lui. Aveva tentato il suicidio un paio di volte, ma era troppo maldestro, e troppo attaccato alla vita, per riuscirvi. Nell'esistenza quotidiana, malgrado una tristezza persistente talvolta fastidiosa, era un buon camerata e un gabbiere servizievole. A Macary, non attirato dai maschi anche in occasione di viaggi molto lunghi, tutto sommato piaceva.

«Gueule-de-Femme» gli disse mentre tornavano al campo, dopo avere esplorato l'intera l'isola «qual è il tuo vero nome?»

«Robert Laforge, signore.»

«Trovatello?»

«Dicono che mio padre fosse un fabbro di Brest. Io non

l'ho mai conosciuto. Sono nato alla Tortuga da madre francese. Una delle donne di piacere della Tête de Porc, la famosa osteria. Arrivata a Cayona quando già era incinta.»

Le parole di Macary, poco interessato a quella biografia, si fecero caute. «Sul *Le Hardi* ti ho visto spesso portare da mangiare a Claire de Grammont e a doña Gabriela Junot-Vergara. Cosa pensi di quest'ultima?»

«Ogni tanto è molto gentile, ma a tratti si incollerisce per niente» rispose Gueule-de-Femme. «Una volta mi ha tirato addosso un piatto, perché il cibo non era abbastanza caldo. Come se ne avessi colpa io. Quando si arrabbia è terribile. Forse ha ragione quel tizio vestito di nero…»

«Quale tizio?»

«Non ricordo come si chiama. È un dottore o qualcosa di simile. Si è aggregato a Veracruz, naviga sul *La Francesa*.»

«Ravenau de Lussan?»

«Esatto!»

Macary sentì montare di nuovo l'odio che nutriva verso l'ambiguo damerino. Domandò, senza lasciare trapelare emozioni: «Cos'ha detto De Lussan su doña Gabriela?».

«Non sono sicuro che parlasse solo di lei. Diceva che le donne sono come i cardellini. Graziose da vedere, morbide, capaci di cinguettare piacevolmente. Ma tutte queste qualità le manifestano se chiuse in gabbia. Libero, anche un cardellino può diventare molesto e pericoloso. Allora non resta che prenderlo, accecarlo e tornare a chiuderlo tra le sbarre. Un cardellino cieco canta meglio.»

Macary fu scosso da un impeto di indignazione. «Sei sicuro che De Lussan si riferisse a Gabriela Junot-Vergara?»

Gueule-de-Femme si ritrasse un poco, come se temesse uno schiaffo. «Parlava in generale, però la conversazione era partita da doña Gabriela.»

Macary girò le spalle al giovane e si allontanò verso le tettoie e le capanne. Gli avventurieri stavano trasportandovi i propri sacchi, o lavoravano a erigere tende fra le palme.

Molti erano in fila di fronte ai cuochi, in attesa di gallette e di fette di cinghiale, tagliate e scaldate in fretta sulla fiamma di un falò, poi servite su una foglia. Le donne anziane aiutavano Marie-Florette, che aveva la schiena coperta di sangue, a rivestirsi. Le giovani erano impegnate a sgozzare cinghiali dentro un recinto e a rispondere ai lazzi che gli uomini lanciavano loro.

Macary vide Ravenau de Lussan fumare la pipa isolato, sulla spiaggia in cui le scialuppe continuavano ad approdare. Marciò verso di lui pieno di collera.

«Signore» gli disse «è vero che avete definito Gabriela Junot-Vergara un cardellino che andrebbe accecato?»

L'altro tolse il cannello di bocca, emise uno sbuffo di fumo e lo fissò con sarcasmo. «È vero. Non ho parlato di "cardellino", che in questo continente non c'è nemmeno, ma genericamente di "uccellino". Però anche cardellino va bene: quello che conta è il concetto.»

Macary si attendeva una negazione, non un'ammissione così esplicita. Un po' spiazzato domandò: «Vi riferivate a quella donna in particolare o a tutte le donne?».

«Né l'una né l'altra cosa, amico mio. Mi riferivo alle donne intelligenti, una specie da rinchiudere, certo in gabbiette dorate. Le anatre e le galline possono muoversi nell'aia, non fanno danno. Gli uccellini con un cervello invece sì. Graziosi come sono, fiaccano facilmente un guerriero, cinguettano per ricattarlo, lo costringono a eseguire il contrario di ciò che dovrebbe fare.»

Punto sul vivo, Macary ritrovò una parte della propria aggressività. «Alludete a me?»

«No, perché non so quali siano esattamente i rapporti fra voi e doña Gabriela, anche se comincio a intuire un certo… affiatamento.» De Lussan fece un nuovo sorriso, questa volta davvero maligno: stava pian piano impadronendosi dell'avversario. «Guardate un condottiero nato come il cavaliere De Grammont. Nel nome di un uccellino morente e pigolante, un tempo certo grazioso, stava per farci scontrare con un'intera flotta. Per fortuna era comandata da un vigliacco, che si è preso paura. Ma se Claire pigola, anche se presto smetterà, Gabriela cinguetta, e forte. Poco fa è stata frustata una donna anziana amata da tutti solo perché, in qualche modo, aveva insultato quella che dovrebbe essere una prigioniera. La vostra dama del cuore fa quel che vuole dell'ammiraglio e, attraverso lui, di tutti noi.»

«State esagerando. De Grammont è semplicemente grato a chi si prende cura di sua sorella.»

«"Si prende cura"?» Il chirurgo rise. «Da femmina di intelligenza straordinaria qual è, l'uccellino ha le sue tattiche, e funzionano persino meglio del previsto. Se non riesce a sedurre direttamente, lo fa in via indiretta.»

Macary, venuto per percuotere De Lussan, aveva perso per gradi le sue intenzioni offensive. Si chiese se il vero seduttore non fosse proprio il gentiluomo. Obiettò: «Gabriela non mi pare così brillante come pensate. Dice ovvietà, usa il suo corpo più che la parola. Van Hoorn l'ha violentata senza che De Grammont mettesse bocca. Lo stesso cavaliere le ha detto parole di disprezzo, in mia presenza. È trattata come oggetto, come cosa di utilità pratica da accantonare non appena la sua funzione verrà meno. Una donnetta che di tutto vive salvo che di intelligenza».

De Lussan ricacciò fra i denti la pipa e aspirò. Socchiuse un occhio, per evitare le spirali del fumo. L'occhio aperto era più ironico che mai.

«Vi ingannate, amico mio. State attento. Gabriela Junot-Vergara sembra una semplice *femme fatale* ma non lo è. Ha ideali radicati, l'ho capito prima che facesse bruciare l'inquisitore sulla piramide. Un altro suo successo. Ripensate a ciò che ha detto al disgraziato, poco prima che questi venisse trascinato al rogo.»

Macary corrugò la fronte. «Sì, ha detto qualcosa. Ma non ricordo le parole esatte.»

«Be', fatele tornare alla memoria. Lì è la chiave di ogni cosa. E ora scusatemi, voglio continuare la mia passeggiata. Solitaria, ovviamente.»

Ravenau de Lussan girò le spalle e si avviò lungo la battigia, lasciandosi dietro una scia di profumo di tabacco, aromatizzato alla maniera olandese. Macary rimase immobile alcuni istanti, in preda allo sconcerto. Quando si riprese rincorse il chirurgo.

«Signor de Lussan! Signor de Lussan!»

Il gentiluomo si fermò sulla sabbia umida e lo guardò con palese fastidio. «Che c'è, ancora?»

Macary riprese fiato. «Il cavaliere De Grammont mi ha detto che la mia concezione della guerra non coincide con quella della Filibusta. Non mi ha spiegato il perché. Mi ha suggerito di domandarlo a voi.»

«Concezione della guerra?» De Lussan inarcò un sopracciglio. «Strano quesito. Voi come la vedete?»

«Penso che ai soldati spetti un ruolo privilegiato, in rapporto ai civili. Che la gerarchia sia tutto, dal grado più alto, che dà gli ordini, fino a quello più basso, che obbedisce. Che sia solo questione di instaurare la migliore disciplina. È questa la società perfetta.»

De Lussan, senza togliere la pipa dalle labbra, emise uno sbuffo derisorio. «Bravo! Così gli scambi commerciali sarebbero paralizzati da una congerie di satrapi, ognuno con le sue regole. La morale dei Fratelli della Costa è l'esatto contrario. Libero scorrere di merci, e i filibustieri a garanzia del flusso dei traffici. Poca disciplina, molta improvvisazione. Un assaggio della società veramente ideale, antitetica a quella che credete tale… Ma voi, ufficiale, avete un altro problema.»

«Quale sarebbe?»

«Accecare il cardellino finché è in gabbia. In modo che possa cantare e basta. Prima che sia lui ad accecare voi e tutti quanti.»

34

La ripartizione del bottino

Il momento tanto atteso era giunto. I filibustieri invadevano tutta la spiaggia settentrionale della Isla Mujeres, e chi era rimasto a bordo dei vascelli alla fonda si sporgeva dall'impavesata, per cogliere qualche frase di ciò che si sarebbe detto. La giornata – la seconda del soggiorno sull'isola – era bellissima e straordinariamente calda, ma con una brezza costante che limitava il sudore. L'oceano aveva onde basse, placide e regolari, che terminavano in un orlo di schiuma candida. Tra i palmizi, fiori viola, gialli, arancioni sprigionavano profumi inebrianti.

Non erano solo gli uomini ad attendere ansiosi la loro ricompensa. Ai margini dell'adunata, sul bordo della selva, si tenevano le ragazze vestite di pelli, già dimentiche (forse) della punizione inflitta a Marie-Florette, per alcune madre reale, per le altre virtuale. Speravano di riuscire a intascare in qualche modo quote del bottino, prima che i Fratelli della Costa ripartissero. Si erano già prostituite nella notte, ma i clienti erano stati pochi. Quasi nessuno aveva denaro, e alcuni avventurieri avevano preferito comperare i servigi, molto più economici, delle schiave maya. Tra breve, però, con la divisione del tesoro di Veracruz, gli affari delle giovani potevano migliorare.

Lorencillo presiedeva il raduno, in piedi dietro a Pierre

Bot che, pienamente riabilitato, fungeva da notaio seduto a un tavolino. Quasi a garantire la sacralità dell'atto c'era padre Labat, che, approfittando dell'assenza di De Grammont e della momentanea tolleranza degli ugonotti e dei protestanti inglesi, impartì una breve benedizione. In molti si segnarono. Più arretrati, a braccia conserte, stavano i capitani Andrieszoon, Le Sage, Chasse-Marée, Spurre, Pednau e tutti gli altri. Van Hoorn fissava il suo rivale De Graaf con occhi torvi. C'era anche un comandante che si vedeva di rado, Jean-Marc Tristan. Gli era stato affidato il *Nuestra Señora de Regla*, chiamato comunemente *La Reglita*, con ventiquattro cannoni e dieci *patareros*. I colleghi lo evitavano perché ritenevano che portasse la sfortuna appiccicata addosso. Lui lo sapeva e, pur soffrendone, si teneva in disparte. Faticava sempre a radunare le sue ciurme.

«Amici» esordì sorridente Lorencillo «ho una buona notizia per voi. Da oggi siete ricchi, giuda d'un diavolo! La ricompensa minima sarà di ottocento *pesos* spagnoli a testa! Il bottino complessivo è stato di quattro milioni! E vi sto parlando del contante. Altri soldi vi arriveranno quando avremo venduto i mille negri, gli ori, le stoffe, la seta, i cristalli e le altre suppellettili!»

Calò un silenzio incredulo, che si protrasse per alcuni secondi. Fu sostituito da un boato entusiastico. I filibustieri si abbracciavano, gettavano in aria i cappelli, accennavano passi di danza. I bucanieri scaricarono verso il cielo azzurro i loro fucili. Gli arawacos e i miskitos, intuita la promessa, urlarono di gioia. Le giovani bucaniere-prostitute applaudirono la fortuna che, in una quota minima, si sarebbe riversata anche su loro.

Lorencillo alzò le mani. «Calma, calma!» Riportò il silenzio. «Avanti i mutilati. Spettano quote extra a chi ha perduto a Veracruz un braccio, una mano, una gamba, un occhio o tutti e due. Oltre al denaro avrà degli schiavi. Penso che il primo a essere ricompensato debba essere Jean Lestang, del

Le Tigre, rimasto senza mento né mascella. La sua mutilazione non è contemplata dal contratto d'imbarco, il *chasse-partie*. Ritengo che abbia diritto ad almeno duemila *pesos* e a tre negri, di cui una femmina in buona salute. Siete d'accordo?»

Tutti applaudirono o alzarono la mano. Macary distolse lo sguardo da Lestang, per non ritrovarselo fra gli incubi. Vomitava ancora sangue. Il duello all'arma bianca era così. Ci si tagliava parti del corpo, fino a raggiungere l'organo vitale del nemico. Con la pistola era ancora peggio. Se non uccideva al primo colpo, la pallottola faceva schiantare frammenti del cranio, dello sterno, del bacino.

Macary non ascoltò le ulteriori selezioni proposte da Lorencillo. Guardò Levert, come sempre al suo fianco. L'amico, le mani allacciate sulle ginocchia, si teneva all'ombra di una pianta gigante di agave azzurra.

«E così siamo benestanti, all'improvviso. Cosa farai del denaro?»

«Quello che faremo in tanti» rispose Levert. «Lo spenderò in vino, birra, cibarie e puttane. Più qualche schiavo che mi badi alle piante di tabacco mentre sono per mare.»

«Con ottocento *pesos* si potrebbe comperare una piccola fattoria a Hispaniola, o un bordello a Petit-Goâve.»

Levert calò la tesa del cappello sugli occhi socchiusi. «Tu lo faresti? Io no. Non voglio morire di noia.»

Macary stava per dargli ragione, ma fu distratto dal notare, con la coda dell'occhio, un certo movimento attorno alla costruzione in pietra abitata dall'ammiraglio e dalla sorella. Gente entrava e usciva, con l'aria di non sapere che fare. Exquemeling apparve sulla porta. Si asciugava la fronte con un fazzoletto.

«Dev'essere successo qualcosa» disse Macary, preoccupato.

«Sì, ma non mi hai risposto. Davvero compereresti una fattoria? Hai la vocazione del contadino?»

«No. Io sono un soldato, ma anche un soldato a un certo punto si ritira. Mette su casa e famiglia. Trova una donna che gli dia dei figli.»

Levert strizzò l'occhio sinistro. «La donna che ti piace mi sembra la meno adatta a darti una prole.»

«Non parlo di lei!» ribatté Macary, rabbioso. «E comunque è molto migliore di quello che credi! Non è madre di famiglia, questo no, però è buona e generosa! Che ne puoi sapere di dame come lei, tu che sei stato assassino a pagamento?»

Levert non se la prese. Continuò con timbro basso: «Anche tu lo sei stato. Il tuo committente era un governo, nel mio caso un privato, ma spesso al servizio dello stesso governo a cui tu obbedivi. La sai la differenza? Io guadagnavo molto di più». Sospirò. «A volte rimpiango quegli anni. Agguati semplici, sotto casa della vittima. Sacchetti di monete d'oro. Invece non ho nessuna nostalgia per il tempo passato nell'armata regolare. A cui tu credi di appartenere ancora.»

«Servo sempre la Francia e il suo re. Sebbene Ravenau de Lussan, quel serpente, cerchi di dimostrarmi che non è così… Ma questo non ha niente a che vedere con Gabriela Junot-Vergara.»

Macary sapeva che parlare della donna dei suoi sogni non era conveniente. Lo esponeva ai dileggi e a commenti oltraggiosi. Tuttavia il solo parlare di lei gli dava sollievo.

«Una donna buona e generosa, l'hai definita» rispose Levert. «Non ho mai visto un tale angelo venire da me, assassino notorio, e chiedermi di darle dell'essenza di vitalba.»

«Che cos'è?»

«Un veleno. Una specie di pomata che si mette sul filo delle spade, perché anche la minima ferita si infetti. Roba da sicari professionisti.»

Macary rimase a bocca aperta. «Ti ha domandato questo? E ti ha parlato di omicidi?»

«Naturalmente no. A piccole dosi, la vitalba o climatide ha virtù curative. Mi ha detto che serviva a Claire.»

«E tu le hai dato la pomata?»

«No, ho rifiutato. Avrei dovuto sottrarre il vasetto a Exquemeling. Non me la sentivo.»

Macary alzò le spalle. «Sei un vero idiota. È evidente perché le serviva la sostanza. Per medicare la poveretta che...»

In quell'istante, sulla spiaggia, un alterco violento sovrastò ogni altro rumore. Chi gridava più forte era Van Hoorn.

«Allora sei proprio un ladro!» stava urlando a Lorencillo. «Lo sapevo già, ma me ne dai la conferma! Come ammiraglio in seconda, ho diritto a ben di più di quella miseria! E i miei schiavi devono essere bianchi, non neri!»

«Non sei affatto ammiraglio in seconda!»

«Sì che lo sono! Il mio *Saint-Nicolas* è più grande del *La Francesa*! E non sto a ricordarti cosa ho fatto a Veracruz, assieme ai miei uomini!»

«Perché, io no?»

Macary e Levert corsero al litorale e si mescolarono alla calca. I due capitani erano rossi in viso e furibondi. Grondavano sudore.

Lorencillo era il più calmo, almeno in apparenza. Mise la mano sull'impugnatura della spada e disse: «A Coatzacoalcos ti ho fatto avere un cartello di sfida, Nikolas, ma poi ti sei imboscato, da quel coniglio che sei. Battiamoci qua, davanti a tutti. Che ne dici?».

«Ci sto!»

Van Hoorn estrasse la sua sciabola, dalla lama leggermente ricurva. Lorencillo aveva la classica *cazoleta* di Toledo, ornamentale ma lunga, pesante e affilatissima. Le due armi si toccarono, sprigionando scintille. Scorsero l'una sull'altra fino all'elsa: essenziale quella di Van Hoorn, elaborata quella di Lorencillo. I due uomini si respinsero a vicenda. I filibustieri trattenevano il fiato, senza parteggiare.

I duellanti non seguivano nessuna delle regole della scherma: i passi regolamentari, gli affondi, i quattro tipi di parata. Menavano fendenti disordinati, saltavano avanti e indietro, ogni tanto menavano calci. Van Hoorn cercava di colpire di taglio, Lorencillo di punta. Sudavano copiosamente, sputavano sulla sabbia, urlavano, scambiavano insulti. Il clangore dell'acciaio frastornava.

«Cane bastardo!»

«Porco!»

«Ora ti foro la pancia, lurido suino!»

«Sono io che ti sbudello, *cabrón*!»

La rissa a mano armata durò pochi minuti, poi Van Hoorn lanciò uno strillo. L'avversario aveva fatto finta di indietreggiare, ma un istante dopo era scattato in avanti. La spada, più lunga della sciabola, trapassò l'avambraccio destro di Vanferton, facendogli cadere la lama. L'olandese si strinse il braccio che schizzava sangue. Dopo vari tentativi per tenersi ritto sulle gambe, cadde svenuto. Lorencillo gli fu sopra, lo calpestò, col tacco gli ruppe il naso.

Gli puntò la *cazoleta* alla gola e chiese agli astanti: «Cosa devo fare di questo suino?».

«Ammazzalo! Ammazzalo!» gridarono tutti.

«D'accordo, ma non prima di avere fatto capire al maiale morituro cosa penso di lui.»

Lorencillo mise la spada sotto l'ascella sinistra e si sbottonò le brache attillate. Orinò sulla faccia di Van Hoorn, che, incosciente, boccheggiava. Fu un getto abbondante, che provocò un'ilarità sguaiata. Rideva anche l'equipaggio del *Saint-Nicolas*.

«Da quanto tempo non andavate al cesso, capitano?» chiese François Le Bon. «Rischiate di annegarlo!»

Scoppiarono altre risa. Indifferente, Lorencillo tornò ad allacciarsi i pantaloni e a impugnare la spada. «Adesso lo infilzo» annunciò tra gli applausi.

«Non fatelo, capitano Laurens.»

La voce di Michel de Grammont era quieta ma imperiosa. Il cavaliere aveva raggiunto a passetti, con la scorta di Exquemeling, la scena del duello. Aveva un viso contratto e affranto, come se provasse un dolore indicibile. La sua carnagione chiara era più pallida del consueto.

«Non fatelo» ripeté.

«Ma capitano!» protestò Lorencillo. «È stato un duello con tutte le regole. La vita del porcello... del capitano Van Hoorn mi appartiene di diritto!»

«Forse. Però non voglio altri lutti, il giorno della morte di mia sorella.»

Lorencillo gettò la spada.

35

Un'altra agonia

La cerimonia funebre non fu spettacolare, o, se lo fu per qualche verso, in pochi poterono vederla. De Grammont non volle né cerimonie né preghiere né seppellimenti. Detestava ciò che definiva "il culto della carcassa". A bordo del *Le Hardi*, che aveva sciolto le ancore, condusse al largo la salma di Claire. Là mise in mare, su una scialuppa dal fondo bucato, il cadavere della sorella. Rimase a guardare la piccola imbarcazione finché si inabissò. Si tenne in silenzio, le braccia conserte. Unici testimoni, Exquemeling, Retexar e pochi marinai.

Il grosso delle ciurme era distratto e indifferente. Si stava procedendo alla ripartizione materiale delle ricchezze predate a Veracruz. Fu con un sacchetto gonfio di pezzi da otto in mano che Macary lanciò uno sguardo al brigantino distante, nero contro la tinta rossastra del tramonto, e al sole enorme che spariva tra le acque. Senza volere si trovò accanto padre Labat. Si accorse che il prete si asciugava gli occhi.

«Perché piangete?» gli chiese. «Claire de Grammont vi era così cara?»

La risposta fu quasi rabbiosa. «No! Piango perché ancora una volta ci si fa beffe delle leggi di Dio! Non una prece, non un gesto di pietà. Una povera donna non ha nemmeno diritto a un lembo di terra. La si annega come un gattino…»

«Era già morta.»

«E con questo? I defunti non meritano rispetto?»

«Sì, lo meritano» disse Gabriela Junot-Vergara. Macary non si era accorto che fosse apparsa alle sue spalle, tanto che sussultò. «Ma non da voi, per favore. Sono i vostri correligionari che l'hanno uccisa. Abbiate almeno un minimo di decenza. Non fingete di compatirla.»

Labat vacillò e si ritrasse come se gli fosse comparso di fronte un demonio. «Eccola, la strega!» gridò. «La causa di tutti i delitti! Tempi ancora più cupi ci aspettano, se avremo tra noi questa meretrice, questa eretica maledetta!»

Corse via. Nessuno, tra gli avventurieri intenti a soppesare i loro tesori, lo aveva udito. Di conseguenza, nessuno gli fece caso.

Gabriela afferrò Macary per un braccio. «È adesso che ho bisogno di te, Hubert. Morta Claire, non avrò più protezione. Devi starmi vicino. Lo hai appena visto: ho tantissimi nemici.»

«I tuoi timori sono infondati» rispose lui, emozionato per il contatto. Desiderava sfrenatamente quelle labbra, ma non poteva abbandonarsi alla passione davanti a tutti. «Padre Labat è considerato un fanatico e nessuno gli presta attenzione. Van Hoorn è ferito, e ha altro a cui pensare. Il cavaliere non baderà a te, è preso dal suo dolore. Verrai sbarcata da qualche parte, senza nemmeno la necessità di un riscatto. Stanne certa!»

Gabriela abbassò lo sguardo. «No, mi venderanno come schiava.»

«Non lo credo, ma il risultato sarebbe lo stesso.» Mostrò il sacchetto che reggeva. «Ho denaro a sufficienza per comperarti e renderti libera!»

Lei rialzò gli occhi incantatori, messi in evidenza dal trucco di ciglia e sopracciglia che, chissà come, riusciva ad applicarsi. Per la prima volta sorrise. «Grazie. Grazie davvero. Avremo modo di stare insieme, più tardi?»

Macary si sentì imbarazzato. «Non lo so. Penso che domattina partiremo da qui.»

Gabriela indicò la costruzione in pietra sovrastata dal bassorilievo della dea Luna. «In ogni caso stanotte sarò ancora là, presumo. Sola, questa volta.»

Lo salutò con un gesto vezzoso, un bacio lanciato con le dita, e fece per correre via. Macary, però, si sovvenne di un dettaglio quasi dimenticato e la trattenne per un polso. «Gabriela, perché hai chiesto a Francis Levert dell'essenza di vitalba?»

La risposta fu pronta. «Ho obbedito al dottor Exquemeling. Pensava che, in piccole dosi, l'estratto potesse essere di beneficio a Claire. Non so se l'abbia usato o no.»

Macary non rilevò l'incongruenza con ciò che gli aveva raccontato Levert. «È un veleno, che si mette sul filo delle spade per infiammare le ferite.»

Gabriela guardò Macary con severità. «Hubert, adesso non venirmi a dire che Exquemeling avrebbe assassinato Claire de Grammont! L'ho già udito, ma è totalmente falso. Sono stata testimone. Il dottore ha prestato alla poveretta tutte le cure che ha potuto. E poi ti pare il tipo dell'assassino? Non c'è nessuno più dolce di lui!»

Macary, un poco confuso, lasciò il polso sottile. Gabriela lo ricompensò con un nuovo bacio in punta di dita. «Ti aspetto più tardi!» cinguettò, mentre si allontanava.

Da quel momento, Macary non pensò che all'istante in cui l'avrebbe rivista. Osservò soprappensiero il ritorno di De Grammont sulla barcaccia del *Le Hardi*, serio più che affranto. Lo vide attorniato da alcuni capitani, che probabilmente gli rinnovavano le loro condoglianze, e camminare, questa volta con passo abbastanza fermo, verso il tavolo sul quale veniva servita la cena.

Dal canto proprio, appeso il sacchetto con i denari alla

cintura, si fece dare da uno dei cuochi una fetta di cinghiale abbrustolita e andò a consumarla su un tronco caduto, fra la spiaggia e la selva. Al terzo boccone udì nel sottobosco un rumore confuso, che gli parve un ansito. Esplorò con lo sguardo le ombre e sulle prime non vide nulla: il sole era sparito, pur continuando a irradiare da dietro l'oceano qualche ultimo raggio biancheggiante, e la luna non era ancora apparsa. Infine distinse due figure, e intuì chi fossero e cosa stessero facendo. Chi ansimava era un avventuriero riverso. Una delle giovani donne dell'isola, dalla chioma lunghissima e scompigliata, era china sul suo ventre.

Girò le spalle allo spettacolo e tornò a guardare il campo, masticando lentamente. Ciò che aveva visto lo aveva eccitato, come un'anticipazione di quello che, tra breve, sarebbe spettato a lui. Poco dopo dalla vegetazione uscì prima la ragazza, che corse in cerca di altri clienti, poi il pirata. Era Pepe Canseco, molto stanco ma sereno. Barcollava leggermente. Si lasciò cadere sullo stesso tronco, a rischio di ribaltarlo.

Macary avrebbe preferito rimanere solo, anche perché il nuovo venuto non gli era simpatico. Non lo sarebbe stato, per il suo modo di pensare, nessuno capace di tradire la propria bandiera. Disse: «Bada che stanno distribuendo la cena. Se non ti sbrighi ad andare a prendere la tua razione finirà il cinghiale, e non resteranno che gallette e legumi».

Canseco sbadigliò. Rispose in spagnolo. «Non ho fame per niente. Mi accontenterò dei legumi. Quel bucaniere femmina mi ha risucchiato ogni forza.»

«Ma come fai ad andare con una di quelle donne?» chiese Macary, nella stessa lingua. «Sono bruttissime, puzzano come capre, non si sono mai lavate in vita loro.»

«È vero. Però sono eccezionalmente abili, specie con la bocca. Me lo avevano detto e ho voluto provare di persona. Posso confermare. Fanno con la saliva dei mulinelli irresistibili, bevono tutto quello che ti hanno tirato fuori. Dicono che le mantiene giovani.»

«Be', mica tanto, almeno nel caso di Marie-Florette» ridacchiò Macary. Nel frattempo pensava che anche Gabriela gli aveva fatto qualcosa del genere. Duramente condannato dalla Chiesa, nella società "normale", pur se praticato nei bordelli. «Vedo che la vita nella Filibusta comincia a piacerti.»

«È che non ho alternative. La Spagna non mi vorrebbe più… Comunque mi sono ormai adattato a stare con voi, che non fate discriminazioni. Nessuno mi ha contestato la nazionalità, finora. Ho avuto anch'io la mia parte, come tutti quanti, e sono diventato ricco da un momento all'altro.»

«Domani ripartiremo per la Tortuga, per Petit-Goâve, per Port Royal o per qualche altro rifugio. Vedrai che i tuoi soldi dureranno meno di quanto credi.»

«Dubito che ripartiremo presto.»

Macary guardò lo spagnolo con una certa meraviglia. «Che cosa te lo fa pensare?»

L'altro abbassò la voce, senza che ve ne fosse effettiva necessità. «Non lo sai? La ferita di Van Hoorn si è infettata…»

«Ma se era appena un graffio!»

«… e il povero capitano è scosso dalla febbre. Vedi che non è a cena con gli altri? È in una delle casupole a sudare e rabbrividire al tempo stesso. Lo assiste De Lussan. Non so quando sarà in piedi. Di sicuro non ci muoveremo finché non si sarà ristabilito. De Grammont non è tipo da abbandonare sulla Isla Mujeres un compagno malato.»

Macary fu colto da un terribile sospetto. Lanciò la carne che gli restava ai granchi, numerosissimi la sera sul litorale: una massa di gusci bianchi che correvano di sbieco e si accavallavano. Si alzò di scatto, tanto che l'altra estremità del tronco si affossò, facendo quasi perdere l'equilibrio a Pepe Canseco. Raccolse la razione di rhum e la ingollò in tre sorsi.

«Devo andare» disse. «Fatti prescrivere da Exquemeling qualche rimedio contro le creste di gallo.»

«Creste di gallo?» chiese Pepe, molto preoccupato.

«Sì, è la malattia che trasmettono queste donne semiselvagge. Non è molto grave, ma va curata fin dall'inizio. I primi segni si manifesteranno fra tre mesi circa.»

«Quali segni?» Pepe era orripilato.

«Li scoprirai tu stesso. Guardati l'inguine tutti i giorni. Alla Tortuga è un male comunissimo e pochi gli badano. Sono molto dolorose. Ora ti saluto.»

Lieto di avere lasciato lo spagnolo in preda al panico, ma ansioso di fugare i dubbi, Macary imboccò il viottolo che conduceva al tempio quadrilatero della dea Luna. Strappò una delle torce infisse ai tronchi delle palme per delimitare l'accampamento principale. Poté evitare dossi, ciottoli e radici che attraversavano il percorso, e scavalcare un rigagnolo.

Fu allora che vide un'altra fiaccola, e Retexar che veniva nella sua direzione. «Che fortuna incontrarvi, vi si vede raramente» lo apostrofò l'ufficiale, leggermente ironico. Stava tentando di chiudere con la mano libera la fibbia del cinturone, come se l'avesse slacciata poco prima. «Andate all'imbarco, stanno partendo delle scialuppe. La valigetta da medico di Ravenau de Lussan è rimasta sul *La Francesa*. Cercatela nella sua cabina e portatela a terra, nell'abitazione di Van Hoorn. Servono medicamenti.»

Macary ebbe un impulso di ribellione. Non poteva mancare l'incontro con Gabriela, importante per tanti motivi. «Non posso» protestò. «Ho altri ordini.»

«Di chi? Quali ordini?»

Macary si impappinò. Non era capace di inventare scuse menzognere lì per lì. Finì per balbettare sottovoce frasi insensate, dolorosamente consapevole della loro inefficacia: «L'ammiraglio mi ha detto… Mi è sembrato di capire che…».

«Basta così. Fate ciò che vi ho comandato.» Retexar parlava in tono duro, ma non manifestava alcun tipo di avversione. «Non eravate il soldato pronto all'obbedienza cieca? Da qualche settimana vi trovo cambiato. Suvvia, obbedite. Vi conviene. Sulla spiaggia vedrete cosa sta capitando a un vostro collega che ha trasgredito le direttive di Lorencillo. Spero che a voi non succeda mai. Anzi, ne sono certo.»

Ancora riluttante, annichilito all'idea di perdere l'appuntamento con Gabriela, Macary soccombette all'innato istinto gregario. Tornò sui suoi passi, verso il mare. Ciò che lo inquietò di più furono le parole che gli lanciò Retexar, e soprattutto l'accento sottilmente beffardo con cui le pronunciò.

«Se la persona che vi ha dato gli "ordini" è chi penso io, sappiate che è già soddisfatta.»

Il sentiero accidentato da cui il primo ufficiale proveniva era quello che partiva dal tempietto della dea Luna. Non conduceva da nessun'altra parte. Oltre l'edificio c'era solo la selva, adesso scurissima.

36

L'ultima notte

Chi fosse il "collega" sottoposto a punizione, Macary lo scoprì sulla battigia, accanto alle barche che prendevano il largo. A strattoni Charles Ruinet, secondo ufficiale del *La Francesa*, era condotto verso una scialuppa. Con i polsi legati, zittito da un bavaglio, spinto a calci dalla scorta. Nessuno avrebbe supposto, contemplando quell'uomo reso goffo dalle corde troppo strette, che fosse stato, fino a pochi giorni prima, uno dei luogotenenti di Lorencillo più stimati.

Macary se lo trovò sulla stessa lancia diretta al *La Francesa*. Mugolante, ridotto a insaccato. Le corde – non tutte – furono recise perché potesse issarsi sulla scaletta gettata dal brigantino. Fu scaraventato con brutalità sulla tolda e lì lasciato.

Su indicazione di Philippe Callois, Macary scese nella stanzetta del quadrato occupata da Ravenau de Lussan. Gli fu facile trovare la borsa del chirurgo, posata sul lettino. Rimase invece un po' sorpreso dalla natura degli strumenti appesi alle pareti: seghe, lame, bisturi delle più diverse fogge. Arnesi tipicamente chirurgici, certo, solo che mancavano quelli non idonei a far male. Non c'era nemmeno, sugli scaffali, la farmacia che adornava la cabina di Exquemeling, sul *Le Hardi*. L'interesse di De Lussan sembrava concentrarsi sul tagliare e l'amputare.

Comunque non erano affari di Macary. Prese la borsa e si fece riportare subito sull'isola. Non sapeva che ora fosse, ma non aveva perso la speranza di riuscire a far visita a Gabriela, prima dell'alba.

Nikolas Van Hoorn occupava una rudimentale casetta in mattoni, dal tetto in foglie secche di palma strettamente intrecciate. Era steso su un giaciglio di paglia illuminato da una torcia. Sembrava quasi incosciente e gemeva.

«Infine siete arrivato» disse Ravenau de Lussan a Macary. «Date qua.» Gli strappò di mano la valigetta.

Attorno al ferito c'erano il capitano Pednau, comandante del *Le Chasseur*, vecchio amico di Van Hoorn, Brigaut, primo ufficiale del *Saint-Nicolas*, e padre Labat, che pregava in silenzio. Macary si accorse che il taglio sul braccio nudo dell'uomo febbricitante, lungo ma non profondo, aveva suppurato. Rivoli di pus scendevano lungo le vene gonfie e sporgenti. La carne era grigiastra, chiazzata fino alla spalla. Gli orli della piaga, violacei, si erano ribaltati su se stessi.

«È come se, oltre a ferirlo, lo avessero bruciato» commentò De Lussan, mentre frugava nella borsa. «Lorencillo non è tipo da avvelenare la spada. Forse era arrugginita, o aveva la lama sporca.»

Macary tossicchiò. «Dottore, c'è l'essenza di un'erba con cui i sicari sfregano le lame. La usano quando vogliono che una ferita si infetti e, senza che si pensi a un avvelenamento, conduca pian piano alla morte. Produce sintomi simili a quelli che vedete.»

«A cosa vi riferite? Non conosco nulla di simile.» De Lussan, in apparenza piccato per essere stato costretto a fare la figura dell'ignorante, aggiunse sarcastico: «Sapete, non ho alcuna esperienza di sicario, io».

Macary gonfiò il petto, pieno di indignazione. «Nemmeno io, ve lo assicuro! L'erba di cui parlo si chiama vitalba. Un dotto come voi la conosce di certo.»

«Ah, la vitalba!» esclamò Nicolas Brigaut. «Non sono

quelle foglie impastate che i mendicanti del Pont de Châtelet si strofinano sulle braccia e sul viso, per procurarsi ulcerazioni e stati febbrili? Utili ad attirare la compassione del passante e a farsi dare un'elemosina?»

De Lussan era dedito all'esame della sua valigetta e ascoltava appena. «Vitalba, pezzenti, sicari, spade avvelenate. Chiacchiere inutili. In mancanza di una sega chirurgica, ecco cosa mi serve.»

Trasse dal fondo della borsa una *navaja* di medie dimensioni e l'aprì con un moto del polso. «Bisogna amputare» statuì. «Il marciume è già dilagante sul braccio, e può estendersi al corpo intero. Meglio tagliare all'altezza dell'ascella. Io posso recidere la carne e i muscoli. Sull'osso sono più incerto. Big Willy è ancora in giro? La sua scure sarebbe preziosa.»

In quel momento Van Hoorn, dato per spacciato, riaprì gli occhi. Una palpebra, la destra, ricadde subito. L'altra restò spalancata. Emanava odio e rancore.

Vide il coltello ricurvo e affilato posato sulle ginocchia di De Lussan, che indossava i guanti. La voce era scarsa: l'olandese l'impiegò come meglio poté.

«Procuratemi un medico vero!» cercò di gridare. Fu soffocato da un colpo di tosse. «Nelle mani di De Lussan, questa è una camera di tortura! Si amputi lui, se gli piace! Sono qui come malato, non come colpevole di qualcosa!»

De Lussan non ebbe reazioni, quasi che la sua attenzione fosse altrove. Sistemò i guanti di pelle conciata. Bisbigliò, con compatimento: «Non ragiona più. Suvvia, andiamo avanti. Gli taglierò il braccio ulcerato, poi ciò che resta della putredine. Dategli da bere molto alcol. Non è prescrizione comune, per un medico, tuttavia può aiutarlo».

Una voce severa scandì dalla porta: «Siete impazzito? Che razza di chirurgo siete?».

Era Exquemeling, che qualcuno aveva strappato al sonno. Spinse via De Lussan e si inginocchiò accanto al malato. Osservò con cura prima il braccio, poi gli occhi e infine il petto. Toccò la fronte, tastò il polso.

«Un'amputazione non servirebbe a nulla» sentenziò. «C'è un'infezione in corso, e interessa ormai l'intero corpo. Ha toccato la bile nera e l'ha fatta traboccare. Opera una sostanza tossica, che brucia le arterie e tutto ciò che tocca.»

«Qualcuno parlava di vitalba» suggerì Pednau.

«Vitalba? Può essere. Quest'uomo andava prima fatto vomitare, e poi purgato. Già molte ore fa, subito dopo l'insorgere della febbre. Altro che amputazione. Lasciate fare a me, potremmo essere ancora in tempo.»

Van Hoorn tirò un sospiro di sollievo. Gli uscì sangue dal naso. Quando provò a parlare, altro sangue gli scaturì dalla bocca.

Macary si rese conto che non poteva essere stato Exquemeling a distribuire l'estratto di vitalba o altri veleni. Uscì, tanto non c'era più bisogno di lui. Sulla soglia aggirò De Lussan che, con la *navaja* aperta ancora in pugno, seguiva divertito la scena: pareva attendere il suo momento. Doveva assolutamente vedere Gabriela. Non sarebbe stato un colloquio d'amore.

Padre Labat gli corse dietro, quasi avesse intuito le sue intenzioni. «Che vi dicevo, signor Macary? La regia di queste tragedie è di una donna pericolosa quanto il demonio che la possiede. Un'incarnazione del male.» La voce fragile del frate giacobino, quando saliva di tono, suonava femminea e sgradevole. «Va uccisa, come si fa con le streghe. Ci penserete voi? Con lei morrà la nostra maledizione.»

Macary accelerò il passo. Visto che il religioso continuava a seguirlo e a biascicare anatemi, raccolse un ciottolo e glielo lanciò. Padre Labat, raggiunto in pieno sterno, emise una specie di guaito e scappò a gambe levate.

Macary non si era accorto che l'ora fosse così avanzata. Il cielo terminava adesso, sul mare, in un contorno rosato che stava vincendo il nero sovrastante. Permetteva di vedere le navi ormeggiate attorno alla Isla Mujeres, e anche gli ostacoli del sentiero che conduceva al tempietto della dea Luna.

Intuì immediatamente che il quadrilatero di pietra era vuoto. Il battente era spalancato, torce e candele stavano per spegnersi. Gravava l'odore della cipria usata da Gabriela, mentre degli afrori del corpo devastato di Claire non rimaneva traccia.

L'ambiente dal soffitto basso che aveva ospitato le due donne, adornato da tracce di affreschi che il tempo aveva cancellato quasi del tutto, presentava due letti vuoti e coperte stropicciate. Uno specchio, senz'altro proveniente da Veracruz, pendeva da un chiodo. Su un tavolino c'erano un Vangelo e la copia di un libro di devozioni, intitolato *Guía espiritual*. Un orologio, chiuso nella sua campana di vetro, muoveva il pendolo, ma era indietro di almeno quattro ore.

Macary uscì: inutile cercare Gabriela in quel luogo. Si sentiva stanchissimo. Barcollò verso la capanna che divideva con Levert e gli altri. Era troppo lontana, per le sue forze. Notò un'amaca distesa fra due tronchi, forse lì da molti mesi. Posò a terra le armi, montò a cavalcioni e si distese sulla rete. Pochi istanti dopo dormiva.

Fu svegliato dal sonno, abbastanza placido, da una scossa che fece oscillare il suo giaciglio. Si trovò chinato sul suo un viso amico. Era Big Willy, che lo fissava preoccupato. Sembrò sollevato quando Macary alzò le palpebre.

«Temevo morto anche voi» disse il colosso, nel suo francese zoppicante. «Vi stanno cercando. Retexar, De Grammont, Lorencillo. Un poco tutti.»

A Macary l'irlandese era simpatico. I muscoli ne facevano il boia ideale, ma la sua indole era diversa. Sotto il cranio rapato gli occhi erano inoffensivi, la bocca carnosa non mostrava intenti malevoli. Non aveva mai cominciato una rissa per primo. Eseguiva azioni efferate perché comandato. Era lungi dal compiacersene. Un soldato nel vero senso della parola.

Macary si stropicciò gli occhi e sedette sull'amaca. «Perché mai tanta gente chiede di me? Si riparte?»

«No. È che nella notte è morto il capitano Van Hoorn, per quello che sembrava un graffio. Ha sofferto molto e non ce l'ha fatta. Parlo di due ore fa.»

Macary perse il sonno residuo. Si mise in piedi. «E io che c'entro? Per cosa mi cercano? Per organizzare il funerale?»

«No, non è per questo.» Lo sguardo di Big Willy vagò sulla foresta di palme, sempre meglio visibile, almeno nei contorni. «C'è chi vi accusa di essere stato voi ad avvelenare la spada di Lorencillo. Di avere rubato a Exquemeling la pomata per rendere l'arma mortale.»

«È una menzogna!» protestò Macary. Quasi boccheggiò. Gli si affacciò alla mente una possibilità di cui ormai non dubitava più. «Chi mi accusa è una donna, non è vero? Doña Gabriela Junot-Vergara! Quella puttana!»

Big Willy scosse il cranio lucido. «Si tratta di una donna, però non è quella che dite voi. Chi vi accusa è Marie-Florette, della *Cinquantaine*. La ruffiana trattata a staffile due giorni fa da De Grammont. Ha prove e testimoni del crimine che vi attribuisce. Se fossi al vostro posto, correrei a giustificarmi.»

«Vado.» Prima di scattare, Macary toccò la spalla di Big Willy. «Grazie, amico.»

L'altro non reagì. «Grazie di cosa? Buona fortuna. Cercate di non fare la fine di Charles Ruinet. Qui si tormenta la gente per il puro piacere di essere crudeli.»

37

Complicazioni

Macary si presentò all'accampamento con il cuore in gola. Sapeva di essere innocente, tuttavia era anche consapevole del fatto che, quanto più fantasiosa era un'accusa, tanto più difficile era districarsene. Fu tentato di fuggire, ma dove avrebbe potuto nascondersi? L'isoletta era piccolissima. D'altra parte un oscuro senso del dovere gli imponeva di sottoporsi a giudizio.

Il campo era in corso di smantellamento. I Fratelli della Costa avevano cominciato l'evacuazione, e portavano alle scialuppe i loro fardelli appesantiti da monete e beni preziosi.

L'equipaggio del *Saint-Nicolas* era radunato attorno alla casetta in cui era morto Van Hoorn. Nessuno dimostrava commozione. C'era chi lo aveva amato, o anche solo stimato; però tra gli avventurieri un decesso era troppo comune perché gli si attribuisse un peso particolare. Argomento di tutti i capannelli era chi avrebbe assunto il comando del brigantino ed ereditato il tesoro del defunto.

A poca distanza sostava anche Rigobert Retexar, in compagnia di un altro ufficiale, Jean-Pierre Focar, al servizio di Chasse-Marée sul *Saint-Joseph*. Con loro c'era Marie-Florette. Quando vide la donna, più trasandata e selvaggia che mai, Macary perse la poca calma che gli restava.

Il cuore gli batté contro la cassa toracica fino a farla dolere. Si preparava il confronto decisivo.

Retexar posò la mano sinistra sulla spalla di Marie-Florette e, con la destra, le additò chi arrivava. «Ecco là Hubert Macary. Confermi che è stato lui a rubare l'estratto di vitalba a Exquemeling?»

«Dov'è? Non lo vedo.»

«È proprio lì, davanti a te. L'uomo che accusi. Non lo riconosci?»

«Ma non è lui!»

Esasperato, Retexar afferrò Marie-Florette per il collo di pelliccia. «Hai detto che il ladro si chiamava Hubert Macary. Che fai, lo neghi? Vuoi essere frustata una seconda volta?»

La donna non manifestò timore. Si limitò a togliere dal collo la mano che la stringeva. Parlò con pacatezza, nel francese corrotto dei bucanieri. «È stato *le fulan* a dirmi di essere Hubert Macary. Ma non è questo tizio, che ho visto qualche volta, da lontano. È un altro.»

Macary non capiva nulla, e nondimeno provava sollievo. Si avvicinò senza più remore. Abbozzò persino un sorriso.

Retexar si rivolse a Focar. «Uno scambio di persona, sembra. Meglio così. Adesso che facciamo?»

«Continuiamo a cercare il falso Macary.» Focar era molto giovane e aveva modi spicci. Sul *Saint-Joseph* non aveva incarichi precisi, ed era sia il secondo ufficiale sia il nostromo. Caduto Charles Ruinet in disgrazia, ne aveva ereditato una funzione. Comandava in sua vece gli *enfants perdus*: l'avanguardia di terra della Filibusta, i soldati pronti alla morte che marciavano in prima linea.

«La vecchia» replicò Retexar indicando Marie-Florette «è qui da tempo. Ha visto passare quasi tutti i nostri. Non mi ha detto, finora, "quello è l'avvelenatore".»

Focar sbuffò. «Magari è già a bordo. Chi lo sa.» Tolse il cappello piumato e disse a Macary: «Siete stato accusato ingiustamente, e io ci ho creduto. Vi chiedo perdono».

Retexar fu obbligato a fare lo stesso. «Vale anche per me, Hubert. Certo dovete avere un nemico ostinato e pericoloso, se ruba persino la vostra identità… Ora raggiungete il *Le Hardi* con la prima barca in partenza. E state in guardia. C'è chi è deciso a rovinarvi.»

Sul piccolo molo nella costa nord della Isla Mujeres fervevano i commerci. Era la vocazione degli avventurieri: vendere e comperare di tutto, con i pezzi da otto accettati nell'intero Caribe. Gli uomini in attesa dell'imbarco mercanteggiavano gli oggetti migliori rubati a Veracruz, i mutilati offrivano alcuni degli schiavi di loro spettanza. Il grosso, però, era impegnato nelle operazioni di reimbarco. Un piccolo gruppo, capeggiato da Philip Dickson, carpentiere sul *La Francesa*, aveva allestito una fucina improvvisata presso le mangrovie. Dickson e John Burton, maestro d'ascia, stavano battendo su lamelle di ferro incandescente per forgiarle. Costruivano qualcosa.

Macary stava osservando quel lavoro quando Francis Levert gli venne incontro. Era cordiale, quasi divertito. «So che te la sei passata brutta per un equivoco. Ne parlano tutti. Be', felice di vederti in vita e sano e salvo, si direbbe.»

Macary indicò gli uomini che battevano il ferro. «Cosa stanno facendo?»

«Con precisione non lo so. Ha a che vedere con la punizione che Lorencillo ha stabilito per Charles Ruinet, dopo che questi ha trasgredito agli ordini.» Levert si sfregò le mani. «Di qualsiasi cosa si tratti, sarà un supplizio fantasioso. De Graaf, in questo, è un mostro di inventiva. Ricordi di quando fece scorticare…»

Macary lo interruppe. «Vedo una barca diretta al *Le Hardi* con dei posti vuoti. Io vado. Vieni con me?»

«Ma certo!»

Corsero verso la scialuppa che stava prendendo il mare, carica solo di quattro rematori, il timoniere e un cinghiale legato per le zampe, che grugniva spaventato.

Prima che raggiungessero la fiancata del brigantino si udì un colpo di cannone. I vogatori lasciarono i remi, i passeggeri si alzarono e tolsero il cappello. Così fu per le ciurme già a bordo e, sulla spiaggia, per chi attendeva il mezzo per imbarcarsi. Cadde un silenzio profondo, interrotto solo dalle strida dei gabbiani.

Una lancia senza piloti portava la salma del capitano Nikolas van Hoorn. Aveva una vela gonfiata dalla brezza, e navigava rapida. L'imbarcazione non era sfondata e non caricava acqua. Puntava diritta verso il largo, dove un'ondata più forte l'avrebbe rovesciata. La salma era avvolta nei gigli di Francia: non la bandiera nazionale del morto, ma quella per cui aveva più combattuto. Sul petto del cadavere, fra le dita intrecciate, erano state posate la sua sciabola e la sua pistola favorita.

Passato il sacello galleggiante, tutti tornarono alle loro attività, dopo un frettoloso segno di croce. Il *Le Hardi* tonneggiava placido, eppure possente. Macary ne era rimasto assente per pochi giorni, ma fu felice di rimettere piede sulla sua tolda. Così Levert e gli altri avventurieri. Curiosa gente, i Fratelli della Costa. Odiavano il mare, i pesci, le loro stesse navi. Malgrado ciò, non riuscivano a starne lontani troppo a lungo.

Alcuni marinai si fecero incontro. «Quali sono gli ordini, secondo ufficiale?» chiese uno di loro a Macary. Si trattava del giovane Jean-Félix Guérin. Si diceva che, biondino dai capelli a caschetto, fosse il compagno ufficiale di Gueule-de-Femme. Pochi, però, si interessavano alla questione. Ogni filibustiere aveva il suo partner, platonico o no, che fungeva da erede se l'amico decedeva o da compare d'anello se si sposava. Macary e Levert erano un esempio di questa "vita di coppia", peraltro senza implicazioni sessuali.

«Il capitano è a bordo?»

«Sì, ma non è ancora uscito dalla sua cabina.»

Macary sapeva che Retexar era a terra. Doveva prendere

decisioni, cosa che normalmente evitava. Preferiva trasmettere quelle altrui. «Non si salpa ancora, ma stiamo pronti. I gabbieri sui pennoni, per spiegare le vele. Uomini robusti all'argano. Tra breve ci sarà da levare l'ancora. Il timoniere alla barra.»

«Vado, secondo ufficiale!» disse allegramente Levert, e corse alla sua postazione.

Retexar apparve di lì a poco, intento a issarsi oltre l'impavesata dall'ultima lancia che aveva accostato il *Le Hardi*. Era bagnato dalla testa ai piedi. Sputò sulla tolda e disse: «Sempre la stessa puzza. Mi ci vuole una pipata che disinfetti l'aria».

Osservò l'assetto del veliero, i gabbieri in posizione sui pennoni, la catena dell'ancora pronta a sollevarsi. «Bravo» disse a Macary. «Ci sono le condizioni per salpare. E dunque si salpi.»

«Verso dove?»

«E chi lo sa? Aspettiamo che l'ammiraglio ce lo comunichi. Nel frattempo, l'importante è allontanarci da questa isola maledetta.»

Al segnale di Macary, l'argano, spinto da braccia muscolose, prese a girare. Prima a essere liberata dai gerli e spiegata fu la vela di maestra, la più grande; seguirono le altre, per finire con la randa. In successione, le navi dei filibustieri imitarono l'esempio dell'ammiraglia: *La Francesa*, *La Reglita*, *Conqueror*, *Le Tigre*, *Saint-Joseph*… Ultimo il *Saint-Nicolas*, passato sotto il comando di Jean-Pierre Focar.

La Isla Mujeres, con le acque trasparenti che la circondavano, con la sua fitta vegetazione, con gli edifici enigmatici che superavano le cime delle palme, fu lasciata indietro. Le donne dell'isola, radunate sulla spiaggia, salutarono chi partiva scaricando in aria i fucili. Da quella visita non avevano tratto molti vantaggi, per non parlare dell'infortunio capitato a Marie-Florette. Un po' di denaro, qualche oggetto prezioso, momenti di quello che sarebbe stato arduo definire amore. Tuttavia adesso le attendevano mesi di solitudine, e di caccia ai cinghiali ormai rari, cui, per costumi, somigliavano sempre più.

Macary avrebbe voluto sapere dov'era imbarcata Gabriela, ma non osava chiederlo. Lanciava occhiate al quadrato di poppa in attesa che ne uscisse Exquemeling, l'unico cui avrebbe ardito domandare notizie. Invece fu De Grammont ad apparire sul ponte. Era fermo sulle gambe, ma si appoggiava al fodero della lunga spada come a un bastone.

Retexar gli corse incontro. «Sto facendo rotta verso la Giamaica, ammiraglio, per poi puntare su Cuba, Petit-Goâve o la Tortuga, secondo ciò che deciderete. È corretto?»

Il cavaliere aveva il viso sciupato di chi non riesce a dormire. «La rotta è quella giusta, però adesso abbiamo un altro problema. Sta per scatenarsi un uragano.»

Meravigliato, Retexar scrutò il cielo limpido, in cui non si vedeva nemmeno una nube. «Non direi proprio, ammiraglio. Il mare è calmo, e l'arietta forte il giusto da farci avanzare.»

«Date retta a me. Credo più alle mie gambe, e ai dolori che mi provocano, che ai miei occhi.» De Grammont emise un sospiro. «Comunicate alla flotta di cercare di tenersi unita, se possibile. E fate ammainare la vela di maestra. Rischiamo di perderla.»

«Siete proprio sicuro?»

«Sì. Non perdete altro tempo.»

In quel momento una folata di vento si sollevò, impetuosa, violentissima. Le onde, un attimo prima quiete, si innalzarono. La vela di maestra prese a schioccare e a torcersi, quasi si volesse staccare. Le altre vele sbattevano.

«Che vi dicevo?» disse De Grammont, prima di rientrare nel quadrato.

L'imperturbabile e diligente Rigobert Retexar, sempre sicuro di se stesso, si fece il segno della croce. «Oh, mio Dio!» mormorò.

38

Rotte separate

L'ordine che Macary più temeva giunse puntuale. «Secondo ufficiale, arriva!» gli gridò Retexar. «C'è da serrare la maestra!»

Le condizioni climatiche non potevano essere più sfavorevoli. Il vento soffiava a più non posso, e stava radunando nuvole nere, fino a oscurare completamente il sole. Non cadde pioggia, ma invece grandine, fitta e furiosa. Gli schiocchi delle tele parevano tuoni, tanto erano assordanti.

In quella situazione Macary cominciò a montare arriva, seguito da otto gabbieri, scelti fra i più robusti. Salì grisella per grisella, con i chicchi ghiacciati che lo percuotevano e il terrore che da un momento all'altro il vento lo strappasse alle sartie.

Il pennone di maestra era lunghissimo e, i piedi sulla fune che fungeva da sostegno, dovette raggiungerne l'estremità più lontana. Quando tutti i gabbieri furono allineati, cominciò l'operazione più difficile. Raccolsero infinite volte la tela sul pennone, ma quando provavano ad allacciarla il vento la portava via. Si ripeteva il tentativo, ma era complicato annodare i gerli, che il freddo aveva reso rigidi.

Finalmente la vela fu serrata, e il *Le Hardi*, che fino a quel momento aveva sbandato, recuperò un certo equilibrio. Macary ridiscese il sartiame e saltò sulla tolda sentendosi un eroe, o quanto meno un uomo molto fortunato. Un sorriso di Rigobert Retexar, che si riparava nella chiesuola della bussola, confermò il giudizio. La natura continuava a scatenarsi, non con grandine bensì con pioggia. Precipitava a raffiche, che traevano dal veliero rombi sinistri. Dal mare, scuro quanto il cielo, si sollevavano banchi di nebbia.

Francis Levert, alla barra del timone, era sottoposto a qualsiasi capriccio degli elementi. Osservava con terrore i fulmini che cadevano fitti. Ciò non gli impedì di pensare a una parte dei propri beni, presenti e futuri.

«Hubert» urlò per sovrastare i tuoni «vai sottocoperta, nel corridoio che contiene gli schiavi. I boccaporti sono spalancati e imbarcano acqua. Non vorrei che i negri annegassero. Sarebbe una perdita economica spaventosa.»

Per correttezza, Macary interpellò Retexar, che aveva udito. «Posso scendere di sotto, primo ufficiale?»

L'altro, ritto nella guardiola, fece un gesto di noncuranza. «Fate pure. Siete nelle vostre quattro ore di riposo. Ma attento alla campana. Appena tintinna, dovrete essere sul ponte.»

Macary scese nel corridoio dei cannoni, deserto, e da lì al gavone degli schiavi. Aprì il saliscendi della porta. Quasi duecento tra uomini e donne dalla pelle nera, nudi, erano ammassati in uno spazio che ne avrebbe potuti accogliere al massimo una trentina. Inebetiti, terrorizzati, erano irrorati dall'acqua che cadeva dal boccaporto, chiuso da una griglia metallica dalle maglie molto larghe. A ogni scossa del *Le Hardi* cadevano uno sull'altro, facendo tintinnare le catene. Non gridavano nemmeno: erano consapevoli che sarebbe stato inutile.

Quando videro l'ufficiale, lo guardarono con occhi spaventati, ma non dissero nulla. La stanza comunque non era allagata, e la merce non pareva a rischio. Macary stava per ritirarsi e richiudere la porta quando si sentì chiamare in spagnolo: «Signore! Signore!».

Scrutò fra i prigionieri. Chi lo interpellava era una giovane africana dalla pelle dorata, tendente al nero, schiacciata fra uomini molto più nerboruti. «Che cosa vuoi?» le chiese brusco.

«Mi chiamo Enriqueta. Sono stata ancella di doña Gabriela Junot-Vergara. So che siete suo amico. Potreste dire alla mia padrona che sono qui? Lei è su un'altra nave.»

Macary fissò la ragazza con un certo stupore. Malgrado i capelli in disordine, il viso segnato dalla sofferenza e l'evidente mancanza di sonno che le arrossava i grandi occhi nocciola, si intuiva che aveva appartenuto più alla classe dei domestici che a quella degli schiavi buoni solo per lavorare.

«Quale nave?» le domandò.

«Non so come si chiami. È quella del capitano Lorencillo.»

Macary valutò se liberare la giovane e portarla sopracoperta. Scartò l'idea: non aveva le chiavi delle catene e, in ogni caso, penetrare la calca dei prigionieri per andarla a prendere sarebbe stato pericolosissimo.

«Lo farò» promise. Chiuse l'uscio, abbassò il saliscendi e tornò sulla tolda.

A dispetto del vento che continuava a soffiare, l'uragano si stava spegnendo. All'orizzonte, oltre le nuvole nere, spuntava un vago chiarore. La pioggia fitta si era trasformata in pioggerella. I banchi di nebbia si dissipavano. Però il grosso della flotta era sparito su chissà quali rotte. Rimanevano solo il *Le Hardi*, il *La Francesa* e il *La Reglita* del capitano Tristan, che navigavano di conserva e avevano serrato la vela di maestra nello stesso tempo. Gli altri vascelli, meno tempestivi, erano stati trascinati altrove.

Macary, sbucato dal boccaporto, raggiunse a poppa Levert e Retexar. «Sotto tutto bene. Gli schiavi sono bagnati, ma non ne è affogato nessuno.»

Retexar stava cercando di rilevare la posizione, impresa quasi impossibile finché non fosse scesa la notte. «Grazie, secondo ufficiale. Vi restano più di tre ore di riposo. Volete un consiglio? Approfittatene. Port Royal è ancora lontana, e non è detto che non dobbiamo affrontare altre burrasche. È la loro stagione, nei Caraibi.»

«Port Royal? Andiamo in Giamaica? Non alla Tortuga?»

«Così ha deciso il cavaliere De Grammont. Decisione logica: a Port Royal venderemo facilmente merci, schiavi e altri carichi. Faremo soldi da spartire una volta tornati alla base. Adesso andate a dormire. Avete fatto un buon lavoro.»

Macary si sentiva molto stanco e obbedì. Fu un sonno breve ma profondo e riposante. Ciò non impedì che si addormentasse riflettendo su ciò che gli aveva detto l'ancella di Gabriela, e si svegliasse avendo in mente lo stesso pensiero. Al suono della campana che annunciava il suo turno di lavoro, si mise in piedi deciso a trovare un pretesto per passare sul brigantino di Lorencillo.

Non ce ne fu bisogno. Appena salì sulla tolda, Rigobert Retexar gli si fece incontro. «Il *La Francesa* ci ha chiesto qualcuno che possa sostituire Jean Pellissier, che ha avuto qualche problema dopo la sorte capitata a Charles Ruinet. Ve la sentite? L'incarico è provvisorio. Troverete vecchie conoscenze che hanno deciso di cambiare nave, come Levert e Bamba.»

«Sì, certo!» rispose Macary. «Cos'è successo a Ruinet?»

Retexar scoppiò a ridere. «Lo scoprirete! Faccio calare una scialuppa. Prendete le vostre cose.»

Era il tardo pomeriggio, e il mare era tornato tanto calmo da cancellare il ricordo dell'uragano di poco prima. Benché basso sul pelo dell'acqua, il sole, grande e rosso, era ricomparso. Svolazzavano alcuni gabbiani, segno che tratti di terraferma erano prossimi. Quella zona era del resto contrassegnata, sulle mappe, da isole e isolette spesso prive di nome.

Il trasbordo fu facile e sicuro. Il *La Francesa* non era stato molto danneggiato dal fortunale. Strappi alle vele e al sartiame, una piccola falla sotto il mascone di babordo. Si udivano sottocoperta i colpi di martello dei carpentieri. Macary fu accolto da Lorencillo in persona, che lo aiutò a scavalcare l'impavesata. Il *La Francesa* puzzava di fradicio quanto il *Le Hardi*, o forse peggio. Per fortuna il cuoco, il bretone Le Braz, stava cuocendo la cena, e odori di legumi cotti si sovrapponevano ai fetori tipici dei vascelli, che l'umidità condannava a una rapida marcescenza.

«Benvenuto» esordì Lorencillo. «Qui non ci crogioliamo nella tetraggine tanto cara all'ammiraglio, porco diavolo! Si lavora, ma si scherza anche. Un'orchestra garantisce la musica, quando occorre. Ci sono anche spettacoli imprevisti. Se mi seguite al bompresso, ve ne faccio vedere uno.»

Un po' stupito, Macary andò dietro al capitano. Gli si mozzò il fiato. Dall'albero di bompresso pendeva, da una catena, una gabbia orribile, di forma umana, appena sufficiente a rinserrare un corpo. Chi era rinchiuso nell'intelaiatura non poteva permettersi nessun movimento, né delle braccia, né delle gambe, né della testa. Non poteva neppure gridare: un anello metallico gli rinserrava cranio e mascelle. Il disgraziato rinchiuso nell'ordigno doveva solo attendere la morte per fame e sete, sperando che il sole cocente cui era esposto lo facesse svenire prima.

Macary conosceva quel tipo di tormento, ampiamente usato dagli inglesi contro i pirati di altra bandiera, dagli spagnoli contro gli indigeni ribelli e i filibustieri, e dai Fratelli della Costa contro chi contravveniva agli ordini. L'uso delle gabbiette, di foggia umana o no, era fatto risalire a un condottiero italiano vissuto secoli prima: Ezzelino da Romano. Ma i precedenti erano numerosi.

Macary capì cosa si stava forgiando sulla Isla Mujeres, all'atto della partenza. Fissò il corpo nudo stretto nell'armatura di ferro. Non seppe distinguerne i tratti, però la conclusione sembrava logica. «È Charles Ruinet, non è vero?»

Lorencillo scoppiò a ridere. «No, per niente! Il povero Charles può essermi ancora utile. Quello che vedete penzolare è Jean Pellissier, l'ex nostromo del *Le Hardi*, diventato mio secondo ufficiale. Non è che io sia troppo generoso, nella distribuzione delle cariche. Lo volevo a bordo perché un anno fa me ne ha fatta una grossa, e la doveva pagare.»

Frastornato, Macary domandò: «Che cosa, se non sono indiscreto?».

«Eravamo nei pressi dell'Avana, il mare era in tempesta e dovevamo liberarci degli schiavi, buttandoli fuoribordo. Pellissier non trasmise il mio ordine, che Satana gli morda il culo. Era innamorato di una negra e aspettava un bambino da lei. Ce la cavammo per un pelo. Lui cambiò nave, ma infine tornò sulla mia.»

«E Charles Ruinet? È perdonato?»

«Proprio per niente. Era il compare di Pellissier. Forse, al largo, erano persino amanti. Gli ho fatto chiudere Jean in gabbia e serrare le viti. Ruinet ne sarà tormentato per tutta la sua breve esistenza.»

Mentre diceva ciò, Lorencillo sghignazzava. «Ecco gli spettacoli extra che offre il *La Francesa*. Brutto nome, lo voglio cambiare. La mia nave è un teatro, e a me piace così. Adoro la musica e le improvvisazioni. Per esempio, tra breve Pellissier cagherà. Ha smesso di vomitare, adesso defeca. Sempre meno, perché non mangia. Uno spettacolo di una comicità irresistibile. Bisogna che Ruinet lo veda.»

Macary era prossimo al voltastomaco. Rimpiangeva il clima austero e tetro del *Le Hardi*. Però bisognava che sapesse dove si trovava Gabriela. Le frasi sugli schiavi gettati a mare per fare meno peso lo avevano sconvolto.

39

Il *Neptune*

Come Macary già sapeva per esperienza, navigare con Lorencillo significava essere esposti alla bizzarria, alla crudeltà, all'inventiva. Il più famoso, dopo De Grammont, dei capitani della Filibusta era tanto intelligente quanto imprevedibile. Dell'agonia di Pellissier faceva uno spettacolo, e spesso induceva Bamba a ballare proprio sotto la gabbia in cui il disgraziato consumava la lenta agonia. Al tempo stesso, trattava con ogni riguardo Philippe Callois, forse l'ufficiale più serio ed esperto che avesse la flotta che aveva preso Veracruz, ora ridotta a tre navigli. Lo stesso valeva per François Le Bon, l'anziano nostromo. Invece Charles Ruinet non aveva ruolo alcuno. Umiliato in ogni maniera, sostituito da Macary nel compito di secondo, si aggirava per il veliero senza sapere che fare. Unico incarico certo, pulire il ponte di prua ogni volta che l'amico morente, sospeso al bompresso, lasciava cadere vomito o feci. Cosa sempre più rara. Dall'intelaiatura di ferro cadeva piuttosto sangue, in conseguenza dei tentativi del prigioniero di trovare una posizione meno dolorosa tra i ferri che gli piagavano le carni.

Mentre il *La Francesa* veleggiava verso Port Royal, Lorencillo sembrava avere una sola preoccupazione: trovare al brigantino un nome più adeguato, tale da non ravvivare negli inglesi i loro pregiudizi. Dopo parecchi tentennamenti, trovò la denominazione che gli parve ideale: *Neptune*.

«Non è molto originale» spiegò De Graaf a Callois e a Macary «tuttavia presenta un vantaggio: sia i francesi sia gli anglosassoni sia gli olandesi possono intenderlo, senza ascriverlo a una nazionalità precisa. È questo che ci serve, dannato sia il demonio, anche se il cavaliere De Grammont non sarà molto d'accordo. Smarcarci dalla Francia, che ce lo vuole mettere in culo. Agire da indipendenti, quali siamo. A partire dal nome.»

«E dunque non consegnare al governatore della Tortuga il dieci per cento del bottino?» chiese Callois, perplesso. «Bene o male, la lettera di marca ce l'ha firmata lui.»

«Questo lo vedremo. Intanto il *La Francesa* diventa il *Neptune*. Quarantaquattro cannoni, duecentodieci uomini. Non male, per un brigantino. Faranno a gara per assoldarci, statene sicuro. Tutta Europa ha bisogno di combattere la Spagna per interposta persona.»

Da quel momento, un buon quinto dell'equipaggio fu impegnato a dipingere sotto i masconi *Neptune* in luogo di *La Francesa*, in caratteri ben visibili. Lo stesso fu fatto sotto il giardinetto di poppa, sopra il timone. Dalle navi affiancate, il *Le Hardi* e il *La Reglita*, non vennero domande. Il vento soffiava a favore, l'andatura era sostenuta. Finalmente la cupezza era dissipata, e regnava un certo ottimismo.

Ciò non valeva per Macary, che si domandava dove fosse Gabriela. Al terzo giorno di navigazione, doppiato lo Yucatán e in prossimità delle isole Cayman, da quasi tre lustri sotto il dominio inglese, l'urgenza di chiederlo superò ogni prudenza. Era però difficile trovare chi gli desse informazioni. Callois, da bravo ugonotto, non parlava di argomenti futili, Levert non sapeva nulla, padre Labat conveniva non avvicinarlo. Interpellati inutilmente alcuni membri della ciurma, a Macary non restò, suo malgrado, che porre la domanda a Ravenau de Lussan. Nella sua veste di chirurgo di bordo, aveva accesso a ogni angolo del veliero.

Era scontato il ghigno offensivo del gentiluomo. «Amico mio» disse, aggrappato al sartiame sotto l'albero maestro, «certo che so dov'è. Doña Gabriela Junot-Vergara è uno splendido esemplare femminile, e vederla soddisfa il mio gusto estetico. Trovo sempre pretesti per visitarla ogni giorno. Preferirei ogni notte, ma devo accontentarmi.»

«In quale settore del *Neptune* l'hanno rinchiusa?» ansimò Macary. «Perché non sale mai sul ponte?»

«Da quando ha smesso di assistere la defunta Claire de Grammont ha perso non pochi privilegi. È tornata a essere un ostaggio da rivendere. Per i suoi meriti passati non sta nel gavone degli schiavi. È in un suo stanzino del quadrato di poppa. Quello che occupava Jean Pellissier. Non ne può uscire.»

Macary fece per allontanarsi, ma De Lussan lo trattenne per un braccio. «Non credo che vi convenga andare a trovare la vostra bella. Lorencillo lo ha proibito. Vedete lassù cosa accade a chi disobbedisce a Laurens Cornelius de Graaf?»

Il chirurgo indicava l'armatura che, pendente dal bompresso, stringeva il corpo nudo di Pellissier. Ne usciva un lamento costante e fastidioso. Tutto ciò che il condannato, con le mascelle serrate, riusciva a mugolare.

«È là da giorni e non si decide a morire» commentò De Lussan. Scoppiò a ridere. «Scommetto che, prima o poi, qualche europeo presenterà la Filibusta quale regno della libertà, una sorta di repubblica egualitaria. Dovrebbe vedere come trattiamo i nostri schiavi e i nostri prigionieri. Se non hanno valore economico sono puri giocattoli, da vendere o torturare. A me va bene così. Nessun moralismo, solo arricchirsi e spendere. Sono nuovo dei Fratelli della Costa, però aderisco in pieno al loro credo.»

A Macary quei discorsi semifilosofici non interessavano affatto. Dunque Gabriela aveva una stanza sua, nel quadrato ufficiali. Mentre stava per tornare alle proprie mansioni, in attesa di avere l'occasione per scendere a poppa, De Lussan lo trattenne.

«Devo chiedervi scusa, amico.»

Il termine "amico" infastidiva Macary, che ciò nonostante decise di sopportare quell'intimità non voluta. «Scusa di cosa?»

«Per essermi fatto passare per voi con Marie-Florette. Ho lanciato un nome a caso, e alle labbra mi è venuto il vostro. Non potevo darle il mio. Se fossi stato scoperto, si sarebbe capito che avevo rubato la vitalba a Exquemeling per conto di Lorencillo. A sua volta ispirato da… No, questo non ve lo dico. Ve lo lascio immaginare.»

«Voi! Siete stato voi!» Travolto dall'indignazione Macary boccheggiò. Portò la mano alla sciabola.

De Lussan gli rise in faccia. «E chi altri, sennò? Pensateci un attimo. Chi avrebbe potuto riconoscere l'estratto di vitalba, in un vasetto privo di etichetta, se non un altro medico? E anche se l'etichetta ci fosse stata – mi pare di no, però potrei sbagliarmi – quanti Fratelli della Costa sanno leggere? A essere ottimista, direi uno su dieci.»

«Non avete un'arma. Trovatene una.» Macary era sdegnato, tanto che tremava. «Ci battiamo qui. Subito.»

«Andiamo, lasciate perdere il teatro. Vi ho appena detto che ho agito su mandato di Lorencillo. Volete trovarvi al posto di quel burattino lassù?» Ora serio, ma perfettamente calmo, De Lussan indicò di nuovo l'armatura che racchiudeva Pellissier. «Per farmi perdonare posso farvi un grande favore, tale da spingervi a dimenticare i vostri nobili impulsi.»

«A cosa alludete, furfante?»

«A Gabriela Junot-Vergara. Se delego a voi il compito di visitarla per mio conto, avrete modo di andare a trovarla ogni volta che vorrete.»

Macary combatté con la propria coscienza, con la propria

indole, ma finì col ritirare la mano dall'elsa della sciabola. Per non darsi del vigliacco, scivolò su un altro pensiero che lo tormentava.

«Non riesco a credere che un uomo come il capitano De Graaf si sia abbassato a truccare un duello» sussurrò.

«Ma il duello in sé non era affatto truccato! Lorencillo avrebbe anche potuto soccombere e rimetterci la vita. Ha solo preso precauzioni per fare a Van Hoorn tutto il male possibile, in caso di vittoria. È umano.»

Di fronte al silenzio attonito di Macary, De Lussan scosse il capo. Reggendosi alla sartia sedette sul bordo del bastingaggio. Frugò con la sinistra la tasca della giacca, alla ricerca della pipa. Intanto faceva ballare le gambe, come un bambino seduto su un muretto. E in effetti, sul suo viso improntato all'ironia, c'era qualcosa di infantile, e al tempo stesso di perverso.

«Ho già avuto modo di dirvelo, amico mio. Non cercate cavalieri erranti, nei Caraibi, né codici morali. Siamo canaglie, tutto qua. Pronte alla nefandezza e al tradimento. Se qualche re ci appoggia, è per il vantaggio economico che gli offriamo. Ma sa benissimo chi siamo, così come noi sappiamo chi è lui, al di là della pompa. Pure questo è umano, fin troppo.»

Disgustato, Macary non vedeva l'ora di allontanarsi. Un'ultima domanda tuttavia si imponeva.

«Quando potrò visitare Gabriela nel quadrato?»

«Anche subito, se volete.» Curvo in avanti per accendere la pipa, De Lussan sogghignò un'ultima volta. «Avvertirò Lorencillo, e state certo del suo consenso. Lui la pensa esattamente come me. Siete strana gente, voi virtuosi a oltranza. Prima o poi dovete tradire la morale a cui vi ispirate. È inevitabile: non corrisponde alla natura dell'uomo. Siete persino capaci di fare rivoluzioni, per mantenere una coerenza impossibile. Ma alla fine siamo noi cinici ad avere la meglio. È sempre stato così e sempre sarà così.»

Macary non capì una parola del pistolotto. Ebbe solo conferma del suo odio nei confronti di De Lussan. Alla prima occasione, il damerino avrebbe pagato la repulsione che gli ispirava. Intanto, comunque, un punto lo aveva guadagnato. Si avviò verso poppa, risoluto a scendere nel quadrato. Il mare era quieto, il rollio leggero. Si avvertiva il profumo delle verdure che Le Braz, il cuoco, stava cucinando sottocoperta, e dei pezzetti di lardo sfrigolanti che vi aggiungeva, per dare alla pietanza più vigore.

Fu fermato da Callois. «Dove state andando?»

«Il mio turno è quasi terminato. Sta per suonare la campana.»

«Sì, ma ancora non ha suonato.» Il primo ufficiale indicò il bompresso e il suo tragico fardello. «Pellissier è morto poco fa, mi hanno detto. C'è da calarlo e da gettare la sua carcassa in mare.»

«Devo farlo io?»

«Sì, ma non da solo. Charles Ruinet vi darà una mano.» Callois si strinse nelle spalle. «Sono ordini di Lorencillo.»

A Macary non restava che eseguire. Si portò a prua e sotto la gabbia, che pendeva da una catena, manovrabile con un piccolo argano e una manovella. Ruinet sedeva su un cumulo di manovre dormienti, inebetito. Guardava fisso davanti a sé, aveva gli occhi arrossati. Macary, contravvenendo gli ordini, non osò disturbarlo. Vide Bamba che scendeva da una sartia del trinchetto e lo chiamò.

«Ehi, vieni ad aiutarmi! Dobbiamo calare il morto!»

Fu molto facile. Pesava più l'intelaiatura di metallo che il corpo che racchiudeva. Il fetore era orribile, come se Pellissier si fosse putrefatto già da vivo. La pelle, ustionata e chiazzata dal sole, gli si sollevava sulle ossa. La frizione con la gabbia gli aveva aperto piaghe purulente. Non c'era lembo della sua epidermide che non fosse infettato.

«Dobbiamo aprire l'armatura e tirarlo fuori?» chiese Bamba, che si turava il naso. Seminudo com'era, mostrava chiaramente il terrore di contrarre, a contatto con la salma, morbi imprevedibili.

«No» rispose Macary. «Stacchiamo il gancio dalla catena e lo gettiamo ai pesci così com'è, gabbia e tutto.»

Così fecero. Il sacello di ferro sprofondò nel mare proprio mentre la campana che scandiva le ore annunciava il cambio di turno. Pellissier non ebbe altre celebrazioni.

Nello stesso momento, dalla coffa dell'albero maestro, Jean-Baptiste Renard annunciò: «Terra in vista! Deve essere la Giamaica!».

Gli rispose una voce dalla coffa di trinchetto. «Sì, lo è! Siamo arrivati nel punto giusto. Mi sembra di scorgere le fortificazioni di Port Royal!»

Sulla tolda vi fu un'esplosione di allegria. Gli avventurieri lasciarono le loro occupazioni e corsero al bastingaggio, ansiosi di vedere la città dalle mille promesse.

40

Port Royal

Dal *Le Hardi*, il cavaliere De Grammont interpellò Lorencillo. «Capitano, è molto difficile che il governatore Lynch ci lasci approdare!» gridò. «È meglio che mandiamo a terra una delegazione per annunciare lo sbarco e chiarire le nostre intenzioni pacifiche!»

«D'accordo! Chi mandiamo, ammiraglio? Andiamo noi stessi?»

«No, siamo troppo conosciuti. Conviene che vadano il capitano Tristan, se se la sente, e qualche ufficiale. Noi gettiamo le ancore qua, a distanza di sicurezza da Fort James e da Fort Charles.»

De Grammont alludeva ai due potenti fortilizi che difendevano Port Royal: rocche massicce, irte di artiglieria, imprendibili e inattaccabili. Non erano l'unica difesa della colonia inglese. Le sue coste peninsulari apparivano protette da tratti di mura, nidi di cannoni, sistemi difensivi. Inoltre erano molti i velieri da guerra alla fonda nell'ansa detta Chocolata Hole. Alcuni di essi stavano spiegando le vele per correre a fronteggiare l'eventuale nemico. Il sole meridiano tingeva l'abitato e i castelli di rosso, e l'acqua rifletteva quel colore. Emanava, da Port Royal, un acuto senso di minaccia.

Lorencillo scorse Macary che gli girava attorno e si avviava verso il quadrato. «Secondo ufficiale, dove state andando? Accompagnerete Tristan in città. Prendete sottocoperta lo stretto necessario e tornate sulla tolda.»

Intervenne Callois. «È il suo turno di riposo, capitano. Macary è un buon soldato, e dà sempre il massimo. Ha diritto a qualche ora di calma.»

«Lo so che è un buon soldato» rispose Lorencillo, sorridente. «Proprio per questo voglio che faccia parte della delegazione. Si riposerà stanotte in qualche taverna, magari in compagnia di una femmina. Meglio che su un'amaca o su una branda infestate dai pidocchi.»

Macary bramava incontrare Gabriela, tuttavia non protestò. Scese a prendere l'essenziale, mentre il *Neptune*, il *Le Hardi* e il *La Reglita* gettavano l'ancora. Quando risalì era stata messa in mare una lancia. Stava per scendere la scaletta quando Lorencillo lo fermò. Gli porse due involti chiusi con la ceralacca.

«Una busta è una mia lettera al governatore Lynch. L'altra è un messaggio a mia moglie Priscilla, che non so nemmeno se si ricorda di me.» Lo sguardo di Lorencillo, normalmente così vivace, per un attimo si velò di tristezza. «La prima consegnatela a mano. La seconda, invece, datela a qualche comandante diretto in Spagna. Ce ne saranno, formalmente inglesi e spagnoli non sono in guerra, o almeno credo.»

Macary prese i due plichi. Lorencillo gli batté amichevolmente sul braccio. Era sconcertante come un uomo crudele oltre ogni limite potesse risultare, a tratti, così simpatico.

«Vi ringrazio, amico mio. E non temete per la vostra dama: nessuno la toccherà, state sicuro. Crepato Van Hoorn, non restano che galantuomini.»

Macary ebbe conferma che la sua attrazione per Gabriela era ormai nota a tutti. Ne fu un po' imbarazzato, ma non più di tanto. In fondo non la amava, se non per il suo viso e per il suo corpo rigoglioso. Una storia comune tra i filibustieri, si disse. Anzi, la donna gliene aveva già fatte di cotte e di crude. Però un certo disagio lo provava. Raggiunse la scaletta che pendeva a babordo.

Atterrò sulla lancia che oscillava nella schiuma, a ridosso della fiancata. Sopra c'erano Tristan a prua e Retexar al timone. Ai remi, Big Willy, scelto di certo per la sua conoscenza della lingua inglese, e Jean-Félix Guérin. Dopo un breve sbandamento, la scialuppa mosse in direzione di Port Royal.

Il capitano Tristan era un uomo dalla barba rada di media statura, magro ma non esile. Due anni prima si era fatto conoscere quando, nel golfo di Darién, aveva rubato una *barca longa* e, con un equipaggio di soli cinque uomini, si era dato alla pirateria. Nessuno conosceva il suo passato. Alcuni dicevano che fosse olandese, ma dall'accento non si sarebbe detto. Approdato alla Tortuga, aveva accompagnato in qualche impresa Le Sage e Andrieszoon, tanto da meritarsi il comando del *La Reglita*. Era un uomo ancora giovane, taciturno, elegante, di modi cortesi. I boccoli scuri, che gli cadevano sulle spalle, gli conferivano un certo fascino. Forse il personaggio ideale per intavolare una trattativa.

«Non vi dovete spaventare per le navi che ci vengono incontro» spiegò Tristan al piccolo equipaggio della lancia. «Gli inglesi della Giamaica non vogliono intorno altri avventurieri che non siano i loro, e di certo avrebbero bloccato brigantini armati di tutto punto. Una barca come la nostra la lasceranno passare. Inghilterra e Francia, per quanto ne so, in questo periodo non si combattono.»

In effetti le fregate uscite da Chocolata Hole non percorsero che un breve tratto, poi tonneggiarono in attesa che i visitatori fossero a portata di voce. Erano navi possenti, con due file di cannoni per lato. Sulla tolda si muoveva un vero esercito, armato di fucili e balestre.

«Di che nazionalità siete?» chiese in inglese un ufficiale vestito di rosso, con parrucca bianca e tricorno nero. Aveva un viso grassoccio e infantile, rigato dal sudore. Dimostrava meno di trent'anni. Doveva essere nuovo, in quei mari.

Tristan salutò rispettosamente con il cappello piumato. «Siamo francesi. Veniamo solo a proporre onesti commerci di beni e di schiavi.»

«Le navi devono rimanere fuori del porto.»

«Lo sappiamo. Così faranno. Sono già ormeggiate.» Tristan, pur incespicando nella lingua, sapeva essere persuasivo.

«Chi sono i comandanti?»

«Il cavaliere Michel de Grammont, il capitano Laurens de Graaf e tale Tristan.»

L'ufficiale inglese impallidì. Altrettanto fecero i commilitoni che aveva attorno. «Ma sono fra quelli che hanno saccheggiato Veracruz, poche settimane fa!»

«Esatto, signore. Ciò vi dimostra che le nostre navi hanno carichi di merci preziose da vendere o scambiare. Incluse spezie, stoffe e oreficeria. Più carne umana di prima qualità. Negri robusti. Non mancano le donne.»

Sul ponte della fregata inglese avvenne una rapida consultazione. Al termine, l'ufficiale tornò ad affacciarsi.

«Va bene. Proseguite fino alla Fisher's Row. La riconoscerete perché è fitta di piccole imbarcazioni. Ma attenzione… Se siete spagnoli camuffati, non avete idea della sorte che vi aspetta.»

«Non siamo spagnoli.»

«Allora passate.»

Big Willy e Guérin, ai remi, ripresero a vogare. Lo sbarco alla Fisher's Row, quando imbruniva, fu privo di difficoltà. Nessuna guardia, nessun dazio, nessuno che chiedesse la consegna delle armi. E chi mai lo avrebbe fatto, nella città che rappresentava il cuore della Filibusta inglese? La patria stessa dell'illegalità. Gli avventurieri, ormeggiata la barca fra molti natanti a vela poco più grandi del loro, salirono una scalinata.

Si trovarono nella Fisher's Row vera e propria. Una via diritta che costeggiava il mare, fatta di casupole a due piani e di ampi magazzini. Vi si lavoravano il pesce, le tartarughe e i gamberi. Lo si capiva dalla puzza soffocante, che prendeva alla gola e sollecitava il vomito. Nugoli di zanzare si spostavano veloci, in cerca di preda come i pirati.

Tristan indicò verso nord. «Vedete quelle luci là in fondo? È la Catt & Fiddle Tavern, uno dei locali più conosciuti di Port Royal. Ci sottrarrà a questo tanfo. Ma attenti ai piedi, l'acciottolato è pieno di buche.»

«Cosa andiamo a fare in una taverna?» obiettò Retexar. «C'è ancora una mezz'ora di luce e dobbiamo comunicare col governatore. È presto per darci ai bagordi.»

Tristan sorrise. «Credete che, se ci presentassimo a palazzo, Lynch ci riceverebbe? Ci serve un intermediario, e io ho in mente chi. Guardate là.» Indicò il Chocolata Hole e le numerose navi alla fonda. «La sorte ci favorisce. Non notate un veliero dal profilo familiare?»

Tutti guardarono da quella parte. Big Willy esclamò: «Ma c'è il *Mayflower*, del capitano John Cox! È la prima imbarcazione su cui ho servito!».

«Se conosci John Cox, capirai che non può essere che alla Catt & Fiddle. Il Green Dragon, l'Unicorn e gli altri pub sono troppo piccoli, per le sue voglie smisurate.»

Ognuno dei presenti sapeva chi fosse John Cox. Era uno degli avventurieri inglesi che, come George Spurre, occasionalmente approdavano alla Tortuga o a Petit-Goâve per partecipare alle spedizioni dei Fratelli della Costa. Amico di tutti, fanfarone, carnale, sempre un po' ubriaco, non era fra i sostenitori del libero commercio nemici del monopolio spagnolo. A lui interessavano i liquidi – alcol, denaro da sperperare – e le prostitute. Per soddisfare i suoi vizi, era pronto a inalberare qualsiasi bandiera. Salvo quella della Spagna dominata dalla pretaglia.

Messo piede nella Catt & Fiddle – un edificio a due piani adiacente a Fort James, in mattoni rossi come quasi ogni casa di Thames Street – i filibustieri videro subito il capitano del *Mayflower*. Assiso al tavolo più ampio, con davanti una caraffa di viso rosso quanto il suo naso, concionava ad alta voce, seguito con trasporto da un gruppetto di ragazze adoranti, alcune in piedi, e da un paio di compagni. Tra i bicchieri e altre caraffe vuote scintillavano alcune monete d'oro. Forse giustificavano l'attenzione delle fanciulle.

«... e allora decisi di sbudellarlo con la mia spada. L'insolente gridò al tradimento, ma la cosa non mi toccò. È forse peccato tradire un porco? Il sole era a picco, e a Darién brucia davvero. Nonostante ciò, assistevano al duello centinaia di persone. Disarmai il vigliacco al primo assalto. Lui strisciò sul terreno cercando di recuperare la sciabola. Allora io...» Cox si interruppe e posò il bicchiere. «Ma chi vedo? Big Willy, il vecchio Willy. Retexar, Tristan... Venite amici! Cosa diavolo fate a Port Royal?»

Mentre raggiungeva il tavolo, Macary si guardò attorno. Non gli era chiaro se quella fosse una taverna o un bordello. Sulle pareti e perfino sulle volte erano dipinte scene vagamente lascive, annerite dalle torce, ma lo spettacolo era in sala. Le donne – di ogni età e di ogni razza – erano più numerose degli uomini, e tante di loro stavano a seno nudo. I clienti, a parte un gruppo di ebrei con barba lunga e zuccotto e pochi soldati, indossavano abiti un po' troppo eleganti e vistosi per esserseli guadagnati con un lavoro onesto. Parecchi di loro avevano il viso deturpato da cicatrici, o erano privi delle dita di una mano, se non dell'intero braccio. Le armi che portavano, malgrado chissà quanti divieti, non erano affatto ornamentali: sciabolotti d'arrembaggio, *navajas*, coltelli, pistole.

Al banco dava ordini alle servette una virago dalla profonda scollatura che mostrava seni vizzi e cascanti. Sudava per lo spiedo che sfrigolava dietro di lei, e a intervalli regolari se ne usciva in bestemmie. Faceva scivolare sul banco, verso il personale, boccali di birra scura, che nel viaggio perdevano un quarto del loro contenuto. La spillava da alcune botti un ragazzino indigeno, indaffarato anche, ogni tanto, con i barili di vino, di whisky e di rhum. Le candele accese affumicavano i prosciutti di porco e di cinghiale che pendevano dalla volta, mescolando le loro esalazioni a quelle delle pipe.

«Dobbiamo vedere il governatore Lynch» disse Tristan, mentre si sedeva.

Cox represse un singulto. «Dovete solo aspettare. Di solito arriva un poco più tardi.»

41

Città proibita

John Cox emise un rutto potente e chiamò una servetta. «Basta vino! Quello che avete è disgustoso. Passo alla birra, e così i miei amici. Portane tre caraffe, per iniziare saranno sufficienti. E bicchieri per tutti!»

L'inglese soffocò uno sbadiglio e si appoggiò col gomito sul tavolo, reggendo il mento con la mano. «Tristan, immagino che per sbarcare qua abbiate avuto i vostri problemi.»

«Proprio così. Abbiamo dovuto lasciare le navi al largo, e approdare con una lancia.»

«Ti spiego io perché. Gli spagnoli hanno capito l'antifona e adesso hanno anche loro dei corsari. Il peggiore si chiama Juan Corso e ha per alleato un veneziano, Giorgio Nicola. Comandano due navi leggere dal nome simile, *El León Coronado* ed *El León*. Si riferiscono alla bandiera della repubblica di Venezia, per cui fingono di combattere. Ci hanno già assaliti due volte. Ecco perché il governatore accoglie solo navi dalla provenienza più che certa.»

La servetta aveva portato la birra. Tristan ne assaggiò la schiuma, imperlandosi i baffi. «Corso non so chi sia, e con Venezia non abbiamo rapporti. Siamo quelli della Tortuga, vecchi alleati vostri. Non è sufficiente?»

Cox ruttò di nuovo. «Alleati? E chi lo sa? Dipende da ciò che decidono in Europa i parrucconi.» Mandò giù una sorsata di birra da strozzare un bue. Non tossì nemmeno. Batté sul tavolo il boccale di ferro. «Tristan, piantala con la politica. Né io né tu ne capiamo un accidente. Guarda piuttosto quanti bei culi abbiamo attorno. Approfittane, si campa una volta sola.»

Tristan fece girare lo sguardo sul locale, che era in effetti il tempio stesso della prostituzione, e offriva un intero campionario di carni scoperte, da quelle avvizzite a quelle fresche e rosee. Alzò le spalle. «Non siamo qui per questo, John. Non hai sentito di Veracruz?»

Cox sobbalzò, tanto che versò un po' di birra. «Non dirmi che c'eri anche tu!… Ma sì, adesso capisco perché siete qui! Se ne parla per tutti i Caraibi!» Una gran risata gli fece tremolare la pappagorgia, carezzata da un pizzo setoloso precocemente ingrigito. Afferrò per la vita due delle ragazze che lo attorniavano, una bionda e una rossa. «Guardate questi miei amici, bellezze! Al momento sono i più ricchi che ci siano per mare! Hanno svaligiato la capitale degli spagnoli, capite? Questa è la vostra notte fortunata!»

Le due giovani, formose ma tutt'altro che belle, ridacchiarono e batterono le mani. Agli occhi di Macary non presentavano nessun interesse. Si era convertito, anche se di recente, alla classe e all'eleganza. Quei visi volgari, truccati all'eccesso, gli procuravano disgusto.

Non era così per Big Willy. Mentre Guérin, probabilmente omosessuale, si concentrava sulla birra, l'irlandese non smetteva di divorare con le pupille accese le altre due ragazze sedute alla tavolata: due mulatte abbastanza graziose, forse gemelle visto che avevano in comune il naso troppo lungo e un vago strabismo. Retexar fu costretto a richiamarlo all'ordine con una gomitata.

Cox continuò. «Immagino che là fuori» additò la porta, a indicare il mare «ci siano tutti gli altri. Il cavaliere De Grammont, quel diavolo di Lorencillo, Andrieszoon, Van Hoorn…»

«Andrieszoon non c'è» rispose Tristan «e Van Hoorn è stato ucciso.»

Cox spalancò gli occhi tondi. «Da chi?»

«Da Lorencillo.»

«Be', suppongo che prima o poi dovesse accadere. Si detestavano.» Cox, insoddisfatto del bicchiere, afferrò una caraffa e la portò alle labbra. Versò la birra per metà in gola e per metà su mento e colletto. Puzzava di acido. «Se siete venuti per piazzare il bottino, non credo che Lynch vi lascerà fare. Oh, è stato il primo a compiacersi della presa di Veracruz. Ma non può irritare la Spagna agendo da ricettatore.»

Tristan prese dalla saccoccia che gli pendeva dalla cintura alcune monete d'oro, che fece rotolare sul tavolo. «Abbiamo buoni argomenti per convincerlo.» Sorrise alle ragazze. «Quei pezzi da otto sono tutti vostri, amiche mie. Un segno di amicizia.»

Le prostitute si affrettarono ad afferrare le monete prima che cadessero. Altre donne si avvicinarono, attirate dal tintinnio. Guérin si tirò indietro prima di essere toccato. Big Willy si trovò quasi in braccio una delle mulatte dal naso lungo, e ne approfittò per insinuarle la mano sotto la sottana. Lei rise, ma intanto fece scivolare i pezzi da otto raccolti nella scollatura, entro il busto slacciato per metà.

John Cox scosse il testone. «Non so se, questa volta, il denaro sarà sufficiente a persuadere Lynch. Spira altra aria… Ma eccolo che entra. Domandalo a lui.»

La porta della Catt & Fiddle si era spalancata. Due servitori in livrea precedettero sir Thomas Lynch, governatore della Giamaica, scortato da un soldato con un moschetto sulla spalla. Tutti i presenti si alzarono, se erano seduti, e si inchinarono, incluse la virago al bancone e le prostitute.

Il governatore, che aveva servito come colonnello nell'esercito inglese e, quale unico titolo nobiliare, aveva il cavalierato, non somigliava affatto ai satrapi obesi così comuni in area caraibica. Piccolo, magro, pieno di energia, non sembrava il tipo da dare peso alle medaglie e decorazioni che gli appesantivano la casacca bianca, lasciata aperta sulla camicia e sul gilet. La parrucca era un po' di sbieco, e incorniciava un viso scarno, dall'espressione astuta. Portava al collo, allacciato alla meno peggio, un foulard verde fuori ordinanza.

Lynch vide subito i nuovi clienti della taverna e andò al loro tavolo. Le ragazze scapparono via. Il governatore sedette e si fece aria con il tricorno. «Qui si soffoca, *goddam*!» disse a Cox. «Buonasera, John. Credo di sapere chi sono i tuoi amici. Francesi della Tortuga, non è vero?»

Benché ormai ubriaco, Cox riuscì ad assumere un atteggiamento riguardoso. «Sì, sir Thomas, se volete ve li presento. Ecco il capitano Tristan, che comanda il *Nuestra Señora de Regla*. Poi c'è Rigobert Retexar, il braccio destro del cavaliere De Grammont. Gli altri sono…»

«Non mi importa chi siano. Qui non vogliamo questa sporcizia. Magari i ranocchi non parlano inglese. Traduci quel che ho detto.»

Tristan aveva capito parola per parola. Raddrizzò il busto, indignato. Replicò in ottimo inglese: «Signor governatore Lynch, parlo a nome dell'ammiraglio De Grammont. Forse sapete già che abbiamo preso Veracruz. Ripeto: Veracruz. Siamo carichi di merci da vendere a prezzo conveniente. Non abbiamo nulla a che vedere con Juan Corso. Non pretendiamo neanche di calare l'ancora nel vostro porto. Vogliamo cedere il carico, e questo è tutto».

Lynch afferrò una caraffa di birra, l'ultima piena, e un bicchiere non ancora usato. Quando ebbe finito di ingozzarsi, e due rivoli gli scendevano dagli angoli della bocca, disse, senza cercare di nascondere la collera: «Veracruz? Un capolavoro di strategia. Adesso, la ripresa della guerra tra Francia e Spagna diventa inevitabile. In Europa, qua, ovunque.

De Grammont, che è stato un militare, non è tanto intelligente da capirlo? O forse è proprio questo che cercava?».

Tristan si irrigidì ulteriormente. «Signore, se anche fosse vero ciò che ipotizzate, non coinvolgerebbe l'Inghilterra.»

«Sì, invece. Da qualche anno siamo in pace con gli spagnoli. In caso di conflitto aperto dovremmo scegliere da che parte stare, e questo rovinerebbe i nostri commerci. Anche il governatore Jacques Nepveu de Poincy è d'accordo con me. Non se ne può più della pirateria, che scombina ogni manovra diplomatica.»

«Gli inglesi in pace con gli spagnoli?» Tristan sogghignò. «Buona, questa. L'intera Giamaica pullula di pirati, a partire dal mio amico John Cox. Chiedete a lui quanti galeoni con il leone di Castiglia ha assalito ultimamente, per procurare la vostra percentuale di bottino.»

Cox non poteva rispondere. Si era appena addormentato, la testa all'indietro, la bocca spalancata. Ma nemmeno Lynch poteva replicare. Avrebbe dovuto ammettere la verità. In effetti l'Inghilterra non combatteva la Spagna in mare aperto e non rilasciava lettere di corsa o di marca. Tuttavia, nel nome della sacrosanta iniziativa privata, lasciava che fossero singoli aristocratici o mercanti ad armare navi pirata, a loro spese e a loro rischio. Ciò che permetteva alle autorità di Port Royal di negare ogni corresponsabilità, in caso di cattura. Un sistema che funzionava bene, da un lustro almeno.

Lynch era una persona intelligente, e tale fu la sua replica. «Capitano... come vi chiamate?»

«Tristan. Jean-Marc Tristan.»

«Capitano Tristan, vi sfugge la differenza tra una guerra irregolare, fatta per interposti combattenti, e una guerra dispiegata. Quest'ultima è molto più costosa e per nulla redditizia. L'avere saccheggiato Veracruz, in nome della pura avidità, ci condurrà alla seconda, e ciò diminuirà i guadagni della Giamaica e di tutti i possedimenti inglesi. Per il momento non vi faccio impiccare...»

«Impiccare?» gridò Tristan, sdegnato. «Badate che abbiamo al largo tre navi e centinaia di cannoni!»

«... e di questo dovete ringraziare la mia generosità, che vi ha permesso di sostare senza danni. Quanto a navi e cannoni, Port Royal ne ha molti di più. Ora, per favore, tornate da dove siete venuto. La storia loderà la mia proverbiale condiscendenza. Invece di mettere una corda al collo a voi e ai vostri amici, mi limito a ricacciarvi in mare con un calcio nel culo.»

La provocazione era gravissima, degna di un duello. Nemmeno Tristan, però, mancava d'acume, e gli fu facile intuire che non gli conveniva insistere. Si alzò dal tavolo senza riuscire a occultare la vergogna. I compagni lo imitarono.

Macary fece lo stesso, ma ebbe un impulso imprevisto. Porse al governatore una delle due buste che aveva con sé. «Sir Thomas, il capitano Laurens de Graaf mi ha chiesto di consegnarvi questa missiva.»

Lynch fu stupito da quella novità imprevista. «Lorencillo? Date qua.» Strappò la busta sigillata e scorse il foglio che conteneva. Quando rialzò lo sguardo era decisamente rabbonito. «Ma guarda! Il terribile De Graaf chiede di entrare al mio servizio. Ne ha abbastanza della Francia, è evidente. Be', posso pensarci. Contro Juan Corso e Giorgio Nicola, Lorencillo potrebbe fare al caso mio.»

«Ho un'altra lettera da consegnare. È anch'essa di Lorencillo. È diretta a sua moglie, che vive in Spagna, nelle isole Canarie.»

«Datemi anche quella. La farò recapitare.»

Notando la calma del governatore, Tristan osò dire: «Non sarà il caso di ridiscutere dei nostri possibili commerci?».

Lynch si inalberò all'istante. «Ma allora siete sordo? Non avete capito ciò che vi ho detto? Tornate ai relitti che chiamate navi e sbarazzate Port Royal della vostra spazzatura. Vi concedo due ore per salpare. Dopo, cominceremo a cannoneggiarvi, e ogni veliero di Chocolata Hole vi verrà incontro.»

Tristan era di un pallore impressionante. «Penso che siate ubriaco. Nessun uomo lucido di mente sfiderebbe così il cavaliere De Grammont e i Fratelli della Costa.»

«Un tempo no, ma adesso siete finiti. Cadaveri viventi. Port Royal non farà che crescere, la Tortuga è condannata. Adesso vedete di sparire. Andate a combattere altrove battaglie che nessuno vuole più, a partire dal vostro stesso re.»

Ai filibustieri non restò che uscire, mentre Lynch svegliava Cox, perché richiamasse le ragazze di poco prima.

42

Senza Dio né padroni

Al ritorno del piccolo gruppo di esploratori sulle rispettive navi, l'annuncio dell'insuccesso delle trattative non fu accolto bene. Lorencillo riservò al diavolo gli infiniti epiteti che gli venivano in mente, De Grammont coprì Dio in persona di maledizioni e di oscenità. Ma non c'era molto da fare: bombardare Port Royal con soli tre velieri era impensabile. Non restò, all'alba, che levare le ancore e riprendere la navigazione. Verso dove, era da decidere.

L'ammiraglio e gli altri due comandanti, Tristan e Lorencillo, si riunirono sul *Neptune*, per il pranzo delle dieci. Furono ammessi anche alcuni ufficiali: Callois, Retexar, Macary. E un nostromo: François Le Bon, che di mare ne sapeva più di tutti.

Macary poté osservare da vicino, per la prima volta, la trasformazione che si era operata nel cavaliere De Grammont dopo la morte della sorella. Il colorito del suo viso si confondeva con il grigio degli abiti che indossava. Gli occhi, dello stesso colore, si erano infossati, come se non dormisse da giorni. Non portava parrucca, e capigliatura, baffi e barba si erano sbiancati in più punti. Nella bocca, raramente socchiusa in un sorriso senza allegria, erano evidenziati, della sua dentatura, solo i canini.

Fu De Grammont, sedutosi a tavola con grande sforzo (le

gambe non lo sorreggevano), il primo a prendere la parola. Ci volle tempo. Anzitutto esaminò con cura il vino che Bamba gli aveva servito. Lo scosse nel bicchiere, ne osservò il colore, ne inspirò l'aroma. Più che movenze da buongustaio, parvero quelle di chi teme un avvelenamento. Soddisfatto dall'indagine, si fece riempire la coppa fino all'orlo e disse: «Non ci voleva. Contavo di vendere un po' di merci e di schiavi a Port Royal. L'unico mercato praticabile resta L'Avana e, se vogliamo rassegnarci a guadagnare meno, Petit-Goâve. Non ho però viveri a sufficienza per arrivare fin laggiù, e anche l'acqua comincia a scarseggiare. Voi come siete messi?».

«Identica situazione» disse cupo Lorencillo. «Poco da bere e poco da mangiare. I cinghiali sono finiti, e così il resto. L'equipaggio si lamenta perché la ripartizione del bottino è rimasta a metà, e il *chasse-partie* non è stato rispettato.»

«E voi, Jean-Marc, cosa ne pensate?» domandò De Grammont.

Tristan rifletté. «Ammiraglio, la soluzione migliore sarebbe tornare alla Tortuga o a Petit-Goâve. Senza viveri e con poca acqua non possiamo andare più lontano. Arriveremmo all'Avana mezzo morti di fame, o morti del tutto. In più, io ho la mia nave da carenare.»

«In uno dei porti sicuri riprenderemmo fiato» aggiunse Lorencillo «e decideremmo meglio i programmi futuri. Sarebbe anche possibile ricongiungerci ai nostri compagni, dispersi chissà dove.»

De Grammont abbassò il capo e guardò il piatto che aveva davanti. Quando rialzò la testa il suo sguardo scintillava, tanto che gli occhi, normalmente grigi, davano l'impressione di essere neri. Si trattava di collera o di febbre? Forse un insieme delle due.

«State dimenticando, signori, che noi siamo della Filibusta. Predatori nati, combattenti che non hanno paura di morire, pronti a trascinare all'inferno il maggior numero di nemici. Quando un filibustiere rischia di rimanere senza viveri né acqua che fa? Torna a casa? Niente affatto! Cerca un galeone e lo prende! È questo il suo mestiere. Direi di più: è il suo destino!»

Nessuno, di fronte a tale foga, osava cominciare a mangiare. Tutti però bevevano. Forse un bicchiere di vino diede a Tristan il coraggio per obiettare: «Ammiraglio, non abbiamo più con noi una ventina di velieri. Le nostre navi sono ridotte a tre, e seriamente danneggiate dalla tempesta. Dopo Veracruz, non sarà facile trovare galeoni isolati. Uno solo di essi, d'altra parte, sarebbe forse in grado di colarci a picco».

Anche Lorencillo trovò in una coppa di Rueda l'ardire per manifestare i propri dubbi. «Io penso, ammiraglio, che non sarebbe probabile trovare galeoni in generale, singoli o in gruppo. E c'è un secondo fattore da considerare. I resoconti del capitano Tristan e degli altri che sono tornati da Port Royal fanno capire che ci troviamo in una situazione politica delicata. Abbiamo infranto dei trattati di pace. Prima di tornare all'offensiva per mare, è più prudente attendere di sapere quale sia il nuovo quadro, dopo Veracruz. Se la Francia, che già non era d'accordo, ci appoggia ancora. Le decisioni future le prenderemo su quella base.»

Il cavaliere De Grammont fece un sogghigno amaro. «È dunque in previsione di un cambiamento di scenario, capitano Laurens, che avete offerto al governatore della Giamaica la vostra spada? O è stato per una normale propensione al tradimento?»

La fisionomia di Lorencillo perse di colpo la consueta spensieratezza. Fissò Macary con autentico odio. «Porco demonio, non ci si può più fidare di nessuno! Raccomandi la discrezione e c'è chi va a spiattellare in giro cose riservate. Finito questo pasto, che nessuno mi cerchi: devo fare morire una certa persona che ho qui davanti. Ma lentamente, in modo che soffra come una bestia.»

Macary si sentì raggelare. Si sapeva innocente, ma non trovava le parole per gridarlo. Avvertiva un fato ostile deciso a dannarlo, e ciò lo paralizzava. Farfugliò qualcosa che nessuno capì, e si aggrappò ai bordi dello sgabello. Le sue fantasie di essere belva e soldato modello, di fronte a belve vere, erano svanite in un istante.

De Grammont lanciò una delle sue solite bestemmie. «Non mi avete risposto, capitano Laurens! Cosa vi ha spinto a offrire all'Inghilterra i vostri servigi?»

Lorencillo si grattò la sommità del cranio, fluente di capelli biondi. La replica, come era nella sua indole, fu di una sincerità quasi disarmante. «I motivi li avete detti voi, ammiraglio. Non so per quanto tempo Luigi XIV ci sosterrà ancora. Tenete presente che, se avessi una patria, sarei olandese. Non considero dunque un tradimento passare con Carlo II, se mi lascia fare ciò che i francesi, a quanto temo, non mi permetteranno più.»

Cadde un silenzio prolungato, interrotto da ciò che, in De Grammont, poteva equivalere a una risata. «Signori, mangiamo questa carne, che è ormai fredda» disse il cavaliere, meno cupo di poco prima. Per dare il buon esempio, prese ad affettare l'arrosto. «Quanto a voi, Laurens, non avete tutti i torti. Da questo momento ognuno si consideri libero. Non sono l'ammiraglio di alcunché. Neanche servo la Francia: non ho padroni. Terrò fede al mio impegno e, una volta venduti schiavi e mercanzie, integrerò col ricavato la quota che ogni membro della flotta ha già avuto. Fatelo sapere agli equipaggi.»

Lorencillo stava per addentare un boccone, ma si arrestò con la fetta sulla punta del coltello. «Francamente non vi capisco, *Sieur* De Grammont. Sapete bene quanto rispetto ho per voi. Però non afferro l'utilità di navigare alla disperata in cerca di prede che potrebbero non apparire in tempo.»

«Allora cercherò di spiegarvelo, Laurens.» De Grammont si pulì le labbra in un lembo della tovaglia, da perfetto gentiluomo qual era. «Ho dovuto seppellire in mare una persona buona e gentile, la creatura che più amavo. Con lei ho trascorso l'infanzia, e mi rimprovero i dispetti che potrei averle fatto da bambino. Non ho avuto nemmeno la soddisfazione di rivederla in salute, somigliante almeno vagamente a ciò che era stata. Mi sono ritrovato a custodire un corpo irriconoscibile che mi moriva tra le mani a poco a poco. Ed era la stessa bimba di tanti anni fa. Cominciate a capirmi, Laurens?»

Le ultime frasi ebbero la cadenza di un singhiozzo, anche se gli occhi del cavaliere, tornati al grigiore naturale, si mantenevano asciutti.

Lorencillo sembrava molto imbarazzato. Disse, con esitazione: «In parte vi comprendo, ammiraglio, e vi garantisco che il vostro dolore è anche il mio. Quello che seguito a non capire è perché vogliate gettarvi in un'avventura spericolata, senza cibo né acqua. Cos'ha a che vedere con la vostra Claire?».

De Grammont calò il coltello sull'arrosto come se fosse un corpo umano. «Voglio sangue!» gridò. «Voglio farla pagare a chi ha messo a morte un'innocente perché seguiva un'altra religione e faceva del bene a chiunque la avvicinasse! Ci sia un solo galeone isolato, in questi mari maledetti, io lo scoverò! E lo spagnolo pagherà, sulla punta della mia sciabola, ciò che ha fatto soffrire a mia sorella! La bimbetta sempre sorridente che io ricordo!»

Lorencillo, che non aveva toccato cibo, abbandonò le posate e si alzò. «Con rispetto, cavaliere, non sono più in grado di obbedirvi. Avete buone ragioni, ma la vostra è una causa individuale. Io rischio la pelle per emolumenti concreti, non per reminiscenze. E ho ancora in mente ciò che diceste sul valore di una carcassa.» Fece un cenno a Macary, ancora aggrappato allo sgabello. «Tu, coniglio, vieni con me. Abbiamo dei conti da regolare. Lo sai cosa si fa con gli animali della tua specie? Li si scuoia.»

«No!» L'esclamazione pacata di De Grammont fu accompagnata dallo scatto del cane alzato sul fornello della pistola. «Hubert Macary torna sulla mia nave, in veste di secondo ufficiale. Ne ha combinate di ogni colore, ma è stato lui più di ogni altro a cercare di salvare Claire. Non lo posso dimenticare.»

Lorencillo vacillò leggermente, in preda allo sconcerto. «Posate quell'arma, ammiraglio. È assurdo che ci uccidiamo tra noi.» Sospirò. «Prendetevi Macary. Ho a bordo Gabriela Junot-Vergara, a cui il nostro amico tiene tanto. Mi rifarò su di lei.»

«Niente affatto.» De Grammont continuava a puntare la pistola. La sua voce era catarrosa, ma non lasciava trapelare emozioni. «Voglio anche lei, entro un'ora, sul *Le Hardi*. Fa parte del mio bottino, lo avete scordato? Adesso, se non avete più fame, ritiratevi. Laurens, le nostre strade tra breve si dividono. Ci si ritroverà alla Tortuga, prima o poi.»

«Già, prima o poi.» Lorencillo fece un inchino. «Malgrado ciò che ci siamo detti, cavaliere, vi considero sempre un maestro. Il più grande tra i Fratelli della Costa.»

De Grammont abbassò il cane della pistola e la ripose. «La stima è reciproca. Non tradite però Luigi XIV. È un capo infido, ma non ce ne sono di migliori sulla piazza. Gli inglesi, dal canto proprio, servono una loro concezione di Dio. Non capiscono i Caraibi, dove Dio non conta nulla e i padroni sono opzionali.»

Lorencillo si inchinò di nuovo. «L'avevo detto, siete un maestro.» Abbassò la testa per uscire dal quadrato.

Macary era rimasto ad ascoltare col fiato corto e il cuore che gli rimbombava contro il costato. Si sollevò a fatica. «Signore, vi ringrazio per...»

«Nessun ringraziamento» rispose De Grammont, tagliente. «Cercate solo di essere meno stupido in futuro, quando sarete sulla mia nave. Di idioti come voi ne ho visti pochi, nella mia carriera. Avete qualche dote, cercate di svilupparla.»

Retexar, Callois, Le Bon e Tristan avevano inghiottito solo alcuni bocconi, più che altro per dovere. Furono palesemente soddisfatti quando De Grammont li congedò.

Sulla tolda, Tristan prese Macary sottobraccio. «Amico mio, ho qualcosa da dirvi. Riguarda le lettere di Lorencillo consegnate al governatore Thomas Lynch, e come De Grammont ne sia venuto a conoscenza. C'è di mezzo una donna. Sempre quella.»

Sotto l'albero maestro un gruppo di avventurieri stava calando la barcaccia. Avrebbe ricondotto gli ospiti, e chi cambiava di nave, ai rispettivi velieri. Intanto il sole saliva verso il centro del cielo, e il caldo si faceva torrido.

43

L'avvistamento

Dopo le parole di Tristan, Macary era divorato da una curiosità malsana. Non ebbe modo di parlargli. L'imbarcazione era già sotto la fiancata del *Neptune*, e Retexar regolava la discesa. Afferrò Macary per un braccio e lo avviò alla scaletta.

«Andate, prendete il timone.»

«Un momento!» Era Levert che sopraggiungeva. «Hubert, te ne vai davvero sul *Le Hardi*? A soffrire la fame? Quella nave già puzzava di morte prima. Figurarsi adesso.»

Macary non riuscì a celare il fastidio. «Devo farlo. Tu rimani qui?»

«Sì. Tutto sommato, Lorencillo è il meno matto del branco. Non minaccia tragedie e ci porterà in salvo. Ma De Grammont?»

«Adesso basta!» intervenne Retexar, irritato. Spinse Macary. «Forza, al vostro posto. Altri devono salire.»

Mentre scendeva le griselle, Macary colse lo sguardo preoccupato di Levert. L'amico gli stava rivolgendo un cenno di saluto, cui non poté rispondere. Gli sembrò una specie di addio.

L'oceano calmo teneva la barcaccia accostata al *Neptune*, e i rematori la mantenevano stabile senza difficoltà. Tristan si collocò a prua. De Grammont si calò lentamente, una grisella alla volta, i denti stretti per il dolore. Cadde di peso su uno dei banchi centrali, con un sospiro che tutti poterono udire. Infine arrivò doña Gabriela Junot-Vergara, che volteggiò oltre l'impavesata con leggiadria, indifferente al fatto che da basso le si vedessero le *culottes* e un tratto di gambe scoperto. L'accompagnava e l'aiutava Enriqueta, l'ancella mulatta che Macary aveva incontrato nel gavone degli schiavi. De Grammont, evidentemente, aveva deciso di metterla in libertà, forse su richiesta della padrona.

Macary notò lo sguardo carico di avversione che Tristan scoccò alla dama. Gabriela, però, non parve accorgersene. Invece, mentre De Grammont le porgeva la mano per farla sedere accanto a lui, rivolse a Macary un tenue sorriso, sufficiente a sconvolgere l'ufficiale e le dubbie certezze che si era formato.

Fu sciolta la cima che tratteneva la barcaccia, la scaletta fu ritirata. Dall'alto del *Neptune*, Lorencillo rivolse a De Grammont un gesto di cordialità. «Cavaliere, vi ho passato un barile d'acqua, tre prosciutti e un po' di gallette. Non potevo fare di più.»

De Grammont sollevò il cappello. «Ve ne sono grato, capitano Laurens.»

«Spero di rivedervi presto alla Tortuga, in forma come sempre. Porco diavolo, se mi morite voi, cosa resterebbe del mito dei Fratelli della Costa?»

«I miti non muoiono. Gli uomini sì, invece.» De Grammont calcò il copricapo e apostrofò i rematori. «Dateci sotto, con la voga. Desidero salpare prima dell'imbrunire.»

Tristan fu condotto sotto *La Reglita*, e vi si arrampicò con un paio dei suoi uomini. Fu poi la volta del *Le Hardi*. Era un semplice brigantino, ma visto dal basso, sotto le file dei cannoni, si presentava minaccioso. Aveva bisogno urgente di una carenatura. Le teredini avevano invaso tutto lo scafo e, entro le loro valve bianche, ne divoravano il legno. Anche le vele, rattoppate, necessitavano di una sostituzione.

Ciò conferiva al veliero un aspetto spettrale; e tuttavia si intuiva che si trattava di un vascello temibile, rotto a ogni battaglia. In quel momento inalberava la bandiera bianca gigliata delle navi da guerra francesi.

Salito sulla tolda, Macary allungò il braccio per aiutare De Grammont. Il cavaliere mosse il capo in segno di diniego. «Faccio da solo. Occupatevi piuttosto di doña Gabriela. Immagino che non aspettiate altro.»

Macary obbedì. Fu l'occasione, per lui, di vedere dall'alto le spalle nude e il seno coperto a metà di colei che si era imposta alla sua immaginazione. La dama accettò la sua mano, ma salì senza sforzo. Aveva i piedi nudi. Le sue scarpette le teneva Enriqueta, che montava subito dopo.

Mentre si scrollava l'acqua di dosso e, appoggiata all'impavesata, si infilava le calzature, Gabriela osservò: «Che odoraccio insopportabile! Durerà a lungo?».

Macary allargò le braccia. «È quello di tutti i velieri, specie se vecchi. Catramature, marciume delle assi, fiorire di parassiti. E poi le vele, diventate putride e appesantite dalla salsedine.» Aggiunse sottovoce: «Ti devo parlare in privato. Mi devi molte spiegazioni».

Gabriela gli sorrise. «In privato? Non so nemmeno dove mi sbatteranno. Passo da una prigione a una stiva. Dio non è stato molto buono con me, ultimamente.»

«Sono qui per aiutarti, Gabriela. A patto che tu sia sincera con me.»

«Aiutarmi? C'è un solo modo, Hubert. Comperami. Comperami come schiava. Dopo, la sincerità rientrerà fra gli obblighi del mio servizio.»

Nel frattempo, De Grammont interrogava Rigobert Retexar, che aveva ripreso le funzioni di primo ufficiale. «Sapete come stiamo a viveri e acqua?»

«No, capitano. Sono salito dopo di voi. Mi hanno riferito che le scorte sono quasi esaurite. Possiamo contare solo sugli alimenti e sul barile che ci ha dato Lorencillo.»

«Visitate le stive, traetene tutto ciò che è commestibile.»
«Sarà fatto.»

«Ma adesso è il momento di salpare. Strappate il secondo ufficiale Macary ai suoi colloqui galanti. È già il crepuscolo, si prende il largo.»

Iniziarono le solite operazioni. Sollevare l'ancora, spiegare le vele maggiori. Il brigantino cigolava più che mai, come se la sosta al largo di Port Royal lo avesse invecchiato. Oscillò, prese il vento. Infine si allontanò dalle navi sorelle, diretto a settentrione. Cessarono gli ultimi saluti, inghiottiti da un buio crescente. A quelle latitudini, il sole calava in fretta.

Macary, aggrappato al pennone di maestra per sciogliere i gerli, aveva visto Gabriela scendere con Enriqueta nel quadrato, accolta da Exquemeling e seguita da De Grammont. Non c'era modo di farle visita, per il momento. Saltò sulla tolda mentre la campana suonava la fine del suo turno e l'inizio della guardia notturna. Raccolse il sacco con i beni e gli indumenti, abbandonato accanto a un ombrinale, e camminò verso il boccaporto che conduceva alla camerata.

Fu intercettato da Retexar. «No, non dormirete laggiù. Siete secondo ufficiale, e il capitano ha disposto che abbiate una cabina tutta per voi. Minuscola e puzzolente, ma pur sempre una cabina. Cenerete con noi tra mezz'ora, nella sala comune. Ci saremo io, Exquemeling, il cavaliere e non so chi altri.»

Macary stentava a crederci. «Io nel quadrato?»

«E dove, sennò?» Retexar fece una smorfia. «Ve lo confesso con sincerità, non sono molto d'accordo. Avete delle qualità, ma non vi ritengo affidabile. Mica sempre l'obbedienza militaresca è una virtù, specie tra chi corre il mare. Sta di fatto che siete salito non tanto in grado, quanto in considerazione.»

«Be', è una buona notizia» commentò Macary, imbarazzato.

«L'unica buona, direi.» Retexar indicò l'oscurità che si era ormai impadronita dell'orizzonte. «Navighiamo verso settentrione senza una meta precisa, a parte L'Avana, che è troppo lontana. Il cavaliere lascia che la nave marcisca come la sua anima. Sembra volerne fare il sacello della sorella. Non so davvero come andrà a finire.»

Era uno sfogo, e non c'erano repliche possibili. Macary salutò e cercò la nuova cabina. La trovò facilmente. Era una stanzetta asfittica, senza finestre. Il lettino sembrava fatto su misura per uno gnomo. Non c'erano tavoli né scansie, ma solo due seggiole sbilenche, col fondo in paglia. Su una di esse erano posate una clessidra e una candela, chiusa nella sua gabbia di ferro. Macary appese quest'ultima a un gancio che pendeva dal soffitto.

Era emozionato di trovarsi così vicino a Gabriela. Forse, in quel momento, stava udendo i rumori che lui produceva. Non era abituato ad analizzare i propri sentimenti, ma qualche domanda se la pose. Era innamorato di quella donna? No, nel senso tradizionale del verbo, nondimeno ne era straordinariamente attratto. Ciò comportava affetto? Per nulla. Aveva coscienza di quante volte lei si fosse dimostrata indegna della sua fiducia (e forse altre brutte scoperte si preparavano?). Di ciò non gli importava troppo. Ambiva a starle vicino, a contemplare la sua bellezza, a toccarla, a possederla quando ne aveva voglia. Come con un cardellino in gabbia, rapporti carnali a parte. Senza che al padrone interessasse molto indagare i pensieri elementari o i comportamenti strani del suo animaletto. Gabriela, d'altronde, si prestava a quella lettura, con il suo eccesso di atteggiamenti vezzosi o sensuali.

Era ormai ora di andare a cena. Macary stirò con le dita le pieghe della palandrana, depose sul lettuccio spada e pistole, carezzò le pieghe del tricorno come per ravvivarne i colori spenti. Finalmente uscì nel corridoio, in cerca della sala da pranzo sovrastante il giardinetto di poppa.

In quel momento udì un grido, di cui sulle prime non intese il senso. Si affacciò sulla tolda.

«Uomini! Siete diventati tutti sordi?» Chi chiamava era la vedetta in testa d'albero. «Ci sono luci, al mascone di babordo! Sembra una nave molto grande!»

Macary fu quasi travolto da De Grammont, che lo scostava per correre sul ponte, saltellando con una gamba sollevata. «Una nave? Dunque il diavolo ci protegge e combatte con noi! Non ne avevo mai dubitato!… Retexar, passatemi il vostro cannocchiale!»

«Eccolo, signore. Si vedono le luci di poppa e di prua. Nient'altro. La luna è ancora bassa e lontana.»

De Grammont aggiustò l'oculare. «È un galeone, non ho dubbi. Basti vedere lo spazio tra le due lanterne… Deve essere molto veloce, nonostante la stazza. A ogni istante rimpicciolisce un poco.»

«È così, capitano. Non c'è verso di prenderlo.»

«Questo lo dite voi.» De Grammont lanciò una bestemmia. «La direzione la vediamo. Nord-nordovest. Lo perderemo, ma prima o poi rallenterà. E noi gli saremo addosso.»

«Capitano, sinceramente mi pare una cattura impossibile.»

«Non lo è, Retexar. Rientra nella logica delle cose. Rientra nel disegno del destino. Credetemi, non sto vaneggiando… Fate suonare la campana. Nessun turno di riposo, tutti in coperta! I gabbieri arriva! Ogni vela deve essere distesa. E si spengano i fanali!»

Retexar trasmise gli ordini, malgrado la loro palese contraddittorietà. Con la luna appena un poco più alta sopra l'orizzonte, delle dimensioni di uno spicchio sottile, salire le sartie in assenza di luce diventava un esercizio di equilibrismo. Lo stesso valeva per mantenersi ritti su una corda che non si vedeva, e da lì sciogliere le cime che mantenevano le vele serrate.

«Avanti, gabbieri!» gridò Macary. Prese a salire col cuore

in gola. L'assenza di riposo gli rendeva braccia e gambe pesanti.

D'improvviso il cielo si illuminò di stelle. Erano apparse tutte insieme, e riempivano di ghirigori il firmamento. Il debole chiarore lunare era vinto dal biancore delle costellazioni.

Macary poté udire De Grammont dire a Retexar, con contenuta esultanza: «Che vi dicevo? Abbiamo protettori sovrannaturali, che appoggiano la nostra impresa».

«Celesti o infernali?»

«Cosa importa? Gli antichi davano loro un nome unico. Fato.»

44

Fame

L'inseguimento – se così si poteva chiamare percorrere la rotta di un galeone che era chissà dove – durò giorni. Nel frattempo, non furono indette cene nel quadrato. Si mangiavano cotiche, gallette, verdure raggrinzite. Qualche pesce catturato in dispregio di un antico divieto: ai Fratelli della Costa repelleva pescare e cibarsi di prodotti dell'oceano. Era l'antica contraddizione. Gli avventurieri vivevano sul mare, però lo odiavano. Rifuggivano da qualsiasi cosa provenisse dalle sue viscere.

Infine un pranzo per gli ufficiali fu convocato, alle dieci di un mattino terso di settembre. Macary vi si recò solo perché Retexar insistette: avrebbe preferito la zuppa sempre più annacquata che si serviva normalmente, consumata in fretta tra camerati.

Prese posto accanto al suo superiore, a una tavola apparecchiata per cinque, riscaldata dai raggi di sole che entravano copiosi dai finestroni e facevano danzare vortici di pulviscolo dorato. Entrarono poi De Grammont ed Exquemeling: il primo abbastanza in forma, e tutto sommato sereno; il secondo attento a eventuali sbandamenti del suo assistito.

Restava un quinto posto. Il cavaliere annunciò: «Avremo un'ospite, signori. Una dama di rango. Ah, eccola!».

Gabriela Junot-Vergara entrò nella sala, sorridente e fulgida più che mai. Chissà per quale miracolo, le sete, le trine e i velluti dell'abito che indossava non mostravano traccia del logorio che avevano subito in mesi di prigionia. Anche l'acconciatura dei capelli neri, alta e complicata, appariva impeccabile. Nastrini azzurri, per tenerla assieme, avevano preso il posto delle perline, ma non c'erano altri segni di ristrettezze.

La seguiva Enriqueta, che spostò la sedia per farla accomodare e si tenne alle sue spalle.

Gli uomini si alzarono, a capo scoperto, e rimasero in piedi finché Gabriela, con un gesto grazioso, non li invitò a sedersi. Nessuno osò rilevare che avere una donna a tavola, e per di più una prigioniera, era una grave violazione delle regole della Filibusta: quanto meno quelle non scritte, che però tutti rispettavano. Morgan, a suo tempo, aveva intrecciato relazioni con prede del gentil sesso. Mai e poi mai, tuttavia, aveva azzardato introdurre una di esse nella mensa ufficiali, in cui si parlava di guerra o, nei momenti di spensieratezza, ci si abbandonava a scherzi grevi, decisamente maschili. Sapeva che avere una donna a bordo, di per sé, portava male. E comunque Morgan era Morgan: si conosceva bene che fine aveva fatto quel traditore, prigioniero di un'avidità sconfinata.

Macary pensò a tutto questo, troppo incantato per ordinare le sue riflessioni in un filo logico. Chi lo fece fu forse Retexar, a giudicare dal suo sguardo. L'ufficiale non osò dire parola. Tenne le sopracciglia aggrottate e, da quel momento, limitò i propri interventi ai temi che avevano a che fare con il suo ruolo.

Uno di essi si presentò subito. Chi serviva le portate era uno schiavo bianco, uno spagnolo catturato con Pepe Canseco e destinato a coadiuvare il cuoco. Portò in tavola, su un vassoio, fettine di prosciutto di cinghiale arrostito di spessore ridicolo, accompagnate da poche patate lesse.

De Grammont osservò quel piatto insufficiente anche a nutrire un bambino. «Che cos'è? Uno scherzo?»

«No, signore» rispose lo spagnolo nella sua lingua. «È l'ultima carne che ci resta. Dopo, sarà finita.»

«E il vino? Non ne vedo. È finito anche quello?»

«Purtroppo sì, e anche il rhum. Sto per portarvi una caraffa d'acqua. In fondo al barile ce n'è ancora un poco.»

Macary aveva notato che, seduto al suo fianco, Retexar fremeva.

Alla fine il suo vicino non riuscì a trattenersi.

«Capitano» sbottò «non avete idea della situazione a bordo. Eppure ho cercato di informarvi. Non c'è più nulla da bere e da mangiare. Soffriamo noi, ma l'equipaggio deve accontentarsi di zuppe insapori, e presto non avrà di che nutrirsi. Dobbiamo fare scalo, cercare a terra rifornimenti. Non inseguire un galeone fantasma, tre volte più veloce di noi!»

Le iridi di De Grammont si raggelarono all'istante, e tornarono al loro colore naturale: grigio acciaio. «Credevo di avervelo già spiegato, primo ufficiale. Quel galeone che voi dite "fantasma" è la nostra salvezza. Contiene viveri capaci di farci arrivare all'Avana e dovunque vogliamo.»

«Non lo raggiungeremo mai! Specie con il *Le Hardi* che rischia di disfarsi sotto i nostri piedi!»

«E invece sì, lo raggiungeremo. Confido che mi obbedirete, signor Retexar. Non ditemi che mi sono ingannato sul vostro grado di lealtà.»

L'interpellato abbassò lo sguardo. «No, certo, capitano» borbottò. «Sapete che non potrei ribellarmi a ciò che mi ordinate.»

«Ottimo. Questo è parlare.» Più rilassato, De Grammont guardò lo schiavo spagnolo, immobile davanti alla tavola con il suo vassoio. «Quante fette di prosciutto ci sono a testa?»

«Due, mio capitano. Una grande e una piccola. Ma se ne volete due grandi…»

«No. Chi riveste attualmente l'incarico di nostromo? L'Esquelette, mi pare.»

«È così, capitano.»

«Bene. Portate a lui la mia razione. Un po' di digiuno non può che giovare alla mia gotta, non è vero, Exquemeling? E poi L'Esquelette è così magro...»

Macary rimarcò la nobiltà dell'offerta, ma i suoi sguardi e i suoi pensieri erano per Gabriela. Lei ignorava quei segni di attenzione. Solo Enriqueta parve rilevarli. Si portò un dito alle labbra, che ritirò subito dopo.

«Mangiate, signori» esortò De Grammont. «Sarà un pranzo molto rapido, purtroppo, e lamento l'assenza del vino. Non ho caricato bottiglie a sufficienza.» Si rivolse a Gabriela, con un mezzo inchino. «Chiedo scusa in primo luogo a voi, doña Junot-Vergara. Credetemi, la carestia sarà brevissima. Dopo tutto ciò che avete sopportato, tollererete anche questo sacrificio.»

Lei sorrise, mostrando denti straordinariamente candidi e regolari, in un'area del mondo in cui bocche sdentate e gengive affette da piorrea erano molto comuni. «Vi assicuro, cavaliere, che condivido in pieno il vostro discorso sull'utilità del digiuno. Il corsetto stringeva troppo. Mi farà bene allentare la pressione sulle stecche di balena. E accompagnare il dimagrimento con le chiacchiere casuali e simpatiche di un gruppo di gentiluomini, diventati dei fuorilegge senza rinunciare alle buone maniere.»

Parole tanto forbite avrebbero sedotto chiunque. Quanto meno, sedussero Macary.

De Grammont sollevò la coppa vuota. «Mi piacerebbe brindare con qualcosa alla vostra bellezza. Purtroppo non dispongo di liquidi adeguati. Rimandiamo.» Posò il bicchiere di peltro. «Circa le chiacchiere casuali, avrei qualcosa da chiedervi, a beneficio di alcuni degli astanti. Semplici curiosità.»

«Domandate pure, capitano.»

«Per esempio, voi che siete stata in Europa sarete meglio informata di me sulle controversie religiose di laggiù. Cos'è quest'ultima novità che l'Inquisizione cattolica cerca di reprimere? Che cos'è il quietismo?»

Fino a un attimo prima sicura di se stessa, Gabriela lasciò cadere il coltello e la fettina di cinghiale che trafiggeva. Deglutì più volte. Quando rispose, lo fece con voce più debole della norma. Il sorriso scomparve. Era, lo si vedeva, molto emozionata.

«Il cosiddetto "quietismo" era una tendenza del cristianesimo che il papa ammetteva, solo pochi anni fa. Adesso ha cambiato idea, e i quietisti vengono perseguitati e imprigionati ingiustamente.»

«Ingiustamente? Ne siete sicura?» Per quanto De Grammont parlasse con garbo, vibrava nella sua intonazione una nota maligna, facile a percepirsi. «Spiegateci in cosa consisterebbe il sopruso, e le ragioni della condanna papale. In parole povere, cosa sostiene il quietismo?»

Gabriela non aveva ancora recuperato la completa padronanza di sé. Poté solo sussurrare: «Non chiedete a me di teologia. Non sono la persona adatta».

«Comprendo. Fortuna vuole che abbiamo con noi un uomo coltissimo. Dottor Exquemeling, di sicuro sapete di cosa stiamo conversando. Spiegate voi cosa sostengono i quietisti, e per quale motivo la Chiesa cattolica li perseguita.»

Il chirurgo aveva appena finito le sue fettine di cinghiale e attendeva l'arrivo della caraffa d'acqua. Si carezzò la barba. «I quietisti sono ritenuti eretici quanto gli *alumbrados*, l'altra bestia nera dell'Inquisizione spagnola. Ritengono che la luce spirituale, l'impronta di Dio, non vada raggiunta con atti esteriori né con espressioni pubbliche di fede, tipo le cerimonie, le processioni o le messe. È sufficiente abbandonare ogni forma di convinzione razionale e porsi in sintonia con le forze celesti. Dio invaderà, per così dire, l'anima del credente.»

De Grammont annuì. «Fin qui ci arrivo. Un misticismo esagerato. Degli *alumbrados* qualcosa ho sentito. Erano condannati dalla Chiesa di Roma e dall'Inquisizione di Spagna anche per i loro costumi immorali. Ciò che si faceva del corpo aveva poca importanza. Non mi pare che valga per i quietisti.»

«Invece un poco sì, secondo gesuiti e domenicani, per una volta alleati. Nel suo stato di abbandono, il quietista può essere invaso anche dalle tentazioni della carne ispirate dal diavolo. Nemmeno in quel caso deve reagire o ribellarsi, ma accettare supinamente la prova, come pedaggio da pagare in vista della salvezza.»

Macary, annoiato dalla conversazione, continuò a osservare Gabriela. Notò che aveva perso ogni disinvoltura. Stava rigida, il coltello e la forchetta in mano, evitando di respirare troppo vistosamente. Il suo viso si era arrossato, quasi avesse avvertito solo allora il calore della giornata e dell'ambiente. Sudava anche un poco. Enriqueta le aveva messo una mano sulla spalla.

«Che curiosa dottrina» commentò De Grammont, in tono divagante. «Ha molti seguaci?»

«Non molti, però illustri» rispose Exquemeling. «In Francia sembra avere conquistato Fénélon, il barnabita padre Lacombe e anche una dama dell'alta società, Jeanne-Marie Bouvier de la Mothe Guyon. Ma il centro di irradiazione del quietismo è in Spagna, e fa capo al padre Miguel de Molinos, di cui non so abbastanza. È di lui che domenicani e gesuiti chiedono la testa.»

«Mi sembra di avere sentito questo nome, di recente. Ha esposto le sue idee in qualche libro?»

«Sì, soprattutto in uno. La *Guía espiritual que desembaraza el alma y la conduce al interior camino para alcanzar la perfecta contemplación*. Nota, più semplicemente, come *Guía espiritual*.»

Rientrò lo schiavo spagnolo con la caraffa dell'acqua.

Nel posarla davanti a De Grammont gli disse: «Capitano, dalla coffa hanno appena gridato che è in vista un galeone spagnolo».

Il cavaliere si alzò, trionfante. «Che vi dicevo? Tutti in coperta!»

45

Sul sentiero di caccia

Il galeone spagnolo era molto distante. Aveva gettato l'ancora presso un'isoletta circondata dai coralli, tanto che sembrava galleggiare sul sangue. Si trattava quasi di sicuro di una delle isole Cayman, un piccolo arcipelago a sud di Cuba. Battezzato così da sir Francis Drake, era dominio inglese da tredici anni. Nessuno cercava di farlo proprio: non aveva alcun valore, né economico né strategico. Vi faceva scalo solo chi aveva necessità di approvvigionarsi di acqua dolce e di qualche legume.

Sulla tolda, De Grammont chiese a Retexar: «Quanto impiegheremo per raggiungere i nemici?».

«Se restano fermi, circa quattro ore, capitano. Saremo su di loro nel primo pomeriggio.»

«Impartite gli ordini necessari. E fate innalzare una bandiera inglese.»

Retexar obbedì, e in breve il *Le Hardi* ebbe tutte le vele dispiegate. Col vento di poppa, filava rapido come un delfino. Sottocoperta rimbombavano suoni sordi ma inconfondibili. I cannonieri predisponevano i loro pezzi, pur senza sporgerli ancora, e accumulavano le palle a piramide. L'intero equipaggio dava prova di efficienza. Lo animava il desiderio di potere, dopo una facile preda, rimpinzarsi a dovere.

Macary scese dall'albero di mezzana ansimante. Si terse

il sudore e affiancò Retexar, che aveva preso di persona la barra del timone. «Più veloce di così la nave non può andare, direi. Avete comandi da darmi?»

Il primo ufficiale era bagnato sul viso e sul corpo, ma non perché sudasse. Sapeva di salsedine. Lo raggiungevano ogni tanto spruzzi di acqua e di schiuma, che poi defluivano dagli ombrinali. Malgrado il mare calmo, sotto tanta spinta il brigantino alzava e abbassava la prua come la testa di un destriero imbizzarrito.

«Nessun ordine particolare, per il momento. Alle faccende correnti pensa L'Esquelette, il nostromo. Calcolo che ci vorranno almeno due ore e mezzo per arrivare sotto agli spagnoli. Nel frattempo tenetevi a portata. Potrei avere bisogno di voi. La nave è putrescente e sembra capace di disfarsi da un momento all'altro.»

In effetti il *Le Hardi*, spinto al limite della potenza, dimostrava tutta la sua carente manutenzione. Si aprivano falle di continuo, che i carpentieri erano mandati ad arginare con stracci, bitume e pece. Le vele troppo vecchie si laceravano, e la ferita attraversava la tela per intero. Gli alberi oscillavano sui loro piedistalli, infissi in fondo allo scafo, e facevano presagire cadute rovinose imminenti.

Macary approfittò della temporanea mancanza di impegni per andare alla ricerca di Gabriela. La trovò facilmente a poppa, in una stanzetta dal soffitto molto basso che a suo tempo aveva occupato Pellissier, prima di fare la scelta sciagurata di passare sul *La Francesa*. La donna, seduta davanti a uno specchio ovale, lasciava che Enriqueta le sistemasse l'acconciatura, trattenendo con nastrini i riccioli ribelli. Indossava una camicia da notte molto scollata, che le lasciava le spalle quasi scoperte. Anche le gambe erano nude. All'ingresso del visitatore non fece il minimo tentativo di coprirsi.

«Ah, sei tu. Potevi almeno bussare.»

«La porta era aperta, signora, e mi sono permesso...»

«Diamoci pure del tu, Hubert. Enriqueta, più che un'ancella, è per me un'amica. Conosce i nostri segreti, buoni e cattivi.»

Macary osservò la schiava. Come accadeva con tutte le donne nere di pelle, non le aveva fatto caso. Adesso che si era ripulita, notò che possedeva una bellezza non comune, per la sua razza. Quasi rivaleggiava con la padrona, ma a differenza di quest'ultima non era truccata.

Gabriela ridacchiò. «Che ti prende, Hubert? Vuoi farmi ingelosire? Bada che non ci riuscirai.»

Macary si riscosse. «Ho poco tempo. Sono venuto a parlare di cose che mi premono. Mi dovete… mi devi delle giustificazioni.»

«Se posso rendermi utile lo farò volentieri. Immagino che uno dei problemi sia ciò che hai udito a pranzo. O meglio, al pranzo mancato prima che il cavaliere corresse in coperta.»

«A cosa ti riferisci?» chiese Macary, che quasi aveva scordato quelle conversazioni.

«Alla dialettica insidiosa con cui il tuo capitano ha cercato di farmi confessare le mie opinioni religiose. Sarai rimasto sdegnato anche tu. Sembrava, lui ugonotto, uno di quegli inquisitori dalla tonaca sporca che pullulano in Spagna e in Italia. Abituati a prendersela con le donne, soprattutto se sole e prive di protettori.»

«Ah, sì, il quietismo. Credimi, non me ne importa nulla.»

«Finalmente un uomo intelligente!» esclamò Gabriela. Scattò in piedi con un sorriso smagliante sulle labbra. Abbracciò Macary e gli posò il mento sulla spalla. «Non sai quanti problemi ho avuto, per le mie convinzioni. Trattata da sgualdrina, mai compresa. I sozzi frati che perseguitano il mio vecchio e caro confessore, Miguel de Molinos, sono stati capaci di raggiungermi da un continente all'altro, da Madrid a Parigi, a Caracas, a Veracruz. Con in mano i crocifissi e sulle labbra i loro anatemi.»

Macary, a contatto con quel corpo, si eccitò come sempre. Tuttavia qualcosa non andava, e la consapevolezza di ciò era fastidiosa. Pur se con sforzo allontanò da sé Gabriela e la guardò. Fu attento a non perdersi nella profondità delle sue pupille.

«Te lo ripeto: la tua fede, eretica o no, non mi interessa. Sono qua per chiederti tutt'altro. Sei stata tu a far sapere a De Grammont che Lorencillo ha offerto la sua spada al governatore della Giamaica?»

Gli occhi di lei si spalancarono, mostrando una meraviglia quasi infantile. «Chi ti ha detto una cosa del genere?»

«Il capitano Tristan. Jean-Marc Tristan.»

«Mi stupisce. Lo conosco appena. Non vedo perché abbia tirato in ballo me. Forse ha mentito per nascondere qualcosa di inconfessabile fatto da lui stesso... Enriqueta, aiutami a sistemare il collo di questa camicia. Mi stringe.»

L'ancella obbedì e armeggiò un poco attorno alla vita della padrona e alle spalline. Subito dopo portò la mano alla bocca ed esclamò: «Oh, scusatemi, signora!».

La camicia era caduta, lasciando Gabriela completamente nuda. Lei lanciò uno strillo. Nascose il seno con il braccio sinistro, e con la mano destra il pube. Gridò a Macary: «Hubert, se sei un gentiluomo esci subito! Non puoi vedermi in questo stato!».

Lui obbedì. Non pensò al fatto che non era la prima volta che la vedeva nuda. Abbagliato da quelle carni lattee, leggermente lentigginose e contrastanti con il nero intenso della chioma e della peluria, risalì sulla tolda. Arrivò appena in tempo.

«Sono proprio scemi!» gli gridò Retexar, ridendo. «Macary, stavate per perdervi uno spettacolo da ricordare. Guardate! Quelli del galeone ci hanno preso per veri inglesi. Hanno salpato e vengono alla nostra volta!»

«Cosa devo fare con la velatura?»

«Niente. Magari ridurla tra un poco, per rallentare. Capite? Ci vengono in bocca. Dovremo solo chiudere i denti al momento opportuno.»

«Non vedo ancora bene. Hanno di sicuro decine di cannoni.»

«E che importa?» Retexar era decisamente euforico. «Noi abbiamo un'arma che loro non possiedono.»

Indicò la prua. Là, retto al bompresso con un braccio, il cavaliere De Grammont teneva con l'altro il cannocchiale e spiava il mare. Il vento gli sollevava il mantello grigio e gli appiattiva le piume sul cappello. La sciabola gli pendeva dal fianco, le pistole gli schiacciavano il petto. I capelli lunghi svolazzavano. Sembrava il dio Marte fatto persona.

De Grammont sussurrò qualcosa a L'Esquelette, che gli stava vicino. Il giovane nostromo corse al cassero di poppa e si immobilizzò di fronte a Retexar. «L'ordine, primo ufficiale, è di rallentare ancora. L'equipaggio sul ponte dovrà salutare sventolando i cappelli, come se stesse per incontrare una nave amica. Ci affiancheremo e tenteremo un abbordaggio di prua, facendo collidere i masconi.»

«Bene.» Retexar guardò Macary. «Fate ammainare le vele maestra e di mezzana. Disponete che i cannoni non aprano il fuoco se non in casi estremi. Basteranno i cannoncini mobili. Del galeone ci interessa il carico, non l'affondamento. Bucanieri e indigeni si tengano pronti sottocoperta, senza farsi notare.»

Macary era perplesso. «Il governatore della Giamaica ha fatto capire che tra Spagna e Inghilterra esiste una pace solo formale. Velieri inglesi attaccano quelli spagnoli per mandato di singoli armatori o committenti. È possibile che un galeone, vista la bandiera degli Stuart, ci venga incontro per pura amicizia?»

«In effetti neanch'io lo ritengo probabile, ma non me ne preoccupo eccessivamente.» Retexar rise. «La stupidità degli spagnoli non ha confini. Hanno appena abbandonato una posizione riparata, che li avrebbe messi al sicuro, per via dei banchi di corallo, da un nostro attacco. In alto mare saranno in nostra balia, abbiano intenzioni offensive oppure no.»

Macary si occupò di far calare le vele più grandi e la randa, mentre L'Esquelette diramava le istruzioni in dettaglio. Dai boccaporti furono fatti emergere, entro coperte che servivano da involucro, moschetti, sciabole, pistole e munizioni. I *patareros* vennero caricati a mitraglia, con chiodi e frammenti metallici di ogni foggia.

Il galeone giunse a portata. Era un titano dei mari, di quelli che solo la Spagna sapeva concepire. Casseri altissimi sia a poppa sia a prua, tutti cesellati in argento, oro e porpora. Un bompresso di lunghezza smisurata, che reggeva, all'estremità, una coffa supplementare. Alberi con le vele di sbieco, ad affrontare di bolina la direzione del vento.

I cannoni sporgenti erano trenta per lato, sessanta in totale. I cannoncini mobili erano numerosi, sopra l'impavesata. Più che una nave, era una fortezza galleggiante. Se ne leggeva il nome a prua: *Nuestra Señora de la Candelaria*. Appellativo noto ai più esperti: in passato galeone da guerra uscito invitto da centinaia di scontri, veliero di punta della Armada de Barlovento. Lo comandava un catalano tra i più temuti: il capitano Lluís Bernal.

«Salutate! Salutate!» gridò Macary a una ventina d'uomini ammassati a prua. «Agitate il cappello! Fingetevi cordiali!»

Lanciò il comando controvoglia. Come presagiva, la pantomima non fu molto utile. Per una volta, De Grammont aveva sbagliato espediente. O almeno così sembrava.

46

Battaglia navale

Il *Nuestra Señora de la Candelaria*, con una virata improvvisa a novanta gradi, si mise di traverso, porgendo alla prua del *Le Hardi* la fiancata di babordo. Non c'era modo di arrembare, in quell'angolatura. Trenta cannoni fecero fuoco simultaneamente. Per fortuna la distanza tra le due navi era ancora eccessiva, e le palle si dispersero in mare. In compenso, il galeone fu avvolto da un fumo denso.

Sul brigantino fu il panico. Gli avventurieri che fingevano di salutare smisero la recita e corsero in tutte le direzioni, senza una meta precisa. Alcuni si impadronirono di spade e pistole in quel momento inutili. Solo Retexar mantenne una parvenza di calma.

«Per ora sono accecati!» urlò. «Abbiamo il tempo di virare di bordo e di fuggire! Gabbieri! Agli alberi! Timoniere!…»

«No!» De Grammont risaliva zoppicando la tolda. «Fermi tutti! Non riusciremo a scappare. Sono troppo veloci.»

Retexar lo rimirò come si guarda un folle. «Cosa proponete, dunque? Siamo indifesi, e corriamo verso la morte!»

«Restiamo agnelli, solo così sconfiggeremo il lupo!» Il cavaliere alzò le braccia. «Nessuno spari un colpo! Avete capito? Posate le armi!»

La voce di Retexar suonò angosciata. «Ma capitano! Alla prossima bordata ci coleranno a picco!»

«Fate come vi dico, primo ufficiale!» De Grammont si guardò attorno. «Macary! L'Esquelette! Assicuratevi che nessuno faccia fuoco! Trasmettete l'ordine sottocoperta. Nessun cannone deve essere sporto, nessun colpo deve partire!»

Malgrado la paura e lo sconcerto, Macary bloccò i bucanieri che, in preda al panico, stavano affacciandosi al boccaporto, i fucili in mano. Trasmise il comando alla galleria dei cannonieri, pronti a spingere i loro pezzi oltre le finestrelle. Intanto De Grammont, impossibilitato a correre, saltellava rabbioso.

«Dove sono gli uomini che salutavano? Chi vi ha detto di muovervi?» Esplose in una bestemmia feroce. «Tornate a prua, imbecilli! Sventolate dei fazzoletti bianchi, come se chiedeste pietà!»

Alcuni obbedirono, altri no. Vi furono persino due che si misero a sciogliere i legami di una scialuppa, per metterla in mare. De Grammont spaccò la testa a uno con una sciabolata sul cranio. L'altro, raggiunto da un fiotto di sangue e di materia cerebrale, cadde in ginocchio, tremante come un pulcino bagnato. Con un gesto secco, il cavaliere gli trapassò la gola.

Nel frattempo, il fumo si era diradato. Il galeone incombeva sul *Le Hardi*, e si videro i trenta cannoni muoversi quasi all'unisono a cercare l'alzo adeguato per liberarsi del nemico in un colpo solo. Quel momento tardò. Tra gli spagnoli, l'assenza di reazioni a bordo del brigantino dovette seminare perplessità. Uguale effetto producevano, forse, gli avventurieri che, sotto il bompresso, agitavano quanto di bianco avevano reperito: dai fazzoletti ai lembi di vela.

Infine i cannoni spararono, ma solo la linea superiore, puntata sull'alberatura del *Le Hardi*. Il fragore fu assordante, la scossa violentissima. Gli uomini ruzzolarono sul ponte cercando di aggrapparsi a qualche sostegno, mentre il trinchetto e l'albero di maestra, mozzati alla base, si inclinavano scricchiolando, con il loro carico di vele e di sartiame. Si udirono le grida di chi, sulla coffa, precipitava in acqua. Il fumo avvolgeva sia la nave attaccante sia quella aggredita, e faceva lacrimare gli occhi con il suo sentore acre. Sul brigantino scoppiavano incendi, che i carpentieri e il maestro d'ascia cercavano di soffocare.

Macary riuscì a reggersi a una cima. Si trovò a poca distanza dal cavaliere, che seguitava a gridare: «Nessuna reazione! Nessun colpo di risposta!».

Il comando pareva folle, e tuttavia De Grammont godeva di un tale ascendente, e ispirava un timore così viscerale, che non c'era chi osasse disobbedire. Ma il vascello pirata era condannato, pensavano tutti. Le colonne di fumo irrespirabile emanavano un sentore di morte, quasi fossero le esalazioni di un cadavere dal ventre gonfio.

Molti avventurieri erano caduti in mare, e non c'era tempo per soccorrerli. Il timoniere era stato travolto da un pennone, che gli aveva sfondato il cranio. Il *Le Hardi* sbandò e, inclinato dagli alberi troncati, finì per rasentare con la fiancata quella del *Nuestra Señora de la Candelaria*.

Si udì, dall'alto del galeone, Lluís Bernal gridare, nascosto dalle nebbie della polvere da sparo: «Non mi ingannate, non siete inglesi! Vi colerei a picco, se non mi premesse l'oro di Veracruz che avete nelle stive. Che fate? Vi arrendete o devo venire a raccogliervi?».

De Grammont gli rispose: «*¡Que se rinda tu madre!*». Poi urlò all'equipaggio, in francese: «È il momento, Fratelli della Costa! Lanciate i grappini! Fuoco con i *patareros*! I bucanieri e gli indios sul ponte! Arremba! Arremba!».

Nessuno se lo attendeva, ma la reazione fu prontissima. In realtà, in cuor proprio ogni filibustiere sperava in parole di quel tipo. Correndo sulla tolda inclinata del *Le Hardi*, gli uomini recuperarono le armi scivolate fino all'impavesata. Furono lanciate decine di grappini, esplosero colpi di pistola e di fucile. I pirati si inerpicarono come scimmie verso le pareti erte del galeone, calcando per salire le sue dorature e i suoi fregi. Urlavano come forsennati, digrignavano i denti, sbertucciavano i nemici. Tra tanti versi, un grido era comune: «Avanti, uccidi, uccidi! Avanti, la Filibusta!».

Gli spagnoli non si aspettavano nulla di simile. Alcuni scaricarono le armi, altri indietreggiarono verso il centro del galeone. Erano appesantiti da elmi, corpetti, corazze, scudi. Fecero quadrato al centro della nave, mentre altri fanti, moschettieri e alabardieri scaturivano dai boccaporti. Il capitano Lluís Bernal, in cima al cassero di poppa, agitava la spada.

«Sono molti meno di noi! Non abbiate paura, puntate con calma! Chi ha detto all'artiglieria di tacere? Sfondatemi quel relitto che ci si è aggrappato! Colatelo a picco!»

Il frastuono era tale che nessuno poté udire quei comandi. Gli spagnoli tentavano di adunarsi in falange, i filibustieri si gettavano contro di loro in completo disordine, le sciabole e le scuri alzate. Erano indemoniati, inebriati dall'odore del sangue. In tanti cadevano, sotto il fuoco dei moschetti, ma altri si facevano avanti. I pirati lanciarono le granate. I fucilieri del galeone vennero dispersi dalle esplosioni. Tutti quanti tossivano e sputacchiavano, per la caligine sempre più densa. Qualcuno vomitava.

«Filibusta, all'assalto!» sbraitò Retexar, appena ritto sulla tolda del *Candelaria*. Non c'era bisogno di quell'incitamento, ma raddoppiò il furore, così come la *cazoleta* roteata nell'aria. «Abbiamo sete, vogliamo sangue! Ammazza! Ammazza! Ammazza!»

Macary, che si era arrampicato lungo i grappini, superò il bastingaggio del *Nuestra Señora de la Candelaria* in tempo per raggiungere il centro della mischia. La fucileria spagnola, guidata a gesti da Bernal, stava ottenendo qualche successo. Radunati ai piedi dell'albero maestro o attorno al timone, a difesa del quadrato poppiero, i moschettieri di Spagna avevano potuto rientrare in parte nelle forme di guerra conosciute. Una fila scaricava le armi, poi si accucciava a ricaricarle. Una seconda fila faceva fuoco.

Un metodo che, di fronte a un'orda di ossessi indifferenti alle perdite, poteva essere efficace solo per un tempo molto breve. Macary vide Big Willy lanciarsi all'attacco con l'ascia sollevata, ed essere falciato da una scarica. Prima che gli spagnoli della seconda fila avessero avuto il tempo di puntare, si trovarono aggrediti da assassini senza remore morali, indifferenti alla propria vita, decisi a spegnere quella altrui. Vorticavano le sciabole, si aggrappavano alle sartie e di lì si gettavano sui nemici. Tutti i pirati urlavano senza posa. Colpivano alla cieca, mutilavano, sollevavano e agitavano membra tagliate. Erano il terrore assoluto. Molti sghignazzavano come folli, coperti di sangue dalla testa ai piedi.

I fucilieri spagnoli si sbandarono, qualcuno si gettò in acqua. Altri seguitavano a sparare. Dal terrazzino che sormontava il quadrato poppiero, Bernal pareva avere un solo problema. Si aggrappava alla ringhiera. «Cosa fanno i cannonieri? Gli si dica di sparare, perdio! Abbiamo il relitto pirata di fianco! Ci vuole tanto a mandarne a pezzi la carcassa?»

Inutile. Nessuno lo sentiva, e chi poteva udirlo non gli obbediva più. Il suo primo ufficiale giaceva in una posizione grottesca, raggiunto dalla pallottola di un bucaniere. Aveva un buco in fronte, e la parte posteriore del cranio era schizzata chissà dove. Nelle viscere del galeone gli artiglieri, intuita la mala parata, avevano scostato i pezzi e si stavano gettando dalle finestrelle. Molti già nuotavano in maniera scomposta fra larghe macchie di sangue e cadaveri in procinto di inabissarsi.

Una nube di caligine rovente avvolse Bernal e quasi gli tolse il fiato, mentre lo costringeva a chiudere gli occhi. Quando poté riaprirli, il fumo si stava dissipando. Un nuovo incubo lo attendeva. Alla base del cassero, tra le due scalette, si ergeva il cavaliere De Grammont. Stringeva la sciabola sguainata, e aveva gli stivali piantati fra i rivoli sanguigni che scorrevano sul ponte. Poco più lontano, si sparava e si urlava ancora. Molte di quelle urla provenivano dai feriti e dai mutilati di ambedue le parti, le altre dai loro macellai. Era trascorso il tempo dei fucili e dei moschetti. Subentrava quello delle mazze ferrate e delle scuri.

De Grammont tenne ritta la sua lama in segno di saluto. «Scendete, capitano, e battetevi da uomo di valore. Certamente lo siete.»

Bernal si guardò attorno con sbigottimento. Ne aveva motivo. Il ponte della sua nave era un carnaio. Lambite dalle scintille delle armi da fuoco, alcune vele stavano bruciando. I demoni invasori stavano compiendo un macello. Il *Nuestra Señora de la Candelaria* era pavimentato di salme e di corpi straziati. Nella schiuma rossastra che lo percorreva scivolavano membra recise, rotoli di budella, lembi di carne.

«E allora?» chiese De Grammont, impaziente.

Bernal tornò in sé quel tanto da fargli capire che non aveva scelta. Estrasse la spada troppo lunga e troppo ricca di inutili decorazioni. Scese barcollando la scaletta. Salutò a sua volta l'avversario. «Sono pronto» mormorò.

Mentre inclinava la lama, dal relitto del *Le Hardi* provenne un rullare macabro e ossessivo, che coprì grida e lamenti. I tamburini erano usciti sopracoperta e si erano radunati a prora con i loro strumenti. Intendevano incitare i Fratelli della Costa che ancora combattevano, ma il ritmo delle percussioni era quello di una marcia funebre, molto appropriata all'occasione.

«Anch'io sono pronto» disse De Grammont. Mise il pugno sinistro contro il fianco e toccò con la punta della sciabola la spada di Bernal.

47

La resa dei conti

Di regola, un duello durava meno di due minuti. Si narrava di scontri all'arma bianca protrattisi più a lungo, ma erano leggende. Le lame si incrociavano un paio di volte, paravano qualche colpo finché, con un affondo, lo spadaccino più abile trafiggeva o feriva l'avversario.

Quella volta vi fu un minuto supplementare, ma nulla di più. De Grammont schivò un attacco di spada e, con la sua sciabola, cercò di menare un fendente. Bernal lo ricevette sull'impugnatura della *cazoleta*, così violento che vacillò. Il cavaliere approfittò della distanza ravvicinata per sferrargli un calcio violentissimo all'inguine. L'altro si piegò su se stesso e allentò la presa sull'elsa. "Legata" dalla sciabola, come si diceva nel linguaggio della scherma perbene, la *cazoleta* volò lontano. Bernal cadde in ginocchio, tenendosi i testicoli. De Grammont girò dietro di lui e, con una pedata nel sedere, lo mandò lungo disteso. Per precauzione, lo calciò di nuovo tra le gambe. Il catalano sussultò ed emise un gemito. Si trovò la sciabola del cavaliere appoggiata sulla nuca.

«Vi arrendete o preferite che vi stacchi la testa?»

«Mi arrendo! Mi arrendo!»

«Allora comunicatelo ai vostri soldati, che ancora non capiscono di essere stati sconfitti.»

Bernal sollevò il ginocchio, ma non riuscì a mettersi in piedi. Tra le lacrime, forse dovute al dolore, forse all'umiliazione, agitò le braccia. «Fermatevi, *hermanos*! Dobbiamo arrenderci!»

L'appello era rivolto ai pochi spagnoli rimasti in vita. Raggruppati in una falange eroica, stretta attorno alla barra del timone, seguitavano a caricare i moschetti e a sparare. Procuravano scarsi danni alla ciurmaglia che li assediava e li bersagliava con oggetti letali: dalle frecce degli indios alle pallottole dei bucanieri, dalle granate a manciate di chiodi a quattro punte. L'implorazione di Bernal sulle prime non fu capita, poi, quando venne intesa, vi fu chi dubitò della sua sincerità.

Ma le alternative non erano molte. Gli ultimi difensori del galeone lasciarono cadere le armi, sollevarono le braccia e mossero da poppa verso il nemico, insediato al centro e sulla prora della nave. Attorno non vedevano che loro commilitoni morti o, peggio, in agonia.

Macary finì uno spagnolo che giaceva sotto i suoi piedi e attese ordini. L'attenzione di tutti si concentrava sulla sciabola premuta sulla nuca di Bernal. De Grammont la sollevò come se stesse per colpire, ma poi l'abbassò. Indietreggiò di un passo.

«Meritereste la morte, capitano, ma non appartengo a una razza feroce quanto la vostra. Sollevatevi e assumete un aspetto decoroso, così siete ripugnante. Voi e i vostri marinai siete liberi. Avrete una scialuppa e anche un salvacondotto. Tornate alle Cayman o magari a Cuba: non è lontana.»

L'atto generoso fu accolto dall'esultanza degli avventurieri, e dalla perplessa soddisfazione degli spagnoli sopravvissuti. Le ore che seguirono furono impiegate a trasbordare vettovaglie, vino, birra, acqua, farina, granaglie, cacao e mercanzie assortite dal *Candelaria* al *Le Hardi*. Non mancò un buon quantitativo di pitali di ceramica, segno che la carenza di quell'accessorio era molto avvertita da tutte le colonie di Spagna. Il lavoro più complicato fu privare il galeone della sua alberatura, per sostituire quella perduta dal brigantino. Era impresa titanica, e Macary vi si impegnò a fondo. I segmenti degli alberi furono trasportati e rizzati l'uno dopo l'altro. Toccò quindi ai pennoni. Infine alle vele.

Era ormai sera quando il lavoro fu completato. Solo allora Bernal e il suo equipaggio poterono lasciare il relitto di quello che era stato un galeone ritenuto invincibile. Prima di scendere nella iole con vela latina che gli era stata messa a disposizione, il catalano ebbe un breve colloquio con De Grammont.

«Avrei dovuto vendicarmi su di voi dell'omicidio di mia sorella» disse il cavaliere. «Rimpiangerò di non averlo fatto.»

Bernal non dimostrava alcuna riconoscenza. Tutt'altro. Il suo atteggiamento sfiorava la strafottenza. «Avrete altri rimpianti. Non sapete nulla della situazione europea, signore. Aspettatevi pessime sorprese.»

«Che cosa intendete dire, capitano?» chiese De Grammont, molto freddo.

«La notizia della presa di Veracruz ha avuto in Europa ripercussioni enormi. La tregua tra Francia e Spagna è saltata. Si combatte ovunque. Voi avete intascato quattro carabattole, e in compenso suscitato l'ennesima macelleria. Dubito che il vostro re sia contento di voi.»

De Grammont impallidì. «Non sono questioni che vi riguardino, capitano.»

«Però riguardano voi. Siete finito. La vostra confraternita di assassini è finita. Quanto potrete navigare ancora? Nella migliore delle ipotesi due o tre anni. Se queste parole vi disturbano, uccidetemi.»

De Grammont scosse il capo. «Non ne siete degno. La mia sciabola merita vittime migliori. Passerete alla storia come il furfante che si arrese per un calcio nelle palle.» Guardò in giro. «Dov'è Big Willy? Venga a buttare questo vigliacco nella scialuppa!»

«Big Willy è morto, capitano!» rispose Macary.

«Allora pensateci voi!»

L'esecuzione dell'ordine fu facile. Bastò spingere Bernal fuori coperta. Atterrò sulla iole di schiena, a rischio di farla affondare. Frantumò uno dei banchi centrali. Emise un grido.

«Tagliate la cima che lega la scialuppa» comandò De Grammont a Retexar. «Non possiamo continuare ad appesantirci con un fardello di spazzatura. Si torni tutti sul *Le Hardi*. Il *Candelaria* è svuotato. Senza alberi, non ne faremmo niente, della sua carcassa. Il solo ripulirla del sangue richiederebbe giorni di lavoro.»

«Dopo dove faremo rotta, capitano? Il mercato degli schiavi dell'Avana? Della Tortuga?»

«Meglio Petit-Goâve, se riusciamo a trovarla. Gli schiavi si vendono bene pure là, e anche le altre merci avrebbero un loro mercato.»

De Grammont, esausto, vacillava. Lasciò cadere la sciabola e si appoggiò alla spalla di Macary. «Portatemi sulla mia nave, amico mio. Ho bisogno di riposare. Trascuro troppo la mia malattia.»

Le fiancate dei due vascelli erano accostate, e il passaggio dall'uno all'altro, su una trave usata come passerella e alcune manovre che fungevano da corrimano, non fu difficoltoso. Atterrato sul suo brigantino, De Grammont disse a Macary: «Ho nei vostri riguardi vari motivi di rammarico, e altrettanti di gratitudine. Direi che i secondi prevalgono sui primi. Meritate una ricompensa. So ciò che desiderate sopra ogni cosa».

«E sarebbe, capitano?»

«Suvvia, lo sapete meglio di me, e me lo avete già chiesto. Desiderate acquistare Gabriela Junot-Vergara come vostra schiava. Per liberarla, suppongo. Ebbene, a Petit-Goâve, dove procederemo finalmente alla ripartizione finale, sarà tutta vostra. Ve lo prometto.»

Imbarazzato, Macary mandò giù un poco di saliva. «Ve ne sono riconoscente. Non immaginate quanto.»

«Permettetemi solo una domanda. Amate quella donna?»

Macary rispose d'impulso, abbandonandosi alla sincerità. «No. Non mi sembra che ciò che provo per lei si possa definire amore.»

«Dunque volete solo che vi appartenga. Come un bel quàdro o un ninnolo attraente.»

Macary si interrogò, senza trovare risposte certe. «Forse è così. Non lo so bene nemmeno io.»

De Grammont piegò le labbra in una smorfia vagamente divertita. «Lo immaginavo. Lo stesso atteggiamento mio, da quando le donne posso solo contemplarle. Però attenzione.» Il viso del cavaliere tornò alla serietà abituale. «Avete udito ciò che, a cena, ho fatto confessare a doña Junot-Vergara. Lei sembra di tutti, ma la sua è una posizione, diciamo così, "filosofica". Professa una variante del cristianesimo che la induce ad abbandonare il suo corpo a chiunque la desideri, mentre la sua anima è altrove. Lo avete provato voi, il castellano di San Juan de Ulúa, il governatore di Veracruz, Van Hoorn, Lorencillo, Tristan e chissà quanti altri.»

«Tristan?» chiese Macary, stupito.

«Sì, anche lui. Lorencillo, che sa scrivere ma molto male, ha dettato a lei la lettera diretta a Lynch. Ciò è avvenuto molto prima che raggiungessimo Port Royal. Gabriela lo ha raccontato a Tristan, che ha riferito a me la faccenda.»

«Ma è una traditrice nata!» Macary era soffocato dall'indignazione.

«In un certo senso sì, ma questo dipende dai valori che coltiva. Si concede agli uomini e agli eventi, e per lei è un cammino verso la salvezza... Comperatela: vi riservo l'esclusiva e vi farò un buon prezzo. Non la voglio più tra i piedi.

Comunque la si tratti non sarà mai una vera schiava, né un'amante affidabile. Possiede una sua libertà interiore. I cardellini di quel tipo non sono mai nostri del tutto, siano nella gabbia o fuori.»

De Grammont vide arrivare Exquemeling. Si congedò da Macary e gli andò incontro. «Dottore, ho bisogno di uno dei vostri infusi di colchico. Non mi reggo in piedi.»

«Assalti, duelli, un intero abbordaggio… Vi strapazzate eccessivamente, cavaliere.» Il medico porse il braccio. «Aggrappatevi a me, vi porto alla vostra cabina. Avete bisogno di una giornata intera di sonno e di quiete. Dopo mi spiegherete cosa vi induce a simili pazzie.»

Gli occhi di De Grammont ebbero uno scintillio. «È la mia vita. Dura, breve e intensa. Voi non potreste capirlo. Nessun borghese ne sarebbe capace. I filibustieri invece lo sanno, e non scambierebbero la loro tragedia in un atto per la commedia in tre atti della gente comune.»

Nel frattempo, mentre calava la sera, era finita la spoliazione del *Nuestra Señora de la Candelaria*. Furono tagliate le cime che univano le due navi. Il galeone si allontanò lentamente. Privo di alberi e di vele, non aveva più alcuna maestosità. Galleggiava un poco inclinato verso poppa, ogni onda lo sbatacchiava. Retexar, che fu l'ultimo a tornare sul *Le Hardi*, gridò agli uomini raggruppati sull'impavesata, intenti a contemplare l'agonia del veliero spagnolo: «Ci sono artiglieri tra voi? Sottocoperta! Un colpo solo sulla linea di navigazione, tanto da affondare il relitto!».

Mentre venivano accesi i fanali, Gueule-de-Femme, aiutato da Trou-Flou, fece rotolare sul ponte un barile di rhum proveniente dalla sentina. Fu accolto da grida di entusiasmo. Intanto dalla cucina provenivano aromi di spezie e di carni abbrustolite.

Bamba prese a ballare senza musica. «Dov'è l'orchestra?» gridò in spagnolo. «Dateci sotto!»

Tamburini e flautisti, sfidando il ripudio di De Grammont di ogni divertimento futile, improvvisarono ritmi allegri. I filibustieri presero a danzare tra loro.

Macary, seduto sul bastingaggio, guardava la coltre del mare, un momento scura, un altro luminescente. Il colpo di cannone partito dalla fiancata lo assordò. Nello scafo del *Candelaria* si aprì una falla enorme, a livello dell'acqua. Poco dopo, il galeone cominciò a sprofondare.

48

Un momento di quiete

Fino a trent'anni prima, Petit-Goâve era stata un piccolo agglomerato di capanne. Adesso era una città di circa cinquemila abitanti, per due terzi liberi e per un terzo schiavi o servi. Sorgeva sulla costa occidentale di Hispaniola, in una piccola conca circondata da colline boscose. Di fronte aveva la baia di Acul, disseminata di isolette e con una chiesa bianca, dal campanile molto alto, costruita ai margini di un intrico di mangrovie che si estendeva per diverse miglia. Una seconda chiesa, retta dai padri cappuccini, dominava invece la città vera e propria, fiancheggiata da piantagioni di tabacco, da orti e da coltivazioni di cereali.

Petit-Goâve, dalle linde casette di legno, più una manciata di abitazioni in mattoni e qualche edificio importante, aveva un commercio sostenuto con i possedimenti inglesi, con le isole della Francia e persino con la Spagna. Lo si vedeva dalle attività febbrili del molo e dalle tante imbarcazioni ormeggiate nel suo porto, di ogni specie e dimensione: alcune con bandiera, altre senza. Godevano di un mare calmo, di un azzurro meraviglioso e di una franchigia pressoché totale sui loro traffici.

Pochi avrebbero immaginato, sbarcando ignari in quel tratto di paradiso, che almeno un migliaio dei suoi abitanti fossero filibustieri, ritirati o in servizio attivo. Petit-Goâve rivaleggiava con la Tortuga, che stava perdendo centralità, quale riparo principale dei Fratelli della Costa e dei loro alleati olandesi e inglesi. Sui suoi vialetti profumati dagli alberi di limone, e percorsi durante il giorno dai calessi dell'aristocrazia locale, si aprivano taverne che erano in realtà bordelli, e bordelli che avevano l'apparenza di dimore private. Nelle strade gruppetti di sfaticati si dedicavano al *passedix*, il gioco di dadi più popolare, mentre bucanieri usciti dalla selva, preceduti da domestici che si sforzavano di tenere al guinzaglio branchi di cani, reggevano in spalla sia il fucile sia le carcasse ancora calde e sanguinanti delle ultime prede abbattute. Ciò in mezzo al fluire tranquillo di una folla operosa, composta di mercanti, di piantatori, di schiave con la loro gerla sul capo, di funzionari della Compagnia francese delle Indie occidentali.

«Eccoli là, i nostri compagni» disse Retexar, mentre il *Le Hardi*, le vele principali ammainate, cercava un posto adatto a gettare l'ancora nella ressa del porto. «Immaginavo che li avremmo ritrovati da queste parti.»

Macary gli rispose: «Sì, ci sono praticamente tutti. Il *Neptune*, il *Conqueror*, il *La Reglita*, il *Saint-Joseph*, il *Le Tigre*, il *Le Chasseur*… Neanche ci fossimo dati appuntamento».

«Gli scafi e gli alberi appaiono in buone condizioni. Siamo stati gli unici ad avere combattuto.» Retexar additò una villa a due piani sui bordi di una collina, un po' nascosta fra le palme. «Vedete quella casa elegante, tinta di rosa? Appartiene al cavaliere De Grammont. È là che alloggeremo, noi ufficiali. Assieme a membri scelti delle varie ciurme.»

«Quanto ci fermeremo? Ne avete idea?»

«Il tempo di vendere le merci conquistate a Veracruz, schiavi inclusi, e di procedere a una seconda ripartizione del bottino. Comunque, prima di riprendere il mare, ci sarà il tempo di dilapidare un po' di monete d'oro nelle bische e nei bordelli. E, finalmente, il *Le Hardi* sarà carenato come si deve. Resteremo qui per almeno un mese.»

Macary scorse un canale libero tra i molti velieri alla fonda. Portava diritto al molo. «Mi sembra lo spazio ideale per ancorarci. Mando gli uomini all'argano?»

«Sì, è il momento.» Retexar chiuse per un attimo gli occhi, come se già assaporasse i piaceri che lo attendevano a terra. «Ci aspettano giorni e giorni di pura voluttà.»

Lo sbarco impegnò gli avventurieri per due ore appena. Calata l'ancora e serrate le vele, le scialuppe li condussero al molo e alle sue scalette. Non era sovrastato da fortificazioni, salvo una cittadella isolata, per una scelta precisa dei cittadini di Petit-Goâve. Roccheforti sul mare avrebbero indotto eventuali assalitori ad aggirare l'abitato. Molto meglio invogliarli a un attracco diretto. Non c'era uomo, in quella capitale della pirateria, che non avesse la casa piena di armi e che non fosse addestrato a usarle. C'erano stati, in passato, tentativi di incursione da parte di olandesi e di spagnoli. Ogni volta si erano risolti in un disastro per gli aggressori.

Macary scese a bordo di una delle ultime lance che si staccarono dal brigantino. Ad attenderlo trovò Levert, seduto a fumare la pipa sulla banchina. L'amico lo aiutò a superare gli ultimi gradini, logori e scivolosi.

«So che avete spogliato un galeone. Benissimo. Noi abbiamo avuto vita più comoda.»

Macary ansimava. Tolse il tricorno, si slacciò il collo madido della camicia e sedette su un muretto. La temperatura era canicolare, rafforzata dall'umidità dell'inverno tropicale.

«Vedo che sai già ogni cosa. Hai visto sbarcare De Grammont? L'ho perso di vista. Dovrebbe avere preso la barcaccia.»

«Sì, l'ho visto arrivare, meno di un quarto d'ora fa.» Levert strizzò l'occhio. «Penso che a te interessi di più Gabriela Junot-Vergara, che era con lui. Sbaglio?»

Rassegnato, Macary fece cenno di no. «Non sbagli. Dove sono andati?»

«Lei e la sua schiava sono senz'altro salite alla villa rosa che ospiterà i capitani e gli ufficiali. De Grammont è invece laggiù. Non immagini con chi sta discutendo.»

Macary guardò verso i magazzini sovrastanti il molo, dove confluiva la strada principale di Petit-Goâve e si apriva una piazzetta sabbiosa. Era un angolo particolarmente affollato, in cui decine di capannine offrivano, su tavoli dall'equilibrio precario, le merci più diverse: chincaglieria, tessuti multicolori, artigianato locale, spade arrugginite, cineserie vendute da cinesi, articoli religiosi; e poi generi alimentari, dalla frutta ai legumi, dai *mariscos* ai pesci ancora guizzanti, a ostriche di dimensioni inaudite.

Quel mercato era invaso da una folla chiassosa con la pelle di tutte le sfumature e abiti d'ogni foggia conosciuta. Il chiasso era però superato da un violento alterco che De Grammont, spalleggiato da Lorencillo e assistito dal fido Exquemeling, stava avendo con un gentiluomo basso e magro, dall'enorme parrucca bianca, vestito di piume e alamari. Due soldati francesi, a poca distanza, proteggevano quell'individuo di aspetto malaticcio.

«Chi è quel nobile?» chiese Macary. «Io non l'ho mai visto.»

«Nemmeno io lo conoscevo. È il nuovo governatore della Tortuga, Pierre-Paul Tarin de Cussy, sbarcato una settimana fa. Ha preso il posto del vecchio Jacques Nepveu de Poincy, richiamato in patria. A quanto pare, i responsabili della sostituzione siamo noi.»

Per "governatore della Tortuga" si intendeva in realtà il rappresentante del re di Francia nella zona occidentale di Hispaniola. Risiedeva normalmente a Cayona, sull'isola di Tortuga, oppure nella città di Port-de-Paix, la capitale amministrativa. Tuttavia si recava spesso a Petit-Goâve, dove aveva un suo palazzo nel sobborgo di Léogane. Chi lo nominava era in teoria Luigi XIV. Questi, però, si limitava a dare ufficialità alle scelte della Compagnia delle Indie occidentali, a sua volta controllata dall'onnipotente ministro Colbert. La politica della Francia oltremare era poco distinguibile dall'economia.

Macary si accostò ai due contendenti, per capire cosa dicessero. Stava parlando De Cussy, che si dava aria con un ventaglio. Quelle temperature erano nuove, per lui.

«... un'intollerabile provocazione, dalle conseguenze catastrofiche. Vi riassumo qual è la vostra posizione, capitano. In spregio ai trattati di pace...»

«Di cui nessuno si è preso la briga di informarmi.»

«... avete assalito a tradimento la capitale della Nuova Spagna, distruggendola e massacrandone gli abitanti. Così la guerra è riesplosa. Anche qui nei Caraibi gli spagnoli hanno allestito una flotta possente, che ostacolerà il nostro commercio.»

«Intendete l'Armada de Barlovento di Diego Fernández de Zaldívar?» De Grammont sogghignò. «È un pericolo da poco. Zaldívar, di fronte a noi, è fuggito quanto più in fretta poteva.»

«Infatti è stato impiccato per codardia. Neanche questo sapete? Hanno preso il suo posto comandanti molto più decisi, e la flotta è stata rafforzata. Vengo alle conclusioni. L'ordine è che torniate alla Tortuga, capitano, e che lì rimaniate a tempo indefinito. Tutte le precedenti lettere di marca o di corsa sono annullate.»

«Ho schiavi e merci da vendere» rispose De Grammont, risoluto. «Lo devo ai miei uomini, a quelli che sono vivi, a quelli che sono rimasti mutilati e a coloro che sono morti. È un impegno d'onore. Piuttosto che violarlo, sono pronto a bombardare la città. Lo dico a nome dei diciotto comandanti che hanno distrutto non una Petit-Goâve qualsiasi, ma Veracruz. Capite cosa vuol dire?»

Il governatore De Cussy parve annegare sotto i rivoli di sudore, divenuti quanto mai copiosi. Arrossì, ma era come se fosse impallidito. «Dite sul serio?»

«Certo che dico sul serio.»

De Cussy trasse dalla giubba bianca un fazzolettino ricamato, si terse la fronte poi lo portò alle labbra, per tossicchiarvi dentro. Lo lasciò cadere sulla sabbia. Probabilmente ne aveva un'intera scorta. «Ebbene, date le circostanze e gli impegni che avete preso, vi concedo due giorni di sosta. Vendete le vostre mercanzie e poi sparite.»

Si fece avanti Lorencillo. Fece un inchino garbato. «Eccellenza, al signor De Poincy, vostro predecessore, davamo un decimo del bottino. Vale anche per voi?»

«Non sono cose da discutere in pubblico.» De Cussy si guardò attorno, imbarazzato. «Ne parleremo alla Tortuga. Data la situazione, mi sembra una percentuale insufficiente.»

Raggiunse i due soldati e, scortato da loro, tornò alla portantina che lo attendeva a un lato della piazzetta, sorretta da schiavi africani in livrea.

Lorencillo fece l'occhiolino a De Grammont. «Che il diavolo mi porti, cavaliere, se dall'epoca di san Luigi l'idealismo dei re di Francia non è calato di parecchio.»

«Già» rispose l'altro, distratto.

Macary si staccò dal capannello e scese al molo in cerca di Levert. Non lo trovò. Pensò che l'amico fosse entrato in città, e imboccò l'arteria che conduceva alla villa dalle pareti rosa, immersa tra i *limoneros*. Dovette schivare carretti e cocchi eleganti, contadini e schiavi, animali di varia specie. Si destreggiò fra i banchetti che gli artigiani avevano piazzato fino al centro della via, oltre le tettoie della loro bottega. Il calore tramortiva, ma ogni tanto dal mare provenivano brezze soavi, a dare respiro.

Uno slargo laterale, ornato di siepi e di cespugli di buganvillee, ospitava un mercato di schiavi. Uomini e donne dalla pelle scura, nudi o seminudi, erano trascinati su un palco e offerti a una platea abbastanza numerosa di possidenti. Agli spettatori interessati all'acquisto si univano i semplici curiosi. Un imbonitore vantava gli articoli, e ne spalancava la bocca, con due dita, per mostrare la dentatura bianca e sana.

Macary si fermò a osservare incuriosito. Sussultò quando si sentì afferrare un braccio. Era Gabriela Junot-Vergara. Appariva sconvolta. Le lacrime si erano impiastricciate col trucco e le avevano rigato il viso di nero.

«Hubert, per fortuna ti ho trovato. Guarda chi mi hanno preso!»

Macary riconobbe subito, nel gruppo degli schiavi in attesa di salire sul palco e di essere messi in vendita, Enriqueta, l'ancella di Gabriela. Nuda e bellissima.

«Non ti preoccupare» disse, con una freddezza che aveva molte ragioni. «Tu non sarai venduta al mercato. De Grammont ti ha promessa a me. Ancora non l'ho pagato, ma lo farò oggi stesso.»

Il pianto di Gabriela si fece dirotto. «Non mi preoccupo per me, ma per Reina!»

«Reina? Non si chiamava Enriqueta?»

«Reina è il suo vero nome.» Gabriela giunse le mani. «Compera anche lei, ti prego!»

«Non so se ho abbastanza denaro per tutte e due.»

«Allora compera solo lei, e lasciami al mio destino.»

Macary guardò la dama con severità. «So di non essere molto brillante, ma non sono scemo. Mi devi una quantità di spiegazioni, prima che io mi risolva a un passo del genere.»

«Le avrai! Le avrai!»

49

Addio alla *femme fatale*

Il mercato degli schiavi di Petit-Goâve non era così animato come quelli dell'Avana o di Curaçao, né offriva uomini e donne di qualità tali da invogliare all'acquisto. Anche
i compratori, radunati sotto una larga tenda rossa tesa fra
gli alberi, non erano abbastanza facoltosi da permettersi
compere generose. Si trattava in prevalenza di piantatori
di tabacco, di bucanieri, di filibustieri ritirati che si erano
conquistati un po' di terra, una casetta e una posizione per
qualche verso rispettabile.

Del resto, nella città non approdavano le grandi navi
negriere, dedite a un traffico regolare, provenienti dall'Inghilterra, da Genova, dall'Olanda o da Venezia, solite battere l'Africa per comperare dai mercanti arabi carne umana in buone condizioni. I venditori di Petit-Goâve erano
essenzialmente pirati d'ogni risma che avevano sottrat-
to gli schiavi a qualche villaggio costiero, oppure a un galeone caduto nelle loro mani, all'interno dell'area circo-
scritta dei Caraibi. Gente che non si preoccupava delle
condizioni di salute dei prigionieri, né si curava che avessero un buon aspetto.

In effetti, tra gli africani in attesa alla base del palco, Enriqueta – o Reina, o come diavolo si chiamava – era l'unica che spiccava per la bellezza. I suoi compagni di sventu-

ra, tra cui non figuravano né bianchi né indigeni, erano in maggioranza sdentati, malnutriti, malaticci, troppo giovani o troppo anziani. Nemmeno un carico fresco proveniente dal porto, appena fatto scendere dal *Le Hardi*, dal *Neptune* e dalle altre navi dei Fratelli della Costa, offriva uno spettacolo migliore. Spinti a frustate da Henri Du Val, da Gueule-de-Femme, da Marcel Rouff, da Bamba, quegli schiavi mostravano, col loro passo lento e con le loro piaghe, tutte le sofferenze patite a partire da Veracruz, nelle sentine umide in cui erano stati ammucchiati.

Macary si guardò attorno. «L'unica maniera per parlare con calma è scendere allo scalo e trovare un luogo tranquillo dove sederci.»

«Sì, ma facciamo in fretta!» supplicò Gabriela. «Tra poco Reina sarà venduta!»

«C'è tempo, è ancora indietro nella fila.» Macary afferrò la donna per il braccio nudo, e ancora una volta quel contatto gli diede un brivido. Era deciso a ignorarlo. «Vieni con me.»

Trovarono un luogo isolato fra la cittadella, non molto imponente, che sovrastava la città e il lato settentrionale del porto, in faccia a un'isoletta che ospitava il cimitero riservato ai luterani. Era uno spazio tra due magazzini, ornato da alberi del tipo detto *"flamboyant"* per le foglie rosse. Data la stagione, cominciavano a cadere. Uno dei rari governanti interessati a questioni estetiche aveva fatto costruire in quell'angolo poco frequentato due rudimentali panchine circolari, forse a uso proprio. Veniva dal basso il rombo cupo e costante della risacca.

Macary fece sedere Gabriela. Le rimase dinanzi, in piedi, le braccia incrociate. Era deciso, per una volta, a resistere al suo fascino.

«Le spiegazioni che esigo da te riguardano il tuo comportamento nei miei confronti, e forse non solo nei miei. Hai fatto di tutto per sedurmi, poi mi hai continuamente tradito con questo o con quello. Non provare a negare. Come se non bastasse, hai cercato ripetutamente di addossarmi colpe che non avevo, approfittando della mia buona fede. Non sto neanche a elencare le volte in cui lo hai fatto, perché le conosci meglio di me. Che mi rispondi?»

Gabriela aveva adesso gli occhi asciutti, e non cercava di ripulire le guance dal trucco che le rigava. Sedeva con le mani in grembo, ma in atteggiamento non dimesso. Teneva alto il viso, di una tranquillità sorprendente, date le circostanze.

«Io non ti ho "tradito". Non puoi dire questo» replicò calma.

Macary rimase stupito da tanta sfacciataggine: «Vuoi dirmi… vuoi dirmi che osi negarlo?». Quasi gli mancò il fiato, per la sorpresa e per la collera che si sentiva montare dentro.

«Non ti ho tradito perché tu non mi ami e io non ti amo. Come potrei? Ai tuoi occhi non ho nessun valore, a parte il fatto che eccito i tuoi sensi. Ciò accade anche con altri, senza che il rapporto con loro sia diverso da quello che ho avuto con te.»

«Se tu non avessi alcun valore, non sarei pronto a rovinarmi pur di comperarti e rimetterti in libertà!» protestò Macary.

«Da quando in qua si compera ciò che si ama? Può valere per un vaso, un dipinto o un animale. Non per una persona.»

«Ma tra noi qualcosa di più intimo esisteva! Eppure non hai esitato a compromettere la mia posizione scaricando su di me colpe che non avevo! Fai il paio con quell'altra canaglia, Ravenau de Lussan!»

Lei scosse il capo. «Io e De Lussan non ci somigliamo per niente. Non è stato per complicità che gli ho suggerito di spacciarsi per te, se qualcuno lo avesse scoperto a rubare la vitalba che ha ucciso Van Hoorn. In te hanno tutti fiducia, e nessuno ti riterrebbe capace di complottare. Finisci nei guai ma te la cavi ogni volta, aiutato dalla tua trasparenza.»

Già sconvolto e confuso, Macary ebbe un capogiro, tanto che dovette sedersi sull'altra panca. «Hai ordito per intero l'assassinio di Van Hoorn! Oltre a tutti gli altri intrighi! Non me ne scordo, sai? Hai provocato la morte dell'inquisitore Estrada! La tua malvagità, la tua abiezione sono… Non riesco neanche a definirle!»

«Non è come credi, io non sono per niente malvagia!» L'incredibile affermazione fu pronunciata da Gabriela con naturalezza, anche se in tono malinconico. «Rifletti, se ti riesce. Sono stata catturata, stuprata, rapita, resa schiava. Prima ancora ero oggetto delle voglie concorrenti del governatore di Veracruz e del castellano di San Juan de Ulúa, nell'ambito di vicende che ignori. Fuggivo dall'Europa con la nomea di eretica, e anche in Caracas c'era chi mi voleva bruciare viva. Tu, per difenderti, hai la tua sciabola e la tua pistola. Ma io, una donna sola? Ho cercato di difendermi con ciò che avevo, vale a dire la mia bellezza. Servendomi delle passioni che riuscivo a suscitare. Se fossi stata brutta o troppo scura di pelle o insignificante, sarei morta quindici anni fa. Il mio corpo non mi ha messo al riparo dalle disgrazie, però mi ha consentito di vivere un poco più a lungo.»

«Tutto ciò è immorale, disgustoso» disse Macary. Lo pensava davvero, e tuttavia l'odio che un attimo prima lo aveva invaso si era miracolosamente acquietato. Più che altro si sentiva confuso.

«Immorale e disgustoso sarebbe se la povera Reina finisse schiava di qualche rozzo piantatore, che la compererebbe solo per usarle violenza» rispose Gabriela, e l'angoscia tornò a spezzarle la voce. «Hubert, non ti chiedo perdono perché i conti con la mia anima li sbrigo da sola, ma tu devi riscattare Reina. Puoi tenerla con te, se vuoi: in fondo non sei cattivo.» Si alzò in piedi. «C'è poco tempo, devi fare in fretta.»

Lui la guardò come se la sfidasse. «In nome di cosa lo farei?»

«In nome dei bei momenti che, in qualche modo, hai trascorso con me.»

«Non basta. E poi te l'ho detto. Il denaro che ho è sufficiente a riscattare solo te, e anche questo grazie alla generosità di De Grammont.»

«È un problema superabile.» Gabriela si portò sull'orlo della banchina e guardò i flutti che si spezzavano, in basso, contro una fila di scogli. «Qualcuno dirà che ho commesso un peccato, ma Dio sa che non è vero.» Rise, per la prima volta da tante ore. «Il mio destino è che i miei comportamenti siano sempre fraintesi.»

Si gettò nel vuoto.

Macary si levò di scatto e corse sul ciglio del molo. Il precipizio non era altissimo, ma tracce di sangue su uno scoglio facevano capire che Gabriela vi aveva sbattuto il cranio. Il corpo di lei si stava immergendo, tra volute scarlatte, nel mare limpido e schiumeggiante, sballottato dalle onde in arrivo.

Quando Macary, poco più tardi, giunse al mercato degli schiavi, si rese subito conto che Enriqueta non era lì. Si rivolse a uno degli astanti, un anziano piantatore di tabacco dai lunghi favoriti bianchi.

«È già stata venduta una negra molto giovane, di bellezza insolita?»

L'altro lo contemplò e sorrise. «Amico, non vi sareste mai potuto permettere un bocconcino del genere. Ha raggiunto una quotazione pazzesca: cinquecento scudi. Normalmente, a Petit-Goâve si tratta per molto meno.»

«Dunque avete capito di chi parlo!»

«Sì, certo. Di negrette non ce n'erano altre. La vostra l'ha comperata il capitano di una nave inglese, il *Sea Master*.»

«È ancora qua?»

«Non credo, ma ho altro a cui badare.»

Ciò valeva anche per Macary, che si allontanò. Viveva in una curiosa apnea del pensiero, in cui affioravano tracce larvate di dolore e di rammarico, ma anche intenzioni appena espresse di dimenticare, quando fosse stato possibile. La pietà era assente, perché Gabriela era morta senza chiedere pietà. E tuttavia non riusciva a trovare in quel suicidio una rivalsa ai propri rancori. Per qualche mese il corpo di lei aveva alimentato le sue fantasie. Quel corpo giaceva in fondo al mare. Cosa restava? Un senso di vuoto, ma poco altro. La donna, si rese conto, gli era rimasta del tutto inconoscibile. Quanto più aveva offerto se stessa, tanto più si era negata. Ne erano prova gli esercizi spirituali cui si dedicava in segreto: chi mai avrebbe potuto desumerli, da come si comportava?

Si imbatté in De Grammont, che scendeva dalla collina, furioso. Era in compagnia di Exquemeling e del capitano Grognier. «Macary, non salite alla mia casa. Quel verme di De Cussy me l'ha fatta sequestrare. Venduti gli ultimi schiavi, partiremo prima del tramonto. La ripartizione finale la si farà alla Tortuga. Qui non abbiamo neanche da dormire.»

«Come volete, cavaliere» rispose Macary, e fece per incamminarsi con gli altri.

De Grammont però si fermò. «Ma che avete? Non vi ho mai visto con una faccia così. È a causa di quella donna, Gabriela Junot-Vergara? Ve l'ho detto, è già vostra. Aggiungo che non voglio nemmeno denaro in cambio. Ve la regalo.»

Grognier schioccò le labbra. «Bellissima femmina! Doni così gradevoli non sono tanto consueti!» La proverbiale volgarità di Chasse-Marée non si smentiva.

«È morta» sussurrò Macary.

De Grammont rimase interdetto. «Dite davvero?» Lanciò una delle sue solite bestemmie, ma senza malanimo. Quasi imprecasse contro la malasorte. «Non voglio sapere il come o il perché. Da eretica quietista, si sarà abbandonata a quello che riteneva il suo destino… Macary, la gamba torna a farmi male, e quel disgraziato di Exquemeling, qui dietro, pensa ad altro. Datemi il vostro braccio.»

Il secondo ufficiale obbedì. Sorresse il suo comandante,

a passi lenti, in direzione del molo. Durante il cammino, De Grammont gli disse: «Signor Macary, sapete bene che la perdita di una persona che sentivo vicina ha colpito anche me. Forse mi era più cara di quanto doña Gabriela lo fosse a voi. Mi sono rassegnato, almeno in parte, pensando che per chi vive in questi mari la vita è qualcosa di effimero. Passiamo dal piacere intenso al dolore estremo senza sfumature intermedie. Viviamo glorie e sconfitte, tormenti e soddisfazioni in un pugno di anni. Sono i Caraibi ad avvelenarci, e a risucchiarci prima o poi sui loro fondali».

«Un mare maledetto?» chiese Macary.

«Un po' sì, e venirci è un rischio calcolato. Vale anche per Gabriela Junot-Vergara. Si giunge qui dopo avere vagato per le sentine del mondo civile, a consumare, tra selve color smeraldo, profumi inebrianti e animali pittoreschi, la propria fine.»

«Non capisco. Se le cose stanno come dite voi, perché rimanere?»

«La risposta vi è davanti.»

Michel de Grammont indicò i vascelli della Confraternita della Costa. Al centro della baia, rosseggiante per il sole pomeridiano, si preparavano alla partenza. Legni complicati da guidare, foreste di vele e pennoni, scafi fragili e forti al tempo stesso.

«Si è condannati a morire, ma si muore con dignità. Scommetto che è stato così anche per Gabriela. Ora smettete di rimuginare. Tra meno di mezz'ora vi voglio in cima ai pennoni del *Le Hardi*, a sciogliere le vele. Il moderato e prudente De Cussy non ci avrà mai. Siamo nati per combattere e combatteremo, si vinca o si perda. L'importante è non crepare nel proprio letto.»

Nota finale

Le versioni sulla presa e il saccheggio di Veracruz, contenute nei libri di storia della pirateria nei Caraibi, sono varie e spesso divergenti. Contrasta con quella cui mi sono attenuto, per esempio, il racconto che se ne fa in Alexandre Olivier Oexmelin, *Histoire de la Filibuste*, vol. I, parte III, cap. I, L'Ancre de Marine, Louviers 2005 (nelle edizioni inglese e italiana dello stesso libro di Oexmelin, o Exmelin, o Exquemelin, o Exquemeling il capitolo manca), oppure in Nigel Cawthorne, *Storia dei pirati*, Newton Compton, Roma 2006.

Io mi sono ispirato invece a David F. Marley, *Sack of Veracruz*, Netherlandic Press, Windsor, Ontario (Canada) 1993: l'opera di gran lunga più completa, fondata su testimonianze reperite in archivi spagnoli e messicani; a Raul Aburto Castillo, *San Juan de Ulúa. Historia de una fortaleza*, Editorial Galaxie, Veracruz, s.d.; Benerson Little, *The Buccaneer's Realm. Pirate Life on the Spanish Main, 1674-1688*, Potomac Books Inc., Washington 2007. Malgrado alcune discordanze di date, questi testi sostanzialmente coincidono.

Naturalmente, essendo il mio un romanzo e non un testo storico, all'occorrenza mi sono allontanato, a fini di drammatizzazione, dalla realtà degli avvenimenti. Per fare un esempio, l'inquisitore Estrada fu ucciso a Veracruz, non sulla Isla de Sacrificios; don Juan Morfa, sottoposto alla tortura che descrivo, non morì dissanguato, ma sopravvisse ecc.

I libri che mi sono stati davvero preziosi sono stati quelli di Benerson Little, i più esaustivi in assoluto in tema di pirati caraibici: *The Buccaneer's Realm*, già citato, e *The Sea Rover's Practice. Pirate Tactics and Techniques, 1630-1730*, Potomac Books Inc., Washington, 2005. Per una bibliografia più completa rimando però, dopo *Tortuga* e *Veracruz*, a un terzo e ultimo romanzo sul tramonto dei Fratelli della Costa. Ho già in mente il titolo, *Cartagena*. Prima o poi lo scriverò.

Indice